LE MAGICIEN

Les secrets de l'immortel
NICOLAS FLAMEL

L'auteur

Michael Scott vit à Dublin. Spécialiste de mythologie et de folklore, il a déjà écrit de nombreux textes de fantasy, d'horreur ou de science-fiction, qui ont remporté un tel succès qu'il est considéré en Irlande comme « le roi de la Fantasy » (*Irish Times*).

Du même auteur

Les secrets de l'immortel Nicolas Flamel :
Livre I. L'Alchimiste
Livre II. Le Magicien
Livre III. L'Ensorceleuse
Livre IV. Le Nécromancien
Livre V. Le traître

Michael Scott

LE MAGICIEN

Les secrets de l'immortel NICOLAS FLAMEL

LIVRE II

Traduit de l'anglais par Frédérique Fraisse

POCKET JEUNESSE
PKJ·

Directeur de collection :
Xavier d'Almeida

Titre original :
The Magician
The Secrets of the Immortal Nicholas Flamel

Publié pour la première fois en 2008
par Delacorte Press
an imprint of Random House Children's Books
a division of Random House, Inc.
New York

Loi n° 49 956 du 16 juillet 1949 sur les publications
destinées à la jeunesse : janvier 2012.

ISBN : 978-2-266-21726-2

À Courtney et Piers
Hoc opus, hic labor est

Je me meurs.

Pernelle se meurt, elle aussi.

Le sortilège qui nous a maintenus en vie ces six cents dernières années s'estompe, et maintenant Pernelle et moi vieillissons d'un an chaque jour qui passe. J'ai besoin du Codex, le Livre d'Abraham le Juif, pour recréer la formule d'immortalité. Sans elle, il nous reste moins d'un mois à vivre.

Dee et ses sombres maîtres retiennent ma chère Pernelle prisonnière. Ils se sont finalement emparés du Codex, et ils se doutent que sans lui Pernelle et moi ne survivrons pas très longtemps.

Néanmoins, je leur conseille de ne pas s'endormir sur leurs lauriers. Car beaucoup de choses peuvent se produire en un mois.

Ils n'ont pas encore le manuscrit complet. Les deux pages finales restent en notre possession. À présent, ils doivent savoir que Sophie et Josh Newman sont les jumeaux mentionnés dans le texte millénaire : les jumeaux légendaires de la prophétie, aux auras d'or et d'argent, le frère et la sœur qui ont le pouvoir de sauver le monde – ou bien de le détruire. Les pouvoirs de Sophie ont été éveillés et son apprentissage des magies élémentaires a commencé. Josh n'a pas eu cette chance, malheureusement.

En ce moment, nous sommes à Paris, ma ville natale, la ville où j'ai découvert le Codex et commencé la longue tâche de le traduire. Cette aventure m'a fait connaître la race des Aînés, m'a révélé le mystère de la pierre philosophale et, pour finir, le secret ultime de l'immortalité.

J'adore Paris. Cette ville recèle de nombreux secrets et abrite plus d'un homme immortel, et plus d'un Aîné. Ici, je trouverai le moyen d'éveiller les pouvoirs de Josh et de continuer l'éducation de Sophie.

Il le faut.

Pour leur salut et pour la survie de la race humaine.

Extrait du Journal de Nicolas Flamel, alchimiste
Rédigé en ce samedi 2 juin,
à Paris, la ville de ma jeunesse

SAMEDI 2 Juin

CHAPITRE PREMIER

La vente de charité avait commencé bien après minuit, une fois le dîner de gala terminé. À presque quatre heures du matin, les enchères tiraient à leur fin. Le cadran numérique disposé derrière le célèbre commissaire-priseur – un acteur qui avait incarné James Bond à l'écran pendant plusieurs années – affichait un total dépassant le million d'euros.

– Lot numéro deux cent dix : une paire de masques japonais de kabuki du début du XIXe siècle.

Un murmure d'excitation parcourut la salle bondée. Incrustés d'éclats de jade, les masques étaient le clou de la soirée : selon les estimations, ils devraient partir à un demi-million d'euros.

Le grand homme mince aux cheveux blancs et crépus coupés court debout au fond de la salle était prêt à débourser le double de cette somme.

Nicolas Machiavel se tenait en retrait de la foule, les bras croisés sur la poitrine, prenant soin de ne pas froisser son smoking en soie noire taillé sur mesure. Ses yeux gris pierre balayèrent les autres enchérisseurs, les scrutèrent, les évaluèrent. Cinq sortaient du lot : deux collectionneurs privés comme lui, un membre d'une famille royale d'Europe sans importance, un acteur américain autrefois célèbre et un antiquaire canadien. Le reste de l'assistance était fatigué, avait dépensé son budget ou ne souhaitait pas acheter des masques aux expressions déroutantes.

Machiavel collectionnait les masques depuis très longtemps, et il désirait acquérir cette paire afin de compléter sa série de costumes de théâtre japonais. Leur dernière mise en vente datait de 1898 ; c'était à Vienne, et ils avaient été remportés par un prince Romanov. Machiavel avait patiemment attendu son heure, sachant qu'ils réapparaîtraient sur le marché à la mort de ce prince et de ses descendants. Il savait qu'il serait encore de ce monde pour les acheter – l'un des nombreux avantages que vous apportait l'immortalité.

– Pouvons-nous commencer les enchères à cent mille euros ?

Machiavel leva les yeux, capta l'attention du commissaire-priseur et lui fit un signe discret.

L'homme à son tour hocha la tête.

– Cent mille euros pour M. Machiavel, l'un des participants et sponsors les plus généreux de cette vente de charité.

Des applaudissements fusèrent ; plusieurs personnes se tournèrent vers Nicolas et lui portèrent un toast. Il baissa les yeux avec modestie.

– Qui pour cent dix ?

Un collectionneur privé leva la main.

– Cent vingt ?

Le commissaire-priseur s'adressait à Machiavel, qui répondit oui.

En trois petites minutes, les enchères grimpèrent à deux cent cinquante mille euros. Il ne restait plus que trois enchérisseurs sérieux en lice : Machiavel, l'acteur américain et l'antiquaire.

Les fines lèvres de Machiavel esquissèrent un sourire : sa patience serait enfin récompensée, les masques lui appartiendraient. Son sourire s'effaça quand son portable vibra dans la poche de son pantalon. Un instant, il fut tenté de l'ignorer. En effet, il avait donné à ses assistants des instructions strictes : il ne devait pas être dérangé, à moins d'une urgence absolue. Il sortit son appareil ultra-compact.

Une épée clignotait sur le grand écran LCD.

Le sourire de Machiavel disparut complètement : il sut qu'il n'achèterait pas les masques kabuki ce siècle-ci. Il sortit de la salle à grands pas, le téléphone collé à l'oreille. Dans son dos, le marteau du commissaire-priseur heurta le socle.

– Adjugé, vendu. Deux cent soixante mille euros.

– C'est moi, aboya Machiavel en italien, la langue de sa jeunesse.

Il y eut des crachotements sur la ligne ; puis une voix à l'accent anglais lui répondit dans la même langue. Le dialecte que son correspondant utilisait n'avait pas été entendu en Europe depuis plus de quatre cents ans.

– J'ai besoin de ton aide, lança l'homme sans se présenter.

Cette formalité était inutile. Machiavel savait qu'il s'agissait du Dr John Dee, le célèbre nécromancien et magicien immortel, l'un des hommes les plus puissants et les plus dangereux au monde.

Nicolas Machiavel sortit en courant de l'hôtel particulier et émergea sur la place du Tertre. Il s'arrêta sur les larges pavés et inspira l'air frais de la nuit.

– Que puis-je pour toi ? demanda-t-il prudemment.

Il détestait Dee, et n'ignorait pas que le sentiment était réciproque. Cependant, tous deux servaient les Ténébreux, et ils étaient obligés de travailler ensemble depuis des siècles. Machiavel enviait à Dee les années qui les séparaient, car la différence d'âge était visible : né à Florence en 1469, il avait cinquante-huit ans de plus que le magicien anglais. Les livres d'histoire indiquaient qu'il était décédé en 1527, l'année de naissance de Dee.

– Flamel est de retour à Paris, annonça celui-ci.

Machiavel se raidit :

– Depuis quand ?

– Il arrive à l'instant. Il est passé par un nexus. J'ignore où il aboutit. Scathach l'accompagne...

Machiavel fit une horrible grimace. La dernière fois qu'il avait rencontré la Guerrière, elle l'avait poussé au travers d'une porte. Fermée, bien entendu. Il avait mis un mois à se débarrasser des échardes fichées dans son torse et ses épaules.

– Il y a avec eux deux jeunes humani. Des Américains, ajouta Dee dont la voix faiblissait par moments sur la ligne transatlantique. Des jumeaux.

– Pardon ?

– Des jumeaux ! cria Dee. Aux auras pures d'or et d'argent. Tu sais ce que cela veut dire.

– Oui, marmonna Machiavel.

L'Italien secoua la tête : cela signifiait des tonnes d'ennuis. Soudain, un sourire à peine perceptible lui tordit les lèvres : cela signifiait aussi une occasion à saisir.

– Les pouvoirs de la fille ont été éveillés par Hécate, continua Dee, avant que la déesse et son royaume des Ombres ne sombrent dans le néant.

– Sans apprentissage, cette fille ne représente aucune menace, dit Machiavel, qui réfléchissait à toute allure. Excepté pour ses proches et elle-même.

– Flamel a conduit la fille à Ojai. Je crois que la Sorcière d'Endor lui a enseigné la magie de l'Air.

– Je suppose que tu as essayé de les intercepter ? ironisa Machiavel.

– Essayé, et échoué, admit Dee avec amertume. La fille a quelques connaissances, mais aucune pratique.

– Qu'attends-tu de moi ? demanda Machiavel, qui se doutait très bien de la réponse.

– Retrouve-les ! aboya Dee. Capture-les ! Tue Scathach si tu le peux. Je quitte Ojai, mais je ne serai pas à Paris avant quatorze ou quinze heures.

– Qu'est-il arrivé au nexus ?

Si un portail reliait Ojai et Paris, pourquoi Dee ne...

– Il a été détruit par la Sorcière d'Endor, rugit Dee. Et elle a bien failli avoir ma peau. J'ai eu de la chance de m'en tirer avec quelques égratignures.

Sur ce, il raccrocha.

Nicolas Machiavel referma son téléphone, se tapota la lèvre inférieure avec son appareil. De la chance ? Si la Sorcière d'Endor avait voulu la mort du légendaire Dr Dee, jamais elle ne l'aurait laissé s'échapper.

Machiavel traversa la place. Son chauffeur l'attendait patiemment de l'autre côté, assis dans la voiture. Nicolas réfléchit : si Flamel, Scathach et les jumeaux américains étaient venus à Paris *via* un nexus, les retrouver ne devrait pas être difficile. Il existait peu d'endroits en ville où ils avaient pu atterrir.

S'il réussissait à le faire dès ce soir, il pourrait interroger ses prisonniers avec quinze heures d'avance sur Dee.

Cela lui suffirait largement pour leur arracher des aveux. Un demi-millénaire sur cette Terre avait appris à Nicolas Machiavel l'art de la persuasion.

CHAPITRE DEUX

– Où sommes-nous exactement ? demanda Josh Newman.

Il examina les alentours, essayant de comprendre ce qui lui arrivait. Tout s'était passé si vite ! En une seconde, il avait quitté le magasin d'antiquités, attiré par Sophie dans un miroir. Désorienté, il avait fermé les yeux ; quand il les avait rouverts, il se trouvait dans une sorte de réserve remplie de pots de peinture, d'escabeaux entassés, de vases ébréchés. Il vit des chiffons tachés de peinture qui s'amoncelaient près d'un grand miroir crasseux d'apparence ordinaire, fixé au mur. Une ampoule de faible puissance projetait une lumière jaunâtre sur la pièce.

– Nous sommes à Paris, s'exclama Nicolas Flamel, ravi. Ma ville natale !

– Mais... c'est impossible ! souffla le garçon, tout en songeant que ce mot ne voulait plus rien dire.

Il se tourna vers sa sœur, qui avait collé l'oreille à la porte et écoutait avec attention. Elle le chassa d'un geste impatient. Il chercha donc une réponse auprès de Scathach, mais celle-ci se contenta de secouer sa tête rousse, les deux mains sur la bouche, en proie à une nausée violente. Finalement, Josh s'adressa au légendaire Alchimiste, Nicolas Flamel :

– Comment sommes-nous arrivés ici ?

– Sur cette planète s'enchevêtrent des lignes de force invisibles, appelées parfois axes sacrés, lui expliqua Flamel. À l'intersection de deux ou plusieurs lignes sont disposés des portails. Il n'y en a plus beaucoup. Dans l'ancien temps, la race des Aînés les utilisait pour voyager d'un point de la Terre à un autre en un clin d'œil, exactement comme nous venons de le faire. La Sorcière a ouvert un nexus à Ojai, et nous voilà à Paris.

Simple comme bonjour...

– Je hais les nexus, marmonna Scatty.

Sous la lumière lugubre de la réserve, elle avait le teint vert.

– Vous avez déjà eu le mal de mer ? demanda-t-elle aux jumeaux.

– Jamais, lui répondit Josh.

Sophie se redressa :

– Menteur ! Tu es malade même à la piscine...

Un grand sourire aux lèvres, elle colla de nouveau la joue contre la porte.

– Eh bien, lâcha Scatty, j'ai le mal de mer, sauf que c'est pire.

Sophie tourna la tête vers l'Alchimiste :

– Avez-vous une idée de l'endroit où nous nous trouvons dans Paris ?

– Hum... C'est un bâtiment ancien.

Il la rejoignit près de la porte. La jeune fille secoua la tête avant de reculer :

– Je n'en suis pas si sûre.

Utilisant ses pouvoirs éveillés et les connaissances que lui avait transmises la Sorcière d'Endor, elle essayait de donner un sens à ses innombrables émotions et aux impressions qui bouillonnaient en elle. Ce bâtiment ne paraissait pas vieux ; cependant, si elle tendait l'oreille, elle percevait le murmure d'un nombre incroyable de fantômes. Dès qu'elle posa la main sur le mur, elle distingua des filets de voix, des chansons fredonnées, le son d'un orgue... Quand elle enleva la main, tout se tut.

– Une église, déclara-t-elle, les sourcils froncés. Elle est récente, et moderne... Fin du XIXe siècle, début XXe. Mais elle est construite sur un site bien plus ancien.

Flamel se retourna pour lui répliquer. Sous le faible éclairage, ses traits creusés par des ombres et ses yeux perdus dans l'obscurité lui donnaient une apparence cadavérique.

– Paris compte de nombreuses églises. Je n'en connais qu'une qui correspond à ta description, dit-il, la main sur la poignée.

– Une seconde ! s'exclama Josh, inquiet. Et s'il y avait une alarme ?

– Une alarme ? s'étonna Flamel. Qui voudrait cambrioler la sacristie d'une église ?

Confiant, il ouvrit la porte.

Immédiatement, une sirène se mit à beugler. Le son résonnait sur les dalles et les murs en pierre. Des lumières rouges balayaient les lieux.

Dans un soupir, Scatty marmonna en celtique :

– Ce n'est pas toi qui me répètes de réfléchir avant d'agir, d'observer avant d'avancer ?

Nicolas secoua la tête et se maudit pour cette erreur stupide.

– Disons que je vieillis, lui répondit-il dans la même langue.

Mais l'heure n'était pas aux excuses.

– Sortons ! cria-t-il.

Sophie et Josh lui emboîtèrent le pas. Scatty fermait la marche. Elle avançait lentement et grommelait à chaque pas.

La porte donnait sur un étroit couloir, fermé par une autre porte en bois. Sans s'arrêter, Flamel la poussa, et aussitôt, une deuxième alarme se déclencha. Il tourna à gauche dans un grand espace qui sentait l'encens et la cire. Des rangées de cierges allumés projetaient une lumière dorée sur les murs et le sol. Combinées à l'éclairage de sécurité, elles leur révélèrent deux énormes portes surmontées d'un panneau SORTIE. Flamel se précipita dans leur direction.

– Ne touchez pas..., commença Josh.

Trop tard ! Flamel s'était déjà emparé des poignées et tirait fort vers lui.

Une troisième alarme mugit, et une lumière rouge clignota furieusement au-dessus des battants.

– Je ne comprends pas. Pourquoi est-ce fermé ? hurla Flamel, exaspéré. Cette église a toujours été ouverte.

Il examina les alentours :

– Où sont-ils tous passés ? Quelle heure est-il ?

– Combien de temps faut-il pour se rendre d'un endroit à un autre par le nexus ? demanda Sophie.

– C'est instantané.

Elle regarda sa montre et fit un rapide calcul :

– À Paris il est neuf heures de plus qu'à Ojai ?

Flamel fit oui de la tête, l'air contrit.

– Alors, il est quatre heures du matin, déclara Sophie. Voilà pourquoi l'église est fermée.

– La police doit être en chemin, intervint Scatty.

Elle sortit son nunchaku.

– Je déteste me battre quand je ne me sens pas bien, marmonna-t-elle.

– Qu'est-ce qu'on fait ? s'enquit Josh.

– Je pourrais essayer d'ouvrir les portes avec mon vent magique, suggéra Sophie.

Elle ignorait si elle en avait encore l'énergie. Elle s'était servie de ses nouveaux pouvoirs pour combattre les morts vivants à Ojai, et cet effort l'avait harassée.

– Je te l'interdis ! s'écria Flamel, le visage balayé par les reflets rouges de l'alarme.

Il leur montra les rangées de bancs face à l'autel sculpté en marbre blanc. La lumière des cierges se reflétait dans les mosaïques bleu et or de la coupole au-dessus de l'autel.

– C'est un monument national, je ne te laisserai pas le détruire.

– Où sommes-nous ? demandèrent les jumeaux à l'unisson.

Maintenant que leurs yeux s'étaient adaptés à l'obscurité, ils distinguaient les contours d'autels plus petits, des statues dans des niches, des rangées de cierges éteints, des colonnes dont le sommet se perdait dans le noir. Cette église était immense.

– Dans la basilique du Sacré-Cœur, répondit Flamel.

Assis à l'arrière de sa limousine, Nicolas Machiavel tapa des coordonnées sur son ordinateur portable. Un plan haute définition de Paris apparut sur l'écran. Paris était une ville incroyablement ancienne. Les premières habitations remontaient à plus de deux mille ans, et des hommes vivaient déjà sur l'île au milieu de la Seine depuis plusieurs générations. Comme la plupart des vieilles villes du monde, elle avait été construite au croisement de plusieurs lignes de force.

Machiavel enfonça une touche. Aussitôt s'afficha un réseau d'axes sacrés sillonnant la ville. Il avait besoin d'une ligne connectée avec les États-Unis. Il en trouva six. Du bout de son doigt parfaitement manucuré, il suivit deux lignes qui reliaient la côte Ouest de l'Amérique à Paris. L'une aboutissait à la grande cathédrale Notre-Dame, l'autre dans la basilique plus moderne mais tout aussi célèbre du Sacré-Cœur à Montmartre.

Laquelle des deux Flamel avait-il utilisée ?

Samedi 2 Juin

Soudain, le calme de la nuit parisienne fut perturbé par une série d'alarmes mugissantes. Machiavel appuya sur un bouton, et sa vitre se baissa dans un chuintement. L'air frais s'engouffra dans la voiture. Au loin, des alarmes teintaient de rouge par intermittence l'imposante basilique du Sacré-Cœur à la blancheur immaculée.

Machiavel eut un sourire diabolique. Il cliqua sur un programme. *Mot de passe ?* Ses doigts volaient au-dessus du clavier tandis qu'il tapait : *Discorsi sopra la prima deca di Tito Livio.* Personne ne trouverait jamais ce mot de passe ! Ce n'était pas l'un de ses livres les plus connus.

Un texte d'apparence assez ordinaire s'afficha sur l'écran, écrit dans un mélange de latin, de grec et d'italien. À une époque, les magiciens conservaient leurs sortilèges et leurs incantations dans des manuscrits appelés grimoires. Machiavel avait toujours été à la pointe de la technologie. Ces temps-ci, il préférait garder son travail sur un disque dur.

Maintenant, il ne lui restait plus qu'à occuper Flamel et ses amis pendant qu'il rassemblait ses troupes.

– J'entends des sirènes, annonça Josh.

– Douze voitures de police foncent dans notre direction, déclara Sophie, la tête un peu penchée, les yeux fermés.

Cette précision rappela soudain à Josh l'étendue des pouvoirs éveillés de sa sœur. Tous ses sens étaient aiguisés ; ce qu'elle voyait et entendait dépassait de loin les capacités d'un homme ordinaire. Quelqu'un comme lui, par exemple...

– Pas question que la police nous capture ! s'exclama Flamel, désespéré. Nous n'avons ni passeport, ni alibi. Il faut qu'on sorte de là tout de suite !

– Comment ? demandèrent les jumeaux en chœur.

Flamel secoua la tête :

– Il existe sûrement une autre issue...

Les narines dilatées, il s'interrompit.

Mal à l'aise, Josh regarda Sophie et Scatty, qui réagissaient elles aussi à une odeur qu'il ne pouvait pas sentir :

– Qu'est-ce... Qu'est-ce que c'est ?

Soudain, il intercepta une senteur musquée et fétide. Une odeur de zoo.

– Les ennuis recommencent, affirma Scathach sur un ton lugubre.

Elle rangea son nunchaku et dégaina ses épées.

– De gros ennuis, précisa-t-elle.

CHAPITRE TROIS

– Quoi ? s'exclama Josh.

L'odeur lui semblait plus forte, viciée et âcre, presque familière...

– Un serpent, affirma Sophie qui inspira à pleins poumons.

L'estomac de Josh se retourna. Un serpent ! Pourquoi cette bestiole-là ? Il avait une peur bleue des serpents, une vraie phobie, qu'il n'aurait jamais avouée à quiconque, et surtout pas à sa sœur.

Il toussa pour se ressaisir.

– Où ? demanda-t-il en jetant des regards affolés autour de lui.

Il imaginait les reptiles en train de grouiller sur le sol, de glisser sous les bancs, de s'enrouler autour des piliers, de tomber des candélabres.

Les sourcils froncés, Sophie secoua la tête :

– Je ne les vois pas... Je sens juste leur odeur.

Ses narines se dilatèrent quand elle inspira de nouveau :

– Non, il n'y en a qu'un seul.

– Tu as raison, intervint Scatty. Il est doté de deux jambes et porte le nom de Nicolas Machiavel.

Flamel s'agenouilla devant les immenses portes d'entrée. Des filets de fumée verte s'échappaient de ses doigts.

– Machiavel ! cracha-t-il. Dee n'a pas perdu de temps pour contacter ses alliés.

– Vous autres, vous pouvez reconnaître quelqu'un à son odeur ? l'interrogea Josh, encore perturbé.

– Chaque personne possède une odeur magique distincte, expliqua Scatty, qui se posta le dos à l'Alchimiste pour le protéger. Vous sentez la glace à la vanille et l'orange. Nicolas sent la menthe...

– Et Dee sent l'œuf pourri, enchaîna Sophie.

– Le soufre, précisa Josh.

– Très approprié pour lui, commenta Scatty.

Elle ne cessait de remuer la tête, en alerte, et prêtait une attention particulière aux ombres derrière les statues.

– Machiavel, lui, sent le serpent, poursuivit-elle. Ça lui va bien aussi !

– Qui est-ce ? demanda Josh. Un ami de Dee ?

Il ne se souvenait plus où il avait entendu ce nom.

– Machiavel est un immortel au service des Ténébreux, expliqua Scatty. Même s'il n'est pas un ami de Dee, ils sont dans le même camp. Il est plus âgé que le

Magicien, infiniment plus dangereux et beaucoup plus rusé. J'aurais dû le tuer quand j'en avais l'occasion ! Ces cinq cents dernières années, il a été au cœur de la politique européenne, tel un marionnettiste travaillant dans les coulisses. J'ai entendu dire qu'il venait d'être nommé à la tête de la DGSE.

– C'est une banque ? s'enquit Josh.

Les lèvres de Scatty esquissèrent un léger sourire, qui dévoila ses longues incisives de vampire :

– Non, la Direction générale de la sécurité extérieure. Il s'agit des services secrets français.

– Les services secrets ! Oh ! Mais c'est génial ! ironisa Josh.

– L'odeur est plus puissante, annonça Sophie.

Elle se concentra et laissa un peu de son pouvoir circuler dans son aura, qui émit une ombre spectrale autour d'elle. Des fils argentés crépitèrent dans ses cheveux blonds ; ses yeux se transformèrent en miroirs.

D'un bond, Josh s'éloigna de sa sœur. La dernière fois où son apparence avait changé ainsi, il avait eu la peur de sa vie.

– Machiavel n'est pas loin, en conclut Scatty. Il se sert de sa magie. Nicolas ?

– Encore une minute.

Les doigts de Flamel émettaient une lumière vert émeraude. Ils fumèrent quand il traça un dessin autour de la serrure. Malgré le cliquetis qui se fit entendre, la porte ne s'ouvrit pas quand l'Alchimiste appuya sur la poignée.

– Ou deux...

– Trop tard, chuchota Josh en désignant le fond de la basilique. Il y a quelque chose qui bouge là-bas.

La lumière des bougies avait disparu. On aurait dit qu'une brise invisible soufflait à travers la nef, éteignant au passage les veilleuses disposées en cercle et les cierges. Des volutes de fumée grisâtre flottaient dans l'air. L'odeur de cire emplit l'atmosphère au point d'en recouvrir celle du serpent.

– Là ! cria Sophie.

La créature, énorme et grotesque, qui surgit sur les dalles avait une vague apparence humaine. Sa silhouette blanche et gélatineuse était surmontée d'une tête difforme posée sur de larges épaules. Son visage était lisse. Sous leurs yeux ébahis, deux grands bras apparurent dans un bruit de succion et deux mains se modelèrent.

– Un golem ! hurla Sophie, horrifiée. Un golem en cire !

Elle tendit la main, son aura flamboya. Un vent glacé jaillit de ses doigts, mais la peau blanche et cireuse de la créature ne fit qu'onduler sous la brise.

– Protège Nicolas ! ordonna Scatty à la jeune fille.

Ses deux épées à la main, elle se rua sur le monstre. Les lames s'enfoncèrent dans la cire ; Scatty eut beau tirer dessus de toutes ses forces, elle ne réussit pas à les récupérer. La créature riposta avec une telle férocité que Scatty dut abandonner ses épées et faire un bond en arrière pour éviter le coup. Un poing bulbeux s'écrasa sur le sol à ses pieds, faisant jaillir des gouttelettes de cire blanche dans toutes les directions.

Samedi 2 Juin

Josh s'empara d'une des chaises en bois rangées devant la boutique de souvenirs. La tenant par deux pieds, il l'écrasa sur la poitrine du golem... où elle resta coincée. Le garçon en attrapa une autre, contourna la créature et la frappa dans le dos. La chaise se brisa en mille morceaux sur les épaules de la chose. Les échardes qu'elle y laissa lui donnèrent l'allure d'un monstrueux porc-épic.

Tétanisée, Sophie tentait de son côté de se rappeler les secrets de la magie de l'Air que la Sorcière d'Endor lui avait appris quelques heures plus tôt. D'après Dora, il s'agissait de la plus puissante des magies. Sophie n'avait-elle pas assisté à ses effets sur l'armée de morts vivants humains et animaux levée par Dee à Ojai ? Seulement, là, elle n'avait aucune idée du sortilège à lancer contre le monstre de cire. Elle savait comment fabriquer une tornade miniature, mais elle ne prendrait pas le risque d'en évoquer une dans l'espace clos de la basilique.

– Nicolas ! s'écria Scatty.

Comme ses épées étaient figées dans la créature, la Guerrière se servit de son nunchaku, deux bâtons de bois reliés par une courte chaîne, pour terrasser le golem. Ses coups laissèrent de profonds sillons dans sa peau, sans plus de conséquences. Elle lui en asséna un particulièrement violent dans le flanc. Le nunchaku s'enfonça dans la cire, qui se referma sur lui. Quand la créature pivota vers Josh, l'arme fut arrachée des mains de Scatty, qui vola sur quelques mètres.

Une main qui ne comportait qu'un pouce et des doigts fusionnés, telle une moufle de géant, s'abattit sur l'épaule du garçon et la comprima. La douleur incroyable l'obligea à s'agenouiller.

– Josh ! hurla Sophie, éveillant des échos sonores dans l'immense église.

Josh eut beau se débattre, ses doigts s'enfonçaient dans la glu blanche. De la cire chaude s'écoula de la main de la créature avant d'envelopper son épaule et son torse, l'empêchant de respirer.

– Josh, baisse-toi !

Sophie s'empara d'une chaise en bois, qu'elle jeta sur le golem. L'arme improvisée siffla au-dessus de la tête du garçon, lui ébouriffa les cheveux, avant de se ficher dans l'épaule du monstre qui lâcha un Josh meurtri et couvert d'une couche épaisse de cire. À genoux sur le sol, l'adolescent, horrifié, vit deux mains gélatineuses se diriger lentement vers la gorge de sa jumelle.

Sophie hurla à pleins poumons.

Soudain, ses yeux clignèrent ; de bleus ils devinrent argentés, et son aura s'illumina au moment où les pattes du golem effleurèrent sa peau. Aussitôt, les mains cireuses se liquéfièrent et éclaboussèrent les dalles. Sophie écarta les doigts et les posa sur la poitrine du monstre. Ils s'enfoncèrent en grésillant et en sifflant dans la masse de cire.

Accroupi sur le sol près de Flamel, les mains devant les yeux pour se protéger de l'intense lumière argentée, Josh vit sa sœur écarter les bras tandis qu'une chaleur invisible faisait fondre la créature. Les épées et le nunchaku de Scathach tombèrent sur le dallage, suivis quelques secondes plus tard par les morceaux de la chaise. Alors que l'aura de Sophie clignotait, Josh bondit sur ses pieds et rattrapa au vol sa sœur chancelante.

– J'ai la tête qui tourne, marmonna-t-elle avant de s'effondrer dans ses bras.

À moitié inconsciente, glacée, elle dégageait un parfum de vanille aigre.

Scatty ramassa ses armes éparpillées dans la flaque de cire semi-liquide. Le monstre ressemblait à présent à un bonhomme de neige fondu. Elle essuya ses lames avec soin avant de les ranger dans leur fourreau accroché à son dos. Une fois qu'elle eut enlevé les gouttes de cire blanche sur son nunchaku, elle le remit dans son étui à sa ceinture. Puis elle se tourna vers Sophie :

– Tu nous as sauvé la vie. C'est une dette que je n'oublierai pas.

– Ça y est ! s'exclama soudain Flamel.

Il se leva. Sophie, Josh et Scathach regardèrent la fumée verte qui s'échappait de la serrure. L'Alchimiste poussa la porte ; l'air frais de la nuit s'engouffra dans la basilique, chassant les odeurs écœurantes de bougie fondue.

– Nous n'aurions pas dit non à un petit coup de main de ta part, grommela Scatty.

Le visage grimaçant, Flamel s'essuya les mains sur son jean, où elles laissèrent des traînées de lumière verte.

– Je savais que vous aviez le contrôle de la situation, prétendit-il.

Sur ce, il sortit de la basilique, suivi de Scathach et des jumeaux.

L'esplanade du Sacré-Cœur, qui surplombait Paris,

était déserte. Le visage de Nicolas s'illumina devant le panorama :

– Je suis à la maison !

– Pourquoi les magiciens européens choisissent-ils toujours des golems ? l'interrogea Scatty. D'abord Dee, maintenant Machiavel. N'ont-ils donc aucune imagination ?

– Ce n'était pas un golem, répliqua Flamel. Les golems sont animés par un sort qu'ils transportent sur eux.

Scatty hocha la tête : l'information n'était pas nouvelle.

– Alors qu'est-ce...

– Il s'agissait d'un tulpa.

Stupéfiée, la Guerrière écarquilla ses yeux vert vif :

– Un tulpa ? Machiavel serait-il devenu aussi puissant ?

– Apparemment.

– Qu'est-ce qu'un tulpa ? les interrompit Josh.

Ce fut Sophie qui lui répondit, et Josh songea une nouvelle fois à l'immense gouffre qui les séparait depuis que les pouvoirs de sa sœur avaient été éveillés.

– Une créature façonnée et animée uniquement par l'imagination, dit-elle sur un ton badin.

– Exactement, confirma Flamel. Machiavel savait que la basilique était remplie de bougies. Alors, il leur a donné la vie.

– Savait-il que sa créature ne nous arrêterait pas ? demanda Scatty.

Samedi 2 Juin

Nicolas franchit le porche qui orne la façade de la basilique et s'arrêta avant la première des deux cent vingt et une marches qui conduisent à une rue en contrebas.

– Bien sûr que oui. Il voulait simplement nous retarder le temps qu'il arrive.

Au loin, les rues étroites de Montmartre s'animaient aux sons et aux lumières des voitures de police. Des dizaines d'hommes en uniforme se rassemblaient au pied des marches, pendant que d'autres arrivaient des rues adjacentes et formaient un cordon autour du bâtiment.

Sans prêter attention aux forces de l'ordre, Flamel, Scatty et les jumeaux observaient un grand homme mince aux cheveux blancs, vêtu d'un smoking, qui gravissait lentement l'escalier. Il s'immobilisa quand il les vit. Appuyé contre la rambarde métallique, il leva la main droite et les salua négligemment.

– Laissez-moi deviner, chuchota Josh. C'est Nicolas Machiavel, n'est-ce pas ?

– L'immortel le plus dangereux d'Europe, compléta l'Alchimiste. Croyez-moi : à côté de lui, Dee fait figure d'amateur.

CHAPITRE QUATRE

– Bienvenue à Paris, Alchimiste !

Sophie et Josh sursautèrent. Machiavel était trop loin pour qu'ils l'entendent aussi bien. De plus, bizarrement, la voix semblait venir d'en haut, derrière eux. Ils se retournèrent. Devant les trois arches de la basilique, ils ne voyaient que deux statues de cavaliers en bronze : une femme brandissant une épée, et un homme muni d'un sceptre.

– Je vous attendais.

La voix venait de la statue de l'homme.

– C'est un pauvre tour de passe-passe, affirma Scatty, qui ôtait des morceaux de cire de ses rangers à bouts renforcés. De la ventriloquie, rien de plus.

– J'ai cru que la statue parlait... avoua Sophie, gênée.

Samedi 2 Juin

– Ce bon Dr Dee vous envoie ses amitiés, reprit Machiavel, dont la voix flottait dans l'air autour d'eux.

– Ainsi, il a survécu à Ojai, enchaîna l'Alchimiste sur le ton de la conversation.

Il se redressa et, l'air de rien, mit les bras dans le dos après avoir jeté un regard entendu à Scatty. Soudain, les doigts de sa main droite se mirent à danser contre la paume de sa main gauche.

Scatty éloigna les jumeaux de Nicolas et ensemble ils reculèrent lentement sous l'ombre des arches. Quand elle les prit par les épaules pour leur chuchoter à l'oreille, leurs auras d'or et d'argent crépitèrent.

– Machiavel. Le maître des mensonges. Il ne doit pas nous entendre.

Le murmure de Scatty ressemblait à un souffle à peine perceptible.

– Je ne peux pas dire que je suis ravi de te revoir, signor Machiavelli, continuait Nicolas. Ou devrais-je dire *monsieur* Machiavel ?

Appuyé contre la balustrade, Flamel dominait les marches blanches et Machiavel, qui se tenait toujours à distance.

– Ce siècle-ci, je suis français, rétorqua son ennemi d'une voix intelligible. J'adore Paris ! C'est ma ville préférée d'Europe. Après Florence, bien entendu.

Tout en parlant, Flamel effectuait, hors de vue de l'autre immortel, des séries compliquées de petits coups et de battements avec ses mains.

– Il va lui lancer un sort ? souffla Sophie.

– Non, il me parle.

– Comment ? chuchota Josh. Magie ? Télépathie ?

– ASL : langue des signes américaine.

Les jumeaux se dévisagèrent.

– Il connaît la langue des signes ? s'étonna Josh.

– Vous semblez oublier qu'il a vécu très longtemps, remarqua Scatty, qui dévoila ses dents de vampire. Il a même aidé à créer la langue des signes française au XVIIIe siècle !

– Que dit-il ? s'impatienta Sophie, qui fouillait en vain la mémoire de la Sorcière à la recherche de connaissances lui permettant de traduire les gestes de l'Alchimiste.

Les sourcils froncés, Scathach épela les mots :

– Sophie... brouillard.

Elle secoua la tête :

– Il te demande de créer un brouillard. Cela n'a aucun sens !

– Pour moi, si, dit Sophie.

Aussitôt, une dizaine d'images de brume, de nuages, de fumée jaillirent dans son cerveau.

– Mes hommes ont encerclé tout le périmètre, affirma Machiavel avant de reprendre sa lente ascension vers l'Alchimiste, le souffle court, le cœur près de rompre.

Il avait franchement besoin de se remettre au sport ! La création du tulpa en cire l'avait épuisé. Il n'en avait jamais fabriqué un aussi grand auparavant, et surtout pas depuis l'arrière d'une voiture fonçant dans les rues étroites et sinueuses de Montmartre. Ce n'était pas la solution la plus élégante, mais il devait retenir Flamel et ses compagnons à l'intérieur de la basilique jusqu'à ce qu'il arrive, et il y était parvenu. À présent, l'église était cernée. Il avait appelé tous les agents disponibles. En tant que chef de la DGSE, il avait des pouvoirs quasiment illimités. De plus, il avait ordonné un black-out total des médias. Il se félicitait de maîtriser ses émotions à la perfection ; cependant il devait admettre qu'à cet instant il ressentait une certaine excitation à l'idée d'appréhender bientôt Flamel, Scathach et ces maudits gamins. Il allait triompher où Dee avait échoué.

Plus tard, la presse indiquerait, grâce à une fuite, que des cambrioleurs s'étaient introduits dans le monument national. Un second rapport communiquerait que les malfaiteurs, appréhendés, avaient trompé la vigilance de leurs gardiens et s'étaient évadés avant d'arriver au commissariat. Jamais on ne les reverrait.

– Je t'ai enfin à ma merci, Nicolas Flamel.

Debout sur la première marche, Flamel enfonça les mains dans les poches arrière de son jean usé :

– La dernière fois que tu as dit la même chose, tu t'apprêtais à violer ma tombe.

Machiavel en resta bouche bée :

– Comment le sais-tu ?

Trois cents ans plus tôt, au cœur de la nuit, Machiavel avait en effet ouvert le tombeau de Nicolas et Pernelle. Il cherchait des preuves de la mort des Flamel et voulait savoir s'ils avaient été enterrés avec le Livre d'Abraham le Juif. L'Italien n'avait pas été surpris de constater que leurs cercueils étaient remplis de pierres.

– Perry et moi étions juste derrière toi, dans l'ombre, assez près pour te toucher, quand tu as soulevé notre pierre tombale. Je savais que quelqu'un viendrait... Pourtant je n'aurais pas imaginé que ce serait toi. Je dois avouer que tu m'as déçu, Niccolò.

L'homme aux cheveux blancs continuait de gravir les marches du Sacré-Cœur.

– Je crois toutefois qu'il y a du bon en chacun de nous, lui lança Flamel. Même en toi.

– Détrompe-toi, il n'y a jamais eu une once de bonté en moi.

Machiavel lui montra la police et les forces spéciales vêtues de noir et lourdement armées, assemblées au bas des marches :

– Allez ! Rendez-vous. Aucun mal ne vous sera fait.

– Je ne compte plus les personnes qui me l'ont promis avant toi. Et elles mentaient toutes, toujours.

Machiavel durcit le ton :

– Tu préfères traiter avec le Dr Dee ou avec moi ? Comme tu le sais, le petit Anglais n'est pas réputé pour sa patience.

– Il y a peut-être une autre option, répondit Flamel, un léger sourire aux lèvres. Je ne traite avec aucun de vous deux.

Il pivota. Quand il regarda de nouveau Machiavel, l'expression de son visage choqua l'immortel italien au point qu'il en recula d'un pas. Pendant un instant, quelque chose d'ancien et d'implacable brilla dans les yeux pâles de l'Alchimiste, une lueur d'un vert émeraude étincelant. Puis sa voix se transforma en chuchotement, que Machiavel entendit pourtant :

– Ce serait mieux si, toi et moi, nous ne nous revoyions jamais.

Machiavel éclata d'un rire tremblotant :

– Serait-ce une menace ? Crois-moi, tu n'es pas en position d'en exercer.

– Ce n'est pas une menace, déclara Flamel tout en s'éloignant de l'escalier monumental. Plutôt une promesse.

Fraîche et humide, la nuit parisienne s'emplit brutalement d'une riche odeur de vanille. À cet instant, Nicolas Machiavel comprit que son plan échouait.

Droite comme un I, les yeux fermés, les bras plaqués le long du corps, les paumes vers l'extérieur, Sophie Newman inspira afin de calmer son cœur qui battait à toute allure et laisser son esprit vagabonder. Quand elle l'avait enveloppée telle une momie avec des bandages en air solidifié, la Sorcière d'Endor lui avait transmis en une poignée de minutes des milliers d'années de connaissance. Sophie avait eu l'impression que sa tête enflait tandis que son cerveau s'emplissait des souvenirs de la Sorcière. Depuis, elle avait la nuque raide, elle souffrait d'un affreux mal de tête et de douleurs lancinantes derrière les yeux. Deux jours auparavant, elle était une adolescente américaine ordinaire, la tête pleine d'idées ordinaires – devoirs et projets scolaires, dernières chansons et vidéos, garçons qu'elle appréciait, numéros de portables et adresses mail, blogs et sites Internet.

Désormais, elle détenait un savoir dont personne n'avait idée.

À présent, Sophie Newman se rappelait ce que la Sorcière avait vu et fait pendant des millénaires. Il régnait une vraie pagaille dans son esprit, mélange de pensées et de souhaits, d'observations, de peurs et de désirs, un désordre confus regroupant des visions bizarres, des images terrifiantes, des bruits incompréhensibles. On aurait dit qu'elle assistait à la projection de centaines de films en même temps. Dans cet enchevêtrement étaient éparpillés les souvenirs des innombrables fois où la Sorcière avait utilisé son pouvoir spécial, la magie de l'Air. Il ne restait plus à Sophie qu'à trouver celle où elle s'était servie du brouillard.

Mais comment faire ?

Ignorant tout ce qui se passait autour d'elle, elle se concentra sur les brumes et les brouillards.

San Francisco était souvent enveloppé dans le brouillard ; le Golden Gate s'élevait alors au-dessus d'une épaisse couche de nuages. L'automne dernier, pendant que sa famille visitait la cathédrale Saint-Paul à Boston, un brouillard humide était tombé sur Tremont Street et le jardin Common. D'autres souvenirs apparurent : brume à Glasgow, brouillard tourbillonnant à Vienne, jaune et puant à Londres.

Sophie fronça les sourcils : elle ne s'était jamais rendue à Glasgow, Vienne ou Londres. Contrairement à la Sorcière, dont les souvenirs remontaient à la surface.

Ces images, pensées, réminiscences – tels les filets de brume qui défilaient dans sa tête – bougeaient et tournoyaient sans cesse. Et soudain, le brouillard se leva. Sophie se souvint avec clarté d'une silhouette vêtue comme au XIXe siècle. Un homme avec un long nez et un front haut surmonté de cheveux bouclés et gris. Assis à un pupitre, une épaisse feuille couleur crème devant lui, il trempait une simple plume dans un encrier plein à ras bord. Il fallut un moment à Sophie pour réaliser que ce n'était pas l'un de ses propres souvenirs, ou une scène vue à la télé ou au cinéma. La Sorcière d'Endor s'était réellement tenue à côté de cet homme. Sophie sut qu'il s'agissait d'un écrivain anglais célèbre commençant un nouveau roman. Il leva les yeux et lui sourit. Ses lèvres remuèrent sans qu'aucun son lui parvienne. Penchée au-dessus de son épaule, elle le regarda écrire *Brouillard partout, brouillard en amont de Londres, brouillard en aval* d'une élégante écriture ondulante. Derrière la fenêtre, un brouillard épais et opaque roulait telle de la fumée contre la vitre sale, recouvrant le paysage d'un voile impénétrable.

Et sous le porche du Sacré-Cœur de Paris, l'air devint frais et humide ; il s'enrichit d'une forte odeur de glace à la vanille. Un filet blanc se mit à couler des doigts écartés de Sophie. Les fins rubans descendaient en tourbillonnant et formaient des flaques à ses pieds. Derrière ses paupières fermées, elle vit l'écrivain tremper sa plume dans l'encrier et poursuivre : *Brouillard qui s'insinue... Brouillard qui s'étend... et plane... brouillard qui s'affale...*

Soudain, un épais voile blanc se répandit sur les dalles, se déplaçant comme une fumée étouffante. Il flotta en volutes entre les jambes de Flamel et ruissela le long des marches, prenant de l'ampleur, de l'épaisseur, de la noirceur.

Sous les yeux ébahis de Machiavel, le brouillard recouvrit les marches du Sacré-Cœur comme du lait sale ; il se condensait, enflait au fur et à mesure qu'il dévalait l'escalier. À cet instant, il sut que Flamel allait lui échapper. Alors que la masse humide et parfumée à la vanille l'atteignait, le recouvrant jusqu'à la poitrine, il reconnut l'odeur de magie.

– Remarquable ! s'exclama-t-il.

Mais le brouillard étouffa sa voix, assourdit cet accent français qu'il cultivait avec soin et révéla un italien rocailleux.

– Laisse-nous tranquilles, cria Flamel.

– Cela ressemble aussi à une menace, Nicolas. Crois-moi, tu n'as aucune idée des forces réunies contre toi à présent. Tes tours de passe-passe ne te sauveront pas.

Machiavel dégaina son portable et composa un numéro abrégé :

– Attaquez ! Maintenant !

En même temps, il gravit les marches quatre à quatre. Loin en contrebas, des bottes martelaient les dalles.

– J'ai survécu à tant de dangers !

Machiavel s'arrêta net : la voix de Flamel s'était déplacée ! Il chercha des yeux la silhouette de l'Alchimiste.

– Le monde a évolué, Nicolas, s'écria l'Italien. Pas toi. Tu nous as échappé en Amérique, mais ici, en Europe, il y a trop d'Aînés, trop d'hommes immortels qui te connaissent. Tu ne resteras pas caché indéfiniment ! Nous te trouverons.

Machiavel s'élança sur les dernières marches qui menaient à l'entrée de la basilique. Il n'y avait pas de brume en haut. Le brouillard artificiel prenait sa source sur la première marche et ruisselait en contrebas, si bien que l'église flottait telle une île sur une mer moutonneuse. Il ne se précipita pas dans la basilique ; il savait qu'il ne les y trouverait pas. Flamel, Scathach et les jumeaux s'étaient enfuis.

Pour l'instant.

Paris n'était plus la ville de Nicolas Flamel. Celle qui avait honoré Pernelle et son mari, les protecteurs des malades et des pauvres ; celle qui avait donné leur nom à des rues n'existait plus depuis des siècles. Paris appartenait désormais à Machiavel et aux Ténébreux qu'il servait. En balayant des yeux les toits qui s'étendaient à l'infini, Nicolas Machiavel jura qu'il transformerait Paris en un immense piège – peut-être un tombeau – pour le légendaire Alchimiste.

CHAPITRE CINQ

Les fantômes d'Alcatraz éveillèrent Pernelle Flamel.

Elle demeura immobile sur son lit étroit, dans la cellule exiguë et glacée située sous la prison abandonnée. Elle les écouta murmurer et marmonner dans l'ombre autour d'elle. Ils communiquaient en une douzaine de langues qu'elle comprenait, beaucoup plus qu'elle identifiait, et quelques-unes qui étaient totalement incompréhensibles pour elle.

Les yeux fermés, elle se concentra sur la voix de chacun... En reconnaîtrait-elle certaines ? Soudain, une pensée la frappa : comment parvenait-elle à entendre des fantômes ?

Le sphinx qui était assis devant sa cellule – un monstre au corps de lion, aux ailes d'aigle et à tête de femme –

avait absorbé son énergie magique, la rendant impuissante, la piégeant dans cette terrible prison.

Un minuscule sourire passa sur ses lèvres quand elle comprit ce qui était arrivé. En tant que septième fille d'une septième fille, elle était née avec la capacité d'entendre et de voir des fantômes. Comme son don n'avait rien à voir avec la magie, le sphinx n'avait aucune emprise sur lui. Au fil des siècles, elle s'était servie de son savoir-faire de magicienne pour se protéger des fantômes, pour recouvrir son aura de couleurs qui la rendaient invisible aux yeux des revenants. Quand le sphinx avait absorbé son pouvoir, ces boucliers avaient volé en éclats et révélé sa présence au royaume des esprits.

Pernelle Flamel avait vu son premier fantôme, celui de sa grand-mère adorée, Mamon, à l'âge de sept ans. Elle savait qu'elle n'avait rien à craindre de revenants : ils se montraient juste gênants pour la plupart, souvent agaçants et parfois très grossiers. Elle considérait même certains comme ses amis. Au cours de sa longue vie, quelques esprits passaient la voir de temps à autre. Elle les attirait parce qu'elle les voyait, les entendait, les aidait. Ainsi, ils ne se sentaient plus seuls. Mamon réapparaissait tous les dix ans pour vérifier si sa petite-fille allait bien.

Le moment était venu de se servir de leur puissance.

Pernelle ouvrit les yeux et concentra son attention sur le mur. De la paroi effritée qu'elle avait devant les yeux, suintait une eau verdâtre qui sentait la rouille et le sel, deux éléments qui avaient fini par détruire la prison d'Alcatraz. Comme elle l'avait prédit, l'arrogance sans bornes du Dr Dee lui avait fait commettre une erreur. Il pensait qu'en l'emprisonnant dans les profondeurs d'Alcatraz avec un sphinx pour gardien, il rendrait Pernelle inoffensive. Il avait tort.

Alcatraz était un repaire de fantômes.

Et la femme de Nicolas Flamel était bien décidée à lui montrer l'étendue de ses pouvoirs.

Elle ferma les yeux et se détendit afin de mieux prêter l'oreille aux fantômes. Lentement, dans un chuchotement à peine audible, elle commença à leur parler, à les appeler, à les rassembler autour d'elle.

CHAPITRE SIX

– Je vais bien, murmura Sophie, à moitié endormie. Sincèrement.

– J'en doute, marmonna Josh.

Il grinça des dents. Pour la deuxième fois en deux jours, il était obligé de porter sa sœur, un bras passé sous son dos, l'autre sous ses jambes. Terrifié à l'idée de la faire tomber, il descendait l'escalier du Sacré-Cœur avec d'infinies précautions.

– Selon Flamel, chaque fois que tu utilises la magie, elle te vole un peu de ton énergie, ajouta-t-il. Tu as l'air épuisée.

– Ça va..., grommela-t-elle, je peux marcher !

Ses yeux se refermèrent malgré elle.

Le petit groupe avançait en silence dans l'épais brouillard sentant la vanille, Scathach en tête, Flamel à l'arrière. Autour d'eux résonnaient le bruit sourd des bottes, les ordres atténués de la police et des forces spéciales qui gravissaient les marches. Certains agents passaient tout près d'eux : par deux fois, Josh fut obligé de s'accroupir quand une silhouette en uniforme surgit à son côté.

Soudain, Scathach s'arrêta et posa un doigt sur ses lèvres. Des gouttes d'eau brillaient dans ses cheveux rouges et hérissés ; sa peau blanche semblait encore plus pâle que d'habitude. Elle désigna sa droite avec son nunchaku sculpté. Un gendarme émergea du brouillard tourbillonnant juste devant eux. Derrière lui, Josh distingua un groupe de policiers amassés autour d'un manège vieillot. Ils regardaient en l'air et semblaient s'interroger sur cette étrange brume qui s'était brusquement abattue sur la butte. Le gendarme avait dégainé son arme de service, qu'il pointait vers le ciel, le doigt sur la détente. À cet instant, Josh réalisa le danger qu'ils couraient : non seulement ils devaient se méfier des ennemis non humains de Flamel, mais aussi de ses adversaires par trop humains.

Ils s'accroupirent et avancèrent d'une douzaine de pas. Soudain, le brouillard disparut comme si quelqu'un avait écarté un rideau. Josh regarda autour de lui : il se tenait devant une petite galerie d'art, un café et un magasin de souvenirs. Derrière lui se dressait un mur de brume jaunâtre.

Scathach et Flamel en sortirent à leur tour.

– Je te relaye, déclara Scatty, qui prit Sophie des bras de Josh.

Le garçon essaya de protester. Mais l'épuisement le gagnait ; il avait des crampes dans les mollets, tous les muscles le brûlaient après cette descente périlleuse, son fardeau serré contre lui.

Il fixa les yeux verts et brillants de Scatty :

– Elle s'en remettra ?

Au moment où la guerrière celte ouvrait la bouche pour répondre, Nicolas Flamel lui fit signe de se taire. Il posa la main gauche sur l'épaule de Josh, qui la délogea avec mépris. Sans s'en formaliser, l'Alchimiste expliqua :

– Elle a simplement besoin de dormir. Créer le brouillard juste après avoir fait fondre le tulpa a épuisé ses dernières forces physiques.

– C'est vous qui lui avez demandé cet effort ! lança Josh avec véhémence.

Nicolas écarta les bras :

– Quelle autre solution avais-je ?

– Je... je ne sais pas. Il y avait sûrement d'autres moyens. Jeter vos lances d'énergie verte, par exemple.

– Le brouillard nous a permis de nous échapper sans blesser personne, dit Flamel.

– Vous oubliez Sophie ! répliqua Josh avec amertume.

Flamel le dévisagea un long moment avant de tourner la tête :

– On continue !

Il désigna une rue latérale qui descendait à pic. Ils coururent dans la nuit. Josh suivait de près Scathach qui portait Sophie.

– Où allons-nous ? s'enquit la Guerrière.

– Nous devons trouver une cachette, murmura Flamel. On dirait que tous les policiers de la ville ont rendez-vous au Sacré-Cœur ! J'ai aussi aperçu des hommes des forces spéciales et des gendarmes en civil – ils font certainement partie des services secrets. Quand ils se rendront compte que nous ne sommes pas dans la basilique, ils boucleront le quartier et passeront chaque rue au peigne fin.

Scathach sourit. Un instant, ses longues incisives brillèrent sur ses lèvres :

– Et, disons-le franchement, nous ne sommes pas d'une grande discrétion.

– Nous devons chercher un endroit..., commença Nicolas Flamel.

Un agent de police venait de surgir au coin de la rue. Il ne devait pas avoir plus de dix-neuf ans. Grand, mince et gauche, il avait les joues cramoisies et un début de moustache. Une main sur son arme, l'autre tenant son képi, il dérapa et s'arrêta pile devant eux. Il lâcha un petit cri de surprise et tenta de dégainer son arme.

– Hé ! Arrêtez-vous ! glapit-il.

Nicolas tendit le bras. Une brume verte enveloppa sa main avant que ses doigts ne frôlent le torse du gendarme. Une lumière émeraude brilla autour de l'homme, qui s'effondra sur le sol.

– Qu'est-ce que vous lui avez fait ? souffla Josh, horrifié.

Écœuré, il contempla le jeune policier inconscient.

– Vous ne l'avez pas... tué ?

– Non, répondit Flamel sur un ton las. J'ai simplement surchargé son aura. C'est comme s'il avait reçu un choc électrique. Il se réveillera bientôt avec un bon mal de crâne.

Flamel appuya les doigts sur ses tempes, se massa juste au-dessus de l'œil gauche :

– J'espère qu'il ne sera pas aussi terrible que le mien.

– Tu sais, remarqua Scathach en dilatant les narines, que ta petite intervention aura révélé notre position à Machiavel ?

Josh prit une profonde inspiration. Autour d'eux, l'air sentait la menthe poivrée, l'odeur distinctive de l'Alchimiste.

– Avais-je le choix ? protesta celui-ci. Tu avais les mains prises.

– J'aurais pu me charger de lui, soutint Scatty. Souviens-toi, qui t'a sorti de la prison de la Loubianka les mains menottées derrière le dos ?

– De quoi parlez-vous ? C'est où, la prison de la Loubianka ? demanda Josh, perplexe.

– À Moscou, murmura Nicolas. Euh... ne pose pas de questions. C'est une longue histoire.

– Il allait être fusillé pour espionnage, expliqua Scatty.

– Une très longue histoire..., répéta l'Alchimiste.

Alors qu'il suivait Scathach et Flamel dans les rues sinueuses de Montmartre, Josh repensa à Dee et à la description de Flamel qu'il avait faite pas plus tard que la veille : « Il a exercé de nombreux métiers au cours de sa vie : médecin, cuisinier, libraire, soldat, professeur de langues et de chimie ; il a tout fait, avocat un jour, voleur le lendemain. Mais il restera toujours un menteur, un charlatan et un escroc. »

« Et un espion », ajouta Josh en se demandant si Dee le savait. Il regarda l'homme, d'apparence assez ordinaire. Avec ses cheveux courts, ses yeux pâles, son jean noir et son T-shirt sous une veste en cuir noir usé, il serait passé inaperçu dans toutes les capitales du monde. Et pourtant, ce personnage était loin d'être ordinaire : né en 1330, il prétendait œuvrer pour le bien de l'humanité, en éloignant le Codex de Dee et des terrifiantes créatures de l'ombre qu'il servait, les Ténébreux.

Mais qui Flamel servait-il, lui ? se demanda le garçon. Et, tout simplement, qui était l'immortel Nicolas Flamel ?

CHAPITRE SEPT

Maîtrisant à grand-peine sa colère, Nicolas Machiavel redescendait à grands pas l'escalier du Sacré-Cœur, alors que le brouillard se répandait et tourbillonnait derrière lui telle une cape. Même si la brume se levait peu à peu, l'odeur de vanille demeurait forte. Machiavel renversa la tête et inspira à pleins poumons. Il se souviendrait à jamais de ce parfum, unique comme une empreinte digitale. Chacun sur cette planète possédait une aura – le champ électrique qui entoure le corps – et quand ce champ électrique était concentré, puis utilisé, il interagissait avec les endorphines et les glandes surrénales afin de produire une odeur distinctive, propre à chaque personne, une signature olfactive. Machiavel inspira une dernière fois. Ses papilles goûtaient presque la vanille dans l'air, claire et pure : le parfum d'un pouvoir novice à l'état brut.

À cet instant, il ne mit plus en doute la parole de Dee : il s'agissait de l'odeur d'un des jumeaux annoncés par la légende.

– Bouclez-moi le quartier ! ordonna-t-il aux policiers gradés qui se tenaient en demi-cercle au pied des marches. Fermez toutes les rues, ruelles, allées, de la rue Custine à la rue Caulaincourt, du boulevard de Clichy au boulevard de Rochechouart et à la rue de Clignancourt. Trouvez-les-moi !

– Vous nous demandez de boucler tout Montmartre ? lâcha un officier.

Un silence de mort s'abattit sur la troupe. Le policier chercha du soutien auprès de ses collègues, mais tous évitèrent son regard.

– Nous sommes en pleine saison touristique, continua-t-il.

Le visage aussi impassible que les masques qu'il collectionnait, Machiavel se tourna vers le capitaine. Ses yeux gris et froids transpercèrent l'homme, mais quand il s'adressa à lui, sa voix était calme et posée :

– Savez-vous qui je suis ?

Le capitaine, un vétéran décoré de la Légion étrangère, sentit quelque chose de froid et d'acide s'installer au creux de son estomac. Il humecta ses lèvres soudain asséchées :

– Vous êtes M. Machiavel, le nouveau directeur de la Direction générale de la sécurité extérieure. Mais cette affaire concerne la police, monsieur, et non la sécurité. Vous n'avez pas l'autorité...

– Je mets la DGSE sur l'affaire, l'interrompit Machiavel. Mes pouvoirs me viennent directement du président. Je bouclerai la ville entière s'il le faut. Trouvez-les ! Sachez que cette nuit une catastrophe a été évitée de peu.

Il fit un geste ample en direction du Sacré-Cœur qui émergeait peu à peu de la brume.

– Qui sait quelles autres horreurs ils ont prévues ? poursuivit-il. Alors, exécution ! Je veux un rapport de la situation toutes les heures.

Sans attendre de réponse, il fit volte-face et se dirigea vers sa voiture. Un chauffeur en costume sombre l'attendait, les bras croisés sur son torse massif, le visage à moitié caché par de grandes lunettes réfléchissantes. Il ouvrit la portière, puis la referma en douceur derrière Machiavel. Après être monté à bord, le chauffeur posa ses mains gantées de noir sur le volant en cuir et attendit ses instructions. La glace teintée qui séparait les deux hommes descendit en chuintant.

– Flamel est à Paris. Où peut-il se rendre ? lança Machiavel sans préambule.

Cela faisait près de quatre cents ans que cet être était à son service. On le connaissait sous le nom de Dagon depuis des millénaires et, malgré son apparence, il n'avait rien d'humain. Il se tourna sur son siège et ôta ses lunettes. Dans l'intérieur sombre de la voiture, ses yeux brillèrent, bulbeux comme ceux des poissons, gros et liquides derrière un film clair à l'aspect du verre. Il n'avait pas de paupières. Quand il parla, deux rangées de petites dents irrégulières apparurent derrière ses lèvres fines.

– Qui sont ses alliés ? s'enquit le monstre dans la langue étonnante de sa lointaine jeunesse, qui évoquait le bruit de l'eau.

– Flamel et sa femme ont toujours agi seuls. Voilà pourquoi ils ont survécu si longtemps. À ma connaissance, ils n'ont pas habité Paris depuis la fin du XVIIIe siècle.

Machiavel sortit son ordinateur noir ultraplat, puis fit courir son index sur le lecteur d'empreintes intégré. La machine bipa et l'écran s'alluma.

– Ils ont emprunté un nexus ; ça veut dire qu'ils n'étaient pas préparés, clapota Dagon. Ils n'ont donc pas d'argent, pas de passeport, pas d'autres vêtements que ceux qu'ils portent.

– Tu as raison, fit Machiavel. Du coup, ils sont obligés de se trouver un allié solide dans la capitale.

– Humani ou immortel ?

– Voyons... Immortel. Je ne suis pas sûr qu'ils connaissent beaucoup d'humani dans cette ville.

– Bon ! Maintenant, quels sont les immortels qui résident à Paris ?

Les doigts de l'Italien tapèrent une série compliquée de lettres et symboles. L'écran révéla un répertoire intitulé Temp. Ce dossier contenait plusieurs fichiers. Machiavel en surligna un et tapa sur « Entrée ». Une fenêtre surgit au milieu de l'écran.

Entrez le mot de passe.

Samedi 2 Juin

Ses doigts effilés glissèrent sur le clavier : *Del modo di trattare i sudditi della Val di Chiana ribellati.* Une base de données, dont le cryptage était celui qu'utilisaient les gouvernements pour leurs dossiers top-secret, s'ouvrit. Nicolas Machiavel, qui au cours de sa longue vie avait amassé une fortune colossale, considérait ce dossier comme son plus grand trésor. Compilé par son réseau d'espions à travers le globe, il recensait tous les humains immortels. Il parcourut les noms. Même ses maîtres, les Ténébreux, n'avaient pas connaissance de cette liste, et certains seraient très mécontents d'apprendre qu'il connaissait la localisation et les attributs de presque tous les Aînés et les Ténébreux déambulant sur Terre ou dans les royaumes des Ombres qui bordaient le monde.

Pour Machiavel la connaissance était la clef du pouvoir.

Dans les trois dossiers consacrés à Nicolas et Pernelle Flamel, il y avait des centaines d'entrées relatant toutes leurs apparitions depuis leur décès supposé en 1418. On les avait croisés sur chaque continent, excepté l'Australie. Ces cent cinquante dernières années, ils avaient vécu en Amérique du Nord. Au siècle précédent, ils avaient été vus pour la première fois en chair et en os à Buffalo, dans l'État de New York, en septembre 1901.

Il passa à la section intitulée *Associés connus d'immortels.* Vide.

– Rien. Je n'ai pas d'archives sur les immortels qui auraient pu s'associer avec les Flamel.

– Paris est sa ville natale : il va chercher ses vieux amis, déclara Dagon. Les gens se comportent différemment quand ils sont chez eux. Ils baissent la garde. Et même si Flamel a vécu loin de la France pendant des siècles, il la considère toujours comme sa patrie.

Nicolas Machiavel leva la tête de son ordinateur. Cette réflexion lui rappela à quel point il sous-estimait son fidèle employé.

– Et où se trouve ta patrie à toi, Dagon ?

– Elle a disparu... il y a longtemps.

Ses gros yeux globuleux s'embuèrent un instant.

– Pourquoi es-tu resté avec moi ? Pourquoi n'es-tu pas parti à la recherche de tes semblables ?

– Eux aussi ont disparu. Je suis le dernier de mon espèce. D'ailleurs, vous n'êtes pas si différent de moi...

– Mais tu n'es pas humain, murmura Machiavel.

– L'êtes-vous, maître ? demanda Dagon.

Machiavel se tut un long moment avant de hocher la tête et de reprendre sa lecture :

– Nous cherchons donc une personne que les Flamel auraient connue quand ils vivaient encore ici. Nous savons qu'ils n'ont pas foulé le pavé parisien depuis le XVIIIe siècle, ce qui limite nos recherches aux immortels qui habitaient là à l'époque...

Il tapota sur quelques touches, filtra les résultats.

– Sept seulement, dont cinq sont loyaux envers nous.

– Et les deux autres ?

– Catherine de Médicis. Elle vit rue du Dragon.

– Elle n'est pas française, marmonna Dagon, la bouche poisseuse.

– Elle demeure la mère de trois rois français, lui

rappela Machiavel. Cette femme n'est loyale qu'envers elle-même. Voyons... Mais qui avons-nous là ?

Nicolas Machiavel tourna l'écran pour que son serviteur voie la photographie d'un homme qui fixait l'objectif, apparemment pour une campagne de publicité. Une épaisse chevelure noire et bouclée tombait en cascade sur ses épaules, entourant un visage rond. Ses yeux étaient d'un bleu fascinant.

– Je ne connais pas cet homme, déclara Dagon.

– Moi, je le connais. Et même très bien. Cet immortel qui répondait autrefois au nom de comte de Saint-Germain était magicien, inventeur, musicien et... alchimiste.

Machiavel ferma le programme et éteignit son portable.

– Saint-Germain était également l'élève de Nicolas Flamel. Et il vit actuellement à Paris, finit-il avec un air de triomphe.

– Flamel sait-il que Saint-Germain est à Paris ? demanda Dagon.

– Je l'ignore. Personne n'a idée de l'étendue des informations dont dispose Nicolas Flamel.

Le serviteur remit ses lunettes :

– Dire que je croyais que vous saviez tout sur tout...

CHAPITRE HUIT

– Stop ! lâcha Josh. Je ne peux plus avancer.

Appuyé contre un immeuble, penché en avant, il respirait bruyamment. Des points noirs dansaient devant ses yeux ; il avait la nausée. Josh avait parfois cette sensation après un entraînement de football et, par expérience, il savait qu'il devait s'asseoir et boire quelque chose.

– Il a raison, intervint Scatty. Nous devons nous reposer quelques minutes.

Elle portait toujours Sophie. Sous les lueurs grises qui se reflétaient sur les toits parisiens à l'est, les premiers travailleurs de l'aube apparaissaient. Pour l'instant, Flamel et sa troupe s'étaient cantonnés aux ruelles sombres, et personne n'avait prêté attention à l'étrange groupe ; la situation risquait de changer quand les rues se rempliraient de Parisiens, puis de touristes.

Samedi 2 Juin

Nicolas se tenait à l'entrée d'une ruelle.

– On doit continuer, leur lança-t-il par-dessus son épaule. Plus nous tardons, plus Machiavel se rapproche de nous.

– Impossible, protesta Scatty.

Elle fixa Flamel, et ses yeux verts étincelèrent.

– Les jumeaux ont besoin de se reposer. Et toi aussi, Nicolas, ajouta-t-elle doucement. Tu es épuisé.

Les épaules de l'Alchimiste s'affaissèrent :

– C'est vrai. Je m'incline.

– Et si nous allions à l'hôtel ? suggéra Josh, à bout de forces.

– Non, répondit Scatty. Ils nous demanderaient nos passeports...

Sophie remua dans ses bras. Scatty la déposa délicatement sur le sol et l'adossa contre un mur. Josh se précipita vers sa sœur.

– Tu es réveillée ! s'exclama-t-il, soulagé.

– Je ne dormais pas vraiment, marmonna Sophie d'une voix pâteuse. Je savais ce qu'il se passait, comme si je nous voyais de l'extérieur, ou comme si je regardais la télévision.

Elle mit les mains dans le creux de son dos et appuya fort tout en tournant la tête :

– Aïe ! Ça fait mal.

– Tu as mal où ? s'inquiéta Josh.

– Partout.

Elle essaya de se redresser, mais ses muscles endoloris protestèrent, et une affreuse migraine lui vrilla les tempes.

– Y a-t-il quelqu'un à Paris que vous pourriez appeler à l'aide ? demanda Josh à Nicolas et Scathach. Des immortels ? Des Aînés ?

– Les immortels et les Aînés ne manquent pas, rétorqua Scatty. Seulement, peu sont aussi amicaux que nous...

– Oui, il y a des immortels à Paris, confirma Flamel, mais j'ignore où les trouver. Même si j'en croisais un, je ne saurais pas à qui il a prêté allégeance. Pernelle le saurait, elle, ajouta-t-il sur un ton triste.

– La Sorcière d'Endor aurait-elle cette information ? demanda Josh à Scatty.

– J'en suis persuadée. Sophie ? Parmi tes nouveaux souvenirs, y a-t-il ceux d'immortels ou d'Aînés qui vivraient à Paris ?

Les yeux fermés, Sophie tenta de se concentrer, mais les scènes et les images qui défilaient dans son esprit – pluie tombant d'un ciel rouge sang, immense pyramide au sommet plat, sur le point d'être submergée par une vague gigantesque – étaient chaotiques et terrifiantes. Elle secoua la tête et grimaça : le moindre mouvement lui faisait mal.

– Je n'arrive pas à réfléchir, soupira-t-elle. Mon cerveau est tellement rempli qu'il ne va pas tarder à exploser.

– La Sorcière le sait peut-être, intervint Flamel, mais on n'a aucun moyen de la contacter, vu qu'elle n'a pas le téléphone.

– Et ses voisins, ses amis ? s'enquit Josh. Sophie, je sais que tu as du mal à réfléchir, mais fais un petit effort, c'est important.

– Je n'y arrive pas..., gémit sa sœur.

– Allez ! Essaie ! la pressa Josh.

Il lui demanda à voix basse :

– Petite sœur, comment s'appelle le meilleur ami de la Sorcière d'Endor à Ojai ?

Sophie ferma de nouveau ses yeux bleus et brillants, puis se mit à vaciller comme si elle allait s'évanouir. Quand elle rouvrit les paupières, elle déclara :

– Elle n'a pas d'amis là-bas. Mais tout le monde la connaît. On pourrait appeler le magasin qui se trouve à côté du sien ? Euh... Non, il est trop tard.

– Sophie a raison, intervint Flamel. Il fait nuit en Californie à cette heure-ci.

– Peut-être, leur accorda Josh, une pointe d'excitation dans la voix. Mais la ville était sens dessus dessous quand nous l'avons quittée. N'oubliez pas que j'ai foncé sur la fontaine de Libbey Park avec une voiture. Cela a dû attirer l'attention. Je parie que la police et la presse sont sur les lieux. Les journalistes sont susceptibles de répondre si nous leur posons les bonnes questions. Comme le magasin de la Sorcière a été endommagé, ils cherchent sûrement une histoire à raconter à leurs lecteurs.

– Cela peut marcher..., dit Flamel. Il me faut juste le nom du journal local.

– *La Gazette d'Ojai Valley*, 646 1476, répondit Sophie du tac au tac. Je m'en souviens... La Sorcière s'en souvient, se reprit-elle dans un frisson.

Tellement de souvenirs se bousculaient dans son esprit, tellement de pensées, d'idées... Pas seulement les images terrifiantes et fantastiques de personnes et d'endroits incroyables, mais aussi des choses de tous les jours – numéros de téléphone, recettes de cuisine, noms et adresses de personnes dont elle n'avait jamais entendu parler, extraits de vieilles émissions de télé, affiches de cinéma... Elle connaissait même le répertoire complet d'Elvis Presley !

Tout cela appartenait à la mémoire de la Sorcière. Et à cet instant Sophie était incapable de se rappeler son propre numéro de portable. Que se passerait-il si les souvenirs de Dora submergeaient les siens ? Elle tenta d'évoquer le visage de ses parents, Richard et Sara. Des centaines de visages défilèrent – silhouettes gravées dans la pierre, têtes de statues géantes, portraits barbouillés sur des façades, petits personnages dessinés sur des débris de poterie. Elle commença à s'affoler : pourquoi ne parvenait-elle pas à se souvenir du visage de ses parents ? Les yeux fermés, elle songea à la dernière fois où elle les avait vus. Cela remontait à trois semaines environ ; ils partaient effectuer des fouilles dans l'Utah. D'autres visages se succédèrent derrière ses paupières fermées, représentés sur des morceaux de parchemin, fragments de manuscrits ou toiles craquelées, photographies sépia fanées, journaux flous...

– Sophie ?

Soudain, dans un flash coloré, le visage de ses parents surgit ; les souvenirs de la Sorcière s'estompèrent, laissant place aux siens. Elle se rappela aussi son numéro de téléphone.

– Sophie ?

Samedi 2 Juin

Elle cligna des yeux. Son frère se tenait près d'elle, le front plissé par l'inquiétude.

– Ça va, murmura-t-elle. J'essayais de me souvenir de quelque chose.

– De quoi ?

Elle esquissa un sourire :

– De mon numéro de téléphone.

– Ton numéro ? Pourquoi ? Personne ne se souvient jamais du sien ! Tu t'appelles souvent, toi ?

Les mains autour d'une tasse de chocolat chaud, Josh et Sophie étaient assis l'un en face de l'autre dans un café vide près de la station de métro Gare du Nord. Il n'y avait qu'un serveur derrière le comptoir. Le crâne rasé, il portait un badge qui indiquait : « ROUX ».

– J'ai besoin d'une bonne douche, déclara Sophie. J'aimerais me laver les cheveux, les dents, changer de vêtements. J'ai l'impression de ne pas m'être douchée depuis des jours.

– Normal, c'est le cas ! Tu as une sale tête, confirma Josh.

Il tendit le bras et écarta une mèche blonde collée à la joue de sa sœur.

– Je m'en doute, soupira-t-elle. De plus, je suis frigorifiée, et j'ai mal partout.

Roux travaillait dans ce petit café depuis quatre ans. Pendant ce temps, l'endroit avait été cambriolé deux fois ; lui-même avait été souvent menacé, mais jamais blessé. L'établissement, ouvert vingt-quatre heures sur vingt-quatre, voyait défiler des personnages étranges, et parfois dangereux. Le serveur décida que ce quatuor appartenait à la première catégorie, sinon aux deux. Les deux ados, qui auraient pu être jumeaux, étaient sales, sentaient mauvais, semblaient terrifiés et épuisés. L'homme âgé – leur grand-père ? – n'était pas en meilleur état. Seule la jeune femme aux cheveux roux et aux yeux verts, vêtue d'un haut et d'un treillis noirs et de lourdes rangers, paraissait en pleine forme.

Roux hésita quand l'homme sortit une carte de crédit pour payer les deux chocolats.

– Je suis à court d'euros, expliqua l'homme, l'air gêné. Accepteriez-vous de taper vingt et de me rendre la monnaie ?

Roux trouva qu'il parlait un français vieillot, pour ne pas dire précieux.

– C'est contre le règlement..., commença-t-il.

Un coup d'œil à la rouquine au regard sévère le fit changer d'avis.

– Bien sûr, dit-il en grimaçant un sourire, je pense que je peux le faire.

De toute façon, si la carte avait été volée, la machine la rejetterait.

Roux fut surpris de constater que la carte était américaine : il aurait juré que son client était français. Au bout de quelques secondes, le paiement fut accepté. Il déduisit les deux boissons et lui rendit la monnaie en pièces de un et deux euros. Puis il s'empara du livre de comptes caché sous le comptoir. Il s'était trompé à leur sujet : il s'agissait probablement de touristes descendus d'un des premiers trains du matin. Ils ne sortaient pas de l'ordinaire.

Enfin, peut-être pas tous... Tête baissée, il jeta un coup d'œil à la rouquine, qui lui tournait le dos et parlait au vieil homme. Lentement, elle pivota sur sa chaise pour le fixer. Tout à coup, le garçon trouva son livre de comptes très intéressant.

Assis au comptoir du café, Flamel dévisageait Scatty.

– Je veux que tu restes ici, lui demanda-t-il en passant du français au latin. Garde un œil sur les jumeaux. Je dois trouver un téléphone.

– D'accord, fit la Guerrière. Sois prudent ! S'il arrive quoi que ce soit, si on est séparés, on se retrouve à Montmartre. Jamais Machiavel se doutera qu'on a rebroussé chemin. On s'attend devant un restaurant, *La Maison Rose* par exemple, pendant cinq minutes au début de chaque heure.

– Très bien. Si je ne suis pas revenu à midi, reprit-il à voix basse, pars avec les jumeaux.

– Je ne t'abandonnerai pas.

– Si je ne reviens pas, c'est que Machiavel m'aura capturé. Scathach, même toi, tu ne seras pas capable de m'arracher à son armée.

– J'ai déjà affronté des armées.

Flamel posa la main sur l'épaule de la Guerrière :

– Les jumeaux sont notre priorité à présent. Ils doivent être protégés à tout prix. Continue la formation de Sophie. Trouve quelqu'un pour éveiller Josh et l'entraîner.

Et sauve ma chère Pernelle si tu le peux. Au cas où je mourrais, dis-lui que mon fantôme la retrouvera.

Avant qu'elle dise un mot, il se leva et quitta le café.

– Dépêche-toi de revenir, chuchota Scatty.

S'il était capturé, décida-t-elle, peu importaient ses volontés, elle mettrait cette ville sens dessus dessous jusqu'à ce qu'elle le retrouve. Elle prit une profonde inspiration, puis se retourna. Le serveur au crâne rasé la fixait. Il avait une toile d'araignée tatouée dans le cou et une dizaine de clous à chaque oreille. Elle se demanda s'il avait souffert. Elle rêvait d'avoir les oreilles percées, mais sa chair guérissait trop vite, et dès que le piercing était fait, le trou se rebouchait.

– Vous voulez boire quelque chose ? lui demanda l'homme, un peu nerveux.

Quand il lui sourit, elle aperçut une boule métallique sur sa langue.

– De l'eau.

– Perrier ? Pétillante ? Plate ?

– Robinet. Sans glace, lança-t-elle avant d'aller rejoindre les jumeaux.

Elle prit une chaise et s'assit à califourchon, les avant-bras posés sur le dossier :

– Nicolas est parti. Il va essayer d'entrer en contact avec ma grand-mère pour voir si elle connaît quelqu'un à Paris. Je ne sais pas ce qu'on fera s'il n'arrive pas à avoir cette information.

– Pourquoi ? s'enquit Sophie.

– Nous devons trouver un refuge. Nous avons eu de la chance de pouvoir nous éloigner du Sacré-Cœur avant que la police boucle le quartier. À l'heure qu'il est, ils ont dû découvrir cet agent assommé et sont sur notre piste. Vu que les patrouilles possèdent notre description, nous ne tarderons pas à être repérés.

– Que se passera-t-il à ce moment-là ? voulut savoir Josh.

Le sourire de Scathach fut terrifiant :

– Ils verront pourquoi on m'appelle la Guerrière.

– Et si on est capturés ? insista Josh.

Il trouvait encore l'idée d'être pourchassés par la police incompréhensible. C'était presque plus facile d'imaginer une traque par des créatures mythiques ou des hommes immortels.

– Vous serez remis à Machiavel. Les Ténébreux estiment que vous valez votre pesant d'or.

Sophie jeta un regard à son frère avant de demander :

– Que... que nous réservent-ils ?

– Franchement ? Croyez-moi, ce ne sera pas agréable du tout.

– Et vous ? intervint Josh.

– Je n'ai pas d'amis parmi les Ténébreux. Cela fait deux mille cinq cents ans que je suis leur ennemie. Je suppose qu'ils m'ont préparé une prison très spéciale dans un royaume des Ombres. Un lieu froid et humide. Ils savent que je déteste cela.

Ses incisives effleurèrent ses lèvres.

– Mais la partie n'est pas encore perdue ! s'exclama-t-elle. Ils ne nous attraperont pas aussi facilement. Sophie ? Comment ça va ? Tu as vraiment une sale tête.

– Il paraît.

Sophie but une gorgée de son chocolat. À cet instant, son estomac gargouilla, lui rappelant qu'ils n'avaient pas mangé depuis longtemps.

Scatty se pencha en avant et baissa d'un ton :

– Vous devez prendre le temps de récupérer de tout ce stress. Se rendre à l'autre bout du monde *via* un nexus se paie. C'est comme un décalage horaire important, d'après ce qu'on dit.

– Et je suppose que vous, vous ne souffrez pas de ce genre de désagrément, grommela Josh.

Scatty secoua la tête :

– Non, je ne prends pas l'avion. Jamais je ne monterai dans une de ces machines ! Seules des créatures vivantes munies d'ailes devraient voler dans le ciel. Ah, si ! j'ai voyagé sur un Lung autrefois.

– Un Lung ? répéta Josh.

– Un Ying-Lung. C'est un dragon chinois, lui expliqua Sophie.

Scathach la dévisagea :

– Évoquer le brouillard a brûlé beaucoup de ton énergie aurique. Évite d'utiliser tes pouvoirs aussi longtemps que possible.

Le trio se tut quand Roux vint avec un grand verre d'eau. Il le posa au bord de la table, esquissa un sourire nerveux à l'intention de Scatty, puis recula.

– Je crois que vous lui plaisez, chuchota Sophie.

– Je n'aime pas les garçons qui ont des piercings, dit la Guerrière assez fort pour qu'il l'entende.

Les deux filles sourirent quand le serveur devint écarlate.

– Pourquoi est-il important que Sophie n'ait pas recours à ses pouvoirs ? demanda Josh, alarmé par le commentaire de Scatty.

Celle-ci se pencha en avant ; les jumeaux tendirent l'oreille.

– Quand une personne a épuisé toute son énergie aurique, son pouvoir utilise sa chair comme carburant.

– Et ensuite ? demanda Sophie.

– As-tu entendu parler de combustion humaine spontanée ?

Sophie ne réagit pas, contrairement à Josh, qui dit :

– Moi oui. Les gens prennent feu sans aucune raison. C'est une légende urbaine.

– Non, ce n'est pas une légende. De nombreux cas ont été recensés au cours des siècles. J'ai été témoin d'une ou deux combustions. Cela se produit en un claquement de doigts. Le feu part en général de l'estomac et des poumons, et brûle avec une telle intensité qu'à la fin il ne reste que des cendres. Tu dois faire attention maintenant, Sophie. Promets-moi de ne plus utiliser tes pouvoirs, quoi qu'il arrive.

– Flamel le savait ? lâcha Josh, incapable de cacher sa colère.

– Bien entendu.

– Et il n'a pas jugé bon de nous prévenir ! grogna le garçon.

Roux leva la tête, si bien que Josh dut baisser d'un ton :

– Aurait-il oublié de nous dire autre chose ? Ce don a d'autres effets secondaires ?

Il cracha presque le mot « don ».

– Tout est arrivé si vite, Josh ! répondit Scatty. Nous n'avons pas eu assez de temps pour vous entraîner et vous instruire comme il faut. Mais sachez que Nicolas agit dans votre intérêt. Il se soucie de votre sécurité.

– Nous étions en parfaite sécurité avant de le rencontrer ! lança Josh avec véhémence.

Le visage de Scatty se tendit, les muscles de son cou et de ses épaules se raidirent. Une ombre passa dans ses yeux verts.

Sophie posa une main sur l'épaule de Josh et l'autre sur Scatty.

– Ça suffit ! dit-elle. Cessez de vous chamailler.

Josh ne riposta pas, effrayé par l'air épuisé de sa sœur.

– O.K. Pour l'instant...

– O.K., répéta Scatty. Sophie a raison. Je regrette qu'elle doive subir autant d'épreuves. J'aurais aimé que tes pouvoirs aient été éveillés aussi.

– Et moi alors ! grommela-t-il. Ce n'est pas trop tard, n'est-ce pas ?

– Tu peux être éveillé à n'importe quel moment. Il suffit que tu rencontres un Aîné qui possède ce talent. Seulement, ils ne sont pas nombreux...

– Des noms ! exigea le garçon.

Ce fut Sophie, et non Scathach, qui lui répondit :

– Aux États-Unis, Black Annis ou Perséphone en sont capables.

Josh et Scatty la dévisagèrent. Surprise, Sophie cligna des yeux :

– Je connais ces noms, mais je ne sais pas à qui ils appartiennent.

Soudain, les larmes lui brouillèrent la vue :

– J'ai tous ces souvenirs... qui ne sont pas à moi.

Josh prit la main de sa sœur et la serra.

– À ta place, je serais contente d'ignorer qui sont Black Annis et Perséphone, chuchota Scatty. Surtout Black Annis... Au passage, je suis étonnée que ma grand-mère l'ait laissée vivre, celle-là, alors qu'elle savait où elle habitait.

– Elle est dans les Catskills, au nord de New York. Aïe !

Scatty venait de lui pincer le bras.

– Je voulais te changer les idées. Ne pense plus à elle ! D'ailleurs, il y a des noms qu'on ne devrait jamais prononcer à voix haute.

– Ouais, quand on te dit de ne pas penser à des éléphants, remarqua Josh, tu ne penses qu'à un truc : des éléphants.

– Et si nous parlions d'autre chose ? murmura Scatty. Deux policiers nous regardent depuis le trottoir. Ne vous retournez surtout pas.

Trop tard : Josh avait déjà pivoté sur son siège. En voyant son expression horrifiée, les policiers se ruèrent dans le café. L'un dégaina son arme automatique et l'autre parla dans sa radio tout en sortant sa matraque.

CHAPITRE NEUF

Avec son jean pas trop propre et ses bottes de cow-boy éraflées, les mains enfoncées dans les poches de sa veste en cuir, Nicolas Flamel ne dépareillait ni avec les travailleurs de l'aube, ni avec les sans-abri dehors à cette heure dans les rues. Les forces de police, rassemblées à tous les coins de rues, s'égosillaient dans leur radio et ne lui prêtaient absolument pas attention.

Ce n'était pas la première fois qu'il était traqué dans Paris, mais aujourd'hui il ne pouvait compter sur aucun allié, aucun ami. Pernelle et lui étaient retournés dans leur ville de prédilection à la fin de la guerre de Sept Ans, en 1763 : un de leurs vieux amis avait besoin d'aide, et les Flamel n'abandonnaient jamais leurs amis. Malheureusement, Dee avait découvert leur cache et les avait pourchassés à travers la ville avec une armée d'assassins vêtus de noir, dont aucun n'était tout à fait humain.

À l'époque, ils leur avaient échappé. Là, c'était une autre histoire. La ville avait radicalement changé. Quand il l'avait redessinée au XIXe siècle, le baron Haussmann avait détruit une grande partie de la cité médiévale, celle que Flamel connaissait sur le bout du doigt. Les cachettes, les refuges, les caves secrètes et les greniers dissimulés avaient tous disparu. Autrefois, chaque rue, venelle, allée biscornue, cour intérieure lui était familière. À présent, il avait le statut d'un touriste moyen.

Un touriste poursuivi par Machiavel et toutes les forces de police françaises... De plus, Dee était en route, et Dee, Flamel ne le savait que trop bien, était le plus imprévisible des immortels.

Nicolas inspira l'air frais de cette fin de nuit et jeta un coup d'œil sur la montre à quartz bon marché qu'il portait au poignet. Elle donnait toujours l'heure du Pacifique : il était vingt heures vingt, c'est-à-dire – Flamel effectua un rapide calcul mental – cinq heures vingt à Paris. Il envisagea une seconde de régler sa montre sur l'heure de Greenwich, mais se ravisa. Deux mois plus tôt, quand il avait essayé de l'avancer d'une heure, la montre s'était mise à biper et clignoter comme une folle. Il l'avait manipulée pendant une heure, en vain ; Pernelle l'avait alors réglée en quelques secondes. Il la portait uniquement pour son chronomètre. Chaque mois, quand Pernelle et lui créaient une nouvelle dose de potion d'immortalité, il mettait le compteur sur sept cent vingt heures et le surveillait de près. Au fil des siècles, il avait découvert que l'action de la potion suivait un cycle lunaire et durait environ trente jours. Pendant un mois, ils vieillissaient lentement, presque imperceptiblement, et dès qu'ils buvaient leur dose de breuvage magique, les effets du vieillissement reculaient à toute allure – les cheveux brunissaient, les rides s'atténuaient puis disparaissaient, les articulations douloureuses et les muscles raidis s'assouplissaient, la vue et l'ouïe s'affinaient.

Malheureusement, ce n'était pas une recette qu'on pouvait réutiliser. Tous les mois, une formule unique leur était donnée, qui ne fonctionnait qu'une fois. Le Livre d'Abraham le Juif était écrit dans une langue qui remontait à la nuit des temps ; les lettres interchangeables se déplaçaient sans arrêt, si bien qu'une bibliothèque entière tenait dans ce volume. Une fois par mois, en page sept du manuscrit à reliure de cuivre apparaissait le secret de la Vie éternelle. L'écriture mouvante se stabilisait pendant moins d'une heure avant de reprendre ses ondulations et ses contorsions.

La seule fois où les Flamel avaient tenté de réutiliser la même recette, elle avait accéléré le processus de vieillissement. Par chance, Nicolas n'avait bu qu'une gorgée du breuvage incolore d'apparence assez banale, quand Pernelle remarqua des rides se dessiner au coin de ses yeux et sur son front. Les poils de sa barbe tombaient. Bien qu'elle se fût dépêchée de renverser sa coupe, les rides restèrent gravées sur son visage, et la barbe épaisse dont il était si fier ne repoussa pas.

Nicolas et Pernelle avaient concocté leur dernière potion à minuit le dimanche précédent, il y avait une petite semaine. Il appuya sur le bouton gauche de sa montre et examina le compte à rebours : 116 heures et 21 minutes s'étaient écoulées depuis. Un deuxième clic lui indiqua le temps restant : 603 heures, 39 minutes, soit vingt-cinq jours environ. Sous ses yeux, une autre minute s'enfuit. Pernelle et lui vieilliraient et s'affaibliraient. Bien entendu, chaque fois que l'un des deux aurait recours à ses pouvoirs, les méfaits du temps s'accéléreraient. S'il ne récupérait pas le Livre avant la fin du mois et ne recréait pas la potion, ils mourraient.

Et le monde mourrait avec eux.

À moins que...

Une voiture de police passa en trombe à côté de lui, sa sirène hurlant. Puis une deuxième et une troisième. Comme tous les passants dans la rue, Flamel se tourna pour les suivre des yeux : il ne fallait pas qu'il attire l'attention en se démarquant de la foule.

Il devait récupérer le Codex. Il effleura machinalement son torse : sous son T-shirt, il portait au bout d'un lien en cuir un sac en coton que Pernelle lui avait fabriqué un demi-millénaire auparavant, le jour où il avait découvert le Livre. À présent, il ne contenait que les deux pages du manuscrit arrachées par Josh. Sans ses deux dernières pages, qui contenaient l'Évocation Finale, Dee ne pourrait pas ramener les Ténébreux dans ce monde.

Tant que Flamel était en vie, le retour des Ténébreux ne se produirait pas.

Deux agents de police tournèrent au coin de la rue et s'avancèrent au milieu de la chaussée. Ils dévisageaient avec insistance les passants, scrutaient les vitrines... Ils croisèrent Nicolas sans le reconnaître.

La priorité de l'Alchimiste était de trouver un refuge aux jumeaux. Ce qui signifiait dénicher un immortel à Paris. Toutes les villes du monde abritaient des hommes dont la durée de vie atteignait des siècles, voire des millénaires. Et Paris n'échappait pas à la règle. Les immortels aimaient les grandes cités anonymes, où il était plus facile de se fondre dans une population en changement perpétuel.

Au fil des siècles, les Flamel étaient entrés en contact avec trois types d'hommes immortels, totalement différents. Il y avait les Anciens, qui se comptaient sur les doigts d'une main et provenaient d'un passé terrestre très, très lointain. Ils avaient été témoins de pans entiers de l'Histoire de l'humanité, ce qui avait rendu certains plus humains, et d'autres moins.

Ensuite, il en existait quelques autres, comme Nicolas et Pernelle, qui avaient découvert seuls le secret de l'immortalité. Au cours du millénaire, les mystères de l'alchimie avaient été révélés, perdus et redécouverts un nombre incalculable de fois. L'un des plus grands trésors de l'alchimie était la formule d'immortalité. Et toutes les alchimies – comme les sciences modernes – n'avaient qu'une source : le Livre d'Abraham le Juif.

Enfin, il y avait ceux qui avaient reçu l'immortalité en cadeau. De manière accidentelle ou délibérée, ces hommes-là avaient attiré l'attention d'un Aîné demeuré dans ce monde après la chute de Danu Talis. Les Aînés recherchaient sans cesse des personnes dotées de capacités exceptionnelles pour les rallier à leur cause. En échange de leurs services, ils accordaient à leurs nouveaux partisans une vie prolongée. Peu d'hommes refusaient ce genre de présent. Il assurait aux Aînés une loyauté absolue, vu qu'il pouvait être repris aussi vite qu'il avait été offert. Si Nicolas croisait des immortels à Paris, il y avait de grandes chances qu'ils soient désormais au service des Ténébreux.

Nicolas remarqua un café Internet qui proposait des connexions haut débit. Dans la vitrine, une affiche indiquait en dix langues : APPELS NATIONAUX & INTERNATIONAUX. TARIFS IMBATTABLES. Flamel poussa la porte. Il fut surpris par le nombre de personnes à l'intérieur. Un groupe d'étudiants qui avaient apparemment passé la nuit là s'agglutinaient autour de trois ordinateurs affichant le logo *World of Warcraft*, pendant que les autres machines étaient squattées par des jeunes gens au visage fermé. Tandis qu'il s'approchait du comptoir au fond du magasin, Nicolas s'aperçut que la plupart envoyaient des e-mails ou communiquaient par messagerie instantanée. Il esquissa un sourire : quelques jours plus tôt, lundi après-midi, Josh avait mis une heure à lui expliquer la différence entre les deux méthodes de communication. Il lui avait même créé une adresse e-mail – Nicolas doutait qu'il s'en servirait un jour, même s'il comprenait l'utilité des programmes de messagerie instantanée.

La Chinoise assise derrière le comptoir portait des haillons que Nicolas jugeait bons pour la poubelle, mais qui coûtaient probablement une petite fortune. Elle avait un maquillage gothique et se vernissait les ongles quand Nicolas s'avança vers elle.

– Trois euros les quinze minutes, cinq les trente, sept les quarante-cinq, dix pour une heure, cracha-t-elle dans un français abominable sans lever les yeux.

– Je souhaiterais appeler à l'étranger.

– Liquide ou carte de crédit ?

Elle n'avait toujours pas levé la tête, et Nicolas remarqua qu'elle se noircissait les ongles non avec du vernis, mais avec un feutre.

– Carte de crédit.

Il voulait garder le peu de monnaie qu'il avait pour acheter à manger. Même si lui-même mangeait rarement, et Scathach presque jamais, il devrait nourrir les enfants.

– Cabine numéro un. Les instructions sont sur le mur.

Nicolas se glissa dans la cabine qui empestait la nourriture avariée et ferma la porte vitrée derrière lui. Les cris des étudiants s'estompèrent. Tout en lisant les instructions, il sortit de son portefeuille sa carte de crédit, établie au nom de Nick Fleming, pseudonyme qu'il utilisait depuis dix ans. Il se demanda un instant si Dee ou Machiavel avaient les moyens de le pister grâce à elle. Sûrement ; mais quelle importance ? Elle leur apprendrait qu'il était à Paris, chose qu'ils savaient déjà. Il composa le code d'accès international et le numéro que Sophie avait pêché dans les souvenirs de la Sorcière d'Endor.

Il y eut des crachotements ; enfin, neuf mille kilomètres plus loin, le téléphone se mit à sonner. On décrocha aussitôt.

– *La Gazette d'Ojai Valley*, à votre service ! dit une femme à la voix claire.

Nicolas prit délibérément un accent français très prononcé :

– Bonjour, ou plutôt bonsoir ! Je suis ravi que vous soyez encore au bureau. Je suis M. Montmorency. Je vous appelle de Paris, en France. Je suis journaliste au *Monde* et je viens de voir sur Internet que la soirée a été agitée chez vous.

– Mon Dieu, ça oui !... Les nouvelles voyagent vite, monsieur...

– Montmorency.

– Montmorency. En quoi puis-je vous aider ?

– Nous aimerions inclure un article sur ces événements dans notre édition du soir, et je me demandais si vous aviez un reporter sous la main.

– En vérité, tous nos journalistes sont en ville.

– Vous serait-il possible de me mettre en ligne avec l'un d'eux ? Il me faudrait une rapide description de la scène des incidents et un commentaire.

Comme il n'obtenait pas de réponse, il se dépêcha d'ajouter :

– Bien sûr, nous citerons votre journal dans l'article.

– Je vais voir si je peux vous mettre en relation avec un de nos reporters sur place, monsieur Montmorency.

– Merci infiniment, madame.

Au bout d'un moment, Nicolas entendit une voix d'homme :

– Michael Carroll, *La Gazette d'Ojai Valley*. J'ai cru comprendre que vous appeliez de Paris.

Il y avait une note d'incrédulité dans sa voix.

– Effectivement, monsieur Carroll.

– Les nouvelles vont vite, commenta à son tour le reporter.

– Internet. Il y a une vidéo sur *YouTube*, prétendit Flamel. On m'a demandé un article pour notre page Arts et Culture. Un de nos rédacteurs s'était rendu dans votre belle ville et avait acheté plusieurs verreries fascinantes dans un magasin d'antiquités sur Ojai Avenue, qui ne vend que des miroirs et des objets en verre.

– Le magasin d'antiquités de Mme Witcherly ? Je le connais bien. Hélas, il a été complètement détruit dans l'explosion.

Flamel en eut le souffle coupé. Hécate était morte parce qu'il avait conduit les jumeaux dans son royaume des Ombres. La Sorcière d'Endor avait-elle subi le même sort que la déesse ? Il humecta ses lèvres sèches et sentit sa gorge se serrer :

– Et sa propriétaire ? Est-elle...

– Elle va bien, annonça le journaliste au grand soulagement de Flamel. Je viens de recueillir son témoignage. Elle réagit drôlement bien pour quelqu'un dont le fonds de commerce a été anéanti.

Il éclata de rire avant d'enchaîner :

– « Quand on vécu aussi longtemps que moi, m'a-t-elle confié, plus grand-chose ne vous surprend. »

– Est-elle encore là ? demanda Flamel, qui tentait de dissimuler son impatience. Souhaite-t-elle faire une déclaration à la presse française ? Dites-lui que Nicolas Montmorency aimerait l'interviewer. Nous nous sommes déjà parlé. Je suis sûr qu'elle se souvient de moi.

– Je vois ce que...

La voix s'éloigna, puis Nicolas entendit le journaliste héler Dora Witcherly. En arrière-plan, on percevait un nombre incroyable de sirènes de police, de pompiers, d'ambulances, ainsi que les lamentations des habitants en détresse.

Et tout était sa faute.

Il secoua plusieurs fois la tête. Non, ce n'était pas sa faute, mais celle de Dee. Le nécromancien n'avait aucun sens des proportions. En 1666, il avait failli brûler Londres ; dans les années 1840, il avait dévasté l'Irlande avec la grande famine ; en 1906, il avait détruit la majeure partie de San Francisco, et voilà qu'il avait trouvé le moyen de vider les cimetières autour d'Ojai. Les rues étaient sans doute couvertes d'ossements et de corps.

– Monsieur Montmorency, dit poliment Dora dans un français impeccable, le sortant de sa réflexion.

– Madame, vous n'êtes pas blessée ?

Dora s'adressa alors à Nicolas dans un français ancien qu'une oreille indiscrète moderne n'aurait pas compris.

– Ce n'est pas aussi facile de me tuer, chuchota-t-elle. Dee s'est échappé. Il est couvert de bleus et de blessures, et il est très, très en colère. Vous allez bien ? Scathach ?

– Scatty est en pleine forme, même si nous avons croisé le chemin de Nicolas Machiavel.

– Il est donc toujours de ce monde ! Dee a dû le prévenir. Soyez prudent, Nicolas. Machiavel est plus dangereux que vous ne l'imaginez. Il est même plus rusé que Dee. Je dois me dépêcher... Ce journaliste se méfie de quelque chose. Il doit penser que je vous donne un meilleur compte rendu qu'à lui ! Que vouliez-vous savoir ?

– J'ai besoin de votre aide, Dora. En qui puis-je avoir confiance à Paris ? Il faut que je mette les enfants à l'abri. Ils sont épuisés.

– Hummm... J'ignore qui se trouve à Paris en ce moment, mais je chercherai. Quelle heure est-il là-bas ?

Flamel jeta un coup d'œil sur sa montre et fit un rapide calcul :

– Cinq heures trente du matin.

– Allez sous la tour Eiffel. Soyez-y à sept heures précises et attendez dix minutes. Si je trouve quelqu'un de confiance, il vous rejoindra là-bas. Si vous ne reconnaissez personne, revenez à huit heures, puis à neuf. Si personne n'apparaît au bout d'une journée, vous saurez que Paris n'héberge aucun allié digne de confiance, et vous devrez vous organiser autrement.

– Merci, madame Dora. J'ai une grande dette envers vous.

– Il n'y a pas de dette entre amis. Oh ! Nicolas... Essayez de faire courir le moins de dangers possible à ma petite-fille.

– J'y veillerai, promit Flamel. Mais vous la connaissez, on dirait qu'elle attire les ennuis. En ce moment, elle surveille les jumeaux dans un café non loin d'ici. Là, au moins, elle ne risque rien.

CHAPITRE DIX

Scathach, d'un coup de pied, propulsa le dossier d'une chaise de toutes ses forces. La chaise glissa sur le sol et frappa de plein fouet les deux policiers qui passaient la porte. Ils tombèrent à la renverse : l'un perdit sa radio, l'autre son arme. L'appareil grésillant atterrit aux pieds de Josh, qui en profita pour verser son chocolat chaud dessus. La radio se tut.

Scathach bondit sur ses pieds et, sans tourner la tête, elle tendit le bras vers Roux :

– Toi, tu restes où tu es !

Le cœur battant à cent à l'heure, Josh prit Sophie par le bras et l'entraîna au fond du café, où il la protégea avec son corps.

Soudain, l'un des policiers brandit un revolver. Le nunchaku de Scatty s'enroula autour du canon avec assez de force pour tordre le métal et faire voler l'arme à travers la salle.

Dès qu'il se fut relevé, le deuxième homme sortit une matraque noire, qui partagea le sort du revolver. D'un geste rapide, Scathach récupéra son nunchaku, qui claqua dans sa main.

– Je suis de très mauvaise humeur, déclara-t-elle dans un français parfait. Croyez-moi, le jour est mal choisi pour chercher la bagarre.

– Scatty..., fit Josh.

– Pas maintenant, aboya la Guerrière en anglais. Tu ne vois pas que je suis occupée ?

– Jetez un coup d'œil dehors, et on en reparlera, cria Josh.

Une brigade anti-émeute en uniforme noir, casque intégral et bouclier, armée de matraques et de fusils d'assaut, se dirigeait vers le café.

– Le RAID ! chuchota le serveur, horrifié.

– L'équivalent de notre police d'élite, mais en plus coriace, expliqua Scatty, qui semblait presque contente. Il y a une porte à l'arrière ? demanda-t-elle à Roux.

Pétrifié, ce dernier fixait la brigade qui approchait au pas de course. Il finit par réagir quand Scatty dégaina son nunchaku, dont l'extrémité siffla sous son nez. Il cligna des yeux.

– Il y a une porte à l'arrière ? répéta-t-elle.

– Oui, oui. Bien entendu.

– Alors, fais sortir mes amis.

– Non, protesta Josh.

– Une seconde, intervint Sophie. Je peux invoquer le vent…

Une dizaine d'incantations lui vinrent à l'esprit.

– Pas question ! rétorqua son frère.

Quand il lui passa un bras autour de la taille, les cheveux blonds de Sophie crépitèrent et envoyèrent des étincelles argentées.

– Dehors ! ordonna Scatty.

Soudain, les lignes et les angles de son visage se durcirent ; ses yeux verts ressemblaient à des miroirs. En un instant, sa figure prit un aspect ancien, primitif et totalement étranger.

– Je me charge d'eux, déclara-t-elle.

Elle fit tournoyer son nunchaku de manière à créer un bouclier entre elle et les deux policiers. L'un d'eux s'empara d'une chaise, qu'il jeta dans sa direction, mais le nunchaku la transforma en allumettes.

– Roux ! Fais-les sortir ! grogna Scatty.

– P… par ici, bégaya l'homme, terrifié.

Il poussa les jumeaux le long d'un couloir étroit et froid qui donnait sur une courette malodorante, où s'empilaient des poubelles à roulettes, des tables de restaurant cassées et le squelette d'un vieux sapin de Noël. Derrière eux résonnaient des bruits de bois brisé.

Blanc comme un linge, Roux désigna un portillon rouge avant de poursuivre :

– Il donne sur la ruelle. Tournez à gauche rue de Dunkerque, puis à droite vers la station de métro Gare du Nord.

Un fracas monumental retentit dans leur dos, suivi par un bruit de vitre brisée.

– Votre amie a de gros ennuis, geignit le serveur. Et le RAID qui détruit le café... Comment vais-je expliquer ça au patron ?

À l'intérieur, le vacarme redoubla d'intensité.

– Allez ! Filez !

Il défit le cadenas et ouvrit en grand le portillon.

– On fait quoi ? demanda Josh à sa jumelle. On part ou on reste ?

Sophie secoua la tête.

– Nous n'avons nulle part où aller. Nous ne connaissons personne à Paris. Nous n'avons ni argent, ni passeport.

– On pourrait demander de l'aide à l'ambassade des États-Unis.

Josh se tourna vers Roux :

– Il y a bien une ambassade américaine à Paris ?

– Oui, avenue Gabriel, à côté de l'hôtel de Crillon.

Le serveur se raidit quand un fracas épouvantable secoua le bâtiment et emplit l'air de particules de poussière. Les vitres des fenêtres volaient en éclats et les tuiles se mirent à pleuvoir dans la cour.

– Et qu'est-ce qu'on dirait à l'ambassade ? lança Sophie. Ils nous demanderaient comment on est arrivés ici !

– Un kidnapping ? suggéra Josh.

Soudain, une pensée lui traversa l'esprit, et il eut envie de vomir :

– Qu'est-ce qu'on racontera à papa et maman ? Comment leur expliquer notre escapade ?

Il y eut un bruit de verre brisé, puis un craquement terrible.

La tête penchée sur le côté, Sophie glissa une mèche de cheveux derrière l'oreille :

– C'était la devanture.

Elle fit un pas vers la porte :

– Je vais l'aider.

Une brume légère s'enroula autour de ses doigts quand elle posa la main sur la poignée.

– Non ! s'écria Josh, qui reçut une petite décharge électrique quand il l'attrapa par le bras. Tu ne dois pas utiliser tes pouvoirs. Tu es trop fatiguée. Souviens-toi des paroles de Scatty. Tu pourrais prendre feu.

– C'est notre amie. Nous ne pouvons pas l'abandonner, gronda Sophie. Enfin, moi, je ne peux pas.

À la différence de Josh, qui était du genre solitaire, Sophie était d'une loyauté à toute épreuve envers ses nombreux amis. De plus, elle commençait à considérer Scatty comme la sœur qu'elle n'avait pas eue et qui lui manquait, même si elle adorait son jumeau.

Josh prit Sophie par les épaules et la fit pivoter. Il mesurait une tête de plus qu'elle et devait se pencher pour regarder ses yeux bleus qui reflétaient les siens :

– Sophie, Scatty n'est pas notre amie, asséna-t-il. Elle ne le sera jamais. Elle a deux mille cinq cents ans et des brouettes. Elle nous a avoué qu'elle était un vampire. Tu as vu son visage tout à l'heure ? Elle n'est pas humaine. Et... et je suis sûr que Flamel ne nous a pas dit toute la vérité à son sujet. C'est son style !

– Qu'est-ce que tu entends par là ?

À cet instant, une série de crépitements firent vibrer le bâtiment. Gémissant de peur, Roux se précipita dans la ruelle sous le regard indifférent des jumeaux.

– Explique-toi, insista Sophie.

– Dee m'a confié...

– Dee !

– Nous avons eu une petite discussion à Ojai, quand tu étais dans la boutique de la Sorcière d'Endor.

– Mais c'est notre ennemi...

– D'après Flamel. Sophie, Dee m'a raconté que Flamel était un criminel, et Scathach une voleuse de bas étage. En punition de ses crimes, elle a été condamnée à vivre pour l'éternité dans le corps d'une adolescente.

Il continua d'une voix sourde et désespérée :

– Petite sœur, nous ignorons quasiment tout de ces gens. Flamel, Pernelle, Scathach... Nous savons juste qu'ils t'ont rendue différente, dangereusement différente. Ils nous ont expédiés à l'autre bout du monde, et regarde où nous en sommes maintenant.

Il se tut : tout l'immeuble trembla, faisant voler des débris de verre.

– Nous ne pouvons pas leur faire confiance, Sophie. Nous ne devons pas leur faire confiance.

– Josh, tu n'imagines pas les pouvoirs qu'ils m'ont donnés...

Elle lui attrapa le bras. Soudain, l'air s'imprégna d'un

parfum de vanille et quelques instants plus tard, de celui d'orange, quand l'aura de Josh s'illumina brièvement.

– Oh, Josh ! Comment te raconter ? Je possède toutes les connaissances de la Sorcière d'Endor...

– Et cela te rend malade ! s'emporta Josh. N'oublie pas : si tu utilises encore une fois tes pouvoirs, tu pourrais littéralement exploser !

Leurs auras d'or et d'argent flamboyèrent. Sophie ferma les yeux : un flot d'impressions, de pensées vagues et d'idées soudaines venait de heurter sa conscience. Ses yeux bleus clignèrent, prirent une couleur argentée, et à ce moment-là elle comprit qu'elle explorait l'esprit de son frère. Vite, elle retira sa main, et aussitôt, cette sensation cessa.

– Tu es jaloux, chuchota-t-elle, stupéfaite. Jaloux de mes pouvoirs !

Les joues de Josh s'empourprèrent. Sophie lut dans ses yeux qu'elle avait dit vrai. Il s'écria :

– C'est faux !

Tout à coup, un policier en noir surgit dans la cour. Une grande fissure courait sur la visière de son casque, et il lui manquait une botte. Sans s'arrêter, il passa en boitant devant eux et s'éloigna dans la ruelle. Les tapotements de son pied nu suivis du claquement de sa semelle de cuir s'évanouirent au loin.

Scatty sortit à grands pas du café. Elle faisait tournoyer son nunchaku à la manière de Charlie Chaplin jouant avec sa canne. Elle n'était ni décoiffée, ni contusionnée. Ses yeux verts brillaient d'excitation.

– Ah ! Je suis de meilleure humeur à présent ! annonça-t-elle.

Les jumeaux scrutèrent le couloir. Rien ne bougeait dans le sombre passage.

– Ils étaient une bonne dizaine..., commença Sophie.

– Douze, pour être exacte, rectifia Scathach en haussant les épaules.

– Armés, enchaîna Josh.

Il lança un regard en biais à sa sœur, puis à la Guerrière, puis inspira un grand coup :

– Vous ne les avez pas... tués ?

– Non, ils sont simplement endormis.

– Mais comment...

– Josh, je suis la Guerrière, répondit Scatty avec simplicité.

Sophie perçut un mouvement dans son dos. Elle ouvrit la bouche pour crier quand une silhouette apparut dans le couloir et une main aux longs doigts se posa sur l'épaule de Scathach. La Guerrière ne réagit pas.

– Décidément, on ne peut pas te laisser seule dix minutes ! lança Nicolas Flamel. Vite, il faut s'en aller d'ici.

Il les poussa dans la ruelle.

– Vous arrivez après la bataille, remarqua Josh. Ils étaient dix, et...

– Douze, corrigea Scatty.

– Je sais. À seulement douze, ils n'avaient pas une chance, ironisa l'Alchimiste.

CHAPITRE ONZE

– Quoi ? Ils se sont échappés ? hurla le Dr John Dee dans le téléphone portable. Ils étaient pourtant encerclés !

De l'autre côté de l'Atlantique, Nicolas Machiavel conserva son calme. Seuls les muscles raidis de sa mâchoire trahissaient sa colère.

– Tu es remarquablement bien informé, fit-il.

– J'ai mes sources, gronda Dee, dont la bouche se contorsionna en un affreux sourire : Machiavel serait furieux d'apprendre qu'il y avait un espion dans son camp.

– Tu les avais coincés à Ojai, si je ne me trompe, rétorqua l'Italien. Ils étaient assaillis par une armée de morts vivants. Et ils se sont bien enfuis. Comment ont-ils réussi ce tour de force ?

Dee s'adossa au siège en cuir doux de sa limousine lancée à toute allure. Son visage était éclairé par l'écran de son portable. La lumière froide effleurait ses pommettes et soulignait sa barbiche pointue, laissant ses yeux dans l'ombre. Il n'avait pas dit à Machiavel qu'il s'était servi de la nécromancie pour lever une armée d'hommes et de bêtes morts. Son interlocuteur lui faisait-il subtilement savoir que lui aussi avait un espion dans le camp adverse ?

– Où es-tu ? demanda Machiavel.

Dee jeta un coup d'œil par la vitre de la limousine :

– Quelque part sur l'autoroute 101, en direction de Los Angeles. Mon jet m'attend, prêt à partir.

– Je compte bien leur mettre la main dessus avant ton arrivée à Paris. À mon avis, ils vont essayer d'entrer en contact avec Saint-Germain.

Dee se raidit dans son siège :

– Le comte de Saint-Germain ? Il est de retour à Paris ? Je le croyais mort en Inde alors qu'il cherchait la cité perdue d'Ophir.

– Il est vivant. Il possède une maison non loin des Champs-Élysées et deux en banlieue. Elles sont sous surveillance. Si Flamel le contacte, nous le saurons aussitôt.

– Ne les laisse pas s'échapper cette fois-ci, aboya Dee. Nos maîtres ne seraient pas contents.

Il ferma le clapet de son portable sans attendre la réponse de Machiavel. Un sourire passa sur ses lèvres : le filet se refermait lentement.

– Quel gamin ! marmonna Machiavel en italien. Il faut toujours qu'il ait le dernier mot.

Samedi 2 Juin

Debout dans les ruines du café, il ferma avec soin son téléphone et examina les dégâts. On aurait dit qu'une tornade avait balayé les lieux – chaises et tables brisées, vitres cassées... Même le plafond était fissuré. Les morceaux de tasses et de soucoupes se mélangeaient aux grains de café, aux feuilles de thé et aux bouts de viennoiserie éparpillés sur le sol. Machiavel se baissa pour ramasser une fourchette. Tordue, elle formait un S parfait. Après l'avoir jetée, il s'avança au milieu des débris. À elle seule, Scathach avait mis en déroute douze hommes du RAID surentraînés et armés jusqu'aux dents. Il pensait qu'au fil des ans sa maîtrise des arts martiaux aurait diminué. Vain espoir. Elle était toujours aussi forte. Sa présence rendrait la capture de Flamel et des jumeaux encore plus difficile. Au cours de sa longue vie, Machiavel l'avait rencontrée une demi-douzaine de fois, et à chaque occasion il avait frôlé la mort. Leur dernière rencontre s'était déroulée en 1942, dans les ruines glaciales de Stalingrad. Sans l'intervention de la Guerrière, son armée se serait emparée de la ville. Cet hiver-là, il avait juré de lui ôter la vie. L'heure était venue de tenir sa promesse.

Mais comment tuer ce qui ne peut pas être tué ? Comment venir à bout de celle qui avait entraîné les plus grands héros de l'Histoire, avait combattu lors de chaque conflit important, celle dont le style de combat était au cœur de tous les arts martiaux ?

En sortant du bistrot démoli, Machiavel prit une profonde inspiration, libéra ses poumons de l'odeur écœurante qui flottait à l'intérieur. Dagon lui ouvrit sa portière, et l'Italien aperçut son reflet dans les lunettes noires de son chauffeur. Avant de monter en voiture, il observa les policiers qui accouraient, les troupes anti-émeute lourdement armées assemblées en petits groupes, les officiers en civil dans leurs voitures banalisées. Il avait sous ses ordres les services secrets ; il commandait la police et avait accès à une armée privée, composée d'une centaine d'hommes et de femmes qui lui obéissaient sans poser de questions. Et pourtant, il savait qu'aucun d'eux ne pouvait se mesurer avec la Guerrière. Il regarda Dagon avant de s'asseoir dans la voiture. Sa décision était prise :

– Va chercher les Dises.

Dagon se raidit, marque d'émotion rarissime :

– Est-ce raisonnable ?

– C'est nécessaire.

CHAPITRE DOUZE

– La Sorcière m'a dit de nous rendre au pied de la tour Eiffel à sept heures et d'attendre dix minutes, apprit Nicolas à Scathach et aux jumeaux tandis qu'ils couraient dans la ruelle. Si personne ne vient, nous y retournons à huit heures, puis à neuf.

– Qui devons-nous rencontrer ? demanda Sophie, qui trottinait pour suivre les grandes enjambées de l'Alchimiste.

Elle était épuisée. Les quelques instants de repos dans le café n'avaient fait qu'accentuer son impression de fatigue. Elle avait les jambes coupées et un sale point de côté.

L'Alchimiste haussa les épaules :

– Je ne sais pas. C'est Dora qui se charge de contacter quelqu'un.

– En supposant qu'il existe une personne à Paris prête à risquer sa vie pour t'aider, remarqua Scathach sur un ton léger. Tu es un ennemi dangereux, Nicolas, et probablement un ami encore plus dangereux. Tu sèmes la mort et la destruction sur ton passage.

Josh jeta un regard en coin à sa sœur : elle eut beau tourner la tête, il savait que cette conversation la mettait mal à l'aise.

– Si personne ne vient, on passe au plan B, reprit Nicolas.

Scathach esquissa un sourire ironique :

– J'ignorais que nous avions un plan A. Quel est le plan B ?

– Je n'en sais fichtre rien ! Si seulement Pernelle nous accompagnait ! Elle saurait quoi faire.

– On devrait se séparer, déclara soudain Josh.

Flamel le regarda par-dessus son épaule :

– Je ne crois pas que ça soit une bonne idée.

– Il le faut, persista Josh. C'est la meilleure solution.

– Josh a raison, intervint Sophie. La police recherche quatre personnes. Ils ont une description précise de nous à l'heure qu'il est : deux adolescents, une fille rousse et un homme âgé. Nous ne formons pas un groupe banal.

– Âgé ? répéta Nicolas, apparemment blessé. Scatty a deux mille ans de plus que moi !

– Oui, mais, moi, je ne fais pas mon âge ! le taquina la Guerrière. Je trouve que se séparer est une très bonne idée.

Josh s'arrêta au bout de la ruelle et regarda à droite

et à gauche. Les sirènes de police hurlaient de toutes parts.

Sophie se posta à côté de lui. Josh remarqua que son front était marqué par des rides, ses yeux bleus et pétillants se troublaient, ses iris étaient parsemés d'argent.

– D'après Roux, on doit tourner à gauche pour aller rue de Dunkerque, et à droite pour rejoindre la station de métro, dit-il.

– J'hésite..., commença Flamel.

Josh fit volte-face.

– Nous sommes obligés ! Sophie et moi, nous...

Nicolas l'interrompit :

– O.K. Je suis d'accord pour que nous nous séparions. Mais la police recherche des jumeaux...

– On ne se ressemble pas tant que ça, remarqua Sophie. Josh est plus grand que moi.

– Vous avez tous les deux les cheveux blonds et longs, les yeux bleus. Vous ne parlez pas français, dit Scatty. Sophie, tu viens avec moi. Deux filles attireront moins l'attention. Josh et Nicolas continuent ensemble.

– Je ne laisserai pas Sophie ! protesta Josh, paniqué à l'idée d'être séparé de sa sœur dans une ville inconnue.

– Je serai en sécurité avec Scatty, le rassura Sophie. Tu t'inquiètes trop. Et je sais que Nicolas prendra soin de toi.

Josh en était moins sûr, lui.

– Je préfère rester avec ma sœur, s'entêta-t-il.

– Non, c'est mieux ainsi, décida Flamel. Les filles partent ensemble. Sophie sera en sécurité.

– En sécurité ? s'exclama Josh. Personne dans cette histoire n'est en sécurité.

– Josh ! le sermonna Sophie sur le ton que leur mère employait parfois. Ça suffit !

Elle se tourna vers la Guerrière :

– Scatty, nous devons nous occuper de tes cheveux. La police a la description d'une rouquine en treillis noir...

– Tu as raison.

D'un geste rapide, Scathach dégaina un couteau à courte lame. Elle se tourna vers Flamel :

– J'aurais besoin d'un bout de tissu.

Sans attendre sa réponse, elle le fit pivoter, souleva sa veste et de quelques coups de couteau précis découpa un carré dans le dos de son T-shirt. Avec le tissu, elle se fabriqua un bandana, qu'elle noua sur la nuque, cachant sa chevelure rousse flamboyante.

Elle prit Sophie par la main :

– C'est parti. On se retrouve à la tour Eiffel.

– Tu connais le chemin ? demanda Nicolas.

Scatty éclata de rire :

– J'ai vécu six ans à Paris, souviens-toi ! J'étais là quand ils ont construit la tour !

– D'accord, mais essaie de ne pas trop attirer l'attention sur toi.

– Promis.

– Sophie..., commença Josh.

– Je sais, répondit sa sœur. Je serai prudente.

Quand elle le serra contre elle, leurs auras crépitèrent.

– Tout va bien se passer, ajouta-t-elle, lisant de la peur dans ses yeux.

Josh esquissa un sourire contraint :

– Comment le sais-tu ? Grâce à la magie ?

Un reflet argenté miroita dans les yeux de Sophie :

– Je le sais, simplement. Ces événements surviennent pour une raison précise. Pense à la prophétie. Tout ira bien, Josh.

– Je te crois, mentit-il. Sois prudente, et souviens-toi : pas de vent !

Sophie le serra contre elle encore plus fort.

– Pas de vent, lui chuchota-t-elle à l'oreille avant de tourner les talons.

Nicolas et Josh regardèrent les filles disparaître au bout de la rue puis ils partirent dans la direction opposée. Avant de tourner au coin, Josh jeta un coup d'œil par-dessus son épaule. Sa sœur avait eu la même idée que lui. Ils levèrent la main en signe d'au revoir.

Josh resta un long moment le bras en l'air. Maintenant, il était seul dans une ville inconnue, à des milliers de kilomètres de chez lui, avec un homme à qui il ne faisait pas confiance, un homme dont il commençait à avoir peur.

– Je croyais que vous connaissiez le chemin, lâcha Sophie, étonnée.

– Cela fait un bon moment que je n'ai pas arpenté les rues de Paris, avoua la Guerrière, et elles ont beaucoup changé depuis mon dernier séjour ici.

– Mais vous étiez là lors de la construction de la tour Eiffel !

Soudain, elle comprit le sens de ses paroles :

– C'était quand, exactement ?

– En 1889. Je suis partie quelques mois plus tard.

Scathach s'arrêta devant la station de métro et demanda sa route à une marchande de journaux. Comme la petite Chinoise parlait très mal français, Scatty répéta la question dans une autre langue. En mandarin, devina Sophie. Souriante, la vendeuse sortit de son kiosque et désigna la rue. Elle parlait si vite que Sophie ne comprit pas un mot, alors que la Sorcière pratiquait cette langue. Scathach s'inclina pour la remercier. La femme s'inclina à son tour.

Sophie attrapa la Guerrière par le bras et l'entraîna de côté :

– Flamel nous a recommandé de rester discrètes... Les gens commençaient à vous regarder.

– Pourquoi ? fit Scathach, sincèrement étonnée.

– Ce n'est pas très courant de voir une Blanche parler couramment chinois et s'incliner à l'orientale.

– Un jour, tout le monde parlera mandarin, et s'incliner fait partie des bonnes manières, se justifia Scathach, qui reprit sa marche en suivant les instructions de la Chinoise.

Sophie lui emboîta le pas :

– Où avez-vous appris le mandarin ?

– En Chine. À vrai dire, je parle aussi wu et cantonais. J'ai passé beaucoup de temps en Extrême-Orient au fil des siècles. J'adorais vivre là-bas.

Elles continuèrent en silence.

– Combien de langues parlez-vous en tout ? voulut savoir Sophie.

Scathach fronça les sourcils, ferma un instant les yeux :

– Six ou sept...

Sophie secoua la tête :

– Waouh ! C'est impressionnant ! Nos parents veulent que nous apprenions l'espagnol. Et papa nous enseigne le grec et le latin. Mais moi, j'aimerais parler japonais et aller au Japon un jour.

– ... Six ou sept cents, continua Scathach, qui éclata de rire devant l'air ébahi de Sophie.

Elle glissa le bras sous le sien :

– Je suppose que certaines sont des langues mortes aujourd'hui, alors elles ne doivent pas compter. N'oublie pas que je suis là depuis un bon bout de temps !

– Avez-vous vraiment vécu deux mille cinq cents ans ?

Scatty ne paraissait pas avoir plus de dix-sept ans ! Sophie sourit : jamais elle n'aurait cru poser pareille question un jour ! Sa vie avait drôlement changé récemment...

– Deux mille cinq cent dix-sept années humani, précisa Scathach.

Son sourire discret cachait ses dents de vampire.

– Un jour, Hécate m'a abandonnée dans un royaume des Ombres souterrain particulièrement désagréable. Il m'a fallu des siècles pour trouver le chemin de la sortie. Plus jeune, j'ai aussi passé beaucoup de temps dans les royaumes des Ombres de Lyonesse, Hy-Brasil et Tir na nÒg, où le temps s'écoule à une allure différente. Là-bas, les heures ne sont pas les mêmes que dans le monde des humani, alors je compte mon âge en années humaines. Qui sait, tu le vérifieras peut-être par toi-même. Josh et toi êtes uniques, et puissants. Vous deviendrez encore plus puissants au fur et à mesure que vous maîtriserez les magies élémentaires. Si vous ne découvrez pas le secret de l'immortalité seuls, quelqu'un vous l'offrira peut-être. Allez, viens. On traverse.

Elle prit la main de Sophie et, ensemble, elles traversèrent la rue.

Il n'était que six heures, mais la circulation était déjà dense. Des camionnettes livraient les restaurants ; l'air frais du matin portait l'odeur du pain et des croissants chauds, du café. Sophie sentit ces parfums familiers. Ils lui rappelaient qu'à peine deux jours plus tôt elle servait à *La Tasse de café*. Elle cligna des yeux pour chasser ses larmes. Tant de choses étaient arrivées, et avaient tout changé en deux petits jours seulement !

– Quelle impression cela fait, de vivre aussi longtemps ?

– On se sent seul.

– Combien... combien de temps encore allez-vous vivre ? bredouilla Sophie.

Scatty haussa les épaules et sourit :

– Qui sait ? Si je suis prudente, si je m'entraîne régulièrement et surveille mon alimentation, je peux vivre encore deux mille ans.

Puis son sourire disparut :

– Sache que je ne suis ni invulnérable, ni invincible. On peut me tuer.

Quand elle vit le regard paniqué de Sophie, elle lui étreignit le bras :

– Rassure-toi, cela ne se produira pas. Tu sais combien d'humani, d'immortels, d'Aînés, de garous et de monstres en tout genre ont essayé de me tuer ?

Sophie secoua la tête.

– Je l'ignore aussi, mais ils se comptent en milliers. Voire en dizaines de milliers. Et je suis toujours là. Qu'est-ce que tu en conclus ?

– Que vous êtes douée ?

– Oh ! Je suis plus que douée. Je suis la meilleure. Je suis la Guerrière.

Scathach s'interrompit et fit mine de regarder la vitrine d'un libraire. Sophie remarqua que ses yeux verts et luisants ne cessaient de scruter les alentours.

Résistant à la tentation de se retourner, Sophie baissa d'un ton :

– Nous sommes suivies ?

Elle fut surprise de découvrir qu'elle n'était pas le moins du monde apeurée. Son instinct lui disait que rien ne lui arriverait tant qu'elle resterait auprès de Scatty.

– Non, je ne pense pas. Les vieilles habitudes ont la vie dure ! C'est cela qui m'a maintenue en vie tous ces siècles.

Sophie passa son bras sous le sien :

– Nicolas vous a appelée autrement quand nous nous sommes rencontrées.

Les sourcils froncés, elle essaya de se souvenir de leur rencontre à San Francisco, deux jours auparavant :

– Il vous a appelée la Déesse Guerrière, l'Ombreuse, la Tueuse Diabolique, la Faiseuse de Rois...

– Ce ne sont que des surnoms, marmonna Scathach, embarrassée.

– Je ne dirais pas cela, insista Sophie. Ils me font penser à des titres... Des titres que vous avez obtenus ?

– Eh bien, j'ai reçu beaucoup de noms. Ceux que m'ont donnés mes amis, et mes ennemis. Au début, j'étais la Déesse Guerrière, puis je suis devenue l'Ombreuse, car j'avais des talents de dissimulation. J'ai perfectionné le premier vêtement de camouflage.

– Vous ressemblez à un ninja, plaisanta Sophie.

Tandis qu'elle écoutait Scatty, des images enfouies dans la mémoire de la Sorcière jaillissaient dans son esprit et lui indiquaient qu'elle lui racontait la vérité.

– J'ai essayé d'initier les ninjas, mais ils n'étaient pas si doués, crois-moi. On m'a surnommée la Tueuse Diabolique quand j'ai vaincu le démon Raktabija, puis la Faiseuse de Rois quand j'ai aidé Arthur à monter sur le trône.

Elle secoua la tête et prit une voix lugubre :

– C'était une erreur. Pas ma première d'ailleurs.

Elle éclata d'un rire forcé :

– J'ai commis beaucoup d'erreurs !

– Mon père prétend qu'elles nous permettent d'avancer.

– Pas moi, répondit Scatty, incapable de cacher son amertume.

– On dirait que votre vie n'a pas toujours été rose.

– En effet, admit la Guerrière.

– Vous avez eu..., bafouilla Sophie, qui cherchait le mot juste. Vous avez eu un petit ami ?

Scathach lui lança un regard perçant avant de s'intéresser à la vitrine d'un magasin. Un instant, Sophie crut qu'elle regardait les chaussures ; puis elle s'aperçut que la Guerrière examinait son reflet dans la glace. Sophie se demanda ce qu'elle voyait.

– Non, répondit finalement Scatty. Il n'y a jamais eu personne de proche, de spécial dans ma vie. Les Aînés me craignent et m'évitent. Et j'essaie de ne pas me lier aux humani. C'est trop dur de les voir vieillir et mourir. Voilà la malédiction de l'immortalité : assister aux changements du monde, à la disparition de ton environnement. Souviens-t'en, Sophie, le jour où l'on te proposera l'immortalité.

Elle cracha presque ce dernier mot.

– Une vie de solitude..., soupira Sophie.

Jamais elle n'avait réfléchi au destin d'un immortel. Comment continuer à vivre quand votre monde familier fiche le camp, que vos proches vous quittent ? Elles firent une dizaine de pas en silence, puis Scatty reprit la parole :

– Oui, j'ai été seule, très seule, avoua-t-elle.

– Je m'y connais, en solitude, dit Sophie. Comme mes parents travaillent souvent loin et ne cessent de déménager, il est difficile de se lier d'amitié, et quasiment impossible de garder ses amis. Voilà pourquoi Josh et moi sommes si proches. Nous n'avons personne d'autre sur qui compter. Ma meilleure amie, Ella, habite à New York. On se téléphone, on communique par e-mails, par messagerie instantanée, mais je ne l'ai pas vue depuis Noël. Elle m'envoie des photos chaque fois qu'elle change de couleur de cheveux, comme ça je sais à quoi elle ressemble. Josh, lui, n'essaie même pas de se faire des copains.

– Les amis sont importants, déclara Scathach en lui serrant le bras, mais pas autant que la famille. Eux, ils vont et viennent, tandis que ta famille sera toujours là.

– Et la vôtre ? La Sorcière d'Endor a parlé de votre mère et de votre frère.

Au même moment, des images appartenant à la mémoire de la Sorcière surgirent devant ses yeux – les traits anguleux d'une femme âgée aux yeux injectés de sang et un jeune homme à la peau blafarde et aux cheveux d'un rouge flamboyant.

Mal à l'aise, la Guerrière haussa les épaules :

– On ne se parle pas beaucoup ces derniers temps. Mes parents étaient des Aînés, nés et élevés sur Danu Talis. Quand ma grand-mère a quitté l'île pour instruire les premiers humani, ils ne le lui ont jamais pardonné. Comme de nombreux Aînés, ils considéraient les humani comme des animaux, rien de plus. Des « curiosités », disait mon père.

Elle grimaça de dégoût :

– J'ai toujours vécu entourée de préjugés. Mon père et ma mère ont été terriblement choqués quand je leur ai annoncé que, moi aussi, je travaillerais aux côtés des humani, me battrais pour eux, les protégerais chaque fois que je pourrais.

– Pourquoi ?

Scatty se radoucit :

– À l'époque, il me semblait évident que les humani représentaient l'avenir et que l'ère de la race des Aînés tirait à sa fin.

Elle lança un regard en coin à Sophie, qui fut surprise par ses yeux brillants, comme si Scatty était sur le point de pleurer.

– Mes parents m'ont prévenue : si je quittais la maison, je couvrirais de honte le nom de notre famille, et ils me renieraient.

Un long silence s'ensuivit.

– Mais vous êtes tout de même partie...

– Oui. Je suis partie. Nous ne nous sommes pas adressé la parole pendant un millénaire... jusqu'à ce qu'ils aient des ennuis et aient besoin de mon aide. On se parle de temps en temps à présent, même s'ils me considèrent toujours comme un poids, j'en ai peur.

Sophie lui serra doucement la main. Cette confession l'avait bouleversée. L'antique guerrière avait partagé avec elle des émotions extrêmement personnelles, des pensées qu'elle n'avait certainement jamais confiées à personne.

– Je suis désolée. Je n'avais pas l'intention de vous contrarier.

Scatty se ressaisit :

– Non, pas du tout. Ce sont eux qui m'ont contrariée, il y a plus de deux mille ans. Je m'en souviens comme si c'était hier. Cela faisait si longtemps que personne n'avait pris la peine de me poser des questions sur ma vie. Crois-moi, tout n'a pas été glauque. J'ai vécu des aventures extraordinaires. T'ai-je parlé de l'époque où j'étais chanteuse dans un groupe de filles ? Une sorte de Spice Girls punk gothique. On chantait des reprises de Tori Amos, on avait du succès en Allemagne.

Elle baissa la voix :

– Le problème ? On était toutes des vampires...

Nicolas et Josh se précipitèrent dans la rue de Dunkerque. Il y avait des policiers partout.

– Continue de marcher, marmonna Nicolas quand Josh ralentit le pas. Aie l'air naturel.

– Naturel ? grommela Josh. Je ne sais plus ce que ce mot veut dire.

– Marche vite, mais ne cours pas. Tu n'as rien à te reprocher. Tu es un étudiant qui se rend en cours ou à son job d'été. Regarde les policiers sans les fixer. Et si l'un d'eux te dévisage, ne tourne pas la tête, mais laisse ton regard se poser sur le prochain passant. C'est ce que ferait un citoyen ordinaire. Si nous sommes arrêtés, c'est moi qui parle. Tout ira bien.

Son sourire s'élargit quand il vit le regard sceptique de Josh :

– Fais-moi confiance. Je vis ce genre de situation depuis très longtemps. Le truc, c'est de te déplacer comme si tu avais tous les droits du monde de te trouver là. La police est entraînée à repérer les personnes qui semblent suspectes et agissent bizarrement.

– Vous ne pensez pas que nous correspondons aux deux catégories ?

– Non. On a l'air d'habiter ici, et c'est ce qui nous rend invisibles.

En effet, un groupe de trois policiers qu'ils croisèrent ne leur prêta pas attention. Ils portaient des uniformes différents, et ils se disputaient.

– Parfait, lâcha Nicolas quand ils furent hors de portée.

– Qu'est-ce qui est parfait ?

– Tu as remarqué leurs uniformes ?

– Oui.

– La France possède un système de police compliqué, et Paris encore plus. Il y a la police nationale, la gendarmerie nationale et la préfecture de police. Apparemment, Machiavel les a tous lancés à nos trousses. Mais son grand défaut est de croire que les autres ont une logique aussi implacable que la sienne. En envoyant tous ces hommes dans la rue, il pensait qu'ils nous chercheraient sans relâche. Or il existe une très forte rivalité entre les diverses unités, et chacune désire avoir l'honneur de capturer les dangereux criminels.

– C'est ce que nous sommes devenus à cause de vous ? Des criminels ? lâcha Josh avec amertume. Il y a deux jours, Sophie et moi étions des ados normaux et heureux. Et aujourd'hui, regardez-nous ! Je ne reconnais plus ma sœur. Nous avons été chassés, attaqués par des monstres, et maintenant nous sommes en tête de la liste des personnes les plus recherchées de France ! Vous avez fait de nous des criminels, monsieur Flamel. Apparemment, vous connaissez bien le milieu du crime !

Josh plongea les mains dans ses poches et ferma les poings pour les empêcher de trembler. Il était terrifié et en colère ; et cela le rendait téméraire. Jamais auparavant il n'avait parlé à un adulte de cette manière.

– Personne, à part mes ennemis, ne m'a traité de criminel, répondit Nicolas, dont les yeux pâles commençaient à briller dangereusement. Il me semble, ajouta-t-il après une longue pause, que tu as conversé avec le Dr John Dee. Le seul endroit où tu as pu le rencontrer, c'est Ojai.

Josh n'envisagea même pas de nier.

– J'ai rencontré Dee quand vous m'aviez ordonné de vous laisser avec la Sorcière, Scathach et Sophie, lança-t-il sur un ton de défi. Il m'a beaucoup parlé de vous.

– Je n'en doute pas, murmura Flamel.

– D'après lui, vous ne dévoilez jamais le fond de votre pensée.

– Vrai. Si tu dis tout aux gens, tu leur ôtes la chance d'apprendre.

– D'après lui, vous avez volé le Livre d'Abraham le Juif au Louvre.

Nicolas avança de six ou sept pas avant de hocher la tête.

– Eh bien, cela est également vrai, même si ce n'est pas aussi simple qu'il le prétend. Au XVIIe siècle, le livre est brièvement tombé entre les mains du cardinal de Richelieu.

– Qui ?

– Tu n'as pas lu *Les Trois Mousquetaires* ? demanda Flamel, étonné.

– Non, et je n'ai même pas vu le film.

L'Alchimiste secoua la tête :

– J'en ai un exemplaire au magasin...

Il s'interrompit. Quand ils avaient quitté San Francisco, jeudi, la librairie n'était plus qu'une ruine.

– Richelieu apparaît dans de nombreux livres... et films. C'est un personnage historique. On le surnommait l'Éminence rouge, à cause de ses robes de cardinal, expliqua Flamel. Il était le Premier ministre du roi Louis XIII, mais en vérité il dirigeait le pays. En 1632, Dee a réussi à nous piéger, Pernelle et moi, dans un quartier de la vieille ville. Ses agents, tous non humains, nous encerclaient. Il y avait des goules sous nos pieds, des corax dans les airs, et des banshees nous traquaient dans les rues.

Ce souvenir fit frissonner Nicolas ; il regarda autour de lui comme si les créatures allaient surgir d'un instant à l'autre.

– J'envisageais de détruire le Codex de peur qu'il ne tombe entre les mains de Dee. Là, Pernelle a suggéré une autre solution : cacher le manuscrit mais qu'il demeure à la vue de tous. C'était à la fois simple et génial.

– Comment avez-vous fait ? s'enquit Josh, poussé par la curiosité.

Flamel sourit :

– J'ai sollicité une audience auprès du cardinal de Richelieu et je lui ai présenté le livre.

– Vous le lui avez donné ? En avait-il entendu parler ?

– Bien sûr que oui. Le Livre d'Abraham est célèbre, Josh, tristement célèbre. La prochaine fois que tu iras sur Internet, effectue quelques recherches.

– Le cardinal savait-il qui vous étiez ? souffla Josh.

Il était tellement facile de croire aux histoires de l'Alchimiste. Puis il se souvint que Dee lui avait fait le même effet à Ojai.

– Le cardinal de Richelieu croyait que j'étais un descendant de Nicolas Flamel. Nous lui avons donc offert le Livre d'Abraham, qu'il a rangé dans sa bibliothèque, l'endroit le plus sûr de toute la France !

Josh fronça les sourcils :

– Quand il l'a feuilleté, il ne s'est pas rendu compte que le texte bougeait ?

– Pernelle avait jeté un sort au Codex, un sort particulier et apparemment simple. Quand le cardinal a examiné le livre, il a vu ce à quoi il s'était attendu : des pages en grec et en araméen aux lettres ornées.

– Dee vous a-t-il capturés, ce jour-là ?

– Il a failli. Nous nous sommes échappés par la Seine sur une péniche. Lui se tenait sur le Pont-Neuf avec une dizaine de mousquetaires. Ils ont tiré comme des fous sur nous, et nous ont ratés. La réputation des mousquetaires est bien exagérée, crois-moi ! Deux semaines plus tard, Pernelle et moi sommes retournés à Paris, sommes entrés par effraction dans la bibliothèque du cardinal et avons récupéré notre livre. Alors, oui, je pense que Dee a raison, conclut-il, je suis un voleur.

Josh avançait en silence. Il ne savait qui croire. Il voulait sincèrement accorder sa confiance à Flamel. À force de travailler à ses côtés à la librairie, il avait appris à l'apprécier et à le respecter. Cependant, jamais il ne lui pardonnerait d'avoir mis la vie de Sophie en danger.

Flamel regarda autour de lui, puis, une main sur l'épaule de Josh, il l'aida à traverser la rue de Dunkerque, pleine de voitures.

– Au cas où nous serions suivis...

Ses lèvres remuaient à peine tandis qu'ils fonçaient à travers la circulation du petit matin.

Sur le trottoir d'en face, Josh se débarrassa de la main de Flamel d'un mouvement d'épaule.

– Les paroles de Dee m'ont paru très sensées, déclara-t-il.

– J'en suis certain, répondit Flamel dans un éclat de rire. Le Dr John Dee a endossé plusieurs rôles dans sa longue vie mouvementée : mage et mathématicien, alchimiste et espion. Mais sache, Josh, qu'il a surtout été un gredin et un menteur. Dee est le maître des mensonges et des demi-vérités. Il a pratiqué et perfectionné cet art à la plus dangereuse des époques, l'ère élisabéthaine. Il sait que le meilleur mensonge doit contenir une parcelle de vérité.

Il s'interrompit pour examiner les passants.

– Que t'a-t-il raconté d'autre ? lâcha-t-il ensuite.

Josh hésita un instant avant de répondre. Il était tenté de ne pas révéler toute sa conversation avec Dee ; mais peut-être en avait-il déjà trop dit ?

– Selon lui, vous utilisez les sortilèges du Codex pour votre compte personnel.

– Ce n'est pas faux. Je me sers de la formule d'immortalité pour nous garder en vie, Pernelle et moi. J'utilise celle de la pierre philosophale pour transformer des métaux ordinaires en or et du charbon en diamants. On ne s'enrichit pas en vendant des livres, tu sais ! Cependant, nous nous fabriquons juste de quoi vivre. Amasser des richesses ne nous intéresse pas.

Josh courut devant Flamel, puis se retourna pour le dévisager.

– Ce n'est pas une question d'argent ! s'écria-t-il. Il y a tellement d'autres choses que vous pourriez faire avec le contenu du manuscrit ! Dee prétend que cela permettrait de transformer ce monde en paradis, soigner toutes les maladies, réparer l'environnement.

Flamel s'arrêta et regarda l'adolescent droit dans les yeux :

– Oui, le Livre comporte des sortilèges qui accompliraient ces miracles, et bien d'autres choses encore. Il y a des sorts capables de faire fleurir les déserts, et d'autres qui réduiraient le monde en cendres. Seulement, ce n'est pas à moi de me servir des textes contenus dans le manuscrit.

Les yeux pâles de Flamel scrutèrent ceux de Josh. Et celui-ci fut convaincu que l'Alchimiste disait la vérité.

– Nous ne sommes que les gardiens du Livre, Pernelle et moi. Nous le conserverons jusqu'au jour où nous pourrons le remettre à ses propriétaires légitimes. Eux sauront comment s'en servir.

– Mais qui sont-ils ?

Nicolas Flamel posa les deux mains sur les épaules de Josh et fixa ses grands yeux bleus.

– Eh bien, chuchota-t-il, j'espérais que ce serait Sophie et toi. En fait, je parie tout – ma vie, celle de Pernelle, la survie des hommes – sur vous deux.

Les yeux dans ceux de l'Alchimiste, où il lisait la vérité, Josh eut soudain l'impression qu'ils étaient seuls sur le trottoir. Il respira profondément avant de dire :

– Vous le croyez vraiment ?

– De tout mon cœur. Et chacune de mes actions est destinée à vous protéger, Sophie et toi, et à vous préparer à cet avenir. Il faut que tu aies confiance, Josh. Il le faut. Je sais que tu es en colère contre moi à cause de Sophie, et je te promets qu'il ne lui arrivera aucun mal.

– Elle aurait pu mourir, ou tomber dans le coma ! grommela Josh.

Flamel secoua la tête :

– Si Sophie était un être humain ordinaire, alors, oui, cela aurait pu se produire. Mais ce n'est pas le cas, comme pour toi, d'ailleurs.

– À cause de nos auras ?

– Parce que vous êtes les jumeaux de la légende.

– Et si vous vous trompiez ? Avez-vous réfléchi à cette éventualité ?

– Alors, les Ténébreux reviendront.

– Est-ce que ce sera aussi terrible que cela ?

Nicolas ouvrit la bouche pour lui répondre, puis se ravisa ; Josh eut néanmoins le temps de voir la colère briller dans ses yeux. Finalement, l'Alchimiste se força à sourire. Doucement, il fit pivoter Josh :

– Que vois-tu ?

– Eh bien... rien de particulier... Juste des gens qui partent au travail. Et la police qui nous recherche.

– Pour Dee et ceux de son espèce, ce ne sont que des humani. Moi, je vois des êtres humains, qui ont leurs soucis et leurs joies, une famille et des amis, des collègues et des proches. Or Dee et les Aînés à qui il obéit voient en eux des esclaves... ou de la nourriture.

CHAPITRE TREIZE

Allongée sur le dos, Pernelle Flamel fixait le plafond sale de sa cellule. Combien d'autres prisonniers incarcérés à Alcatraz avaient-ils suivi ces lignes et ces craquelures avant elle, vu des silhouettes dans les taches sombres, imaginé des visages dans les moisissures marron ? « Presque tous », se dit-elle.

Certains avaient sûrement entendu des voix dans le noir, des mots chuchotés, des phrases susurrées... cependant ces voix n'étaient que le fruit de leur imagination.

Pernelle, elle, entendait les fantômes d'Alcatraz.

En se concentrant, elle en discernait des centaines, des milliers. Des hommes et des femmes, des enfants aussi, qui poussaient des cris, des hurlements, qui marmonnaient, pleuraient, appelaient leurs chers disparus, répétaient inlassablement leur nom, proclamaient leur innocence, insultaient leurs geôliers. Elle fronça les sourcils : ce n'était pas eux qu'elle cherchait.

Elle tria les sons jusqu'à en choisir un plus fort que les autres. Puissante et sûre d'elle, la voix se distinguait des babillages. Pernelle s'efforça de saisir les mots pour identifier la langue.

– C'est mon île.

L'homme parlait espagnol avec un vieil accent. Les yeux rivés sur le plafond, Pernelle fit abstraction des autres voix.

– Qui êtes-vous ?

Il y eut un long silence, comme si le fantôme était surpris que l'on s'adresse à lui. Puis il annonça fièrement :

– Je suis le premier Européen à avoir navigué dans cette baie, le premier à avoir vu cette île.

Une silhouette se matérialisa sur le plafond. Les contours grossiers d'un visage apparurent dans les fissures et les toiles d'araignée ; les moisissures noires et la mousse verte complétaient l'image.

– J'ai baptisé cet endroit la Isla de los Alcatraces.

– L'île des Pélicans, lâcha Pernelle.

Les traits devinrent plus précis. Le fantôme était un bel homme au visage mince et aux yeux sombres. Des gouttes d'eau perlèrent au coin de ses yeux. Étaient-ce des larmes ?

– Qui êtes-vous ? répéta Pernelle.

– Je m'appelle Juan Manuel de Ayala. J'ai découvert Alcatraz.

Des griffes cliquetèrent sur les dalles du couloir devant la cellule, et l'odeur de serpent mêlée à celle de viande avariée remplit l'air. Pernelle demeura silencieuse jusqu'à ce que les pas s'éloignent et le relent se dissipe. Quand elle scruta de nouveau le plafond, le visage avait gagné en détails. Les fissures du béton créaient des rides sur le front de l'homme et autour de ses yeux. Un visage de marin, buriné et creusé de sillons profonds.

– Pourquoi restez-vous ici ? Êtes-vous mort en ces lieux ?

– Non, je ne suis pas mort à Alcatraz.

Ses lèvres fines esquissèrent un sourire :

– Je suis revenu parce que je suis tombé amoureux de cet endroit dès l'instant où je l'ai aperçu. C'était en l'an de grâce 1775, et je voyageais sur le *San Carlos*. Je me souviens même de la date précise : c'était le 5 août.

Pernelle hocha la tête. Elle avait déjà rencontré des fantômes comme Ayala. Il y avait des hommes et des femmes tellement influencés ou affectés par un endroit qu'ils y revenaient sans cesse en rêve ; à leur mort, leur esprit regagnait ces lieux pour devenir un fantôme gardien.

– Je veille sur cette île depuis des générations. Je la protégerai toujours.

– Voir que votre magnifique île avait été transformée en lieu de souffrance a dû vous rendre triste...

La bouche de la silhouette se tordit ; une goutte d'eau tomba de son œil et s'écrasa sur la joue de Pernelle.

– C'étaient des heures bien sombres, mais c'est terminé à présent... Dieu merci.

Les lèvres du fantôme remuèrent, les mots résonnèrent dans l'esprit de Pernelle :

– Il n'y a pas eu de prisonnier humain à Alcatraz depuis 1963, et l'île vit en paix depuis 1971.

– Mais aujourd'hui, sur votre île adorée est retenue une nouvelle prisonnière. Et jamais cet endroit n'aura vu gardien aussi terrible que celui qui surveille cette captive.

Le visage au plafond se modifia, les yeux s'embuèrent, se plissèrent, clignèrent :

– Qui est-ce ? Vous ?

– Oui, je suis la dernière prisonnière d'Alcatraz, et je ne suis pas gardée par un être humain mais un sphinx.

– Non !

– Voyez par vous-même.

Le plâtre se craquela, des particules humides plurent sur Pernelle. Quand elle rouvrit les yeux, le visage avait disparu.

Pernelle esquissa un sourire.

– Qu'est-ce qui t'amuse, humani ?

La voix était un chuintement ondulant, une langue vieille comme le monde.

Pernelle s'assit et fixa la créature du couloir, tapie à moins de deux mètres d'elle.

Pendant l'Antiquité, des générations entières avaient tenté de figurer cette créature de légende sur les murs des grottes, des poteries, de sculpter sa silhouette dans la pierre, de la représenter sur des parchemins. Et personne n'était parvenu à s'approcher de l'horrifiante vérité.

Le corps était celui d'un lion à la puissante musculature, la robe fauve balafrée et tailladée, traces de vieilles blessures. Deux ailes d'aigle s'enroulaient sur ses épaules et s'aplatissaient sur son dos ; les plumes étaient sales et abîmées. Sa petite tête était celle d'une superbe jeune femme.

Le sphinx s'approcha des barreaux de la cellule ; sa langue noire et fourchue s'agita devant Pernelle :

– Tu n'as aucune raison de sourire, humani. Sache que ton mari et la Guerrière ont été piégés à Paris. Bientôt, ils seront capturés, et Dee fera en sorte qu'ils ne s'échappent pas... J'ai cru comprendre que les Ténébreux avaient donné au nécromancien la permission de tuer le légendaire Alchimiste.

Pernelle sentit ses boyaux se tordre. Pendant des générations, les Ténébreux avaient essayé de prendre Nicolas et Pernelle vivants. S'apprêtaient-ils vraiment à assassiner Nicolas ? Les règles du jeu auraient changé...

– Nicolas s'en sortira, assura-t-elle à la créature.

– Pas cette fois-ci.

Le sphinx frappait l'air de sa queue féline avec excitation, soulevait des volutes de poussière.

– Paris appartient à Machiavel, et bientôt, le magicien anglais le rejoindra. L'Alchimiste ne pourra pas échapper aux deux.

– Et les enfants ? s'enquit Pernelle, dont les yeux se plissaient dangereusement.

Si un malheur arrivait à Nicolas ou aux enfants...

Le sphinx ébouriffa les plumes de ses ailes ; une odeur de musc âcre envahit la cellule.

– Dee croit que les enfants humani sont puissants, qu'ils sont peut-être les jumeaux de la prophétie. Il a l'intention de les rallier à notre cause, de les convaincre de ne plus écouter les divagations d'un vieux libraire fou.

Le sphinx prit une profonde inspiration :

– Mais s'ils refusent de se plier, eux aussi périront.

– Et moi ?

La jolie bouche du sphinx s'ouvrit, révélant une mâchoire remplie de dents féroces et pointues comme des aiguilles. Sa longue langue noire s'agita sauvagement.

– Tu m'appartiens, Ensorceleuse, siffla la créature. Les Aînés t'ont offerte à moi en récompense des millénaires que j'ai passés à leur service. Quand ton mari aura été capturé et tué, je pourrai dévorer tes souvenirs. Quel festin de roi ce sera ! J'en savourerai la moindre parcelle. Quand j'en aurai terminé avec toi, tu ne te souviendras de rien, pas même de ton nom.

Le sphinx éclata de rire. Le son sifflant et moqueur ricocha sur les murs en pierre nus.

Soudain, la porte d'une cellule claqua.

Le monstre se figea. Sa petite tête pivota, sa langue goûta l'air ambiant.

Une autre porte se ferma bruyamment.

Puis une autre.

Et une autre.

Le sphinx fit volte-face ; des étincelles jaillirent de sous ses griffes.

– Qui est là ? hurla-t-il.

En réponse, toutes les portes de la galerie supérieure

s'ouvrirent et se fermèrent les unes après les autres, dans un bruit assourdissant qui fit vibrer la prison.

Le sphinx siffla, furieux, et bondit au bout du couloir afin de chercher l'origine de ce vacarme.

Un sourire glacial aux lèvres, Pernelle se coucha sur le banc et posa la tête sur ses mains croisées.

L'île d'Alcatraz appartenait à Juan Manuel de Ayala, et celui-ci venait d'annoncer sa présence. D'autres portes claquèrent, il y eut des coups secs, des martèlements contre les murs. Pernelle savait ce qu'Ayala était devenu : un poltergeist.

Un esprit frappeur.

Elle connaissait aussi ses intentions. Comme le sphinx se nourrissait de ses énergies magiques, il lui suffisait d'éloigner la créature de la cellule quelque temps pour que les pouvoirs de Pernelle se régénèrent. La main gauche levée, la femme se concentra longuement. Une minuscule étincelle couleur de glace dansa entre ses doigts avant de s'éteindre.

Bientôt.

Bientôt.

L'Ensorceleuse serra le poing. Dès qu'elle aurait recouvré ses pouvoirs, elle provoquerait la chute d'Alcatraz.

CHAPITRE QUATORZE

La magnifique tour Eiffel en dentelle de fer grise s'élevait à plus de trois cents mètres au-dessus de la tête de Josh. À une époque, il avait établi une liste pour un exposé scolaire recensant les dix merveilles du monde moderne. Il avait placé la célèbre tour en deuxième position et s'était promis qu'un jour il la visiterait.

Aujourd'hui, il se trouvait à Paris et ne levait même pas les yeux.

Hissé sur la pointe des pieds entre les quatre piliers, il regardait à droite et à gauche, cherchant sa jumelle parmi les touristes, déjà nombreux en cette heure matinale. Où était Sophie ?

Josh était terrifié.

Non, pire : il était mort de peur.

Ces deux derniers jours lui avaient appris le vrai sens

du mot « peur ». Avant les événements de jeudi, Josh avait simplement eu peur de rater ses examens ou d'être humilié en classe. Il avait d'autres craintes, des pensées vagues et troubles qui surgissaient au milieu de la nuit, quand il ne parvenait pas à trouver le sommeil et imaginait l'avenir si ses parents avaient un accident. Sara Newman était archéologue, Richard Newman paléontologue, et même s'ils n'exerçaient pas les métiers les plus dangereux au monde, leurs fouilles les conduisaient parfois au milieu d'agitations politiques ou religieuses, dans des régions ravagées par des cyclones, des séismes ou proches de volcans en activité. En effet, les mouvements de la croûte terrestre mettaient souvent au jour des trouvailles archéologiques extraordinaires.

Mais sa peur la plus profonde et la plus sombre concernait sa sœur. Même si Sophie était plus âgée que lui de vingt-huit secondes, il était plus grand et plus fort. Il la considérait donc comme sa petite sœur. Sa mission était de la protéger.

Et voilà que quelque chose de terrible était arrivé à sa jumelle.

Elle avait changé d'une manière qu'il avait du mal à appréhender. Elle ressemblait désormais plus à Flamel, Scathach et ceux de leur espèce qu'à lui. Elle était devenue plus qu'humaine.

Pour la première fois de son existence, il se sentait seul. Il perdait sa sœur. Et il n'y avait qu'une façon de redevenir son égal : il fallait que ses pouvoirs à lui soient éveillés.

Josh se retourna au moment où Sophie et Scathach

apparaissaient sur le large pont qui menait vers la tour. Le soulagement lui réchauffa le cœur.

– Elles arrivent ! annonça-t-il à Flamel, qui regardait dans la direction opposée.

– Je sais, répondit-il avec un accent français plus prononcé que d'habitude. Et elles ne sont pas seules.

– Pardon ? s'exclama Josh, incapable de quitter sa sœur du regard.

Nicolas inclina doucement la tête et Josh se tourna. Deux cars venaient de s'arrêter place Joffre et déversaient leurs passagers. Les touristes – américains, à en juger par leurs vêtements – discutaient et riaient ; leurs caméras bourdonnaient déjà alors que leurs guides essayaient de les regrouper. Un troisième car d'un jaune criard se gara, et des dizaines de touristes japonais surexcités en sortirent. Déconcerté, Josh regarda Nicolas. Parlait-il des autocars ?

– En noir, déclara Nicolas sur un ton énigmatique.

Suivant le mouvement de son menton, Nicolas repéra un homme vêtu de noir qui traversait à grands pas le Champ-de-Mars. Il se faufilait avec agilité entre les vacanciers, prenant soin de n'effleurer personne. L'inconnu devait avoir la taille de Josh. Il portait un manteau trois quarts en cuir noir au col remonté qui claquait autour de lui à chacun de ses pas. Josh frémit.

Sophie vint en courant donner un coup de poing dans le bras de son frère.

– Vous êtes arrivés les premiers, lâcha-t-elle, hors d'haleine. Tout va bien ?

Josh désigna discrètement l'homme en manteau de cuir qui s'approchait d'eux :

– Je ne sais pas.

Scathach surgit à côté des jumeaux. Elle n'était même pas essoufflée, remarqua Josh.

– Des ennuis ? demanda Sophie à la Guerrière.

Celle-ci sourit.

– Cela dépend de votre définition du mot « ennui », murmura-t-elle.

– Au contraire, s'enflamma Nicolas, soulagé. C'est un ami. Un vieil ami. Un bon ami.

Les jumeaux constatèrent que l'homme avait un petit visage, presque rond, la peau très bronzée et les yeux bleus et perçants. Son épaisse chevelure noire lui arrivant à l'épaule était tirée en arrière pour dégager son haut front. Il écarta les bras. Des bagues en argent assorties aux clous de ses oreilles brillaient à chacun de ses doigts. Un large sourire révéla des dents inégales et un peu jaunies.

– Maître ! s'exclama-t-il en prenant Nicolas dans ses bras et en l'embrassant sur les joues. Tu es de retour !

Ému, l'homme cligna des yeux pour chasser ses larmes et, un instant, ses pupilles devinrent rouges. Une odeur de feuilles brûlées flotta soudain autour d'eux.

– Tu n'es jamais parti ! répliqua chaleureusement Nicolas, qui le tint à bout de bras pour mieux le contempler. Tu as l'air en forme, Francis. Tu as meilleure mine que la dernière fois où je t'ai vu.

Il posa le bras sur l'épaule de l'homme.

– Je ne te présente pas Scathach, continua-t-il.

– Qui pourrait oublier l'Ombreuse ?

L'homme aux yeux bleus fit un pas en avant, prit la main pâle de la Guerrière dans la sienne et y déposa un baiser dans un geste courtois et démodé.

Scathach se pencha en avant et pinça la joue de l'homme assez fort pour y laisser une trace rouge :

– Je te l'ai dit la dernière fois : pas de ça avec moi !

– Admets-le, tu adores le baisemain. Et ces deux jeunes gens doivent être Sophie et Josh ? La Sorcière m'a parlé d'eux.

Il ne cligna pas des yeux quand il les examina tour à tour.

– Les jumeaux de la légende, murmura-t-il, les sourcils froncés. Vous en êtes sûrs ?

– Persuadés, affirma Nicolas.

L'inconnu hocha la tête et s'inclina légèrement.

– Les jumeaux de la légende, répéta-t-il. Je suis honoré de faire votre connaissance. Permettez-moi de me présenter. Je suis le comte de Saint-Germain, annonça-t-il de manière théâtrale.

Puis il s'interrompit, l'air déçu de constater que sa réputation ne l'avait pas précédé. En effet, les jumeaux n'avaient pas réagi à la mention de son nom.

– Mais appelez-moi Francis, comme tous mes amis.

– Mon élève préféré, déclara Nicolas avec tendresse. Et certainement le meilleur. Nous nous connaissons depuis longtemps.

– Combien de temps, exactement ? demanda Sophie par automatisme, alors que la réponse se trouvait déjà dans sa tête.

– Environ trois cents ans. Francis a appris l'alchimie à mes côtés. Il m'a rapidement surpassé d'ailleurs. Il s'est spécialisé dans la création de bijoux.

– C'est mon maître qui m'a enseigné tout ce que je sais en matière d'alchimie, précisa Saint-Germain.

– Au XVIIIe siècle, Francis était également un chanteur et un musicien accompli. Comment occupes-tu ton temps aujourd'hui ? s'enquit Nicolas.

– Eh bien, je dois dire que je suis déçu par ton ignorance, rétorqua l'homme dans un anglais irréprochable. Tu ne t'intéresses donc pas aux ventes de disques ? J'ai été cinq fois numéro un aux États-Unis, et trois fois en Allemagne. Et j'ai gagné le MTV Europe Award de la révélation masculine.

– Une révélation ? s'étonna Nicolas. Toi ?

– Je suis un musicien dans l'âme, tu ne l'ignores pas ! Mais ce siècle-ci, Nicolas, je suis une star du rock, le célèbre Germain !

Les yeux rivés sur les jumeaux, il attendit qu'ils réagissent à cette annonce.

Ils secouèrent la tête à l'unisson.

– Jamais entendu parler de vous, lui asséna Josh.

Désappointé, Saint-Germain haussa les épaules. Il releva le col de son manteau sur ses oreilles.

– Quel genre de musique composez-vous ? lui demanda Sophie, qui se mordait l'intérieur de la joue pour ne pas rire devant la mine déconfite du comte.

– Dance... électro... techno... ce genre de trucs.

Sophie et Josh secouèrent de nouveau la tête.

– Pas mon style, rétorqua Josh.

Mais Saint-Germain ne regardait plus les jumeaux. Son attention avait été attirée par une longue Mercedes noire qui s'était garée le long du trottoir, avenue Gustave-Eiffel. Trois fourgons noirs banalisés s'alignèrent derrière elle.

– Machiavel, grogna Flamel, en colère. Francis, tu as été suivi.

– Mais comment est-ce..., souffla le comte.

– Souviens-toi, le coupa l'Alchimiste. Nous avons affaire à Nicolas Machiavel. Scathach, emmène les jumeaux, partez avec Saint-Germain. Protégez-les au péril de votre vie.

– On peut rester pour se battre, proposa Scathach.

– Non, regarde tous ces touristes ! Il y a trop de gens. Quelqu'un pourrait être tué. Machiavel n'est pas Dee, il est plus subtil. Il n'utilisera pas la magie, à moins d'y être contraint. Si nous nous séparons, il me suivra. C'est moi qu'il veut capturer. Enfin, pas seulement.

Flamel sortit un petit sac rectangulaire en tissu de sous son T-shirt.

– Qu'est-ce que c'est ? l'interrogea Saint-Germain.

Les yeux rivés sur les jumeaux, Nicolas lui répondit :

– Autrefois, ce sac servait à transporter le Codex, qui est aujourd'hui entre les mains de Dee. Josh a réussi à arracher deux pages à la fin du livre. Elles sont ici. Elles contiennent l'Évocation Finale. Dee et ses Aînés ne reculeront devant rien pour les avoir.

Il lissa le sac et le tendit à Josh :

– Prends-en soin.

– Moi ?

Josh scruta Flamel, puis le sac sans tendre le bras.

– Oui, toi. Vite ! ordonna Flamel.

À contrecœur, Josh s'empara du sac, dont le tissu craqua et jeta des étincelles lorsqu'il le glissa sous son T-shirt. Il lança un coup d'œil à sa sœur.

– Pourquoi moi ? Scathach ou Saint-Germain seraient mieux...

– Tu as sauvé ces pages, Josh, l'interrompit l'Alchimiste. Il est donc normal que tu en sois le gardien.

Il agrippa le garçon par les épaules et le regarda droit dans les yeux :

– J'ai confiance en toi. Je sais que tu sauras les protéger.

Josh posa la main sur son torse, sentit le tissu sur sa peau. Quand Sophie et lui avaient commencé à travailler, l'une au salon de thé et l'autre à la librairie, leur père avait prononcé à peu près la même phrase à propos de sa sœur. Josh en avait ressenti de la fierté, et un peu de peur aussi. Là, il avait simplement peur.

La portière avant de la Mercedes s'ouvrit, et un homme en costume noir en sortit ; ses lunettes de soleil réfléchissaient le ciel du petit matin, ce qui donnait l'impression qu'il avait deux trous à la place des yeux.

– Dagon ! grogna Scathach en montrant ses dents pointues.

Elle fit mine de chercher une arme dans son sac à dos, mais Nicolas l'attrapa par le bras :

– Ce n'est pas le moment.

Dagon ouvrit la portière arrière, et Nicolas Machiavel

descendit. Bien qu'il fût à une centaine de mètres d'eux, ils purent voir qu'il jubilait.

Les portes des fourgons coulissèrent simultanément, et des policiers armés jusqu'aux dents bondirent à l'extérieur et trottinèrent jusqu'à la tour. Un touriste cria : aussitôt une dizaine de personnes patientant au pied du monument braquèrent leurs caméras sur eux.

– Il est temps de partir ! s'exclama Flamel. Vous traversez le pont, moi, je prends la direction opposée. Saint-Germain, mon ami, chuchota-t-il, nous avons besoin d'une diversion qui nous facilitera la fuite. Quelque chose de spectaculaire.

– Où vas-tu ?

– Cette ville m'appartenait bien avant l'arrivée de Machiavel. Qui sait ? Mes vieilles caches existent peut-être toujours ?

– Paris a beaucoup changé depuis ton dernier séjour, le prévint Saint-Germain.

Sans cesser de parler, il prit la main gauche de Flamel dans les siennes et appuya son pouce droit au centre de la paume de l'Alchimiste. Quand il le retira, Sophie et Josh virent le dessin d'un petit papillon aux ailes noires sur la peau de l'Alchimiste.

– Il te conduira à moi, expliqua l'énigmatique comte. Bon, et maintenant quelque chose de spectaculaire !

Un grand sourire aux lèvres, il remonta les manches de son manteau et révéla ses bras nus. Sa peau était couverte de dizaines de papillons tatoués qui s'enroulaient autour de ses poignets comme des bracelets, puis remontaient le long de son avant-bras jusqu'au coude.

Après avoir entrelacé ses doigts, il se tordit les poignets vers l'extérieur dans un craquement sonore, tel un pianiste se préparant à jouer.

– Avez-vous vu les festivités organisées par Paris à l'occasion du millénaire ?

– Le millénaire ? s'enquirent les jumeaux.

– L'an 2000. Même s'il aurait dû être célébré en 2001.

– Oh ! Ce millénaire-là !

Perplexe, Sophie dévisagea son frère : qu'est-ce que le millénaire avait à voir avec cette histoire ?

– Nos parents nous ont emmenés à Times Square, répondit Josh. Pourquoi ?

– Alors vous avez raté un spectacle vraiment hors du commun qui avait lieu à Paris. La prochaine fois que vous vous connecterez sur Internet, jetez un coup d'œil aux photos.

Saint-Germain se frotta les bras et, debout sous l'immense tour de métal, leva les mains vers le ciel. Soudain, un parfum de feuilles brûlées emplit l'air.

Sophie et Josh virent les papillons tatoués se contracter, puis trembler et vibrer sur ses avant-bras. Leurs ailes transparentes frémirent, leurs antennes remuèrent... et les tatouages décollèrent.

En un flux continu, de petits papillons rouges et blancs s'envolèrent de la peau pâle de Saint-Germain et virevoltèrent dans la fraîche matinée parisienne. Une spirale interminable de points pourpres et cendrés tourbillonna dans l'air. Les papillons s'enroulèrent autour des poutrelles, des rivets et des boulons de la tour métallique, la couvrirent d'une peau iridescente et chatoyante.

– *Ignis !* murmura Saint-Germain, qui rejeta la tête en arrière et tapa dans ses mains.

Soudain, la tour se mua en une fontaine de lumière pétillante et crépitante.

Ravi, le comte rit de l'expression des jumeaux :

– Je me présente : le comte de Saint-Germain, le maître du Feu !

CHAPITRE QUINZE

– Un feu d'artifice ! s'exclama Sophie, stupéfaite.

Une féerie extraordinaire illumina la tour Eiffel. Des entrelacs bleu et or filaient vers son sommet, où ils éclataient en sifflant. Des fils aux couleurs de l'arc-en-ciel scintillaient, pétillaient, s'enroulaient autour des piliers, explosaient, claquaient. Des flammes blanches pétaradaient sur les gros rivets de la tour pendant que des gouttes d'un bleu glacé s'écoulaient des arches et retombaient dans l'espace en contrebas.

L'effet était spectaculaire. Il le fut encore plus quand Saint-Germain claqua des doigts, et la tour entière se teinta d'argent, puis d'or, de vert et enfin de bleu sous le soleil de l'aube. Des filets de lumière crépitante escaladaient les poutres de métal. Des soleils, des fusées, des fontaines, des chandelles romaines, des hélices et des serpents décollaient de chaque étage. L'antenne au sommet crachait des jets rouges, blancs, bleus qui retombaient en cascade tel un liquide bouillonnant se déversant au centre de la tour.

La foule, figée, n'en croyait pas ses yeux.

Les touristes assemblés au pied du monument poussaient des oh ! et des ah !, applaudissaient à chaque nouvelle explosion, prenaient photo sur photo. Les automobilistes s'arrêtaient au milieu de la rue et descendaient de voiture, l'appareil photo au poing pour immortaliser les images époustouflantes. En quelques minutes, les badauds se comptèrent par centaines, tandis que d'autres curieux affluaient en courant de partout pour observer ce spectacle extraordinaire.

Nicolas et ses compagnons furent happés par la foule.

Fou de rage, Machiavel frappa le toit de la voiture si fort qu'il en eut mal à la main. Sous ses yeux ébahis, la foule enflait toujours : il sut alors que ses hommes ne réussiraient pas à capturer Flamel et les autres cette fois-ci.

Le feu d'artifice battait son plein. Des fusées sifflaient au-dessus de leurs têtes avant d'exploser en sphères et en cascades de lumière. Des pétards et des cierges magiques crépitaient autour des quatre jambes métalliques de la vieille dame.

– Monsieur ! s'exclama un capitaine de police qui se mit au garde-à-vous devant Machiavel. Quels sont vos ordres ? Nous pouvons disperser la foule, mais il y aura des blessés.

– Non, n'en faites rien.

Dee n'aurait pas autant de scrupules, l'Italien le savait. Il n'aurait pas hésité à raser la tour Eiffel, quitte à tuer des centaines d'innocents, dans le simple but d'attraper Flamel. Se dressant de toute sa hauteur, Machiavel entraperçut le comte de Saint-Germain et Scathach la meurtrière qui escortaient un jeune homme et une jeune fille. Ils se mêlèrent à la foule avant de disparaître. Surpris, il constata soudain que Nicolas Flamel était resté au même endroit.

D'un geste moqueur, Flamel leva la main droite pour le saluer. Sa gourmette en argent refléta la lumière.

Machiavel serra l'épaule du capitaine de police, le fit pivoter avec une force étonnante et désigna l'homme avec son index effilé :

– Celui-là ! Attrapez-moi ce type. Je le veux vivant et indemne.

Au même instant, Flamel se précipita vers le pilier ouest de la tour Eiffel, en direction du pont d'Iéna, puis emprunta le quai Branly, sur la droite.

– À vos ordres, monsieur !

Le capitaine décida de prendre un raccourci.

– Suivez-moi ! cria-t-il à ses troupes, qui s'alignèrent derrière lui.

Dagon s'approcha de Machiavel :

– Souhaitez-vous que je piste Saint-Germain et l'Ombreuse ?

Il tourna la tête, ses narines se dilatèrent dans un bruit poisseux :

– Je sens leur odeur.

– Non, fit Machiavel en montant dans la voiture. Éloignons-nous d'ici avant l'arrivée de la presse. Saint-Germain est tout sauf imprévisible. Ma main à couper qu'il rejoint une de ses maisons, et elles sont toutes surveillées. Maintenant, il nous reste à espérer que nous capturerons Flamel.

Le visage impassible, Dagon claqua la portière derrière son maître. Il se tourna et entraperçut Flamel au milieu de la foule. Les policiers le suivaient de près. Ils se déplaçaient vite malgré leurs gilets pare-balles et leurs armes. Mais Dagon savait qu'au fil des siècles Flamel avait échappé à des chasseurs plus futés, humains et non humains, glissé entre les mains de créatures appartenant à la plus ancienne des mythologies. Il s'était montré plus malin que des monstres tout droit sortis d'un cauchemar. Dagon doutait fort que la police intercepte l'Alchimiste.

Puis il renifla de nouveau, tête levée. Oui, Scathach était bel et bien de retour !

L'hostilité entre Dagon et l'Ombreuse remontait à des millénaires. S'il était le dernier de son espèce... c'est parce qu'elle avait exterminé sa race par une terrible nuit, deux mille ans plus tôt. Derrière des lunettes réfléchissantes, les yeux de la créature se remplirent de larmes poisseuses. Dagon jura que cette fois-ci il se vengerait de l'Ombreuse.

– Marchez. Ne courez surtout pas, ordonna Scathach. Saint-Germain à l'avant, Sophie et Josh au milieu ! Je m'occupe des arrières.

Son ton ne laissait aucune place à la discussion.

Ils traversèrent le pont et tournèrent à droite dans l'avenue de New York. Après avoir bifurqué plusieurs fois, ils se trouvèrent dans une ruelle étroite plongée dans l'ombre. Les jumeaux remarquèrent que Saint-Germain effleurait du bout des doigts le mur sale, faisant jaillir de petites étincelles.

Les sourcils froncés, Sophie fouilla sa mémoire – enfin, celle de la Sorcière d'Endor – à la recherche du comte de Saint-Germain. Son frère l'interrogea du regard.

– Tes yeux sont devenus couleur argent pendant une seconde, lui apprit-il.

Sophie jeta un coup d'œil par-dessus son épaule à Scathach, postée un peu plus loin, puis à l'homme en manteau de cuir. Ils ne pouvaient pas l'entendre.

– J'essayais de rassembler mes souvenirs, euh... les souvenirs de la Sorcière concernant Saint-Germain.

– Qu'a-t-il de spécial ? Je n'ai jamais entendu parler de lui.

– C'est un célèbre alchimiste français, chuchota Sophie. Flamel et lui sont peut-être les hommes les plus mystérieux de l'Histoire.

– Il est humain ? lui demanda Josh.

– Il n'appartient ni aux Aînés, ni à la Génération Suivante. Il est humain. Même la Sorcière d'Endor ne sait pas grand-chose à son sujet. Elle l'a rencontré pour la première fois à Londres en 1740. Elle a tout de suite su qu'il était un humain immortel. D'après lui, il avait découvert le secret de l'immortalité quand il étudiait auprès de Nicolas Flamel.

Sophie secoua la tête avant de poursuivre :

– À mon avis, Dora ne l'a pas cru. Pendant un voyage au Tibet, il aurait mis au point une formule d'immortalité qui n'avait pas besoin d'être renouvelée chaque mois. Mais quand elle lui en a demandé une copie, il a prétendu l'avoir perdue. Apparemment, il parle toutes les langues du monde, est un brillant musicien et un joaillier renommé.

Une lueur argent brilla dans ses yeux tandis que les souvenirs s'estompaient.

– Ah oui ! La Sorcière ne l'aimait pas et ne lui faisait pas confiance.

– Nous devrions l'imiter, en conclut Josh.

– Je suis d'accord, mais Nicolas semble beaucoup l'apprécier et se reposer sur lui les yeux fermés. Pourquoi ?

Josh prit un air sérieux :

– Nous ne devrions pas faire confiance à Nicolas Flamel non plus ! Il y a quelque chose de louche chez lui, j'en suis convaincu.

Sophie ne dit rien. Elle savait pourquoi Josh était en colère contre l'Alchimiste : son frère lui enviait ses pouvoirs éveillés, et il blâmait Flamel d'avoir mis sa vie en danger. Cela ne signifiait pas que les intentions de l'immortel étaient mauvaises.

La ruelle donnait sur une grande avenue bordée d'arbres. Même si ce n'était pas encore l'heure de pointe, le trafic était paralysé : le feu d'artifice et les lumières spectaculaires autour de la tour Eiffel avaient immobilisé toutes les voitures du quartier. Les coups de klaxon rivalisaient avec les sirènes de police. Un camion de pompiers était coincé dans les embouteillages ; sa sirène mugissait sans qu'il avance d'un pouce. Saint-Germain traversa la rue à grands pas sans regarder à droite ni à gauche tout en sortant un portable noir ultraplat de sa poche. Il l'ouvrit et tapa un numéro raccourci. Puis il parla à toute allure en français.

– Vous avez appelé de l'aide ? demanda Sophie quand il eut raccroché.

– Non, j'ai commandé le petit déjeuner. Je meurs de faim.

Il montra du pouce la tour Eiffel scintillante dans son dos :

– Pardonnez le jeu de mots, mais une telle création brûle beaucoup de calories.

Sophie comprit alors pourquoi son estomac criait famine depuis qu'elle avait évoqué le brouillard.

Scathach rattrapa les jumeaux et marcha au côté de Sophie.

– Je ne crois pas que nous soyons suivis, dit-elle. C'est étonnant ! Je pensais que Machiavel aurait envoyé quelqu'un à nos trousses.

Elle se frotta la lèvre inférieure avec le pouce.

– Qu'est-ce qu'on fait ? demanda Josh.

– Fini de traîner dans les rues ! On se repose, annonça Scathach. C'est encore loin ? cria-t-elle à Saint-Germain, toujours en tête.

– Plus que quelques minutes, répondit-il sans se

retourner, et nous serons dans une de mes petites maisons de ville.

– Une fois là-bas, enchaîna Scatty, on ne bouge pas en attendant le retour de Nicolas. On reprend des forces, et surtout on change de vêtements.

Le nez froncé, elle désigna Josh :

– Et on se douche !

L'adolescent rougit.

– Je sens mauvais ? demanda-t-il, vexé.

Sophie posa la main sur le bras de son frère avant que la Guerrière réponde :

– Un peu. Autant que nous, probablement.

Contrarié, Josh dévisagea Scathach :

– Je suppose que vous n'avez pas de problème d'odeur.

– En effet, répondit Scatty. Je n'ai pas de glandes sudoripares. Les vampires sont une espèce beaucoup plus évoluée que les humani.

Ils avancèrent en silence jusqu'aux Champs-Élysées, la plus grande avenue de Paris. À leur gauche se dressait l'Arc de Triomphe. Là aussi, la circulation était interrompue dans les deux sens ; les conducteurs sortis de leur véhicule gesticulaient et discutaient avec animation. Tous les regards étaient tournés vers les cascades de lumière qui explosaient encore au-dessus de la tour Eiffel.

– Que vont raconter les journaux ? demanda Josh. Un tel feu d'artifice n'a rien d'habituel...

Saint-Germain les regarda.

– En vérité, ce genre de spectacle n'est pas si extraordinaire. Il y en a souvent, le jour de l'An, le 14 Juillet... À mon avis, les journaux diront que les feux commémorant la prise de la Bastille ont explosé prématurément.

Il s'arrêta et scruta les alentours. Quelqu'un l'appelait par son nom.

– Ne vous retournez pas..., commença Scatty.

Trop tard. Les jumeaux et Saint-Germain regardaient déjà dans la direction d'où provenaient les cris.

– Germain !

– Hé, Germain !

Deux jeunes hommes debout à côté de leur voiture agitaient les bras et appelaient le comte à tue-tête.

Vêtus d'un jean et d'un T-shirt, ils se ressemblaient, avec leurs cheveux gominés et leurs lunettes trop larges. Abandonnant leur véhicule au milieu de la chaussée, ils se frayèrent un chemin parmi les badauds. Josh crut voir de fines lames briller dans leur main.

– Francis..., lâcha Scatty, aux aguets, les poings déjà fermés.

Elle s'avança au moment où le premier homme rejoignait Saint-Germain.

– Laisse-moi...

– Messieurs ! s'exclama Saint-Germain, un immense sourire aux lèvres.

Postés derrière lui, les jumeaux virent des flammes bleu et jaune danser au bout de ses doigts.

– Super concert, hier soir, lança le premier homme, hors d'haleine.

Il parlait anglais avec un fort accent allemand. Il releva ses lunettes de soleil et tendit la main. Josh s'aperçut à ce moment-là que ce qu'il avait pris pour un couteau n'était qu'un gros stylo.

– Il serait possible d'avoir un autographe ?

– Bien entendu ! fit Saint-Germain.

Les flammes au bout de ses doigts s'éteignirent.

Il sortit un carnet à spirale de la poche intérieure de son manteau :

– Vous avez eu mon dernier CD ?

Le deuxième fan brandit un iPod noir et rouge.

– Je l'ai téléchargé sur iTunes hier, répondit-il.

– Et n'oubliez pas d'acheter le DVD du concert quand il sortira dans un mois ! Je compte ajouter des bonus, deux ou trois remixes et un super mashup, fit Saint-Germain en apposant une signature alambiquée sur une page de son carnet, qu'il arracha ensuite. J'adorerais discuter, les mecs, mais je suis pressé. Merci de vous être arrêtés, j'apprécie beaucoup !

Ils se serrèrent la main, et les deux hommes regagnèrent leur voiture en courant.

L'air réjoui, Saint-Germain inspira, puis se tourna vers les jumeaux :

– Je vous avais dit que j'étais célèbre !

– Si on ne s'éloigne pas d'ici très vite, tu seras célèbre à titre posthume, grommela Scatty.

– On y est presque, ronchonna Saint-Germain.

Il leur fit traverser les Champs-Élysées, prendre une rue transversale, puis une ruelle pavée qui serpentait derrière les immeubles. À mi-chemin, il s'arrêta et glissa une clef dans une porte anonyme en mauvais état.

Samedi 2 Juin

L'immonde peinture verte s'écaillait par bandes entières, révélant le bois à moitié pourri.

– Tu pourrais la faire rénover ! remarqua Scatty.

– Mais cette porte est neuve ! répliqua Saint-Germain. Le bois n'est qu'un leurre. Dessous, il y a une plaque d'acier munie d'une serrure à cinq points.

Il poussa le battant et recula pour laisser passer les jumeaux.

– Bienvenue chez moi ! Entrez librement et de votre plein gré, déclara-t-il sur un ton compassé.

Les jumeaux firent un pas en avant. Ils furent un peu déçus par ce qui s'offrit à leur vue. Derrière la porte défraîchie se trouvaient une petite cour et un immeuble de trois étages. À droite et à gauche, de grands murs hérissés de pointes le séparaient des maisons voisines. Sophie et Josh s'étaient attendus à quelque chose de plus exotique, plus théâtral. Au centre de la cour trônait une vasque pour oiseaux, grosse et laide, pleine de feuilles mortes. Dans les pots entourant la fontaine, dépérissaient quelques maigres plantes.

– Le jardinier est parti, expliqua Saint-Germain, et je n'ai franchement pas la main verte.

Il leva la main droite et écarta les doigts. Au bout de chacun jaillit une flamme d'une couleur différente. Il sourit, et les flammes colorées déposèrent des reflets vacillants sur son visage.

– Ce n'est pas ma spécialité !

Immobile sur le seuil, tête penchée, tout ouïe, Scathach scrutait la ruelle. Dès qu'elle se fut assurée qu'ils n'avaient pas été suivis, elle verrouilla la porte derrière elle.

– Comment Flamel saura-t-il que nous sommes ici ? demanda Josh.

Même s'il se méfiait de l'Alchimiste et avait peur de lui, il ressentait encore plus de nervosité auprès de Saint-Germain.

– Je lui ai donné un petit guide.

– Il ne craint rien ? s'enquit Sophie auprès de Scathach.

– Absolument rien.

Cependant, son ton et son regard trahissaient l'angoisse. Soudain, elle se raidit, sa bouche s'ouvrit toute grande et ses dents de vampire apparurent, terrifiantes.

La porte de la maison s'était ouverte et une silhouette était apparue dans l'encadrement. Aussitôt, l'aura de Sophie émit une lumière argentée. Le choc la projeta contre son frère, dont l'aura scintilla à son tour, l'enveloppant d'or. Alors que les jumeaux étaient serrés l'un contre l'autre, aveuglés par les lumières mêlées de leurs auras, Scatty hurla. Jamais ils n'avaient entendu un cri aussi effrayant.

CHAPITRE SEIZE

– Stop ! Arrête-toi !

Nicolas Flamel continua de courir. Il prit à droite en direction du quai Branly.

– Arrête-toi, ou je tire !

Flamel ne ralentit pas, il savait que la police ne l'abattrait pas : Machiavel avait sûrement donné l'ordre de ne pas le blesser.

Les pas lourds sur le macadam se rapprochaient de plus en plus ; il entendait presque le souffle de ses poursuivants. Nicolas commençait à haleter et il avait un point de côté. Certes, la recette du Codex le gardait en vie et en bonne santé, mais il lui était impossible de se mesurer à l'officier de police très bien entraîné et en pleine forme physique.

L'Alchimiste s'arrêta si brutalement que le capitaine

faillit le heurter. Droit comme un I, il regarda par-dessus son épaule gauche. Le policier dégaina son pistolet.

– Ne bouge plus ! Les mains en l'air !

Nicolas pivota lentement pour faire face à l'officier :

– Décidez-vous, mon brave ! Je fais quoi ?

Derrière ses lunettes de protection, l'autre cligna des yeux, surpris.

– Alors, je ne bouge plus, ou je lève les mains ? insista Flamel.

Le policier lui répondit d'un mouvement de son pistolet, et il leva les mains. Cinq autres membres du RAID arrivèrent en courant. Ils visèrent l'Alchimiste avec leurs armes tout en s'alignant aux côtés de leur capitaine. Les mains en l'air, Nicolas les dévisagea un à un. Dans leur uniforme noir avec casque, passe-montagne et lunettes, ils ressemblaient à des insectes.

– Allonge-toi sur le sol. Vite ! ordonna le capitaine. Ne baisse pas les mains !

L'Alchimiste se coucha sur le bitume, la joue contre la chaussée froide et granuleuse.

– Écarte les bras !

Il obéit. Les policiers l'encerclèrent, tout en restant à distance.

– On le tient ! déclara le capitaine dans le micro fixé à son casque. Non, monsieur, nous ne l'avons pas touché. Oui, monsieur. Immédiatement.

Nicolas regretta que Pernelle ne fût pas avec lui à cet instant. Elle aurait su quoi faire. Cela dit, si l'Ensorceleuse l'avait accompagné, il ne serait pas dans un pareil pétrin. Pernelle était une battante. Combien de fois lui avait-elle demandé d'arrêter de courir, d'utiliser leur demi-millénaire de connaissances alchimiques, sa sorcellerie et sa magie pour combattre les Aînés ? Elle voulait qu'il rassemble les immortels, les Aînés et la Génération Suivante qui soutenaient les humani et qu'il entre en guerre contre les Ténébreux, Dee et ceux de son espèce. Il ne pouvait pas. Toute sa vie, il avait attendu les jumeaux dont parlait le Codex. « Les deux qui ne sont qu'un et celui qui est tout. »

Il n'avait jamais douté qu'il finirait par les découvrir. Les prophéties du Codex s'accomplissaient toujours, même si le message d'Abraham était obscur ; et surtout écrit dans plusieurs langues archaïques ou oubliées.

Les deux qui ne sont qu'un et celui qui est tout.
Le jour viendra où le Livre sera dérobé
Et l'homme de la reine s'alliera au corbeau
Alors l'Aîné sortira des ombres
Et l'immortel devra instruire le mortel. Ainsi les deux qui ne sont qu'un deviendront celui qui est tout.

Et Nicolas savait qu'il était cet immortel : l'homme au crochet le lui avait affirmé.

Un demi-millénaire plus tôt, Nicolas et Pernelle Flamel avaient parcouru l'Europe dans le but de comprendre l'énigmatique manuscrit. Finalement, en Espagne, ils avaient rencontré un mystérieux homme à la main coupée qui les avait aidés à traduire des passages du texte, en mouvement perpétuel. Le manchot leur avait révélé que le secret de la Vie Éternelle apparaissait toujours en page sept du Codex, une nuit de pleine lune, alors que la recette de la transmutation, servant à changer la composition des matériaux, se trouvait page quatorze. Après avoir traduit la première prophétie, il avait regardé Nicolas avec ses yeux noirs comme du charbon et tapoté son torse avec le crochet qui lui servait de main gauche : « Alchimiste, voici ton destin », avait-il chuchoté.

Ces mots avaient convaincu Flamel qu'il rencontrerait un jour les jumeaux... En revanche, la prophétie ne disait pas qu'il finirait à plat ventre, les bras en croix, au milieu d'une rue parisienne sale, entouré par des policiers armés jusqu'aux dents, et très, très nerveux...

L'Alchimiste ferma les yeux et prit une profonde inspiration. Les doigts collés contre les pavés, il sollicita à contrecœur son aura. Un fil ultrafin d'énergie vert et or s'écoula de ses doigts et s'enfonça dans le sol. Nicolas sentit les vrilles de son énergie aurique s'immiscer dans la chaussée, puis la terre en dessous. Le fil pas plus épais qu'un cheveu serpenta dans le sol, chercha... et trouva une masse grouillante et bouillonnante de vie. Ensuite, ce ne fut plus qu'une question de transmutation – le principe de base de l'alchimie – pour créer du glucose et du fructose. Puis il lui suffit de les attacher avec un lien glycosidique pour créer de la saccharose... La masse remua, puis se précipita vers cette douceur.

Le capitaine de police éleva la voix :

– Passez-lui les menottes et fouillez-le.

Nicolas entendit les pas de deux policiers. Devant son visage apparurent deux paires de bottes en cuir noir à semelle épaisse, polies comme des miroirs.

Soudain, il repéra la fourmi, magnifiée par sa proximité. Elle sortit de la fissure entre les pavés ; ses antennes vibraient. Elle fut suivie par une deuxième, une troisième...

L'Alchimiste claqua des doigts. De minuscules étincelles vert et or sentant la menthe en jaillirent et recouvrirent les six policiers de particules de pouvoir infinitésimales.

Aussitôt, il transmuta les particules en sucre.

Brusquement, la chaussée devint noire. Des milliers de fourmis surgirent du sous-sol, se déversant entre les pavés. Tel un sirop épais et visqueux, elles envahirent la chaussée, se ruèrent sur les bottes avant de monter en masse compacte sur les jambes des policiers. Assaillis par cette multitude grouillante d'insectes, les hommes se figèrent. Bientôt, l'un d'eux se contorsionna, puis un autre, et un autre. Les fourmis avaient dû trouver une ouverture dans leurs cuirasses et s'étaient faufilées à l'intérieur. Les policiers se mirent à sautiller, se tortiller, se frapper le corps... Soudain, ils jetèrent leurs armes, ôtèrent leurs gants, arrachèrent leur casque, leurs lunettes et leur passe-montagne pour essayer de se débarrasser des insectes qui pullulaient sur eux.

Sous les yeux ahuris du capitaine, son prisonnier, que l'armée des fourmis avait épargné, s'assit et s'épousseta avec soin avant de se lever lentement. Le policier essaya de pointer son arme sur lui, mais les fourmis qui le chatouillaient terriblement l'en empêchèrent. Il n'osait pas ouvrir la bouche pour lui ordonner de se coucher, craignant que les insectes ne se précipitent dedans.

À son tour, il se débarrassa de son casque, de son passe-montagne, qu'il jeta au sol, et se mit à s'agiter comme les autres. Quand il regarda de nouveau son prisonnier, celui-ci se rendait d'un pas nonchalant vers le pont de l'Alma et sa station de métro.

CHAPITRE DIX-SEPT

Josh secoua plusieurs fois la tête. Des points noirs dansaient devant ses yeux, et quand il leva le bras, il aperçut son aura dorée autour de sa peau. Il se dépêcha de prendre la main de sa sœur dans la sienne.

– Que s'est-il passé ? marmonna-t-il, trop choqué et engourdi pour être effrayé.

– On aurait dit une explosion...

– J'ai entendu Scathach hurler.

– J'ai cru voir quelqu'un sortir de la maison...

Quand ils se tournèrent vers la bâtisse, Scatty était sur le seuil. Elle serrait une jeune femme très fort dans ses bras et la faisait virevolter. Les deux femmes riaient aux éclats, poussaient des petits cris de joie, se parlaient en français à toute allure.

– On dirait qu'elles se connaissent, en conclut Josh, qui aida sa sœur à se relever.

Les jumeaux se tournèrent vers le comte de Saint-Germain qui attendait sur le côté, les bras croisés, un sourire ravi aux lèvres.

– Ce sont de vieilles amies, expliqua-t-il. Elles ne se sont pas vues depuis longtemps... très longtemps.

Il toussota :

– Jeanne...

Les deux femmes se séparèrent, et celle qu'il avait appelée se retourna vers lui. Il était impossible de deviner son âge. Très mince, vêtue d'un jean et d'un T-shirt blanc, elle était de la taille de Sophie. Sa peau très bronzée et sans défaut mettait en valeur ses grands yeux gris. Ses cheveux auburn étaient coupés à la garçonne. Elle se dépêcha de chasser ses larmes d'un revers de la main.

– Francis ?

– Voici nos invités.

Sans lâcher la main de Scathach, la jeune femme s'approcha de Sophie. Plus elle avançait, plus Sophie sentait comme une pression entre elles : une force invisible la poussait en arrière. Soudain, son aura argentée s'illumina ; l'air s'emplit d'un doux parfum de vanille. Quand Josh la prit par le bras, son aura dorée crépita, et un parfum d'orange s'ajouta à celui de la vanille.

– Sophie... Josh..., commença Saint-Germain.

Un riche et doux arôme de lavande envahit la cour tandis qu'une aura sifflante enveloppait l'inconnue. Son aura se durcit, se solidifia pour se transformer en un moulage métallique et brillant – cuirasse, genouillères, gantelets, jambières – avant de se figer en une armure médiévale complète.

– J'aimerais vous présenter ma femme, Jeanne...
– Ta femme ? l'interrompit Scatty, surprise.
– Que vous... et l'Histoire... connaissez sous le nom de Jeanne d'Arc.

Le petit déjeuner avait été servi sur une longue table en bois verni. La cuisine sentait le pain et le café frais. Dans les assiettes s'empilaient des fruits, des crêpes et des beignets ; des saucisses et des œufs grésillaient dans une poêle sur l'antique cuisinière en fonte.

L'estomac de Josh se mit à gronder dès qu'il vit la nourriture. Il en salivait d'avance. Il ne se souvenait plus à quand remontait son dernier vrai repas.

– Mangez, mangez ! s'exclama Saint-Germain, qui prit un gros croissant. Vous devez mourir de faim.

Il mordit à pleines dents dans la viennoiserie, éparpillant des miettes sur le carrelage.

Sophie se pencha à l'oreille de son frère :

– J'aimerais d'abord parler en tête à tête à Jeanne. J'ai quelque chose à lui demander.

Josh jeta un coup d'œil à la jeune femme qui sortait des tasses du lave-vaisselle. À cause de ses cheveux courts, il ne parvenait pas à lui donner un âge.

– Tu crois vraiment que c'est Jeanne d'Arc ?

Sophie serra le bras de son frère :

– Après ce que nous avons vu, on peut s'attendre à tout. Tu peux me servir en attendant ? Je veux juste des fruits et des céréales.

– Pas de saucisses ? Pas d'œufs ? lui demanda-t-il, surpris.

Sa sœur était la seule personne de sa connaissance capable d'ingurgiter plus de saucisses que lui.

– Non, répondit-elle, les sourcils froncés, ses yeux bleus embués. C'est drôle, mais rien que l'idée de manger de la viande me rend malade.

Elle prit un scone et tourna les talons avant qu'il fasse un commentaire. Elle s'approcha de Jeanne, qui versait du café dans une grande tasse. Les narines de Sophie se dilatèrent.

– Du kona de l'île d'Hawaii, devina-t-elle.

Étonnée, Jeanne cligna des yeux :

– Je suis impressionnée !

Sophie grimaça et haussa les épaules :

– J'ai travaillé dans un café. Je reconnaîtrais l'odeur du kona n'importe où.

Jeanne but deux ou trois gorgées avant de dire :

– Je suppose que tu n'es pas venue me parler de café ?

– Non, en effet. Je...

Sophie se tut : elle venait à peine de rencontrer cette femme, et elle s'apprêtait à lui poser une question incroyablement personnelle. Elle prit une profonde inspiration avant de lâcher :

– D'après Scathach, vous étiez la dernière personne à avoir une aura pure en argent.

– Oui. C'est la raison pour laquelle la tienne a réagi aussi violemment.

Les mains autour de sa tasse, Jeanne fixa la jeune fille par-dessus le rebord.

– Je suis désolée, reprit-elle. Mon aura a surchargé la tienne. Je peux t'apprendre à éviter que cela se reproduise, lui proposa-t-elle, son sourire révélant de belles dents blanches. Cela dit, les chances de rencontrer une autre aura pure en argent au cours de ta vie sont incroyablement faibles...

Sophie mâchonnait son scone, songeuse :

– Pardonnez ma question, mais... vous êtes vraiment Jeanne d'Arc ? La fameuse Jeanne d'Arc ?

– Oui, c'est moi, répondit celle-ci en s'inclinant. La Pucelle d'Orléans, à ton service.

– Mais je pensais... je croyais... J'ai lu que vous étiez morte...

Jeanne baissa la tête et sourit :

– Scathach m'a sauvé la vie.

Elle toucha le bras de Sophie et aussitôt des images vacillantes de Scatty perchée sur un grand cheval noir, vêtue d'une armure brillante, brandissant deux épées flamboyantes, dansèrent dans son esprit.

– Sans l'aide de personne, l'Ombreuse s'est frayé un chemin à travers la foule immense venue assister à mon exécution. Nul n'a réussi à l'intercepter. Profitant de la panique, du chaos et de la confusion, elle m'a enlevée sous les yeux de mes bourreaux.

Les images tremblotaient dans la tête de Sophie : Jeanne, vêtue de loques roussies, agrippée à Scathach qui manœuvrait son cheval caparaçonné parmi les badauds affolés, une épée dans chaque main pour écarter les gêneurs.

– Bien entendu, il fallait que la mort de Jeanne soit annoncée, intervint Scatty, qui se joignit à elles.

Elle se mit à découper avec minutie des tronçons d'ananas avec un couteau incurvé.

– Ni les Français, ni les Anglais n'auraient avoué que la Pucelle d'Orléans avait été enlevée par une femme seule sous le nez de cinq cents chevaliers armés jusqu'aux dents.

Jeanne lui prit un morceau d'ananas et le lança dans sa bouche.

– Scatty m'a conduite auprès de Nicolas et Pernelle, continua-t-elle. Ils m'ont offert un toit, ont pris soin de moi. J'avais été blessée pendant notre fuite, et les mois passés en captivité m'avaient affaiblie. Malgré la meilleure volonté de Nicolas, je serais morte s'il n'y avait pas eu Scatty.

Elle serra de nouveau la main de son amie, émue.

– Jeanne avait perdu beaucoup de sang, enchaîna la Guerrière. En dépit des soins que lui apportaient Nicolas et Pernelle, elle ne guérissait pas. Nicolas a donc procédé à l'une des premières transfusions sanguines.

– Quel sang lui a-t-il..., commença Sophie.

Elle se tut, devinant la réponse.

– Le vôtre ? lâcha-t-elle.

– Son sang de vampire, dit Jeanne, m'a non seulement sauvé la vie ; il m'a aussi rendue immortelle.

Quand Jeanne sourit, Sophie remarqua que ses dents n'étaient pas pointues comme celles de Scathach.

– Par chance, je n'ai subi aucun effet secondaire relatif aux vampires. Je suis même végétarienne... depuis plusieurs siècles.

– Et tu t'es mariée ! ajouta Scatty sur un ton de reproche. Quand a eu lieu votre mariage ? Pourquoi n'ai-je pas été invitée ?

– Nous avons échangé nos vœux il y a quatre ans, sur la plage de Sunset Beach à Hawaii, au coucher du soleil, bien entendu. Nous t'avons cherchée partout quand nous nous sommes décidés. J'aurais vraiment aimé que tu sois avec nous. Je t'avais choisie comme demoiselle d'honneur.

Scathach plissa ses yeux verts, chercha dans sa mémoire...

– Il y a quatre ans... Je devais être au Népal, en train de chasser un méchant Nee-gued. Un abominable yéti, traduisit-elle pour Josh et Sophie.

– Nous n'avions aucun moyen de te contacter. Ton portable ne marchait pas, et les e-mails nous revenaient, car ta messagerie était pleine.

Jeanne prit Scatty par la main :

– Viens, je vais te montrer des photos. Sophie ! Tu devrais manger un bout. Il faut que tu remplaces les calories que tu as brûlées. Bois beaucoup de liquide. Eau, jus de fruits, mais pas de caféine – ni thé, ni café, rien qui te tienne éveillée. Dès que vous aurez fini, Francis vous montrera vos chambres, où vous pourrez vous doucher et vous reposer. Voyons... tu as à peu près la même taille que moi. Je te prêterai des vêtements et, plus tard, nous discuterons de ton aura.

Jeanne leva la main gauche et écarta les doigts. Quelques étincelles jaillirent, et un gant articulé en métal recouvrit sa peau.

– Je te montrerai comment la contrôler, la façonner, la manipuler selon tes désirs.

Le gant se transforma alors en une patte de rapace, avec serres incurvées, avant de reprendre l'apparence de la peau bronzée de Jeanne. Seuls ses ongles gardèrent leur couleur argent. Elle se pencha vers Sophie et l'embrassa sur chaque joue.

– Mais, d'abord, il faut que tu dormes. À nous, Scatty ! Viens voir mes photos.

Les deux femmes sortirent de la cuisine ; Sophie retourna dans la grande pièce, où Saint-Germain discutait à bâtons rompus avec Josh. Celui-ci tendit à sa sœur une assiette remplie de fruits et de pain. La sienne croulait sous les œufs et les saucisses. L'estomac de Sophie se retourna à cette vue. Elle se mit à grignoter les fruits en écoutant leur conversation.

– Non, je suis humain. Je ne peux pas éveiller tes pouvoirs. Pour cela, il te faut un Aîné ou un des rares survivants de la Génération Suivante.

Son sourire révéla ses dents de travers :

– Ne t'inquiète pas, Josh, Nicolas trouvera quelqu'un qui t'éveillera.

– Existe-t-il une personne à Paris qui en serait capable ? s'enquit Josh.

Saint-Germain réfléchit quelques instants avant de répondre :

– Machiavel connaît sûrement quelqu'un... Il sait tout sur tout. Pas moi.

Il se tourna vers Sophie et esquissa une révérence :

– J'ai cru comprendre que tu avais eu la chance d'être

éveillée par la légendaire Hécate, puis initiée à la magie de l'Air par ma préceptrice, la Sorcière d'Endor ? Comment va cette vieille pie ? Elle ne m'a jamais aimé.

– Cela n'a pas changé, répondit Sophie, qui rougit soudain. Je suis désolée, je ne sais pas pourquoi j'ai dit cela.

Le comte éclata de rire :

– Oh ! Sophie ! Ce n'est pas toi... enfin, pas vraiment. C'est Dora. Mettre de l'ordre dans ses souvenirs te prendra du temps. Elle m'a téléphoné ce matin. Elle m'a dit qu'elle t'avait inculqué la magie de l'Air, mais aussi transmis l'intégralité de ses connaissances. De mémoire d'homme, la technique de la momie n'avait jamais été utilisée. Elle est incroyablement dangereuse.

Sophie jeta un coup d'œil à son frère, qui observait Saint-Germain avec attention, buvant ses paroles. Elle remarqua qu'il serrait les dents pour ne pas intervenir.

– Tu aurais dû te reposer au moins vingt-quatre heures afin de permettre à ta conscience et à ton subconscient de faire le tri parmi l'afflux massif de souvenirs, de pensées et d'idées étrangères.

– Nous n'avions pas le temps, marmonna Sophie.

– Maintenant, tu l'as ! Mangez. Ensuite, je vous montrerai vos chambres. Dormez autant que vous le voulez. Vous êtes en sécurité ici. Personne ne sait que vous vous trouvez là.

CHAPITRE DIX-HUIT

– Ils sont dans la maison de Saint-Germain, près des Champs-Élysées.

Machiavel colla son téléphone contre son oreille et se renversa dans son fauteuil en cuir noir, qu'il fit pivoter vers la grande baie vitrée. Au loin, par-dessus les toits, on apercevait le sommet de la tour Eiffel. Le feu d'artifice était enfin terminé, mais une série de nuages aux couleurs de l'arc-en-ciel flottait encore dans le ciel parisien.

– Ne t'inquiète pas, Dee. La maison est sous surveillance. Saint-Germain, Scathach et les jumeaux sont à l'intérieur. Il n'y a pas d'autres occupants.

Machiavel éloigna l'appareil de son oreille à cause des grésillements désagréables. Le jet de Dee décollait d'un petit terrain d'aviation au nord de Los Angeles. Il s'arrêterait à New York pour faire le plein avant de traverser l'Atlantique, direction Shannon en Irlande, où il se ravitaillerait de nouveau. Puis il continuerait sur Paris.

Les crépitements cessèrent et la voix de Dee, forte et claire, ressurgit :

– Et l'Alchimiste ?

– Perdu dans Paris. Mes hommes le maintenaient à terre au bout de leur arme, mais il est parvenu à les recouvrir de sucre et à lâcher sur eux toutes les fourmis de la capitale. Ils ont paniqué, et il s'est enfui.

– Transmutation, expliqua Dee. L'eau est composée de deux parts d'hydrogène et d'une part d'oxygène. Le saccharose a le même pourcentage. Il a changé l'eau en sucre. C'est un truc de débutant. J'aurais cru qu'il trouverait quelque chose de mieux.

Machiavel passa la main dans ses cheveux blancs coupés en brosse.

– Moi, j'ai trouvé son tour assez intelligent. Il a envoyé six policiers à l'hôpital.

– Il retournera auprès des jumeaux, aboya Dee. Il a besoin d'eux. Il les a attendus toute sa vie.

– Nous les avons tous attendus, lui rappela Machiavel sans animosité. Et en ce moment, nous savons où ils se cachent. Nous savons donc aussi où Flamel se rendra.

– N'entreprends rien avant mon arrivée ! ordonna Dee.

– As-tu une idée de l'heure...

Il s'interrompit : le Magicien lui avait une nouvelle fois raccroché au nez. C'était bien là le style de Dee ! L'Italien se tapota les lèvres avec son portable avant de le fermer. Il n'avait pas l'intention de suivre les ordres de Dee. Il allait capturer Flamel et les jumeaux avant que l'avion privé de l'Anglais se pose à Paris. Il réussirait là où Dee avait échoué depuis des siècles, et en échange les Aînés satisferaient le moindre de ses désirs.

Le portable de Machiavel vibra. Il examina l'écran. Une série inhabituellement longue de chiffres s'y afficha ; cela ne ressemblait à aucun numéro connu dans ce monde. Le chef de la DGSE fronça les sourcils : seul le président de la République française, quelques ministres et ses propres employés possédaient son numéro. Il décrocha sans parler.

– Le magicien anglais pense que tu vas essayer de capturer Flamel et les jumeaux avant son arrivée.

La voix parlait en un dialecte grec qui n'avait pas été utilisé depuis des millénaires.

Nicolas Machiavel se redressa dans son fauteuil :

– Maître ?

– Apporte un soutien inconditionnel à Dee. Ne t'attaque pas à Flamel avant qu'il soit là.

La communication fut coupée.

Lentement, Machiavel posa son portable sur le bureau et s'adossa à son fauteuil, les mains tremblantes. La dernière fois qu'il avait parlé à cet Aîné, qu'il appelait Maître, remontait à plus d'un siècle et demi. Il s'agissait de celui qui lui avait accordé son immortalité au début du XVIe siècle. Dee l'avait-il contacté ? Machiavel secoua la tête. Hautement improbable. Dee avait dû joindre son propre maître et faire cette requête. Celui de Machiavel était l'un des Ténébreux les plus puissants... Cette réflexion ramena l'Italien à une question qui le perturbait depuis des siècles : qui était le maître de Dee ?

Tout humain immortel était lié à l'Aîné qui lui avait octroyé l'immortalité. Et son maître pouvait la lui reprendre pour un oui, pour un non. Machiavel avait assisté à une révocation : sous ses yeux, un jeune homme en bonne santé s'était ridé et avait vieilli en une poignée de secondes, pour finir en un tas d'os craquelés.

Ainsi, le sort des humains immortels était étroitement lié à celui des Aînés ou des Ténébreux qu'ils servaient. Très peu d'humani (dont Flamel, Pernelle, Saint-Germain) étaient devenus immortels grâce à leurs seuls efforts, sans avoir juré loyauté à un Aîné.

Nul ne savait de qui dépendait le sort de Dee. Mais son maître était apparemment plus puissant que celui de Machiavel, ce qui faisait de Dee un homme encore plus dangereux.

Machiavel appuya sur une touche de son téléphone de bureau. La porte s'ouvrit dans la seconde et Dagon entra dans la pièce ; ses lunettes réfléchissaient les murs nus.

– Des nouvelles de l'Alchimiste ?

– Non. Nous avons récupéré les bandes vidéo des caméras de sécurité installées au métro Alma-Marceau et à toutes les stations de la ligne. Nous sommes en train de les analyser, mais cela risque de prendre du temps.

Machiavel secoua la tête : ils n'avaient pas le temps ! Il agita son long index devant lui :

– Eh bien, nous ne savons peut-être pas où il se

trouve à cette minute, mais nous savons où il se rend : chez Saint-Germain.

Les lèvres poisseuses de Dagon s'entrouvrirent.

– La maison a été placée sous surveillance, reprit l'Italien. Nous avons posté des hommes dans les égouts sous le bâtiment. Personne ne peut entrer dans la maison ni en sortir sans que nous en soyons informés. Deux unités du RAID surveillent les rues adjacentes depuis des fourgons, et une troisième unité campe dans l'immeuble voisin de celui de Saint-Germain. Ils peuvent sauter le mur en quelques secondes.

Machiavel se leva et, les mains dans le dos, se mit à arpenter la pièce. Même s'il s'agissait de son adresse officielle, il utilisait rarement ce bureau, qui ne contenait qu'une table, deux chaises et un téléphone.

– Mais est-ce suffisant ? Flamel a faussé compagnie à six policiers surentraînés qui le tenaient en joue, face contre terre. Et nous savons que Saint-Germain, le maître du Feu, est chez lui. Nous avons eu un petit aperçu de ses talents ce matin.

– Les feux d'artifice étaient inoffensifs, commenta Dagon.

– Il aurait pu faire fondre la tour Eiffel, s'il l'avait voulu.

– Oui, monsieur.

– Nous savons également que les pouvoirs de la petite Américaine ont été éveillés et nous avons vu ce dont elle était capable. Recouvrir de brouillard les alentours du Sacré-Cœur relevait de l'exploit pour quelqu'un d'aussi jeune et inexpérimenté.

– Et puis, il y a l'Ombreuse...

Le visage de Machiavel prit l'apparence d'un masque hideux.

– Et puis, il y a l'Ombreuse..., répéta-t-il en écho.

– Elle a triomphé de douze officiers du RAID dans un café, ce matin, lui rappela Dagon sans aucune émotion. Je l'ai vue terrasser des armées entières. Elle a survécu plusieurs siècles dans un royaume des Ombres souterrain. Flamel l'a certainement chargée de protéger les jumeaux. Il faut l'anéantir avant de nous attaquer aux autres.

– Effectivement.

– Vous aurez besoin de renforts.

– Peut-être pas. Souviens-toi, « la ruse sert plus que la force pour s'élever des derniers rangs au faîte des honneurs », cita-t-il.

– Qui a dit cela ? demanda Dagon.

– Moi, dans un livre, il y a très longtemps. C'était vrai à la cour des Médicis, et ça l'est encore aujourd'hui.

Il leva les yeux :

– As-tu convoqué les Dises ?

– Elles arrivent, répondit Dagon. Je ne leur fais pas confiance.

– Personne ne fait confiance aux Dises, déclara Machiavel. Au fait, sais-tu comment Hécate a piégé Scathach dans ce royaume des Ombres souterrain ?

Dagon secoua la tête :

– Elle a utilisé les Dises. La discorde entre ces demoiselles et Scathach remonte à l'époque où Danu Talis a sombré.

Les mains posées sur les épaules de la créature, Machiavel se pencha vers elle en prenant soin de respirer par la bouche. En effet, Dagon empestait le poisson, dont l'odeur suintait de sa peau pâle.

– Je sais que tu détestes l'Ombreuse. À l'évidence, elle t'a fait énormément de mal. Cependant, je veux que tu mettes de côté tes rancœurs. La haine est la plus inutile des émotions. Le succès est la meilleure des vengeances. Nous sommes près, très près de la victoire et du jour où la race des Aînés reviendra dans ce monde. Laisse Scathach aux Dises. Si jamais elles échouent, elle sera à toi. Je te le promets.

Dagon ouvrit la bouche pour révéler une rangée de dents pointues comme des aiguilles :

– Elles n'échoueront pas. Les Dises ont l'intention d'emmener Nidhogg.

Machiavel sursauta :

– Nidhogg... Nidhogg est libre ? Comment...

– L'Arbre-Monde a été détruit.

– Si elles lâchent Nidhogg sur Scathach, alors, tu as raison, elles n'échoueront pas.

Dagon enleva ses lunettes de soleil. Il fixa son maître avec ses gros yeux de poisson :

– Et si elles perdent le contrôle de Nidhogg, il dévorera la ville entière.

Machiavel réfléchit quelques instants, puis il hocha la tête :

– Ce ne serait pas cher payé pour détruire l'Ombreuse.

– On dirait Dee !

– Oh ! Je n'ai absolument rien à voir avec le petit Anglais, s'offusqua Machiavel. Dee est un dangereux fanatique.

– Pas vous ?

– Moi, je suis seulement dangereux.

Le Dr John Dee s'adossa à son siège en cuir et contempla les lumières scintillantes de Los Angeles qui disparaissaient derrière lui. Tout en examinant sa montre à gousset, il se demanda si Machiavel avait reçu le coup de fil de son maître. Dee grimaça en pensant à l'Italien. Au moins, cela lui avait rappelé qui était le boss.

Il ne fallait pas être un génie pour deviner que l'Italien pourchasserait seul Flamel et les enfants. Mais Dee avait passé trop de temps à traquer l'Alchimiste pour le perdre dans la dernière ligne droite... surtout au profit de quelqu'un comme Nicolas Machiavel.

Il ferma les yeux tandis que le jet s'élevait et que son estomac se tortillait. Par automatisme, il s'empara du sac en papier posé sur le siège à côté de lui. Il adorait voler, contrairement à son estomac. Il soupira : si tout se déroulait comme prévu, il gouvernerait bientôt la planète entière et il n'aurait plus jamais besoin de voler. Le monde entier viendrait à lui.

Dee avait hâte que les Aînés reviennent. Peut-être rétabliraient-ils le réseau de nexus qui sillonnait le monde, rendant les vols en avion inutiles ? Les yeux fermés, il songea aux nombreux bénéfices que la planète tirerait de leur avènement. Dans un passé lointain, les Aînés avaient créé un paradis sur Terre. Livres et manuscrits anciens, mythes et légendes de tous les pays parlaient de cette époque glorieuse. Son maître lui avait promis que les Aînés utiliseraient leur puissante magie pour restaurer ce paradis. Ils inverseraient les effets néfastes du réchauffement climatique, répareraient le trou dans la couche d'ozone et redonneraient vie aux déserts. Le Sahara fleurirait. Les calottes glaciaires fondraient et révéleraient des terres fertiles. Dee envisageait de fonder sa capitale dans l'Antarctique, sur les berges du lac Vanda. Les Aînés réhabiliteraient leurs anciens royaumes en Mésopotamie, en Égypte, en Amérique centrale, à Angkor, et grâce aux connaissances contenues dans le Livre d'Abraham, il serait possible de sauver Danu Talis des eaux.

Bien entendu, Dee savait que la population humaine serait réduite en esclavage et que certains serviraient de nourriture aux Aînés qui avaient encore besoin de manger, mais c'était un petit prix à payer par rapport aux bénéfices escomptés.

Le jet se stabilisa, et son estomac se calma. Il ouvrit les yeux, prit une profonde inspiration et consulta sa montre. Il avait du mal à croire que dans quelques heures, oui, quelques petites heures, il capturerait l'Alchimiste, Scathach et les jumeaux en prime. Dès qu'il aurait Flamel et les pages du Codex, le monde changerait.

Il n'avait jamais compris pourquoi Flamel et sa femme avaient œuvré autant contre les Aînés et leur volonté de ramener leur civilisation sur terre. Il ne manquerait pas de lui poser la question... juste avant de le tuer.

CHAPITRE DIX-NEUF

Nicolas Flamel s'arrêta rue Beaubourg et se tourna lentement pour s'assurer qu'il n'était pas suivi. Il avait pris le RER jusqu'à la station Saint-Michel-Notre-Dame et emprunté le pont d'Arcole pour traverser la Seine et se rendre vers cette monstruosité de verre et d'acier qu'était le centre Pompidou. Il traversa la rue, acheta le journal à un kiosque, entra dans un café, sans cesser de scruter les alentours. Personne ne semblait s'intéresser à lui.

Paris avait changé depuis son dernier séjour. Cependant, même si à présent il se sentait chez lui à San Francisco, Paris était sa ville natale... à jamais. Deux semaines plus tôt, Josh avait téléchargé Google Earth sur l'ordinateur de la librairie et lui avait montré comment s'en servir. Nicolas avait passé des heures dans l'arrière-boutique à chercher les endroits qu'il arpentait autrefois, retrouver les immeubles qu'il avait connus dans sa jeunesse, suivre virtuellement les rues de la capitale.

L'Alchimiste bifurqua à gauche, dans la rue de Montmorency, et s'arrêta aussi brusquement que s'il avait heurté un mur.

Son cœur battait à cent à l'heure ; il inspira si fort qu'il en frissonna. L'afflux d'émotions était extraordinairement puissant. La rue était si étroite que le soleil du matin n'y pénétrait pas. De chaque côté s'élevaient d'immenses immeubles aux murs blancs et crème. Aux balcons, les jardinières croulaient sous les fleurs et les plantes vertes. Des poteaux métalliques à tête arrondie avaient été fixés dans le trottoir pour empêcher les voitures de se garer.

Assailli par les souvenirs, Nicolas descendit lentement la rue, comme autrefois.

Plus de six cents ans auparavant, Pernelle et lui avaient vécu ici. Des images du Paris médiéval lui revenaient à l'esprit : maisons en bois et en pierre mal assorties, ruelles sinueuses et étroites, ponts pourris, rues malodorantes, égouts à ciel ouvert. Le bruit incessant et les relents fétides qui empestaient la cité – animaux sales, hommes crasseux, dévorés par la maladie – le hanteraient à jamais.

Au bout de la rue de Montmorency, il trouva le bâtiment qu'il cherchait.

La maison, l'une des plus vieilles de Paris, n'avait pas trop changé. Autrefois crème, la pierre vieillie, effritée et usée, avait seulement la couleur du charbon. Les trois fenêtres en bois et les portes étaient neuves. Au-dessus du portail central avait été apposée une plaque en métal – portant le numéro 51. Une plaque à l'air fatigué annonçait : «La maison de Nicolas Flamel et de Pernelle, sa femme. » Une enseigne rouge en forme d'écu indiquait « Auberge Nicolas Flamel ».

Posté près de la fenêtre, il fit semblant de lire le menu, alors qu'il examinait l'intérieur. Tout avait été remanié, bien entendu, un nombre incalculable de fois sûrement, mais les poutres sombres du plafond ressemblaient à celles qu'il avait si souvent regardées, six cents ans plus tôt.

« Nous avons été heureux dans cette maison », songea-t-il.

Et en sécurité.

Leur vie était tellement plus simple à l'époque ! Ils n'avaient jamais entendu parler des Aînés et des Ténébreux. Ils ne connaissaient ni le Codex, ni les immortels qui le gardaient et se battaient pour sa possession.

Pernelle et lui étaient alors des humains comme les autres.

Sur les vieilles pierres on voyait une série d'images, de symboles et de lettres qui intriguait les érudits depuis des siècles. La plupart ne recelaient aucun mystère : c'était ce qui restait des enseignes des boutiques de l'époque, cependant certaines avaient un sens particulier. Nicolas vérifia que la rue était déserte, puis il leva la main droite et suivit les contours du « N » gravé à gauche de la fenêtre centrale. Une lueur verte s'enroula autour de la lettre. Puis il suivit le « F » orné de l'autre côté de la fenêtre, qui miroita sous ses doigts. Se hissant sur la pointe des pieds, il effleura d'autres lettres, puis appuya dessus. La vieille pierre s'échauffa au contact de son aura et céda sous ses doigts. Ceux-ci se refermèrent autour d'un objet qu'il avait dissimulé dans le solide bloc de granit au XVe siècle. Il s'empressa d'envelopper l'objet dans son exemplaire du *Monde*, puis redescendit la rue sans regarder derrière lui.

Avant de rejoindre la rue Beaubourg, Nicolas regarda le dessin parfait d'un papillon noir que Saint-Germain avait tatoué dans sa paume gauche. « Il te conduira à moi », avait-il dit.

Du bout de son index droit, l'Alchimiste frotta le tatouage.

– Ramène-moi auprès de Saint-Germain, murmura-t-il. Conduis-moi à lui.

Le papillon frémit, ses ailes ondulèrent. Soudain, il se détacha de sa chair et vola devant lui, comme pour lui indiquer le chemin.

– Malin, marmonna Flamel en le suivant. Très malin.

CHAPITRE VINGT

Dès que le sphinx se fut éloigné, Pernelle Flamel sortit de sa cellule de prison.

La porte n'avait pas été verrouillée. C'était inutile : nul n'échappait à la créature. Pernelle prit une profonde inspiration ; l'odeur âcre du monstre, où se mêlaient les effluves de serpent, de lion et d'oiseau, s'était dissipée, si bien que les relents habituels d'Alcatraz, sel et métal rouillé, algues et pierres humides, reprenaient le dessus. D'un pas leste, l'Ensorceleuse tourna à gauche et emprunta le long couloir bordé de cellules en se demandant dans quelle partie de l'immense prison elle se trouvait. Même si Nicolas et elle vivaient à San Francisco depuis des années, une visite de l'île hantée par les fantômes ne l'avait jamais tentée. Elle savait juste qu'elle marchait à des dizaines de mètres sous la surface de la terre. La seule lumière provenait d'ampoules à faible voltage suspendues çà et là. Pernelle esquissa un sourire désabusé : la lumière n'avait pas été prévue pour elle. Le sphinx avait peur du noir ; la créature venait d'un lieu et d'une époque où des dangers terribles se tapissaient dans l'obscurité.

Trompée par le fantôme de Juan Manuel de Ayala, la créature devait parcourir l'immense complexe abandonné à la recherche des bruits mystérieux : des barres qui s'entrechoquaient, des portes qui claquaient. Plus elle s'éloignait de sa cellule, plus l'aura de Pernelle se rechargeait. Elle n'avait pas encore récupéré toutes ses forces – pour cela, elle devrait manger et dormir – mais au moins elle n'était plus sans défense. Cependant, il lui fallait à tout prix s'écarter du chemin de la créature.

Une porte claqua quelque part au-dessus d'elle, et Pernelle se figea en entendant le cliquetis de griffes sur les dalles. Soudain, une cloche se mit à sonner, solennelle et lointaine. Il y eut un bruit fracassant d'ongles durs comme le fer quand le sphinx se précipita pour voir ce qui se passait.

Tremblant de froid dans sa robe légère, Pernelle frotta ses bras nus. D'habitude, elle régulait sa température en ajustant son aura, mais elle avait si peu de pouvoir qu'elle préférait éviter de s'en servir pour l'instant. Par ailleurs, le sphinx était capable de localiser les énergies magiques, dont il se nourrissait.

Pourtant, Pernelle Flamel n'avait pas peur. Elle avait vécu plus de six cents ans ; ses recherches dans le domaine de la sorcellerie l'avaient souvent conduite dans des lieux sombres et dangereux, sur cette terre mais aussi dans les royaumes des Ombres avoisinants.

Au loin, du verre se brisa sur le sol. Pernelle sourit en entendant le sphinx siffler de rage : Juan Manuel occupait le monstre, qui ne le trouverait jamais. Même une créature aussi puissante n'avait aucune emprise sur un fantôme.

Pernelle accéléra le pas : il fallait qu'elle retrouve l'air libre et le soleil, pour que son aura se recharge. Ainsi, elle pourrait utiliser plusieurs sortilèges, tours et incantations simples qui pourriraient la vie au sphinx. Un mage scythe, qui prétendait avoir participé à la construction des pyramides pour les survivants de Danu Talis installés en Égypte, lui avait appris un sort très utile pour faire fondre la pierre. Pernelle n'hésiterait pas une seconde à provoquer l'effondrement de la prison sur le sphinx. Il survivrait probablement – ces créatures-là étaient invulnérables – mais sa course serait beaucoup ralentie.

L'Ensorceleuse repéra un escalier en métal rouillé et se précipita dans sa direction. Elle s'apprêtait à monter sur la première marche quand elle remarqua un fil gris tendu entre deux barres. Elle se figea, le pied en l'air ; puis, lentement, elle recula. Elle s'accroupit pour examiner les marches et aperçut des fils d'araignée qui s'entrecroisaient et serpentaient tout au long de l'escalier. Celui qui le grimperait courrait à sa perte. Trop épais pour être l'œuvre d'une araignée ordinaire, les fils comportaient de minuscules gouttes argentées. Pernelle connaissait une douzaine de créatures qui auraient pu tisser ces toiles, et elle ne souhaitait rencontrer aucune d'elles : pas ici, pas maintenant, avec ses pouvoirs amoindris.

Elle fit demi-tour et s'élança dans un long couloir éclairé par une ampoule. Maintenant qu'elle savait ce qu'elle cherchait, elle distinguait d'autres toiles argentées : tendues au plafond, étalées sur les murs, enchevêtrées dans les recoins sombres. Leur présence expliquait pourquoi il n'y avait pas dans la prison de vermine – fourmis, mouches, moustiques – ni même de rats. Au fil des siècles, Pernelle avait rencontré des Aînés qui s'étaient associés à des araignées – Arachné ou la mystérieuse et terrifiante Spider-Woman... Mais, à sa connaissance, aucune ne s'était rangée aux côtés de Dee et des Ténébreux.

Pernelle dépassait en courant une porte ouverte, barrée par une toile d'araignée parfaite, quand elle perçut des relents âcres. Elle ralentit, stoppa : cette odeur n'était pas celle du sphinx. Elle recula jusqu'à la porte, s'approcha le plus possible de la toile sans la toucher et jeta un œil à l'intérieur. Il lui fallut un long moment pour que ses yeux s'habituent à l'obscurité, et encore plus pour comprendre ce qu'elle voyait.

Des vetalâ !

Le cœur de Pernelle se mit à battre si fort dans sa poitrine qu'elle sentit sa peau vibrer. Une dizaine de créatures étaient suspendues au plafond, la tête en bas, leurs pattes – un croisement entre des pieds humains et des griffes d'oiseaux – enfoncées dans la pierre tendre. Leurs ailes tannées de chauves-souris enveloppaient des squelettes humains. Leurs visages de préadolescents étaient d'une grande beauté.

Des vetalâ. Des vampires du sous-continent indien, qui, contrairement au clan de Scathach, buvaient du sang et mangeaient de la chair humaine. Mais que faisaient-ils là ? Et, plus important, comment étaient-ils parvenus jusqu'ici ? Les vetalâ étaient toujours liés à une région ou une tribu. Pernelle n'en connaissait aucun ayant quitté sa patrie.

L'Ensorceleuse se tourna lentement pour examiner les portes ouvertes le long du couloir lugubre. Qui d'autre se cachait dans les cellules d'Alcatraz ?

Que mijotait le Dr John Dee ?

DIMANCHE 3 Juin

CHAPITRE VINGT ET UN

Le hurlement de Sophie sortit Josh d'un sommeil profond et sans rêves. Il sauta du lit, tituba et essaya de se repérer dans l'obscurité la plus totale.

Sophie poussa un autre cri, rauque et terrifiant.

Le garçon avança dans la pièce à tâtons, se cogna le genou contre une chaise avant de trouver la porte. Sa sœur dormait dans la chambre au bout du couloir, au dernier étage de la maison de Saint-Germain. Elle l'avait choisie pour sa vue sur les Champs-Élysées et l'Arc de Triomphe. Josh, lui, avait pris celle qui surplombait le jardin à l'arrière. Les pièces, exiguës, basses de plafond, aux murs légèrement penchés, possédaient chacune une minuscule salle de bains. Josh, qui avait promis à sa sœur de venir discuter avec elle une fois lavé et changé, s'était assis au bord du lit, et presque immédiatement endormi.

Sophie cria une troisième fois. Son sanglot déchirant fit monter les larmes aux yeux de son frère jumeau.

Il courut dans l'étroit couloir. Il entra en trombe dans la chambre de sa sœur – et s'arrêta net.

Assise au bord du lit, Jeanne d'Arc tenait la main de Sophie dans les siennes. Dans la semi-obscurité de la pièce, on voyait une légère lumière argentée luire autour de la main de Jeanne ; on aurait dit qu'elle portait un gant duveteux. Sous les yeux ébahis de Josh, la main de Sophie prit le même aspect. L'air sentait la vanille et la lavande.

Quand elle se tourna vers lui, il vit que Jeanne avait deux pièces étincelantes en argent à la place des yeux. Alors qu'il avançait vers le lit, elle posa un doigt sur ses lèvres et secoua la tête, afin qu'il n'ouvre pas la bouche. La lueur disparut de ses yeux.

– Ta sœur rêve, expliqua Jeanne.

Avait-elle parlé à voix haute, ou avait-il entendu une voix dans sa tête ?

– Son cauchemar est presque terminé. Il ne reviendra pas, promit-elle.

Le plancher craqua dans le dos de Josh, qui fit volte-face. Le comte de Saint-Germain descendait un étroit escalier au bout du couloir. Alors que ses lèvres ne bougèrent pas, Josh entendit clairement sa voix : « Ma femme prend soin d'elle. Laisse-les. »

L'adolescent secoua la tête :

– Je veux rester.

Il n'avait pas envie de laisser sa sœur seule avec cette étrange femme, même si d'instinct il savait que Jeanne ne ferait pas de mal à Sophie.

– Tu ne peux rien faire pour elle, déclara Saint-Germain à voix haute. Habille-toi et rejoins-moi au grenier. J'ai installé mon bureau là-haut.

Sur ce, il remonta l'escalier.

Josh jeta un dernier coup d'œil à sa sœur. Elle reposait calmement et respirait moins vite. Dans la lueur émanant des yeux de Jeanne, il remarqua que les cernes noirs de Sophie avaient disparu.

– Va, lui demanda Jeanne. J'ai encore des choses à lui dire en privé.

– Elle dort..., observa Josh.

– Je lui parlerai quand même, murmura la jeune femme, et elle m'entendra.

De retour dans sa chambre, Josh s'habilla à toute vitesse. Des vêtements avaient été posés sur le dossier d'une chaise sous la fenêtre : slip, jean, T-shirt, chaussettes. Ces habits devaient appartenir à Saint-Germain, qui avait la même taille que lui. Josh enfila un jean noir de créateur et un T-shirt noir en soie avant de mettre ses chaussures et de se regarder dans le miroir. Il ne put s'empêcher de sourire. Jamais il n'aurait imaginé porter un jour des vêtements aussi coûteux. Dans la salle de bains, il se brossa les dents, s'aspergea le visage avec un peu d'eau et passa la main dans ses cheveux blonds et longs pour dégager son front. Lorsqu'il mit sa montre, il fut surpris de constater qu'il était un peu plus de minuit. Il avait dormi une journée entière et une partie de la nuit !

Il s'arrêta sur le seuil de la chambre de Sophie et regarda à l'intérieur. L'odeur de lavande était si forte qu'elle lui fit monter les larmes aux yeux. Sophie dormait paisiblement, sa respiration était régulière. Jeanne lui tenait toujours la main et lui murmurait à l'oreille dans une langue qu'il ne comprenait pas. La jeune femme tourna lentement la tête vers lui, et il découvrit que ses yeux avaient de nouveau l'apparence de petits disques argentés, sans trace de blanc ni pupille.

Josh les contempla un moment avant de passer son chemin. Quand la Sorcière d'Endor avait inculqué la magie de l'Air à Sophie, on l'avait chassé ; et voilà que cela recommençait ! « Dans ce monde de magie, il n'y a pas de place pour des gens comme moi, des gens sans pouvoir », songea-t-il, amer.

Il grimpa l'étroit escalier en colimaçon qui menait au bureau de Saint-Germain. Josh ne s'était pas attendu à découvrir un grenier aussi immense et clair, en bois blanc et chrome. La fenêtre du fond donnait sur les Champs-Élysées. L'énorme pièce était remplie d'appareils électroniques et d'instruments de musique. L'adolescent la balaya des yeux : nul signe de Saint-Germain.

Une longue table occupait toute la largeur du bureau. Elle croulait sous les ordinateurs et les portables, les écrans, les synthétiseurs, un dispositif de mixage, les claviers et les kits de batterie numérique.

À l'autre bout de la pièce, Josh vit trois guitares électriques installées sur des supports et plusieurs claviers qui entouraient un immense écran LCD.

– Comment te sens-tu ? s'enquit Saint-Germain.

Il fallut une seconde à Josh pour repérer d'où venait

la voix. Le musicien était allongé sur le dos sous la table, une poignée de câbles USB à la main.

– Bien, répondit le garçon, surpris de constater que c'était la vérité.

Il ne s'était pas senti aussi bien depuis longtemps.

– Je ne me rappelle pas m'être couché...

– Vous étiez tous les deux épuisés, physiquement et mentalement. Il paraît que les nexus absorbent la moindre parcelle d'énergie de ceux qui les empruntent. À vrai dire, j'étais étonné que vous teniez encore debout, marmonna Saint-Germain, qui lâcha les câbles. Tu as dormi plus de quatorze heures.

Josh s'agenouilla à côté de lui.

– Qu'essayez-vous de faire ?

– J'ai déplacé un écran, et un câble est tombé. Je ne sais pas où il va.

– Vous devriez les marquer avec du scotch coloré, lui conseilla Josh. C'est ce que je fais.

Il se releva, attrapa l'extrémité du câble attaché à l'écran géant et le secoua :

– C'est celui-là.

– Merci !

L'écran s'anima tout à coup, affichant une ribambelle d'icônes.

Le comte bondit sur ses pieds et s'épousseta. Il portait des vêtements identiques à ceux de Josh.

– Mes affaires te vont bien ! observa-t-il. Tu devrais porter plus souvent du noir.

– Merci pour les habits... Je ne sais pas quand je pourrai vous les rendre.

Francis éclata de rire :

– C'est un cadeau ! Je veux que tu les gardes.

Avant que Josh le remercie de nouveau, Saint-Germain appuya sur des touches du clavier ; le garçon sursauta quand une série d'accords au piano jaillit des haut-parleurs cachés.

– Ne t'inquiète pas, le grenier est insonorisé, dit le comte. La musique ne réveillera pas Sophie.

– Vous composez toujours sur ordinateur ?

– Presque toujours.

Saint-Germain montra la pièce :

– Tout le monde peut faire de la musique de nos jours. Il faut juste un ordinateur, quelques logiciels, de la patience et beaucoup d'imagination. Si j'ai besoin de vrais instruments pour un mixage final, je loue des musiciens. Mais je fais quasiment tout ici.

– J'ai déjà téléchargé des logiciels de musique de fond, avoua Josh, mais je n'ai jamais rien fait de valable.

– Qu'est-ce que tu composes ?

– Eh bien... on ne peut pas appeler cela « composer »... J'assemble des mixes d'ambiance.

– J'aimerais écouter tes créations.

– Tout a disparu. J'ai perdu mon ordinateur, mon portable et mon iPod quand Yggdrasill a été détruit.

Le dire à voix haute le rendait malade. Le pire, c'est qu'il ignorait ce qu'il avait perdu exactement.

– Mon projet d'été et toute ma musique, soit environ quatre-vingt-dix gigas, ont disparu. J'avais de super morceaux piratés. Je serai incapable de les remplacer, soupira-t-il. J'ai aussi perdu des centaines de photos, prises aux endroits où nos parents nous avaient emmenés. Ils sont scientifiques, l'un archéologue, l'autre paléontologue. Nous avions visité des régions incroyables !

– Ce doit être dur, compatit Saint-Germain. Tu as fait des sauvegardes ?

L'air affligé de Josh servit de réponse à cette question.

– Tu es Mac ou PC ?

– Les deux en fait. Papa utilise un PC à la maison, mais la plupart des écoles où Sophie et moi sommes allés sont équipées de Mac. Sophie adore les Mac ; moi, je préfère les PC. Si mon ordinateur plante, j'arrive en général à le démonter et à le réparer.

Saint-Germain fouilla sous la table. Il sortit trois ordinateurs portables de marques et de tailles différentes, qu'il aligna sur le sol. Il fit un geste théâtral :

– Choisis-en un.

Surpris, Josh cligna des yeux :

– Pardon ?

– Ce sont tous des PC. Et ils ne me servent plus. Je suis passé à Mac maintenant.

Josh regarda tour à tour le comte et les ordinateurs, interdit : il venait de rencontrer cet homme, il ne le connaissait pas, et voilà que le musicien lui proposait l'un de ses portables hors de prix ! Il secoua la tête :

– Merci, mais je ne peux pas accepter.

– Pourquoi ?

Josh n'avait pas de réponse.

– Tu as besoin d'un ordinateur, insista le comte. Je serai ravi que tu en prennes un. J'ai grandi à une époque où offrir un présent était un art. Aujourd'hui, les gens ne savent pas accepter un cadeau avec naturel.

– Je ne sais pas quoi dire.

– Merci, peut-être ?

– Euh... Oui. Merci, bafouilla l'adolescent. Merci beaucoup.

Il savait lequel il voulait : le petit ultraplat, avec un écran de onze pouces.

Saint-Germain plongea de nouveau sous la table et en sortit trois blocs d'alimentation.

– Je ne m'en sers pas, déclara-t-il. Je finirai par les offrir aux écoles du quartier. Prends celui qui te plaît. Tu trouveras un sac à dos sous la table.

Ses yeux bleus pétillèrent quand il tapota le portable que Josh convoitait. Il sourit :

– J'ai une batterie longue durée en plus pour celui-ci. C'était mon préféré.

– Eh bien, si vous ne vous en servez plus... Merci. Merci beaucoup. Personne ne m'a jamais offert un cadeau pareil, avoua Josh tout en manipulant le petit appareil. Je prends celui-ci... si vous êtes vraiment sûr...

– Je suis sûr. Il est en état de marche, il est équipé du Wi-Fi et il s'adapte seul au courant américain ou européen. En bonus, il contient tous mes albums. Tu peux donc recommencer ta collection de musique. Tu trouveras aussi un mpeg du dernier concert. Jette un coup d'œil, il est vraiment bien.

Josh ouvrit le portable et l'alluma. Il se pencha et souffla sur la poussière déposée sur le clavier. L'écran clignota, puis afficha une photo de Saint-Germain sur scène, entouré d'une douzaine d'instruments.

Josh examina la photo, et ensuite la pièce :

– Vous savez jouer de tous ces instruments ?

– Oui. J'ai commencé par le violon, il y a très longtemps, puis je suis passé au clavecin et à la flûte. Ensuite, je n'ai jamais cessé d'apprendre les différents instruments. Au XVIe siècle, j'étais le premier à essayer les nouveaux violons, les derniers claviers... Et me voilà, quatre cents ans plus tard, toujours dans la musique. C'est merveilleux d'être musicien de nos jours ! Grâce à la technologie moderne, je joue tous les sons qui me traversent l'esprit. À ce propos, tu ne trouves pas que les feux d'artifice d'hier matin ont produit des sons fantastiques ? Ces craquements, ces bruits secs. L'heure est venue pour une nouvelle Suite d'artifice !

Josh explora la pièce, examina les disques d'or encadrés, les posters signés, les jaquettes de CD.

– Je ne savais pas qu'il existait déjà une telle suite.

– Georg Friedrich Händel, 1749, *Musique pour les feux d'artifice royaux*. Quelle nuit inoubliable ! Quelle musique !

Les doigts de Saint-Germain pianotèrent sur le clavier et remplirent la pièce d'une musique vaguement familière aux oreilles de Josh. Peut-être avait-il entendu cet air à la télé ?

– Satané Georg ! Je ne l'ai jamais aimé.

– La Sorcière d'Endor ne vous aime pas, enchaîna Josh sur un ton hésitant. Pourquoi ?

Saint-Germain grimaça :

– La Sorcière n'aime personne. Elle me déteste parce que je suis devenu immortel grâce à mes propres efforts, et contrairement à Nicolas et Perry, je n'ai pas besoin de recettes sorties d'un livre pour ne pas mourir.

Josh fronça les sourcils :

– Parce qu'il existe différents types d'immortalité ?

– Oui, il y en a beaucoup, autant que de types d'immortels. Les plus dangereux sont ceux qui sont devenus immortels par loyauté envers un Aîné. S'ils tombent en disgrâce, hop ! on annule le cadeau.

Il claqua des doigts, ce qui fit sursauter Josh.

– Résultat ? Un vieillissement instantané. Excellente manière de s'assurer la docilité de ses sujets, non ?

Il se tut un instant avant de dire :

– Tu veux connaître la vraie raison pour laquelle la Sorcière me déteste ? Eh bien, c'est parce que moi, un mortel ordinaire, je suis devenu le maître du Feu.

Il leva la main gauche, et cinq flammes de couleurs différentes jaillirent du bout de ses doigts. Le studio aménagé dans le grenier sentit les feuilles brûlées.

– Pourquoi cela la gênerait-elle ? demanda Josh, fasciné par les flammes ondulantes.

Il voulait... il mourait d'envie de l'imiter.

– C'est que le secret du feu m'a été transmis par son frère... Enfin... quand je dis « transmis »... Disons que je le lui ai volé.

– Vous avez volé le secret du feu ? s'exclama Josh.

Guilleret, le comte de Saint-Germain hocha la tête :

– Oui. À Prométhée.

Dimanche 3 Juin

– Et, un de ces jours, mon grand-oncle voudra le récupérer, déclara Scathach dans leur dos.

Ils sursautèrent : aucun des deux ne l'avait entendue entrer.

– Nicolas est arrivé, ajouta-t-elle avant de tourner les talons.

CHAPITRE VINGT-DEUX

Nicolas Flamel était assis au bout de la table de la cuisine, les mains autour d'un bol de soupe fumante. Devant lui, il y avait une bouteille de Perrier à moitié vide, un grand verre et une assiette de pain à croûte épaisse et de fromage. Il leva les yeux et sourit quand Saint-Germain et Josh suivirent Scathach dans la pièce.

Sophie était assise en face de Jeanne d'Arc. Josh alla prendre place à côté d'elle pendant que Saint-Germain s'installait près de sa femme. Seule Scathach resta debout, appuyée contre l'évier derrière l'Alchimiste, le regard perdu dans la nuit. Josh remarqua qu'elle portait encore le bandana noir qu'elle avait découpé dans le T-shirt de Flamel.

Josh concentra son attention sur l'Alchimiste. L'homme semblait épuisé et vieux ; des fils argentés parsemaient à présent ses cheveux. Sa peau était d'une pâleur choquante, ce qui accentuait les cernes sombres sous ses yeux et les rides profondes de son front. Ses vêtements étaient chiffonnés, tachetés par la pluie. Une longue traînée de boue maculait la manche de sa veste, qu'il avait accrochée sur le dossier de sa chaise. Des gouttes d'eau brillaient sur le cuir usé.

Personne ne parlait. Flamel finit sa soupe, se servit du fromage et du pain. Il mâcha lentement et méthodiquement, puis il se versa de l'eau pétillante et but à petites gorgées. Quand il eut terminé, il s'essuya les lèvres avec une serviette et poussa un soupir de satisfaction :

– Merci, Jeanne. C'était parfait.

– Tu n'as pas mangé grand-chose, Nicolas, observa-t-elle.

L'inquiétude se lisait dans ses grands yeux gris.

– Cela me suffit, répondit Flamel avec douceur. Je dois surtout me reposer, et je ne veux pas m'alourdir l'estomac. Nous prendrons un gros petit déjeuner le matin. Je le préparerai moi-même.

– J'ignorais que tu cuisinais, dit Saint-Germain.

– Il ne sait pas cuisiner, marmonna Scatty.

– Je pensais que manger du fromage tard le soir donnait des cauchemars, intervint Josh, qui jeta un coup d'œil sur sa montre. Il est presque une heure du matin.

– Oh ! Je n'ai pas besoin de fromage pour en avoir. Mes cauchemars sont en chair et en os, affirma Nicolas sans plaisanter. Ils ne sont pas trop effrayants... Josh, Sophie ? Vous allez bien ?

Les jumeaux se regardèrent avant de hocher la tête.

– Vous vous êtes reposés ?

– Ils ont dormi toute la journée et une partie de la nuit, répondit Jeanne.

– Bien. Vous aurez besoin de toutes vos forces. Au fait, j'aime beaucoup vos vêtements.

Tandis que Josh était habillé comme Saint-Germain, Sophie portait un chemisier en lin blanc et un blue-jeans, dont le bas retourné révélait des bottines.

– C'est Jeanne qui me les a donnés, fit-elle.

– C'est presque parfait, remarqua Jeanne. Demain matin, nous examinerons ma garde-robe, et tu prendras de quoi poursuivre le voyage.

Sophie la remercia par un sourire.

Nicolas se tourna vers Saint-Germain :

– Pour les feux d'artifice à la tour Eiffel hier... je dirais « inspiré », tout simplement inspiré.

Le comte s'inclina :

– Merci, Maître !

Jeanne fit entendre un rire qui ressemblait à un petit ronronnement :

– Il cherchait un prétexte pour donner un pareil spectacle depuis des mois ! Vous auriez dû voir le feu qu'il a organisé pour notre mariage à Hawaii. Nous avons attendu que le soleil se couche, et Francis a illuminé le ciel pendant presque une heure. C'était magnifique, même si cet effort l'a épuisé pour une bonne semaine, ajouta-t-elle avec une grimace.

Deux taches roses colorèrent les joues du comte, qui caressa la main de sa femme :

– Que ne ferais-je pas pour te surprendre !

– Tu ne maîtrisais pas aussi bien le feu la dernière fois que nous nous sommes rencontrés, continua Flamel. Qui t'a entraîné ?

– J'ai passé quelque temps en Inde, dans la cité perdue d'Ophir, répondit le comte. Sais-tu qu'ils se souviennent de vous là-bas ? Ils ont érigé une statue de Pernelle et toi sur la place principale !

– J'ai promis à Pernelle que nous y retournerions un jour. Mais quel est le rapport avec ta maîtrise du feu ?

– J'ai rencontré là-bas quelqu'un... quelqu'un qui m'a montré comment utiliser les connaissances secrètes que j'ai recueillies auprès de Prométhée...

– Volées, rectifia Scathach.

– Oui, mais lui aussi il les avait volées ! gronda Saint-Germain.

Le poing de Flamel s'abattit sur la table avec une telle force que la bouteille verte en trembla. Seule Scathach ne sursauta pas.

– Ça suffit ! aboya-t-il.

Tous se figèrent, choqués. Pendant un instant, son visage changea, ses traits se durcirent. Ses yeux quasiment incolores s'assombrirent, devinrent gris, marron et enfin noirs. Puis, les coudes sur la table, il se frotta le visage avec la paume de ses mains et inspira jusqu'à en frissonner. Une odeur de menthe flotta dans l'air, suivie d'un relent âcre.

– Je suis désolé. Je n'ai pas d'excuse. Je n'aurais pas dû élever la voix, lâcha-t-il.

Quand il écarta les mains, ses lèvres dessinèrent un

sourire qui n'atteignit pas ses yeux. Il les dévisagea tour à tour, s'attarda sur les jumeaux :

– Pardonnez-moi. Je suis fatigué, si fatigué... Je pourrais dormir une semaine. Continue, Francis, s'il te plaît. Qui t'a entraîné ?

Le comte de Saint-Germain inspira.

– Il m'a demandé de ne jamais prononcer son nom à voix haute, débita-t-il à toute allure.

Les coudes sur la table, Flamel croisa les doigts et posa le menton sur ses mains. Impassible, il fixa le musicien.

– Qui ? insista-t-il.

– Je lui ai donné ma parole ! geignit le comte. Il m'a imposé cette condition avant de m'instruire. Selon lui, certains noms émettent des vibrations à la fois dans ce monde et dans les royaumes des Ombres ; ils attirent une attention malvenue.

Scathach fit un pas en avant et posa la main sur l'épaule de l'Alchimiste :

– Nicolas, tu sais qu'il dit vrai. Il y a des mots et des noms qui ne devraient jamais être prononcés. De vieilles choses, des morts vivants...

– D'accord, lâcha Nicolas. Mais, dis-moi..., continua-t-il sans regarder le comte. Cette mystérieuse personne, combien de mains avait-elle ?

Saint-Germain s'adossa à sa chaise ; l'expression choquée de son visage trahit la vérité.

– Comment le sais-tu ? murmura-t-il.

L'Alchimiste fit une affreuse grimace :

– Il y a six cents ans, j'ai rencontré en Espagne un

homme qui n'avait qu'une main. Il m'a appris quelques secrets du Codex. Il a refusé de prononcer son nom à voix haute.

Tout à coup, Flamel se tourna vers Sophie :

– Tu as en toi les souvenirs de la Sorcière ! Si un nom te vient à l'esprit à cet instant, il serait mieux pour nous tous que tu te taises.

Sophie ferma la bouche si vite qu'elle se mordit l'intérieur de la joue. Elle savait le nom de la personne dont Flamel et Saint-Germain parlaient. Elle savait qui c'était, et ce qu'il était. Et elle avait failli prononcer son nom à voix haute !

Flamel reprit sa conversation avec Saint-Germain :

– Comme je te l'ai dit, les pouvoirs de Sophie ont été éveillés. La Sorcière lui a enseigné les bases de la magie de l'Air, et je suis déterminé à faire en sorte que Sophie et Josh connaissent les magies élémentaires aussi vite que possible. Je sais où se trouvent les maîtres de la Terre et de l'Eau. Hier encore, je croyais que nous devrions nous lancer à la recherche d'un Aîné associé au feu : Maui, Vulcain ou ton ancien adversaire en personne, Prométhée. J'espère maintenant que cela ne sera pas nécessaire.

Il reprit son souffle :

– Penses-tu pouvoir inculquer à Sophie la magie du Feu ?

Surpris, Saint-Germain cligna des yeux, croisa les bras sur sa poitrine, regarda tour à tour l'Alchimiste et la jeune Américaine. Puis il secoua la tête :

– Je ne suis pas sûr de pouvoir. Je ne suis pas sûr de devoir.

Jeanne posa la main sur le bras de son mari. Il se tourna vers elle. Elle hocha la tête de manière à peine perceptible. Ses lèvres ne remuèrent pas, et pourtant tous l'entendirent clairement :

– Francis, tu dois le faire.

Le comte hésita encore :

– Est-ce bien sage ?

– C'est nécessaire, répondit-elle simplement.

– Elle aura beaucoup à engranger... Pardonne-moi, Sophie, de parler de toi comme si tu n'étais pas là. Tu sais, Nicolas, Sophie doit d'abord apprendre à gérer les souvenirs de la Sorcière.

– Je m'en suis occupée, intervint Jeanne, qui serra plus fort le bras de son mari.

Elle examina ses invités tour à tour avant de s'arrêter sur Sophie :

– Je lui ai parlé dans son sommeil, je l'ai aidée à trier les souvenirs, à les classer, à séparer ses pensées de celles de la Sorcière. Elles ne la perturberont plus.

– Vous êtes entrée dans mon esprit pendant que je dormais ? souffla Sophie, choquée.

– Non, je t'ai simplement parlé. Je t'ai dit ce que tu avais à faire, et comment le faire.

– Je vous ai vue..., intervint Josh. Mais Sophie dormait à poings fermés. Elle ne pouvait pas vous entendre !

– Elle m'a entendue, affirma Jeanne.

Elle regarda Sophie droit dans les yeux et mit sa main gauche à plat sur la table. Une brume argentée et grésillante apparut au bout de ses doigts ; des particules de lumière dansèrent sur sa peau avant de bondir, telles des gouttes de mercure, sur la table en direction des mains de Sophie posées sur le bois ciré. Les ongles de la jeune fille émirent alors une lueur argent sans éclat et, soudain, les points lumineux s'enroulèrent autour de ses doigts.

– Tu es peut-être la jumelle de Josh, mais nous sommes sœurs, toi et moi. Nous sommes l'Argent. Je sais ce que c'est, d'entendre des voix, de voir l'impossible, de connaître l'inconnaissable.

Jeanne fixa Josh, puis l'Alchimiste :

– Quand Sophie dormait, j'ai parlé à son inconscient. Je lui ai appris à contrôler les souvenirs de la Sorcière, à ignorer les voix, à éteindre les images. Je lui ai appris à se protéger.

Sophie leva lentement la tête. Abasourdie, elle écarquilla les yeux.

– Je comprends maintenant ! s'exclama-t-elle. Je n'entends plus de voix ! Depuis que la Sorcière a déversé ses connaissances en moi, il y en avait des milliers qui criaient, chuchotaient dans des langues que je comprenais à moitié. Le calme est revenu maintenant.

– Elles ne sont pas parties, expliqua Jeanne. Elles seront là à jamais. Mais à présent tu es capable de les appeler quand tu en auras besoin, d'utiliser leur savoir. J'ai aussi commencé le processus d'apprentissage destiné à contrôler ton aura.

– Mais elle dormait ! insista Josh, qui trouvait cette idée très dérangeante.

– Seule la conscience dort, l'inconscient reste en éveil.

– Qu'entendez-vous par « contrôler mon aura » ? demanda Sophie. Je pensais qu'il s'agissait juste de ce champ électrique de couleur argent enveloppant mon corps.

Jeanne haussa les épaules avec élégance :

– Ton aura est aussi puissante que ton imagination. Tu peux la façonner, la mélanger aux autres, l'adapter selon tes envies. Regarde !

Elle tendit la main gauche. Un gant métallique médiéval apparut sur sa chair. Chaque rivet avait une forme parfaite, le dos de ses doigts était même moucheté de rouille.

– Essaie, suggéra-t-elle à la jeune fille.

Sophie tendit la main et se concentra.

– Visualise le gant, lui conseilla Jeanne. Sers-toi de ton imagination.

Un petit dé en argent se dessina sur l'auriculaire de Sophie avant de s'évaporer. Elle soupira, déçue.

– Il te manque juste un peu d'entraînement, la rassura Jeanne. Il me faut quelques heures pour t'apprendre à contrôler ton aura, avant que Francis commence à t'enseigner la magie du Feu.

– Cette magie du Feu est-elle dangereuse ? s'inquiéta Josh.

L'éveil de sa sœur par Hécate l'avait traumatisé – elle aurait pu en mourir ! L'enseignement que lui avait ensuite prodigué la Sorcière d'Endor était aussi risqué.

Comme personne ne lui répondait, il se tourna vers Saint-Germain.

– Est-ce dangereux ?

– Oui, répondit le musicien sans détour. Très.

Josh secoua la tête :

– Alors, je ne veux pas...

Sophie prit son frère par le bras. Il baissa les yeux : sa main était enveloppée d'un gant en métal.

– Josh, je dois le faire, dit-elle.

– Non, tu n'es pas obligée.

– Si.

Josh dévisagea sa sœur : il ne connaissait que trop bien cet air obstiné. Il détourna le regard et se tut. Il ne voulait pas que Sophie apprenne davantage de magie – non seulement c'était dangereux mais, en plus, cela l'éloignerait encore davantage de lui.

Jeanne s'adressa à Flamel :

– Maintenant, Nicolas, il faut que tu te reposes.

– Promis.

– Nous t'attendions beaucoup plus tôt, remarqua Scathach. Je m'apprêtais à partir à ta recherche.

– Le papillon m'a ramené ici il y a plusieurs heures, expliqua Nicolas, la voix affaiblie par l'épuisement, mais j'ai préféré attendre la nuit avant d'entrer, au cas où la maison serait placée sous surveillance.

– Machiavel ne sait même pas qu'elle existe, lui assura Saint-Germain.

– Qu'avez-vous fait de votre journée ? demanda Sophie.

– J'ai déambulé dans la capitale, j'ai cherché mes vieilles cachettes.

– La plupart ont sûrement disparu, commenta Jeanne.

– Oui, mais pas toutes.

Flamel ramassa un objet enveloppé dans un journal posé par terre. Il fit un bruit lourd quand il le lâcha sur la table.

– La maison de la rue de Montmorency est toujours debout.

– J'aurais dû deviner que tu irais là-bas, fit Scathach, l'air triste. Je vous explique : c'est la maison où Nicolas et Pernelle ont vécu au début du XVe siècle. Ils y ont coulé des jours heureux.

– Très heureux, confirma Flamel.

– Et elle existe encore ? s'étonna Sophie.

– C'est l'une des plus vieilles de Paris, déclara fièrement Nicolas.

– Qu'as-tu fait d'autre ? s'enquit Saint-Germain.

L'Alchimiste haussa les épaules :

– J'ai visité le musée de Cluny. Ce n'est pas tous les jours qu'on peut se recueillir sur sa tombe ! Je trouve réconfortant que des gens se souviennent encore de moi, du vrai moi.

– Il y a même une rue qui porte ton nom, Nicolas, intervint Jeanne. Et une autre a été baptisée en l'honneur de Pernelle. Entre nous, ce n'est pas la seule raison pour laquelle tu as visité ce musée, n'est-ce pas ? Tu ne m'as jamais fait l'effet d'un homme sentimental.

Flamel sourit :

– Non, ce n'est pas la seule raison.

Il fouilla dans la poche de sa veste et en sortit un petit cylindre. Tous se penchèrent en avant. Même Scatty s'approcha pour mieux voir. Après avoir dévissé les extrémités du tube, Flamel sortit puis déroula un morceau de parchemin froissé.

– Il y a bientôt six cents ans, j'ai caché ceci dans ma tombe. Si j'avais su que j'en aurais besoin un jour...

Il étala le parchemin jaune sur la table. Dessus était dessiné à l'encre rouge virant sur le rouille un ovale contenant un cercle et entouré par trois lignes formant un triangle.

– J'ai déjà vu ce symbole quelque part, dit Josh. Ce ne serait pas sur les dollars ?

– Son apparence n'est pas importante, répondit Flamel. Elle sert à déguiser sa vraie signification.

– Laquelle ? s'enquit le garçon.

– C'est une carte ! s'exclama soudain Sophie.

– Exact, fit Nicolas. Comment le sais-tu ? La Sorcière d'Endor n'a jamais...

– Cela n'a rien à voir avec la Sorcière, le coupa Sophie avec un grand sourire.

Quand elle se pencha sur la table, ses cheveux frôlèrent ceux de son frère. Elle désigna le coin supérieur droit du parchemin, où était dessinée une petite croix à peine visible.

– Ceci ressemble à un N, et ceci à un S, non ?

– Nord et sud ! s'écria Josh. Sophie, tu es un génie !

L'Alchimiste hocha la tête :

– Elle recense tous les nexus d'Europe. Les villes et

les cités, même les frontières changent, au point d'en devenir méconnaissables. Les nexus, eux, restent les mêmes.

Il leva le parchemin :

– Ceci est notre passeport pour l'Amérique.

– Espérons que nous aurons l'occasion de nous en servir, marmonna Scathach.

Josh toucha le paquet enveloppé dans du journal posé au milieu de la table :

– Et ça, qu'est-ce que c'est ?

Nicolas roula le parchemin et le rangea dans le tube, puis le glissa dans sa poche de veste. Ensuite seulement, il déplia le journal.

– Le manchot dont je vous ai parlé, commença-t-il, celui que nous avons rencontré en Espagne au XVIe siècle, nous a révélé le premier secret du Codex.

– Le premier secret ? répéta Josh.

– Tu as vu le texte : il ne cesse de bouger... mais de manière strictement mathématique. Les séquences n'apparaissent pas au hasard. Les changements sont liés aux mouvements des étoiles et des planètes, aux phases de la Lune.

– Comme dans un calendrier ?

– Oui, c'est cela. En apprenant ce secret, nous avons su que nous pouvions revenir à Paris. Nous nous doutions que traduire ce livre nous prendrait une vie – plusieurs vies –, mais au moins nous savions par où commencer. J'ai donc changé quelques pierres en diamants, et nous avons entamé notre long périple de retour. Bien évidemment, nous avons attiré l'attention des Ténébreux ; Bacon, le sinistre prédécesseur de Dee, nous suivait de près. Alors, plutôt que de prendre un itinéraire direct vers la France, nous avons sillonné la campagne et évité les défilés habituels à travers les montagnes, qui seraient forcément surveillés. Cette année-là, l'hiver était arrivé plus tôt – je soupçonne les Ténébreux d'y avoir été pour quelque chose – et nous sommes restés coincés en Andorre. C'est là où j'ai trouvé cette...

Il toucha le mystérieux objet.

Les sourcils froncés, Josh interrogea sa sœur du regard. Andorre ? Sophie était bien meilleure en géographie que lui.

– Un des plus petits pays au monde, lui chuchota Sophie. Situé dans les Pyrénées, entre l'Espagne et la France.

Flamel défit un peu plus le journal :

– Avant ma « mort », j'ai caché cet objet dans les profondeurs d'un linteau de mon ancienne maison. Je ne pensais pas en avoir de nouveau besoin un jour.

– À l'intérieur d'une pierre ? demanda Josh, perplexe.

– Eh oui ! J'ai changé la structure moléculaire du granit, j'ai poussé ceci dans le bloc, puis j'ai rendu au linteau son état solide originel. Simple transmutation. C'est comme glisser une noix dans un cornet de glace.

Il déchira la dernière feuille de papier.

– Une épée ! souffla Josh, impressionné.

L'arme devait mesurer cinquante centimètres. Sa garde simple était enveloppée de lanières de cuir noir usé ; la lame, en métal gris, brillait légèrement. Non, pas en métal !

– Une épée en pierre, lâcha le garçon, les sourcils froncés.

Elle lui rappelait quelque chose, comme s'il l'avait déjà vue auparavant.

Au même instant, Jeanne et Saint-Germain reculèrent brutalement ; la chaise de Jeanne se renversa. Scathach, elle, sifflait comme un chat, dévoilant ses dents de vampire. Quand elle prit la parole, sa voix tremblait ; son accent était fort, barbare. Était-elle en colère, ou avait-elle peur ?

– Nicolas, fit-elle lentement, que fabriques-tu avec cette chose immonde ?

L'Alchimiste ne répondit pas. Il regardait Josh et Sophie, qui étaient restés assis à table, stupéfiés par la réaction des trois autres.

– Il existe quatre grandes épées de pouvoir, leur expliqua Flamel. Chacune est liée à un élément : la Terre, l'Air, le Feu et l'Eau. On dit qu'elles précèdent la plus vieille race des Aînés. Au fil du temps, les épées ont reçu de nombreux noms : Excalibur et Joyeuse, Misteltein et Curtana, Durandal et Tyrfing. La dernière fois qu'une d'elles a été utilisée dans le monde des hommes remonte à l'époque de Charlemagne, quand il a combattu avec Joyeuse.

– C'est Joyeuse ? chuchota Josh.

Sa sœur était peut-être douée en géographie, lui aimait l'histoire, et Charlemagne le fascinait depuis toujours.

– Joyeuse symbolise la beauté, grogna Scathach. Ceci... ceci est une abomination.

Flamel effleura la garde de l'épée ; les petits cristaux incrustés dans la pierre luirent d'un éclat vert.

– Ce n'est pas Joyeuse, dit-il, même s'il est vrai qu'elle a autrefois appartenu à Charlemagne. Je crois que l'empereur lui-même a caché cette lame en Andorre au IXe siècle.

– Elle ressemble à Excalibur ! s'exclama soudain Josh, qui venait de comprendre pourquoi cette épée lui paraissait familière. Souviens-toi, Sophie, Dee s'en est servi pour détruire l'Arbre-Monde.

– Excalibur est l'épée de Glace, poursuivit Flamel. Voici sa jumelle, Clarent, l'épée de Feu, la seule capable d'affronter Excalibur.

– Cette lame est maudite ! cracha Scathach. Je ne la toucherai pas.

– Moi non plus, fit Jeanne en écho.

Saint-Germain, lui, se contenta de secouer la tête.

– Je ne vous demande pas de la manier ! gronda Nicolas.

Il fit pivoter l'épée jusqu'à ce que la garde touche les doigts de Josh. Puis il dévisagea ses compagnons un à un.

– Dee et Machiavel sont à nos trousses. Or Josh est vulnérable. En attendant que ses pouvoirs soient éveillés, il a besoin d'une arme. Je veux qu'il prenne Clarent.

– Nicolas ! s'écria Scatty, horrifiée. À quoi penses-tu ? Josh est un humani inexpérimenté...

– Avec une belle aura en or, rétorqua Flamel. Et je suis déterminé à le garder en vie.

Il poussa l'épée vers Josh :

– Elle est à toi. Prends-la.

Quand il se pencha en avant, l'adolescent sentit le sac en tissu contentant les deux pages du Codex contre sa peau. L'épée serait le deuxième cadeau de l'Alchimiste en deux jours. Une partie de lui voulait l'accepter comme argent comptant ; il voulait avoir confiance en Nicolas, croire qu'il l'appréciait et lui faisait confiance en retour. Et pourtant... Malgré la conversation qu'ils avaient eue dans la rue, quelque part au fond de lui Josh ne pouvait oublier ce que Dee lui avait révélé au bord de la fontaine à Ojai. Si la moitié de ce que disait Flamel était la vérité, l'autre moitié était parsemée de mensonges. Il leva délibérément les yeux de l'épée pour fixer ceux de Flamel. Impassible, l'Alchimiste le dévisageait. « Que manigance-t-il ? se demanda Josh. À quel jeu joue-t-il ? » Des paroles de Dee ressurgirent : « Il restera toujours un menteur, un charlatan et un escroc. »

– Est-ce que tu la veux ? insista Nicolas. Prends-la.

Presque contre son gré, les doigts de Josh se refermèrent sur la garde enveloppée de cuir, et il souleva l'épée. Bien que courte, elle était étonnamment lourde. Il essaya de la manier.

– Je n'ai jamais tenu une épée de ma vie ! Je ne sais pas comment...

– Scathach te montrera les rudiments, décida Flamel sans regarder l'Ombreuse, transformant cette simple déclaration en un ordre. Elle t'apprendra à la manipuler, à porter quelques coups simples, à parer. À éviter de te blesser avec, aussi.

Dimanche 3 Juin

Josh se surprit à sourire de toutes ses dents. Il tenta de redevenir sérieux, mais c'était difficile : l'épée se montrait stupéfiante ! Il bougeait le poignet, et elle s'agitait. Il regarda l'Ombreuse, Francis et Jeanne, qui avaient les yeux rivés sur la lame et suivaient chacun de ses mouvements. Son sourire s'estompa.

– Quel est le problème avec cette épée ? Pourquoi en avez-vous si peur ?

Sophie posa la main sur le bras de son frère ; les connaissances de la Sorcière donnèrent un éclat argenté à son regard.

– Clarent, expliqua-t-elle, est une épée malfaisante et maudite. On l'appelle parfois l'épée du Lâche. Mordred s'en est servi pour tuer son oncle... le roi Arthur.

CHAPITRE VINGT-TROIS

Assise sur le large rebord de la fenêtre de sa chambre, Sophie admirait les Champs-Élysées. Il avait plu sur l'immense avenue bordée d'arbres, qui prenaient des reflets ambre, rouges et blancs au gré des lumières du trafic. Elle regarda sa montre : deux heures du matin, dimanche ; et pourtant la circulation était toujours dense. À San Francisco, les rues étaient désertées après minuit.

Cela lui rappela à quel point elle était loin de chez elle.

Plus jeune, elle avait traversé une phase où elle se trouvait ennuyeuse à mourir. Elle avait donc fait des efforts pour être plus élégante, un peu comme son amie Ella, qui changeait de couleur de cheveux toutes les semaines et s'habillait à la dernière mode. Sophie s'était mise à collectionner tout ce qu'elle trouvait sur ces villes européennes si exotiques que décrivaient les magazines, ces capitales du chic et de l'art : Londres, Paris, Rome, Milan, Berlin. Elle ne suivrait pas la mode, avait-elle décidé, elle créerait la sienne. Cette phase avait duré environ un mois. L'entreprise s'était révélée onéreuse, et l'argent que leur donnaient leurs parents était plutôt limité...

Néanmoins, elle rêvait encore de visiter les plus grandes villes du monde. Josh et elle envisageaient même de prendre une année sabbatique avant de s'inscrire à la fac pour faire le tour de l'Europe avec leur sac à dos. Et voilà qu'ils se trouvaient dans une cité fabuleuse, et elle n'avait absolument pas envie de l'explorer ! À cet instant, son seul désir était de rentrer à San Francisco.

Mais vers quoi ?

Cette pensée la glaça.

Même s'ils avaient beaucoup déménagé et voyagé, deux jours plus tôt elle savait de quoi l'avenir serait fait. Le restant de l'année était planifié dans les moindres détails. À l'automne, leurs parents reprendraient leur poste d'enseignants à l'université de San Francisco ; son frère et elle retourneraient à l'école. En décembre, leur famille effectuerait leur voyage annuel à Providence, dans le Rhode Island, où leur père donnait une conférence de Noël à l'université de Brown depuis deux décennies. Le 21 décembre, date de leur anniversaire, les jumeaux passeraient la journée à New York pour voir les vitrines des magasins, admirer les lumières et le sapin du Rockefeller Center, puis ils iraient patiner. Ils déjeuneraient au Stage

Door Deli, où ils dégusteraient une soupe aux boulettes de pain azyme et des sandwiches aussi gros que leur tête, avant de partager une part de tarte à la citrouille. La veille de Noël, ils se rendraient chez leur tante Christine, à Montauk, sur l'île de Long Island, où ils passeraient le restant des vacances et fêteraient la nouvelle année. Cette tradition perdurait depuis dix ans.

Et maintenant ?

Sophie prit une profonde inspiration. Maintenant, elle possédait des pouvoirs et des capacités qu'elle comprenait à peine. Elle avait accès à des souvenirs qui étaient un mélange de réalité, de mythes et de fantaisie. Elle connaissait des secrets qui nécessiteraient la réécriture des livres d'histoire. Mais ce qu'elle souhaitait plus que tout au monde, c'était remonter le temps, retourner à ce jeudi matin... avant cette succession d'événements. Avant que le monde change.

Elle appuya le front contre la vitre froide. Et ensuite ? Que ferait-elle ? Demain, mais aussi dans les années à venir. Son frère n'avait pas de plan de carrière ; chaque année, il annonçait un métier différent – concepteur de jeux vidéo, programmeur, joueur de foot professionnel, ambulancier, pompier... Sophie, elle, avait toujours su ce qu'elle deviendrait. Depuis que son instituteur en CP lui avait demandé : « Et toi, Sophie, quel métier aimerais-tu faire plus tard ? », elle donnait toujours la même réponse. Elle voulait étudier l'archéologie et la paléontologie, comme ses parents, sillonner la planète et cataloguer le passé, effectuer peut-être quelques découvertes qui mettraient de l'ordre dans le fil de l'histoire. Ce beau projet n'aboutirait jamais. La nuit précédente, elle s'était aperçue que l'étude de l'archéologie, de l'histoire et de la géographie était devenue inutile. Les choses avaient été faussées.

Une vague soudaine d'émotions la prit par surprise. Elle sentit une brûlure au fond de la gorge et des larmes sur ses joues. Elle essuya ses larmes avec la paume de ses mains.

– Toc toc...

La voix de Josh la fit sursauter. Sophie se tourna vers son jumeau, qui se tenait sur le seuil de sa chambre, l'épée de pierre dans une main, un petit ordinateur dans l'autre.

– Je peux entrer ?

– Tu ne te gênes pas, d'habitude, le taquina-t-elle.

Josh entra et s'assit au bord du grand lit. Il déposa avec précaution Clarent à ses pieds et le portable sur ses genoux.

– Beaucoup de choses ont changé, petite sœur, commença-t-il, ses yeux bleus embués.

– C'est exactement ce à quoi je pensais. Au moins, cela n'a pas changé...

Les jumeaux avaient souvent les mêmes idées au même moment, et ils se connaissaient si bien qu'ils finissaient régulièrement les phrases de l'autre.

– Je souhaitais juste que nous puissions remonter le temps, nous retrouver avant que tout cela ne commence.

– Pourquoi ?

– Je ne serais pas comme ça... Nous ne serions pas différents.

Josh dévisagea sa sœur, la tête penchée :

– Tu abandonnerais ? Le pouvoir, la connaissance...

– En un claquement de doigts, s'exclama Sophie. Je n'aime pas ce qu'il m'arrive. Je ne l'ai pas souhaité. Je veux être ordinaire, continua-t-elle, la voix fêlée. Je veux être de nouveau humaine, Josh. Comme toi.

Josh baissa les yeux. Il ouvrit le portable et le mit en marche.

– Tu ne penses pas comme moi, c'est ça ? lança Sophie. Tu veux le pouvoir, tu veux être capable de façonner ton aura et contrôler les éléments, hein ?

– Ce serait...

Josh hésita :

– Intéressant.

Quand il leva la tête, l'image de l'écran faisait briller ses yeux :

– Oui, j'aimerais beaucoup.

Sophie ouvrit la bouche pour lui aboyer une réponse, lui dire qu'il ne savait pas de quoi il parlait, avouer à quel point cela la rendait malade, à quel point elle avait peur. Mais elle préféra se taire. Tant que Josh n'aurait pas expérimenté lui-même ses pouvoirs, il ne comprendrait pas.

– Où as-tu eu cet ordinateur ? lui demanda-t-elle quand un bip retentit, histoire de changer de sujet.

– C'est Francis qui me l'a offert. Quand Dee a détruit Yggdrasill, en le poignardant avec Excalibur, l'Arbre-Monde s'est transformé en glace avant de se briser comme du verre. Toi, tu étais évanouie. Mon portefeuille, mon portable, mon iPod et mon ordinateur se trouvaient dedans, soupira-t-il. J'ai tout perdu : mes adresses, ma musique, mes photos...

– Et le comte t'a filé un ordi. Comme ça.

– Oui, il a insisté pour que je le prenne. C'est la journée des cadeaux, on dirait !

La lueur pâle de l'écran, qui éclairait son visage par en dessous, lui donnait un air vaguement effrayant.

– Il n'utilise plus de PC. Il a trouvé celui-ci sous une table au grenier, continua-t-il, les yeux rivés sur le petit écran.

Le silence de sa sœur trahit ses doutes.

– C'est vrai ! ajouta-t-il.

Sophie détourna le regard. Elle savait que son frère disait la vérité, et cela n'avait rien à voir avec les connaissances de la Sorcière. Elle avait toujours su quand Josh lui mentait alors que, étrangement, le contraire ne s'était jamais produit. D'ailleurs, elle ne lui mentait pas trop souvent, et chaque fois c'était pour son bien.

– Et tu fais quoi, là ? demanda-t-elle.

– Je vérifie mon courrier. La vie continue...

– ... les e-mails n'attendent pas, compléta Sophie avec un sourire.

D'habitude, cette phrase préférée de Josh la rendait folle.

– Il y en a des tonnes, marmonna-t-il. Quatre-vingts sur Gmail, soixante-deux sur Yahoo, vingt sur AOL, trois sur FastMail...

– Je ne comprendrai jamais pourquoi tu as ouvert autant de comptes !

Elle plia les jambes, passa les bras autour de ses mollets et posa le menton sur ses genoux. Elle appréciait d'avoir une conversation ordinaire avec son frère. Cela lui rappelait le cours normal des choses, telles qu'elles se déroulaient jusqu'à jeudi après-midi, à quatorze heures quinze exactement. Sophie se souvenait de l'heure ; elle discutait avec son amie Ella, qui était à New York, quand elle avait repéré une longue voiture noire se garant devant la librairie. Elle avait vérifié l'heure avant que le passager en descende. Elle devait apprendre par la suite que c'était le Dr John Dee.

Josh leva les yeux :

– Nous avons deux messages de maman et papa.

– Lis-les-moi. Commence par le plus ancien.

– O.K. Maman nous a écrit vendredi 1er juin. *J'espère que vous êtes sages. Comment va Mme Fleming ? Est-elle guérie ?*

Josh fronça les sourcils.

– Tu ne te souviens pas ? soupira Sophie. Nous lui avons dit que la librairie était fermée parce que Pernelle ne se sentait pas bien. Essaie un peu de suivre !

– Je te rappelle que ces derniers jours ont été assez mouvementés ! Je ne peux pas me souvenir de tout. C'est ton boulot, ça !

– Nous avons prétendu que Nicolas et Pernelle nous avaient invités à passer un peu de temps avec eux dans leur maison du désert.

– Bon, qu'est-ce que je réponds à maman ? demanda Josh, les doigts au-dessus du clavier.

– Dis-lui que tout va bien. Pernelle se rétablit doucement. N'oublie pas de les appeler Nick et Perry, lui rappela-t-elle.

– Oups ! Merci...

Aussitôt, Josh effaça « Pernelle », qu'il remplaça par « Perry ». Ses doigts survolaient les touches.

– O.K. Au suivant. Il est daté d'hier. « *J'ai essayé d'appeler, mais je tombe directement sur la messagerie. Tout va bien ? Ai reçu un coup de fil de Tante Agnès. Elle dit que vous n'êtes pas repassés chez elle prendre du linge. Donnez-moi un numéro où je pourrais vous joindre. Nous sommes inquiets.* » On lui dit quoi, maintenant ?

Sophie se mâchonna la lèvre inférieure en pensant tout haut :

– Mets que... que nous avions un sac d'habits au magasin. En plus, c'est la vérité. Je déteste lui mentir.

– Pigé, répondit Josh, qui tapa à toute allure.

Les jumeaux gardaient des vêtements dans le casier de Josh à l'arrière de la librairie en prévision des soirs où ils iraient au cinéma ou à l'Embarcadero.

– Dis-lui que nous n'avons pas de réseau... Sans préciser où nous sommes, bien entendu.

Josh prit un air dégoûté :

– Nous n'avons plus de portable ?

– Si, j'ai encore le mien, mais la batterie est à plat. Promets à maman qu'on l'appellera dès qu'on aura le signal.

Josh continua à pianoter. Il tapa sur « Entrée ».

– C'est tout ?

– Envoie.

– Envoyé !

– On a reçu un e-mail de papa ?

– Il est pour moi.

Josh l'ouvrit, le lut en vitesse et eut un large sourire.

– Il m'envoie une photo de dents de requin fossilisées. Elles sont super ! Ah ! Il a trouvé de nouveaux coprolithes pour ma collection.

– Des coprolithes ! Beurk... Des crottes fossilisées ! Tu ne pourrais pas collectionner des timbres ou des pièces de monnaie, comme tout le monde ? Tu es trop bizarre.

– Bizarre ? s'énerva Josh. Bizarre ? Laisse-moi te rappeler ce qui est bizarre ! Nous sommes dans une maison à Paris en compagnie d'un vampire végétarien de deux mille cinq cents ans, un alchimiste immortel, un autre mec immortel à la fois musicien et spécialiste de la magie du Feu, et une héroïne française qui, normalement, est morte brûlée au XVe siècle.

Il poussa l'épée sur le sol avec son pied :

– Et j'oublie l'épée qui a servi à tuer le roi Arthur !

La voix de Josh était montée dans les aigus. Il se tut, inspira à pleins poumons pour se calmer. Il sourit de toutes ses dents.

– À côté, mes crottes fossilisées, c'est de la gnognote !

Ils éclatèrent de rire. Josh rit si fort qu'il en eut le hoquet, ce qui les amusa encore plus. À la fin, des larmes coulaient sur leurs joues, et ils avaient mal au ventre.

– Stop ! Stop ! gémit Josh entre deux hoquets.

Les jumeaux étaient au bord de l'hystérie : il leur fallut un effort prodigieux pour retrouver leur sérieux. Pour la première fois depuis l'éveil de sa sœur, Josh se sentait à nouveau proche d'elle. Avant, ils riaient ensemble tous les jours. En se rendant au travail, jeudi matin, ils s'étaient moqués d'un homme maigrelet en rollers et short de course qui se faisait tracter par un énorme dalmatien. Malheureusement, ces derniers jours, ils ne trouvaient pas beaucoup matière à rire...

Sophie se ressaisit la première et se tourna vers la fenêtre. Elle voyait son frère dans la vitre. Elle attendit qu'il regarde son écran pour lui parler :

– Je suis surprise que tu ne te sois pas opposé à Nicolas quand il a suggéré que Francis m'enseigne la magie du Feu.

Josh s'adressa au reflet de sa sœur dans la fenêtre :

– Quelle différence cela aurait-il fait ?

– Voyons... Aucune, je suppose, admit-elle.

– Aucune, en effet. Tu aurais continué quand même.

Sophie se retourna pour dévisager son frère :

– Je suis obligée, Josh.

– Je sais, répondit-il simplement. Je le comprends maintenant.

– Pardon ? lâcha Sophie, étonnée.

Josh ferma l'ordinateur et le posa sur le lit. Puis il ramassa l'épée et la plaça sur ses genoux. L'air absent, il frotta la lame lisse. La pierre était chaude sous ses doigts.

– J'étais en colère, j'avais peur, dit-il. Non, plus que

cela : j'étais terrifié quand Flamel a demandé à Hécate de t'éveiller. Il ne nous a pas informés des dangers. Il ne nous a pas prévenus que tu pouvais en mourir, ou tomber dans le coma. Et, ça, je ne le lui pardonnerai jamais.

– Il était à peu près certain qu'il ne m'arriverait rien...

– À peu près certain ne veut pas dire certain à cent pour cent.

Il se tut un instant avant de reprendre :

– Et ensuite, quand la Sorcière d'Endor t'a transmis ses connaissances, mes craintes ont ressurgi. Oh ! Je n'avais pas trop peur pour toi... J'avais peur *de* toi, avoua-t-il à voix basse.

– Comment peux-tu dire une chose pareille ? souffla Sophie, stupéfaite. Je suis ta jumelle !

– Tu n'as pas vu ce que j'ai vu ! riposta-t-il. Tu t'es opposée à la femme à tête de chat. Quand tu parlais, tes lèvres remuaient, mais les mots n'étaient pas synchronisés. Lorsque tu m'as regardé, tu ne m'as même pas reconnu ! Je ne sais pas qui tu étais à cet instant ; en tout cas, tu n'étais plus ma sœur. Tu étais possédée.

Sophie cligna des yeux. De grosses larmes roulaient sur ses joues. Il lui restait de vagues images, des fragments de l'épisode mentionné par son frère, comme ceux d'un rêve que l'on n'arrive pas à se rappeler.

– Puis, à Ojai, tu as fabriqué des tornades, et aujourd'hui... enfin, hier, tu as créé du brouillard à partir de rien.

– J'ignore comment je fais..., murmura Sophie.

– Je sais, je sais...

Josh se leva et alla regarder les toits de Paris par la fenêtre :

– Je le comprends à présent. J'y ai beaucoup réfléchi. Tes pouvoirs ont été éveillés, mais ta seule manière de les contrôler et de rester en vie consiste à les apprivoiser. Pour le moment, tes pouvoirs représentent un danger autant pour toi que pour tes ennemis. Jeanne d'Arc t'a aidée tout à l'heure, non ?

– Oui, énormément. Je n'entends plus de voix. C'est fantastique ! Josh, qu'est-ce que tu me caches ?

Josh manipula l'épée à la lame quasiment noire dans la nuit, dont les petits cristaux clignaient comme des étoiles.

– Nous n'avons aucune idée des ennuis qui nous attendent ! s'écria-t-il. Mais nous savons que nous sommes en danger... en grand danger. Nous avons quinze ans, et à cet âge, nous ne devrions pas nous soucier d'être tués... dévorés... ou pire !

Il désigna la porte :

– Je ne leur fais pas confiance. La seule personne en qui j'ai confiance, c'est toi... la vraie toi.

– Moi, je crois en eux. Ils font le bien. Scatty se bat au nom de l'humanité depuis plus de deux mille ans. Jeanne est une personne bonne, douce...

– Et Flamel dissimule le Codex depuis des siècles, objecta Josh.

Il se frappa la poitrine, et Sophie entendit les deux pages craquer dans le sac qu'il portait au cou :

– Ce livre renferme des recettes qui pourraient transformer cette planète en paradis, soigner toutes les maladies !

Il lut l'ombre d'un doute dans ses yeux.

– Tu sais que c'est vrai, ajouta-t-il.

– Les souvenirs de la Sorcière me disent que certaines recettes pourraient aussi détruire ce monde.

– Tu ne vois que ce qu'ils veulent bien te faire voir.

Sophie désigna l'épée.

– Alors, pourquoi Flamel t'a-t-il donné cette épée et les pages du Codex ? demanda-t-elle, l'air triomphant.

– Je pense... je sais qu'ils se servent de nous. Pourquoi ? Je l'ignore. Pour l'instant...

Sophie secoua la tête.

– De toute façon, continua Josh, nous allons avoir besoin de tes pouvoirs pour assurer notre sécurité.

Sophie serra la main de son frère :

– Jamais je ne laisserai personne te faire du mal !

– Je n'en ai jamais douté ! Mais si, contre ton gré, quelqu'un te manipulait ? Comme dans le royaume des Ombres ?

– Là, je n'avais aucun contrôle, en effet. J'avais l'impression de vivre un rêve, de regarder quelqu'un qui me ressemblait.

– Mon entraîneur de foot dit toujours : « Avant de prendre le contrôle, contrôle-toi. » Petite sœur, tu dois apprendre à maîtriser ton aura et les magies. Tu ne dois plus jamais laisser quiconque te manipuler. Ainsi, tu seras extrêmement puissante. Et en attendant que mes pouvoirs soient un jour éveillés, j'ai intérêt à apprendre à me servir de cette épée.

Il souleva l'arme pour la faire virevolter, mais elle lui glissa des mains et creusa une profonde entaille dans le mur.

– Oups...

– Josh !

– Quoi ? Ça se voit à peine.

Il frotta l'écorchure avec sa manche. La peinture et le plâtre tombèrent, laissant la brique à nu.

– C'est pire ! Et, si ça se trouve, tu as abîmé l'épée.

Josh brandit l'arme sous la lumière : il n'y avait pas la moindre marque sur la lame.

– Je suis persuadée que tu te trompes au sujet de Flamel et des autres, insista Sophie.

– Tu dois me faire confiance !

– Je te fais confiance. Mais, souviens-toi, la Sorcière connaît ces gens, et elle croit en eux.

– Sophie ! s'emporta Josh. Nous ignorons tout de cette femme !

– Bien au contraire, je sais tout d'elle.

Elle se tapota la tempe avec l'index :

– Et je le regrette, crois-moi ! Une vie d'immortelle, des milliers d'années sont engrangés dans mon cerveau.

Sophie leva la main pour empêcher son frère de l'interrompre :

– Voilà mes projets : je vais travailler avec Saint-Germain et retenir tout ce qu'il m'enseignera.

– Profites-en pour garder un œil sur lui. Essaie de découvrir ce que Flamel et lui manigancent.

Sophie laissa son conseil sans réponse.

– La prochaine fois que nous serons attaqués, nous serons peut-être capables de nous défendre, dit-elle. Au moins, ajouta-t-elle en contemplant les toits de Paris, nous sommes en sécurité ici.

– Oui, mais pour combien de temps ? demanda son jumeau.

CHAPITRE VINGT-QUATRE

Le Dr John Dee éteignit la lumière et sortit de la gigantesque chambre sur le balcon, où il posa les avant-bras sur la rambarde métallique et contempla Paris. Il avait plu quelques heures plus tôt ; l'air humide et frais était chargé d'odeurs âcres provenant de la Seine, mêlées aux vapeurs des pots d'échappement.

Il détestait Paris.

Il n'en avait pas toujours été ainsi. Autrefois, Paris était sa ville préférée d'Europe. Il y avait amassé ses souvenirs les plus merveilleux et les plus extraordinaires. N'était-ce pas ici qu'il était devenu immortel ? Au fond d'un donjon, dans les profondeurs de la Bastille, la prison forteresse, la déesse des Corbeaux l'avait conduit auprès de l'Aîné qui lui avait offert la vie éternelle en échange d'une loyauté inconditionnelle.

Depuis, il avait servi les Aînés, espionné pour eux, accompli des missions dangereuses au cœur d'innombrables royaumes des Ombres. Il avait combattu des armées de morts et de morts vivants, poursuivi des monstres à travers des déserts arides, volé des objets magiques vénérés par des dizaines de civilisations. Au fil des décennies, il était devenu le champion des Ténébreux. Rien ne lui était impossible, aucune tâche n'était trop difficile... Seuls les Flamel lui donnaient du fil à retordre.

Comment ce couple maudit parvenait-il à lui échapper ? Cela restait un des grands mystères de sa longue existence. Il commandait une armée d'agents, humains, non humains et abhumains ; les oiseaux, les rats, les chats et les chiens lui obéissaient. Il avait à sa disposition des créatures issues des recoins les plus sombres de la mythologie. Mais depuis plus de quatre cents ans, les Flamel lui glissaient entre les doigts : d'abord ici, à Paris, puis dans d'autres villes d'Europe et d'Amérique. Ils avaient toujours une longueur d'avance sur lui, quittant parfois les lieux quelques heures avant son arrivée. Comme s'ils avaient été avertis... Ce qui était bien entendu impossible : en effet, le Magicien ne confiait jamais ses projets à qui que ce soit.

Une porte s'ouvrit et se referma dans la pièce derrière lui. Une odeur de serpent moisi lui chatouilla les narines.

– Bonsoir, Nicolas, lança Dee sans se retourner.

– Bienvenue à Paris, dit Nicolas Machiavel en latin avec un accent italien. J'espère que tu as fait bon voyage et que la chambre te satisfait.

Dimanche 3 Juin

Sur les ordres de Machiavel, une voiture attendait l'Anglais à l'aéroport et la police l'avait escorté jusqu'à son hôtel particulier place du Canada.

– Où sont-ils ? aboya Dee, sans répondre à son hôte.

C'était sa manière d'asseoir son autorité. Il avait peut-être quelques années de moins que l'Italien, mais c'était lui, l'homme de la situation.

Machiavel vint le rejoindre sur le balcon. Grand, élégant, rasé de près, cheveux blancs et courts, il contrastait avec le petit Anglais aux traits anguleux, à la barbe pointue et aux cheveux gris rassemblés en une queue-de-cheval serrée.

– Ils sont encore dans la maison de Saint-Germain. Et Flamel vient d'y arriver.

Dee lança un regard en coin à Machiavel :

– Je suis surpris que tu n'aies pas essayé de les capturer...

L'Italien parcourut des yeux la cité qu'il contrôlait.

– Oh ! Je préfère que ce mérite te revienne !

– Avoue : tu as reçu l'ordre de me les laisser, gronda Dee.

Machiavel ne répondit pas.

– La maison de Saint-Germain est-elle complètement encerclée ?

– Oui.

– Et il n'y a que cinq personnes à l'intérieur ? Pas de domestiques, pas de gardes ?

– Il n'y a que l'Alchimiste, Saint-Germain, les jumeaux et l'Ombreuse.

– Scathach... C'est elle, le problème, marmonna Dee.

– J'ai peut-être une solution, déclara Machiavel sur un ton mielleux.

Il attendit que le Magicien se tourne vers lui. Ses yeux gris pierre reflétaient les lumières orangées de la rue.

– J'ai convoqué les Dises, les ennemies les plus acharnées de Scathach. Trois d'entre elles sont déjà là.

Un sourire cruel incurva les lèvres fines de Dee. Il esquissa une révérence :

– Les Walkyries... Excellent choix !

– Nous sommes dans le même camp, lui rappela Machiavel, imitant sa révérence. Nous servons les mêmes maîtres.

Le Magicien, qui se dirigeait vers la pièce, se retourna d'un coup. Pendant une seconde, une légère odeur d'œuf pourri plana dans l'air.

– Tu ignores qui je sers, lança-t-il.

Dagon ouvrit les vantaux de la grande porte et recula. Nicolas Machiavel et le Dr John Dee entrèrent dans l'impressionnante bibliothèque pour accueillir leurs visiteurs.

Trois femmes les y attendaient.

Au premier abord, on aurait pu croire qu'elles étaient triplées. Grandes et minces, des cheveux blonds arrivant à l'épaule, elles portaient toutes un débardeur noir sous une veste en cuir léger et un jean rentré dans des bottes d'équitation. Elles avaient le visage anguleux : les pommettes saillantes, les yeux creux, le menton pointu. Seuls leurs iris permettaient de les distinguer : leur couleur allait du saphir le plus pâle à l'indigo profond, presque pourpre. N'importe qui leur aurait donné seize ou dix-sept ans, alors qu'en vérité elles étaient plus âgées que la plupart des civilisations.

Il s'agissait des Dises.

Machiavel s'avança au centre de la pièce, les examina tour à tour afin de les différencier. L'une était assise au grand piano, l'autre se prélassait dans le sofa, pendant que la troisième scrutait la nuit par la fenêtre, un livre à reliure de cuir fermé dans les mains. Quand il s'approcha, elles tournèrent la tête, et il remarqua que leur vernis à ongles était assorti à la couleur de leurs yeux.

– Merci d'être venues, dit-il en latin, langue pratiquée par les Aînés, avec le grec.

Les Dises ne réagirent pas.

Machiavel jeta un coup d'œil à Dagon, qui l'avait suivi dans la pièce et avait fermé la porte derrière lui. Il ôta ses lunettes, ce qui révéla ses yeux bulbeux, et parla à toute allure dans une langue qu'aucune gorge ou langue humaine ne pouvait articuler.

Les Dises l'ignorèrent, lui aussi.

Le Dr John Dee poussa un grand soupir. Il se laissa tomber dans un fauteuil en cuir à grand dossier et frappa si fort dans ses mains que ses jointures en craquèrent.

– Assez d'enfantillages ! lança-t-il en anglais. Vous êtes ici pour affronter Scathach. Alors, vous la voulez, oui ou non ?

La fille assise au piano fusilla le Magicien du regard. S'il remarqua que sa tête formait à présent un angle impossible avec son corps, il ne réagit pas. Elle demanda dans un anglais parfait :

– Où est-elle ?

– Non loin, répondit Machiavel, qui s'était levé et arpentait la bibliothèque.

Les Dises finirent par lui prêter attention. Telles des chouettes, elles le suivaient des yeux en tournant légèrement la tête.

– Que fait-elle ?

– Elle protège l'Alchimiste, Saint-Germain et deux humani, expliqua Machiavel. Seuls les humani et Flamel nous intéressent. Scathach est à vous... Vous pouvez avoir Saint-Germain aussi si vous le souhaitez, il ne nous est d'aucune utilité.

– L'Ombreuse. Nous ne voulons que l'Ombreuse, répondit la fille au piano.

Ses doigts aux ongles indigo effleuraient les touches, faisant naître une mélodie belle et douce.

– Vous n'ignorez pas que Scathach est encore très puissante, lui signala Machiavel.

Les pupilles horizontales de la Dise se rétrécirent.

– Hier matin, elle a mis K.-O. une unité d'officiers de police surentraînés, lui apprit l'Italien.

– Nous ne sommes pas des humani, annonça la fille qui se tenait près de la fenêtre.

– Nous sommes les Dises, enchaîna celle qui était assise en face de Dee. Nous sommes les Vierges-boucliers, Celles qui choisissent les morts, les Guerrières de...

– C'est bon, c'est bon, s'impatienta Dee. Nous savons qui vous êtes : les Walkyries. Les plus grandes guerrières de tous les temps, d'après vos attachés de presse. Nous voulons juste savoir si vous pouvez vaincre l'Ombreuse.

La Dise aux yeux indigo tourna le dos au piano et se leva avec légèreté. L'air digne, elle vint se poster devant Dee. Ses deux sœurs se mirent aussitôt à ses côtés, et la température de la pièce chuta.

– Ce serait une erreur de vous moquer de nous, docteur Dee.

Ce dernier soupira :

– Pouvez-vous vaincre l'Ombreuse ? Sinon, je suis sûr que d'autres seront ravis de tenter leur chance.

Il brandit son téléphone portable :

– Je peux contacter les Amazones, les samouraïs, les bogatyrs...

La température de la bibliothèque continuait de baisser pendant que Dee parlait. Son souffle formait des panaches blancs dans l'air ; des cristaux de glace apparaissaient sur ses sourcils et sur sa barbe.

– La plaisanterie a assez duré !

Dee claqua des doigts, et son aura prit soudain une couleur jaune, dégageant une odeur d'œuf pourri. La pièce se réchauffa ; bientôt, la chaleur devint accablante.

– Inutile d'appeler des guerriers de moindre valeur. Les Dises tueront l'Ombreuse, affirma la fille aux yeux couleur saphir.

– Comment allez-vous faire ?

– Nous possédons un atout que les autres n'ont pas.

– Je déteste les devinettes.

– Dites-lui, les incita Machiavel.

La Dise aux yeux pâles tourna la tête dans sa direction,

puis dévisagea Dee. Ses longs doigts s'agitèrent devant son visage :

– Tu as détruit l'Arbre-Monde et libéré notre animal domestique qui était emprisonné depuis des lustres dans ses racines.

Une lueur passa dans les yeux de Dee, un muscle saillit au coin de sa bouche :

– Nidhogg ? Machiavel... tu étais au courant ?

– Bien entendu.

La Dise aux iris indigo s'approcha de Dee et le regarda droit dans les yeux :

– Oui, tu as libéré Nidhogg, le dévoreur de cadavres.

Toujours penchée vers Dee, elle tourna la tête vers Machiavel, aussitôt imitée par ses sœurs.

– Conduis-nous à la cachette de l'Ombreuse et des autres, puis laisse-nous faire. Nous allons lâcher Nidhogg ; Scathach est condamnée d'avance.

– Pouvez-vous contrôler le dragon ? demanda Machiavel.

– Quand il aura dévoré l'Ombreuse, consommé ses souvenirs, puis sa chair et ses os, il sera épuisé. Après un tel festin, il s'endormira. Là, nous le neutraliserons.

– Nous n'avons pas discuté de vos honoraires, dit l'Italien.

Les trois Dises sourirent, et même Machiavel, qui pourtant avait vu des horreurs au cours de sa longue vie, fut répugné par l'expression de leurs visages.

– Pas d'honoraires, déclara la Dise aux yeux indigo. Notre but est de restaurer l'honneur de notre clan et de venger notre famille décimée. Scathach l'Ombreuse a terrassé nombre de nos sœurs.

– Je comprends. Quand attaquerez-vous ?

– À l'aube.

– Pourquoi pas maintenant ? intervint Dee.

– Nous sommes des créatures du crépuscule. Nous sommes plus fortes lors de cet espace hors du temps entre la nuit et le jour.

– Là, nous sommes invincibles, enchaîna une de ses sœurs.

CHAPITRE VINGT-CINQ

– Je suis resté à l'heure américaine, déclara Josh.

– Pourquoi ? voulut savoir Scathach.

Ils se trouvaient dans la salle de gym équipée du sous-sol de la maison de Saint-Germain. L'énorme miroir qui recouvrait l'un de ses murs reflétait l'adolescent et le vampire, entourés des appareils de musculation dernier cri.

Josh examina la pendule :

– Il est trois heures du matin, et je suis en pleine forme ! Parce qu'il est six heures du soir là-bas.

– C'est seulement une des raisons. N'oublie pas que tu es en compagnie de personnes comme Nicolas et Saint-Germain, sans parler de ta sœur et de Jeanne. Même si tes pouvoirs ne sont pas éveillés, tu côtoies les auras les plus puissantes de la planète. La tienne s'imprègne un peu des leurs et te donne de l'énergie. Cette absence de fatigue ne signifie pas que tu ne dois pas te reposer. Bois aussi beaucoup d'eau. Ton aura a besoin de liquide pour briller.

Une porte s'ouvrit, et Jeanne entra dans la pièce. Elle était habillée en blanc : T-shirt à manches longues, pantalon lâche et baskets. Comme Scathach, elle arborait une épée.

– Je me demandais si vous n'aviez pas besoin d'une assistante, dit-elle.

– Je te croyais au lit.

– Je ne dors pas beaucoup ces temps-ci. Et la nuit, mes rêves sont hantés par le feu. Quelle ironie, remarqua-t-elle avec un sourire triste : je suis mariée à un maître du Feu, et pourtant je suis terrifiée par ce genre de rêves.

– Où est Francis ?

– Dans son bureau. Il travaille. Il peut rester là-haut pendant des heures. Je crois qu'il ne dort plus du tout. Bon ! Changeons de sujet : comment ça se passe ici ?

– J'apprends à tenir une épée..., grommela Josh.

Jamais il n'aurait cru que c'était aussi difficile. Il avait passé les trente dernières minutes à essayer de manipuler Clarent sans la faire tomber. Fiasco total ! Chaque fois qu'il brandissait l'arme, elle lui filait entre les doigts. Le parquet en bois portait des traces de ses tentatives désespérées.

– Dans les films, ça paraît drôlement facile ! soupira-t-il. J'ai peur de ne jamais y arriver.

– Scathach t'apprendra à te battre à l'épée, le rassura Jeanne. Elle a été mon professeur, tu sais. Elle a transformé une simple bergère en guerrière.

D'un mouvement du poignet, elle fit tourner son arme, aussi haute qu'elle. La lame fendit l'air avec un gémissement quasiment humain. Josh tenta d'imiter son geste, et une fois de plus Clarent lui glissa des mains. La lame se ficha dans le sol, où elle oscilla pendant un long moment.

– Désolé, marmonna le garçon.

– Oublie tout ce que tu sais sur l'escrime, lui recommanda Scathach. Tu regardes trop la télé ! Une épée ne se manipule pas comme une baguette de majorette.

Jeanne sourit. Avec adresse, elle brandit sa longue épée et la présenta à Josh, garde vers lui.

– Prends-la.

Josh tendit la main droite.

– Et si tu te servais de tes deux mains ? suggéra la petite Française.

Josh ignora son conseil. Refermant les doigts autour de la garde de l'épée, il essaya de la soulever. En vain. Elle était incroyablement lourde !

Scatty se tourna vers Jeanne :

– Tu comprends pourquoi on en est encore aux bases...

Elle reprit l'arme à Josh et la jeta à Jeanne, qui la rattrapa sans aucune peine.

– Commençons par l'art de tenir une épée, proposa la Française, qui prit place à droite de Josh, pendant que Scathach se postait à sa gauche. Regarde droit devant.

Josh scruta le miroir. Alors que Scathach s'y reflétait avec netteté, une légère brume argentée entourait Jeanne d'Arc. Il cligna des yeux, les ferma… Quand il les rouvrit, la brume était toujours là.

Jeanne sourit :

– C'est mon aura. En général, les yeux humains ne la perçoivent pas. Mais, parfois, elle apparaît dans les miroirs et sur les photos.

– Votre aura ressemble à celle de Sophie, observa Josh.

Jeanne d'Arc secoua la tête.

– Détrompe-toi ! La sienne est beaucoup plus forte.

Elle leva son épée, la fit pivoter afin que sa pointe soit positionnée entre ses pieds ; elle posa les deux mains sur le pommeau de la garde.

– Maintenant, tu fais comme nous… Lentement.

Elle leva son arme à l'horizontale. L'Ombreuse tendit les deux bras et brandit ses deux courtes épées devant elle.

Josh enroula les doigts autour de la garde de son épée de pierre et essaya de la soulever. Aussitôt, ses muscles se mirent à trembler. Il serra les dents et parvint à immobiliser Clarent en l'air pendant deux secondes.

– Elle est trop lourde, souffla-t-il en faisant retomber l'épée.

Il se massa l'épaule. Ses muscles le brûlaient, comme lors du premier entraînement de foot après les vacances d'été.

– Essaie comme ceci. Regarde-moi, fit Jeanne en saisissant la garde des deux mains.

Grâce à cette technique, il lui fut plus facile de brandir son arme.

– Voilà ! En attendant que tu y arrives avec une seule main, je vais t'apprendre à la manier comme ça, à l'orientale.

Josh accepta, en espérant que ses années de pratique de taekwondo l'y aideraient.

– Il a juste besoin de s'entraîner, affirma Jeanne, qui s'adressait au reflet de son amie dans le miroir.

– Pendant combien de temps ? s'enquit Josh.

– Au moins trois ans.

– Trois ans ?

Il inspira à fond, s'essuya les paumes sur son pantalon et s'empara de la garde.

– J'espère que Sophie se débrouille mieux que moi..., marmonna-t-il.

Le comte de Saint-Germain avait conduit Sophie dans un petit jardin aménagé sur le toit de sa maison qui offrait une vue spectaculaire sur Paris. Accoudée à la balustrade, Sophie admira les Champs-Élysées. La circulation avait enfin diminué ; la ville était presque silencieuse. Sophie prit une profonde inspiration. L'air frais et humide charriait l'odeur âcre du fleuve et celle des herbes aromatiques qui débordaient des pots éparpillés sur le toit. Prise de frissons, Sophie croisa les bras sur sa poitrine.

– Tu as froid ? demanda Saint-Germain.

– Un peu.

Toutefois, Sophie n'aurait su dire si ses frissons étaient dus au froid ou à la nervosité : dans quelques instants, Saint-Germain lui apprendrait la magie du Feu.

– À partir d'aujourd'hui, tu n'auras plus jamais froid, lui promit-il. Tu pourras traverser l'Antarctique en short et T-shirt sans geler sur place.

Il cueillit une feuille dans un pot, la roula dans ses paumes, puis se frotta les mains. L'odeur vivifiante de la menthe verte leur chatouilla les narines.

– Jeanne adore cuisiner. Elle cultive ici une douzaine de menthes différentes, de l'origan, du thym, de la sauge et du basilic. Et, bien sûr, de la lavande. Elle adore ce parfum, qui lui rappelle sa jeunesse.

– Où avez-vous rencontré Jeanne ? En France ?

– J'ai fini par la retrouver ici, à Paris, mais, crois-le ou non, je l'ai rencontrée pour la première fois en Californie. En 1849. Je fabriquais un peu d'or, et Jeanne travaillait comme missionnaire. Elle s'occupait aussi d'un hôpital pour ceux qui voyageaient vers l'ouest à la recherche de l'or.

Sophie fronça les sourcils :

– Vous fabriquiez de l'or pendant la ruée vers l'or ?

L'air gêné, Saint-Germain haussa les épaules :

– Comme à peu près tout le monde dans les années 1848-1849, j'étais parti chercher fortune.

– Mais pourquoi ? Je vous croyais capable de changer les métaux, comme Nicolas.

– J'avais besoin d'or pour mes expériences d'alchimie. Tu sais, en fabriquer est un processus long et laborieux. Je me disais que ce serait plus facile d'en extraire du sol.

Mais la terre que j'avais achetée n'a rien fourni. Alors, j'ai décidé d'enfouir des pépites dans le sol et de vendre la propriété aux nouveaux venus.

– Mais c'est de la triche ! s'exclama Sophie, choquée.

– J'étais jeune à l'époque. Et j'avais faim. Je sais, ce n'est pas une excuse... Enfin ! Jeanne a rencontré les gens qui m'avaient acheté ma parcelle. Elle me prenait pour un charlatan – ce que j'étais ; moi, je la considérais comme une de ces horribles dames patronnesses. Nous ignorions que l'autre était immortel, bien entendu, et nous nous sommes détestés au premier coup d'œil. Nous n'avons cessé de nous croiser au fil des années ; puis, pendant la Seconde Guerre mondiale, nous nous sommes retrouvés ici, à Paris. Elle se battait aux côtés de la Résistance ; moi, j'espionnais pour le compte des Américains. Là, nous avons compris ce qui nous rendait différents des autres. Nous avons survécu à la guerre et sommes devenus inséparables. Cependant, aucun des fans qui visitent mes blogs, aucun magazine à potins ne sait que nous sommes mariés. On aurait certainement pu vendre les photos de la cérémonie une petite fortune, mais Jeanne préfère rester discrète.

– Pourquoi ?

Sophie savait que les célébrités protégeaient leur intimité, mais vouloir demeurer à ce point invisible l'étonnait beaucoup.

– Eh bien... Souviens-toi que la dernière fois où elle a goûté aux joies de la gloire, elle a failli mourir brûlée sur un bûcher...

Sophie hocha la tête : oui, l'anonymat était une solution tout à fait raisonnable.

– Depuis combien de temps connaissez-vous Scathach ? poursuivit-elle.

– Des siècles. Quand Jeanne et moi nous sommes retrouvés, nous avons découvert que nous avions de nombreuses connaissances communes. Des immortels, bien sûr. Jeanne fréquente Scatty depuis plus longtemps que moi. Entre nous, qui connaît vraiment l'Ombreuse ? ajouta-t-il avec un sourire désabusé. Elle paraît si souvent...

Il cherchait le mot juste.

– Seule ? suggéra Sophie.

– C'est cela : seule.

Le regard du comte se perdit au-dessus de Paris. L'air triste, il secoua la tête.

– Sais-tu combien de fois elle a affronté, seule, les Ténébreux ? Combien de fois elle s'est mise en immense danger pour protéger ce monde de leur cruauté ?

Alors que Sophie faisait non de la tête, dans son esprit défila une série d'images appartenant à la mémoire de la Sorcière : Scathach en armure, devant la porte d'un grand château, les bras croisés sur la poitrine, l'épée plantée dans le sol à ses pieds. Face à elle, une armée d'énormes créatures reptiliennes ; Scathach vêtue de peaux de phoque et de fourrures, en équilibre sur une plaque de glace à la dérive, tandis que des créatures apparemment sculptées dans la neige l'encerclaient.

Sophie s'humecta les lèvres.

– Pourquoi ? Qu'est-ce qui la pousse à agir ainsi ?

– Sa personnalité. Son essence la plus profonde. Elle ne connaît rien d'autre, ajouta-t-il avec une note de tristesse.

Tout à coup, il se frotta les mains ; des étincelles et des cendres montèrent en spirale dans l'air nocturne.

– Bon ! Nicolas veut que tu apprennes la magie du Feu. Nerveuse ?

– Un peu, avoua Sophie. Avez-vous eu un autre élève avant moi ?

Saint-Germain montra ses dents de travers dans une grimace :

– Non, personne. Tu seras la première... et peut-être la dernière.

L'estomac de Sophie fit un looping ; soudain, cet apprentissage ne lui sembla plus du tout une bonne idée.

– Vous m'expliquez ?

– Eh bien, les chances de croiser quelqu'un dont les capacités magiques ont été éveillées sont très limitées, et celles de trouver une personne possédant une aura argentée aussi pure que la tienne sont quasiment nulles. Une telle aura est extrêmement rare. Jeanne était la dernière humani à en posséder une, et elle est née en 1412 ! Tu es quelqu'un de très spécial, Sophie Newman.

La jeune fille déglutit : elle ne se sentait pas très spéciale !

Saint-Germain s'assit sur un banc en bois et s'adossa contre la cheminée :

– Viens t'asseoir à côté de moi. Je vais partager avec toi ce que je sais.

Sophie obtempéra et regarda la ville en contrebas. Des souvenirs qui ne lui appartenaient pas surgirent au bord de sa conscience – une cité à l'horizon différent, dont les maisons basses se blottissaient autour d'une forteresse massive ; des milliers de panaches de fumée s'élevant dans la nuit. Délibérément, elle chassa ces pensées : il s'agissait d'un Paris lointain, perdu dans la mémoire de la Sorcière.

Saint-Germain se tourna vers elle :

– Donne-moi la main.

Sophie posa sa main droite dans la sienne, et aussitôt une sensation de chaleur lui parcourut le corps, faisant cesser ses frissons.

– Laisse-moi te raconter ce que mon professeur m'a appris sur le feu.

Tout en parlant, le comte promenait son index sur la paume de Sophie, suivait les lignes et les sillons de sa peau, traçait des dessins.

– Il disait ceci : certains pensent que la magie de l'Air ou de l'Eau, ou encore la magie de la Terre, est la plus puissante des magies. Ils se trompent. La magie du Feu surpasse toutes les autres.

Alors qu'il instruisait la jeune fille, l'air devant lui se mit à luire, puis à miroiter. Comme au travers d'un voile de chaleur, Sophie vit de la fumée se contorsionner et danser sur les mots du comte, se changer en images, en symboles, en dessins. Elle aurait aimé les approcher, les toucher, mais elle demeura figée. Peu à peu, les toits s'estompèrent, et Paris se volatilisa. Elle ne voyait plus qu'un brasier : des images se matérialisèrent dans le feu.

– Le feu consume l'air. Il transforme l'eau en vapeur, fissure la terre.

Devant les yeux de Sophie, un volcan cracha de la roche fondue. Une lave rouge et noir, accompagnée de cendres incandescentes, dégringola sur une ville d'argile et de pierre.

– Le feu détruit, mais il crée aussi. Une forêt a besoin de feu pour prospérer. Certaines graines dépendent de lui pour germer.

Des flammes tourbillonnèrent telles des feuilles. Sophie vit apparaître une forêt calcinée. Ses troncs noircis témoignaient d'un terrible incendie. À leur pied, des pousses d'un vert brillant perçaient déjà entre les cendres...

– Dans un passé lointain, le feu réchauffait les humani, leur permettait de survivre sous des climats hostiles.

La vision céda la place à un paysage désolé, rocailleux, couvert de neige. Au loin, une falaise parsemée de grottes était éclairée par de chaudes flammes jaune et rouge.

Il y eut un craquement, et une flamme aussi épaisse qu'un crayon jaillit dans la nuit. Sophie tendit le cou pour la suivre, jusqu'à ce qu'elle disparaisse au milieu des étoiles.

– C'est la magie du Feu, déclara le comte.

Sophie hocha la tête. Les doigts lui picotaient. Elle baissa les yeux : de minuscules flammes jaune et vert s'enroulaient autour des mains de Saint-Germain. Elles vacillaient sur la peau de la jeune fille, serpentaient autour de ses poignets, fraîches et douces comme des plumes, laissant de légères traînées noires sur leur passage.

– Je connais l'importance du feu. Ma mère est archéologue, dit-elle sur un ton rêveur. Elle m'a dit un jour que l'homme ne s'était pas lancé sur le chemin de la civilisation tant qu'il n'avait pas su cuire sa viande.

Saint-Germain arbora un large sourire :

– On doit remercier pour cela Prométhée et la Sorcière. Ils ont apporté le feu aux premiers humani. La cuisson leur permettait de mieux digérer la viande des animaux qu'ils chassaient, d'assimiler plus facilement les nutriments. Le feu les gardait au chaud dans leur grotte, leur assurait une certaine sécurité, effrayant les bêtes sauvages. Prométhée leur a également montré comment se servir des braises pour durcir leurs armes et leurs outils.

Le comte agrippa le poignet de Sophie, comme s'il prenait son pouls :

– Le feu est à la base de toutes les grandes civilisations, de l'Antiquité à nos jours. Sans la chaleur du soleil, notre planète ne serait rien de plus qu'un tas de pierre et de glace.

Des images s'animèrent de nouveau devant les yeux de Sophie, façonnées dans la fumée qui émanait des mains de Saint-Germain. Elles ondulaient dans l'air paisible.

... Une planète sans couleurs tournoyant dans l'espace, une seule lune en orbite autour d'elle. Il n'y avait ni nuages blancs, ni eau bleue, ni continents verts, ni déserts dorés. Que du gris, et les vagues contours d'une masse terrestre rocheuse. Soudain, Sophie s'aperçut qu'elle contemplait la Terre, dans un futur très lointain peut-être. Choquée, elle suffoqua. Son souffle chassa la fumée, ainsi que l'image.

– La magie du Feu est décuplée au soleil.

Saint-Germain traça un symbole avec l'index de sa main droite. Le cercle doté de pointes semblables à des rayons de soleil demeura suspendu dans l'air. Quand le comte souffla dessus, il se désagrégea en étincelles.

– Sans feu, nous ne sommes rien.

La main gauche de Saint-Germain était à présent enveloppée dans les flammes, mais il n'avait pas lâché le poignet de Sophie. Des rubans rouge et blanc de feu s'enroulaient autour des doigts de la jeune fille et s'attardaient dans sa paume. Chacun de ses doigts brûlait telle une bougie miniature – rouge, jaune, vert, bleu, blanc – et pourtant elle ne ressentait ni douleur ni peur.

– Le feu guérit. Il referme des blessures, met un terme à certaines maladies, continua Saint-Germain avec enthousiasme.

Des reflets dorés brillaient dans ses yeux bleu pâle.

– La magie du Feu ne ressemble à aucune autre : c'est la seule qui est liée directement à la pureté et à la force de ton aura. Quasiment tout le monde peut apprendre les bases de la magie de la Terre, de l'Air ou de l'Eau. Il est facile de mémoriser et d'écrire dans des livres des incantations et des sortilèges ; mais le pouvoir d'allumer un feu vient de l'intérieur. Plus pure est l'aura, plus fort sera le feu ; ce qui signifie que tu dois faire très attention, Sophie, car ton aura est d'une grande pureté. Quand tu pratiqueras la magie du Feu, elle sera incroyablement puissante. Flamel t'a-t-il recommandé de ne pas abuser de tes pouvoirs, pour ne pas te consumer ?

– Scatty m'a prévenue que cela pourrait se produire.

– Ne crée jamais un feu quand tu es fatiguée ou affaiblie. Si tu perds le contrôle de cet élément, il se retournera contre toi, et tu finiras en cendres en un rien de temps.

Une boule de flammes brûlait à présent dans la main droite de Sophie. Quand elle prit conscience que la gauche lui picotait, elle l'enleva vite du banc. Elle laissa une empreinte de main fumante et noircie dans le bois. Dans un bruit sourd, un faisceau de flammes bleues fusa de sa main gauche, et ses doigts s'illuminèrent.

– Pourquoi est-ce que je ne sens rien ?

– Tu es protégée par ton aura, expliqua Saint-Germain. Tu peux façonner le feu de la même manière que tu peux transformer ton aura en objets argentés, comme Jeanne te l'a montré. Tu peux créer des boules et des lances de feu maintenant.

Il claqua des doigts, et des dizaines d'étincelles rebondirent sur le toit. Il pointa l'index : une petite flamme dentelée en forme de lance fonça vers l'étincelle la plus proche et la frappa avec une grande précision.

– Quand tu auras la maîtrise absolue de tes pouvoirs, tu seras capable d'évoquer la magie du Feu à volonté. En attendant, tu auras besoin d'un déclencheur.

– Un quoi ?

– En temps normal, il faut des heures de méditation pour évoquer une aura. Mais un jour, dans un passé très lointain, quelqu'un a découvert comment créer un déclencheur. Une sorte de raccourci. Tu as vu mes papillons ?

Sophie hocha la tête en se rappelant les dizaines de petits papillons tatoués, enroulés autour des poignets du comte et serpentant sur son bras.

– Ce sont eux, mon déclencheur.

Il leva les mains de Sophie :

– Et voici le tien.

Sophie regarda ses paumes. Le feu avait disparu, laissant des zébrures noires autour de ses poignets. Elle eut beau frotter, elle ne parvint qu'à étaler la suie.

– Je peux ?

Saint-Germain prit un arrosoir et le secoua. Le liquide clapota à l'intérieur :

– Tends les mains.

Il versa de l'eau sur ses paumes – elle grésilla en touchant sa chair –, et les zébrures noires s'effacèrent. Le comte sortit un mouchoir d'un blanc immaculé de sa poche, le plongea dans l'arrosoir et essuya avec soin les dernières traces de suie. Mais sur son poignet droit, où Saint-Germain l'avait tenue, la suie refusa de partir. Une large bande noire l'entourait tel un bracelet.

Saint-Germain claqua des doigts ; son index et son auriculaire s'allumèrent. Il approcha la lumière de la main de Sophie.

Quand la jeune fille baissa les yeux, elle découvrit qu'un tatouage était incrusté dans sa peau.

Elle leva lentement le bras, tourna le poignet pour examiner le bandeau décoré. Deux cordons, l'un doré et l'autre argenté, s'entremêlaient et s'enroulaient l'un autour de l'autre pour former un motif celtique compliqué. À l'intérieur de son poignet, où Saint-Germain avait appuyé son pouce, se trouvait un cercle parfait en or, doté d'un point rouge en son centre.

– Quand tu souhaiteras déclencher la magie du Feu, pose ton pouce contre le cercle et concentre-toi sur ton aura, lui expliqua Saint-Germain. Le feu apparaîtra instantanément.

– C'est tout ? s'étonna Sophie. Vraiment ?

– Oui, c'est tout. Pourquoi ? À quoi t'attendais-tu ?

Sophie secoua la tête :

– Je ne sais pas. Quand la Sorcière d'Endor m'a appris la magie de l'Air, elle m'avait enveloppée de bandages, telle une momie.

Saint-Germain lui sourit timidement :

– Eh bien, je ne suis pas la Sorcière d'Endor ! Jeanne m'a dit que Dora t'avait offert ses souvenirs et son savoir, j'ignore pourquoi ! Or je ne sais pas comment on s'y prend. Entre nous, je n'aimerais pas trop que tu aies accès à mes pensées... Certaines ne sont pas jolies-jolies.

Sophie sourit :

– Voilà qui me soulage. Une autre charrette de souvenirs aurait été de trop pour moi.

Elle leva la main, appuya sur le cercle à son poignet, et soudain son auriculaire se mit à fumer. L'ongle prit une couleur orangée avant qu'une flamme élancée et vacillante en surgisse.

– Comment avez-vous su la marche à suivre ?

– Je suis avant tout alchimiste. Aujourd'hui, on dirait scientifique. Quand Nicolas m'a demandé de t'inculquer la magie du Feu, je n'avais aucune idée de la manière dont il fallait procéder. Alors, j'ai considéré ce défi comme une expérience de plus.

– Une expérience ? Aurait-elle pu mal tourner ? voulut savoir Sophie.

– Le vrai danger, c'était que l'expérience n'aboutisse pas.

– Merci, dit la jeune fille. Je m'attendais à une opération beaucoup plus... théâtrale. Je suis vraiment contente...

Elle s'interrompit, à la recherche du mot correct :

– Je suis contente que cela ait été « ordinaire ».

– Enfin, ce n'était peut-être pas si ordinaire. Ce n'est pas tous les jours qu'on apprend à maîtriser le feu. Que penses-tu d'« extraordinaire » ?

– Hum... oui, c'est plus juste.

– Voilà. Oh ! Il y a des astuces que je peux t'apprendre, et que je t'apprendrai. Demain, je te montrerai comment créer des boules et des anneaux de feu. Mais maintenant que tu as le déclencheur, tu peux évoquer le feu n'importe quand.

– Dois-je prononcer une formule ? demanda Sophie. Apprendre des mots ?

– Comme quoi ?

– Quand vous avez illuminé la tour Eiffel, je vous ai entendu dire : « Il glisse. »

– *Ignis,* rectifia le comte. C'est le mot latin pour « feu ». Non, tu n'as pas besoin de dire quoi que ce soit.

– Pourquoi l'avez-vous fait, alors ?

Saint-Germain sourit :

– Je trouvais ça cool.

CHAPITRE VINGT-SIX

Pernelle Flamel était perplexe.

Se faufilant dans la pénombre des couloirs, elle découvrit que toutes les cellules de l'île-prison étaient remplies de créatures issues des profondeurs les plus sombres de la mythologie. L'Ensorceleuse y avait vu une dizaine d'espèces de vampires et divers animaux-garous, des boggarts, des trolls et des cluricauns. Une des cellules n'abritait qu'un bébé minotaure endormi ; celle d'en face accueillait deux wendigos cannibales inconscients et trois onis. Un couloir entier avait été réservé à des dragons de toutes sortes et aux vouivres.

Sans être prisonniers – leurs cellules n'étaient pas fermées –, tous dormaient profondément, parqués derrière une toile d'araignée brillante. Les empêchait-elle de s'enfuir ? Pernelle l'ignorait. Ce qui était sûr, c'est que ces créatures n'étaient pas des alliés... Elle passa devant une cellule où la toile était déchiquetée. La pièce était vide, et le sol recouvert d'ossements ne ressemblant ni de près ni de loin à des vestiges humains.

Ces créatures provenaient d'une dizaine de pays, et autant de mythologies. Elle connaissait certaines de réputation, comme les wendigos, natifs du continent américain. Les autres, pour autant qu'elle le sache, ne s'étaient jamais aventurés dans le Nouveau Monde, préférant rester à l'abri dans leurs contrées ou dans les royaumes des Ombres qui bordaient ces terres. Ainsi, l'oni japonais n'aurait jamais dû cohabiter avec des ollipeists celtiques.

Il se passait des choses pas normales ici !

Pourquoi Dee avait-il réuni ces êtres ? Et, plus important, comment avait-il fait ? Capturer un vetalâ était un exploit inédit ; alors une douzaine... Et comment avait-il réussi à séparer un bébé minotaure de sa mère ? Même Scathach, si intrépide et meurtrière qu'elle fût, n'aurait jamais tenu tête à une de ces créatures redoutables.

Quand le couloir tourna, Pernelle sentit la brise dans ses cheveux. Les narines dilatées, elle leva la tête et inspira le sel et les algues. Après avoir jeté un rapide coup d'œil par-dessus son épaule, elle courut le long du couloir.

Elle atteignit un escalier. L'odeur de l'air marin était plus forte à présent, la brise plus fraîche ; cependant elle hésita avant de poser le pied sur la première marche et se pencha pour vérifier s'il n'y avait pas de fils argentés. Elle n'avait pas encore repéré la créature qui tissait ces toiles festonnant les cellules du bas, et cette incertitude la mettait dans un état de nervosité incroyable. Cela signifiait que les tisseurs de toile dormaient quelque part... et ne manqueraient pas de se réveiller tôt ou tard. Elle n'aimerait pas être dans les parages quand cela se produirait.

Elle avait recouvré un peu de ses pouvoirs, mais pas assez pour se défendre. En plus, dès qu'elle se servirait de sa magie, elle attirerait le sphinx à elle, s'affaiblirait et vieillirait. Elle gravit quatre à quatre les marches métalliques qui craquaient sous ses pieds et s'arrêta devant une porte dévorée par la rouille. Elle colla l'oreille contre le métal corrodé. Elle n'entendit que les battements sourds de la mer qui grignotait l'île. Attrapant la poignée à deux mains, elle appuya doucement et poussa la porte. Elle se figea quand les vieux gonds couinèrent et que le son résonna dans les couloirs.

Au bout d'un moment, Pernelle sortit dans une grande cour entourée de bâtiments en ruine. À sa droite, le soleil couchant parait les pierres d'une chaude couleur orange. Avec un grand soupir de soulagement, elle écarta les bras et offrit son visage à la lumière. L'électricité statique crépita en courant le long de ses cheveux noirs, les souleva tandis que son aura commençait à se recharger à toute vitesse. Le vent qui balayait la baie était frais. Pernelle inspira longuement pour se débarrasser les poumons des relents de la pourriture, des moisissures et des monstres qui croupissaient au sous-sol.

Oui, toutes ces créatures étaient des monstres malfaisants. Il n'y avait parmi elles aucun esprit bienveillant :

pas d'elfes et de fées, pas de huldres et de roussalkis, de lutins et d'inaris. Dee n'avait réuni que les chasseurs, les prédateurs... Le Magicien était en train de lever une armée de monstres !

À cet instant, un hurlement sauvage secoua l'île, faisant vibrer le dallage sous ses pieds.

– Ensorceleuse !

Le sphinx avait découvert que Pernelle s'était enfuie.

– Où es-tu, maudite Ensorceleuse ?

L'air marin fut soudain pollué par l'odeur pestilentielle du sphinx.

Pernelle s'apprêtait à s'éloigner de la porte quand elle perçut un mouvement dans les soubassements des bâtiments effondrés. Comme elle avait regardé le soleil trop longtemps, la sphère dorée avait imprimé des images brûlantes sur sa rétine. Elle ferma les yeux un long moment, puis scruta l'obscurité en bas de l'escalier.

Des ombres s'y mouvaient, glissaient sur les murs, se rassemblaient au pied des marches.

Pernelle secoua la tête : ce n'étaient pas des ombres, mais un nombre impressionnant de créatures, des milliers, non, des dizaines de milliers ! Elles prirent l'escalier d'assaut, ne ralentissant qu'à l'approche de la lumière.

Voilà qui avait tissé les toiles retenant les monstres : des araignées venimeuses de toutes les espèces. Pernelle fixait, stupéfaite, la masse grouillante d'araignées-loups, de tarantules, de veuves noires et de violonistes brunes, d'araignées des jardins et de mygales d'Australie. Ces arachnides ne pouvaient pas coexister ! Pernelle en déduisit que celui ou celle qui les avait appelés en ces lieux les contrôlait, tapi dans les profondeurs d'Alcatraz.

L'Ensorceleuse claqua la porte métallique, plaqua une pierre de taille à sa base et s'élança à travers la cour. Elle n'eut pas fait dix pas que la porte fut arrachée de ses gonds sous le poids des araignées monstrueuses.

CHAPITRE VINGT-SEPT

L’air épuisé, Josh poussa la porte de la cuisine et entra dans la grande salle au plafond bas. Sophie regarda son frère s’effondrer sur une chaise, lâcher l’épée en pierre sur le sol, poser les avant-bras sur la table et appuyer le front dessus.

– C’était comment ?

– Je n’arrive plus à bouger, marmonna-t-il. J’ai mal aux épaules, au dos, aux bras, à la tête. J’ai des ampoules aux mains, et je ne peux plus fermer les doigts.

Il lui montra ses paumes à vif.

– Je n’aurais jamais imaginé que manier une épée était aussi difficile.

– Tu as appris quelque chose ?

– Oui, à la tenir !

Sophie fit glisser vers lui une assiette remplie de toasts.

Aussitôt, Josh se redressa, en prit un et le fourra dans sa bouche.

– Au moins, tu as encore de l'appétit, plaisanta-t-elle.

Elle saisit sa main droite et examina sa paume.

– Aïe ! fit-elle pour tout commentaire.

À la base de son pouce, sur la peau rouge boursouflée apparaissait une grosse ampoule.

– Je t'avais dit ! grogna Josh, la bouche pleine. J'ai besoin d'un pansement.

– Laisse-moi essayer quelque chose...

Sophie se frotta les mains, posa le pouce gauche sur son poignet droit. Les yeux fermés, elle se concentra... Bientôt, au bout de son auriculaire brûla une douce flamme bleue.

Les yeux ronds, Josh cessa de mâchonner.

Avant qu'il ait eu le temps de protester, Sophie effleura sa peau cloquée. Il essaya de retirer sa main, mais elle retint son poignet avec une force incroyable. Quand elle le lâcha enfin, il secoua la main.

– Tu crois que tu fais..., commença-t-il.

Lorsqu'il examina sa main, l'ampoule avait disparu, laissant un léger cercle sur sa peau.

– Francis m'a dit que le feu guérissait.

Sophie leva la main droite. Des volutes de fumée grise tourbillonnèrent au-dessus de ses doigts avant de s'allumer. Quand elle ferma le poing, le feu s'éteignit.

– Je pensais...

Josh prit une profonde inspiration avant de reprendre :

– J'ignorais que tu avais commencé ton apprentissage du feu.

– Commencé et terminé.

– Terminé ?

– Eh oui !

Elle se frotta les mains, et des étincelles volèrent autour.

Tout en mâchonnant son toast, Josh dévisagea sa sœur d'un œil critique. Quand elle avait été éveillée, puis avait appris la magie de l'Air, il avait immédiatement perçu une différence en elle – sur son visage, dans son regard. Il avait aussi remarqué un subtil changement de la couleur de ses yeux. Cette fois-ci, il ne constatait rien de tel. Elle semblait la même, et pourtant... la magie du Feu l'avait un peu plus éloignée de lui.

– Tu ne sembles pas différente...

– Moi non plus, je n'ai pas l'impression d'être différente. Si, j'ai plus chaud, ajouta-t-elle. Je ne ressens pas le froid.

Josh songea que sa sœur ressemblait à n'importe quelle autre adolescente, alors qu'elle n'avait pas son égale sur cette planète. Sophie contrôlait deux des magies élémentaires.

Peut-être était-ce là le plus effrayant de tout : les humains immortels, des gens comme Flamel et Pernelle, Jeanne, le flamboyant Saint-Germain et même Dee semblaient si ordinaires. Ils étaient le genre de personnes que l'on croise dans la rue sans les remarquer. Scathach, elle, avec ses cheveux roux et ses yeux vert gazon attirerait toujours l'attention. Mais elle n'était pas humaine.

– Est-ce que... tu as eu mal ?

– Pas du tout ! J'étais presque déçue. Francis a en quelque sorte lavé mes mains avec du feu et... Oh ! J'oubliais, j'ai eu ceci.

Elle tendit le bras droit pour que sa manche remonte et qu'il voie le dessin incrusté dans sa peau.

Josh se pencha afin de mieux l'examiner.

– Un tatouage ! dit-il d'un ton qui trahissait l'envie.

Les jumeaux rêvaient depuis toujours de se faire tatouer.

– Maman sera furax quand elle le verra ! reprit-il. Tu l'as eu où ? Et pourquoi ?

– Ce n'est pas de l'encre, mais un marquage au feu, expliqua Sophie, qui fit pivoter son poignet pour lui montrer le dessin.

Josh lui prit la main et désigna le point rouge entouré d'un cercle d'or au creux de son poignet.

– J'ai déjà vu ce symbole quelque part..., marmonna-t-il, les sourcils froncés.

– Moi aussi. Il m'a fallu un moment pour retrouver où ! Nicolas a un motif dans ce genre sur son poignet. Un cercle traversé par une croix.

– Exact !

Josh ferma les yeux. Il avait remarqué le tatouage de Flamel dès son premier jour à la librairie. Alors qu'il s'était interrogé sur son emplacement inhabituel, il n'avait jamais posé de question. Il rouvrit les yeux et examina le tatouage. Tout à coup, il comprit que cette marque désignait sa sœur comme personne capable de contrôler les éléments. Et il n'aimait pas cela.

– À quoi te sert-il ?

– Pour utiliser le feu, je suis censée appuyer au centre du cercle et me concentrer sur mon aura. Saint-Germain le qualifie de raccourci, une sorte de déclencheur de mes pouvoirs.

– Je me demande pourquoi Flamel a besoin d'un déclencheur...

– Nous pourrions lui demander quand il se lèvera, dit Sophie, qui s'était posé la même question.

– Il y a d'autres toasts ? s'enquit Josh. Je meurs de faim.

– Au moins une chose qui ne change pas !

– Rigole ! J'aimerais bien te voir à ma place.

Sophie planta une fourchette dans une tranche de pain et la tendit devant elle :

– Regarde un peu !

Elle pressa sur le cercle tatoué sur son poignet, et son index prit feu. Les sourcils froncés, elle changea la flamme vacillante en une flammèche bleue et la dirigea sur le pain :

– Tu veux ton toast grillé des deux côtés ?

Josh observa sa sœur avec un mélange de fascination et d'horreur : il avait appris en cours de sciences que le pain grillait à environ 150 °C.

CHAPITRE VINGT-HUIT

Machiavel était assis à l'arrière de sa limousine, à côté du Dr John Dee. Les trois Dises leur faisaient face. Dagon patientait au volant, les yeux cachés par ses lunettes intégrales. La voiture était envahie par son odeur âcre de poisson.

Un portable vibra, brisant le silence pesant. Machiavel l'ouvrit sans examiner l'écran. Il le referma presque aussitôt.

– La voie est libre. Mes hommes se sont retirés, un cordon de sécurité est en place dans les rues avoisinantes. Personne ne viendra se promener dans les parages.

– Quoi qu'il arrive, n'entrez pas dans la maison, les prévint la Dise aux yeux violets. Une fois que nous aurons libéré Nidhogg, nous aurons très peu de contrôle sur lui jusqu'à ce qu'il soit repu.

John Dee se pencha en avant ; un instant, Machiavel crut qu'il allait tapoter le genou de la jeune femme. L'agressivité qui se lisait dans ses yeux violets dut l'en dissuader, car il se contenta de dire :

– Flamel et les enfants ne doivent pas s'échapper.

– Cela ressemble à une menace, docteur, fit la guerrière. Ou à un ordre.

– Or nous n'aimons ni les menaces, ni les ordres, enchaîna celle aux yeux pâles.

Dee cligna lentement des paupières :

– Alors disons que c'est une... requête.

– Nous sommes venues pour éliminer Scathach, poursuivit la guerrière aux yeux violets. Les autres ne nous concernent pas.

Dagon sortit de la voiture et leur ouvrit la portière. Les Walkyries descendirent sous les premières lueurs de l'aube et s'avancèrent à pas lents dans la ruelle. Elles ressemblaient à trois jeunes femmes revenant de boîte de nuit.

Dee s'assit face à Machiavel :

– Si elles réussissent, j'informerai nos maîtres que l'idée des Dises vient de toi.

– Je n'en doute pas...

Machiavel ne regardait pas le Magicien ; il suivait des yeux les Dises.

– Et si elles échouent, lança-t-il, tu diras aussi que c'était mon idée, et tu n'endosseras aucune responsabilité. En parlant de déléguer ses responsabilités... Je crois avoir inventé ce concept une vingtaine d'années avant ta naissance.

– N'ont-elles pas dit que Nidhogg les accompagnerait ? demanda Dee, qui préférait ignorer sa remarque.

Nicolas Machiavel tapota la vitre avec ses ongles manucurés :

– Il les accompagne.

Tout en descendant la ruelle, les Dises se métamorphosaient.

En quelques instants, à la place des trois jeunes filles vêtues de vestes en cuir, de jeans et de bottes apparurent des Walkyries, les vierges guerrières. Un long manteau en cotte de mailles d'un blanc glacé leur tombait sur les genoux, des bottes métalliques de cavalier à pointe couvraient leurs pieds, et des gantelets lourds en cuir et métal masquaient leurs mains. Un casque arrondi protégeait leur tête, cachant les yeux et le nez, mais pas la bouche. Une ceinture en cuir blanc passée autour de leur taille retenait les fourreaux d'épée et de couteau. Les Walkyries brandissaient une épée à large lame dans une main, et chacune avait une deuxième arme dans le dos – une lance, une hache à double tranchant et un marteau de guerre.

Elles s'arrêtèrent devant une porte verte en mauvais état. L'une d'elles se retourna vers la voiture et désigna la porte de sa main gantée.

Machiavel baissa la vitre et, le pouce levé, il hocha la tête. Malgré son apparence misérable, cette planche pourrie donnait bien accès à la maison de Saint-Germain.

Les Dises plongèrent la main dans une bourse en cuir attachée à leur ceinture. Elles en sortirent des pierres plates, qu'elles déposèrent en bas de la porte.

– Elles lancent les runes, expliqua Machiavel, pour évoquer Nidhogg... la créature que les Aînés avaient pris soin d'isoler, et que tu as libérée.

– J'ignorais qu'il était retenu par l'Arbre-Monde, marmonna Dee.

– Je suis surpris... Je croyais que tu savais tout.

Machiavel dévisagea Dee. Dans la pénombre lugubre, le Magicien était d'une grande pâleur. Quelques gouttes de sueur luisaient sur son front. Grâce à des siècles consacrés à contrôler ses émotions, Machiavel ne souriait pas.

– Pourquoi as-tu détruit Yggdrasill ?

– Il était la source des pouvoirs de Hécate, répondit calmement Dee, les yeux rivés sur les Walkyries.

Elles s'étaient éloignées des pierres posées sur le sol et parlaient tranquillement entre elles.

– Il était aussi vieux que cette planète. Et pourtant tu l'as anéanti sans aucun scrupule. Pourquoi ?

– C'était nécessaire, affirma Dee sur un ton glacial. Je ferai toujours ce qui sera nécessaire pour ramener les Aînés dans ce monde.

– Mais tu n'as pas réfléchi aux conséquences. Or chaque geste a une conséquence. L'Yggdrasill s'étendait dans d'autres royaumes des Ombres. Ses branches les plus hautes atteignaient le royaume d'Asgard, et ses racines s'enfonçaient dans Niflheim, le monde de l'Obscurité.

Dee se raidit dans son siège.

– En plantant Excalibur dans l'Arbre-Monde, non seulement tu as libéré Nidhogg, poursuivit Machiavel d'une voix douce, mais tu as détruit trois royaumes des Ombres, voire davantage.

– Comment es-tu au courant, pour Excalibur ?

Machiavel ignora sa question.

– Tu as maintenant de nombreux ennemis, dit-il. Et parmi les plus dangereux. Il paraîtrait que l'Aînée Hel a réchappé à la destruction de son royaume. J'ai cru comprendre qu'elle te cherchait.

– Elle ne me fait pas peur, prétendit Dee, dont la voix tremblotait néanmoins.

– Ah oui ? murmura Machiavel. Moi, elle me terrifie.

– Mon maître me protégera.

– Ce doit être un Aîné bien puissant, pour te protéger de Hel ! Personne n'a survécu à un affrontement avec elle.

– Mon maître est tout-puissant.

– J'ai hâte de connaître l'identité de ce mystérieux Aîné.

– Quand tout sera fini, peut-être te le présenterai-je.

Dee désigna la ruelle :

– Et cela ne saurait tarder.

Les pierres runiques sifflaient et grésillaient sur le sol. Il s'agissait de cailloux plats et noirs aux contours irréguliers, comportant des séries de lignes, de carrés et de traits sinueux. À présent, les lignes émettaient une lumière rouge ; de la fumée pourpre s'élevait en volutes dans l'aube.

Une des Dises rapprocha les trois pierres avec la pointe de son épée.

– Nidhogg, chuchota-t-elle.

Elle appelait l'être de cauchemar dont elles avaient formé le nom à l'aide des pierres antiques.

– Nidhogg...

Machiavel fixa Dagon par-dessus l'épaule de Dee. Son chauffeur regardait droit devant lui, apparemment indifférent au spectacle qui se déroulait dans la ruelle.

– Beaucoup de légendes parlent de lui, continua Machiavel, mais toi, Dagon, que sais-tu de ce monstre ?

– Mon peuple l'appelait le Dévoreur de cadavres, répondit Dagon de sa voix poisseuse et effervescente. Il existait avant que ma race revendique les mers ; or nous étions parmi les premiers à arriver sur cette planète.

– Qui es-tu ? demanda Dee.

Dagon ne répondit pas à sa question.

– Nidhogg était tellement dangereux que le conseil des races des Aînés a créé un terrible royaume des Ombres, Niflheim ou le monde de l'Obscurité, pour le contenir. Ils se sont servis des racines impérissables d'Yggdrasill pour emprisonner la créature à jamais.

Machiavel ne quittait pas des yeux la fumée rouge et noir qui serpentait au-dessus des pierres runiques. Il crut voir une silhouette se former dedans.

– Pourquoi les Aînés ne l'ont-ils pas tué ?

– Nidhogg était une arme, répliqua Dagon.

– Pour quelle raison les Aînés avaient-ils besoin d'une arme ? s'enquit Machiavel. Leurs pouvoirs sont quasiment illimités ! Ils n'ont pas d'ennemis.

Toujours assis bien droit, les mains sur le volant,

Dagon tourna la tête à cent quatre-vingts degrés pour faire face à Dee et Machiavel :

– Les Aînés n'étaient pas les premiers sur cette terre. Il y avait... les autres.

Il prononça ce dernier mot avec lenteur.

– Les Aînés se servaient de Nidhogg et d'autres créatures originelles lors de la Grande Guerre afin de les détruire complètement.

Abasourdi, Machiavel regarda Dee, qui semblait lui aussi choqué par cette révélation.

La bouche de Dagon s'ouvrit dans un semblant de sourire, ce qui révéla sa mâchoire remplie de dents pointues.

– La dernière fois qu'un groupe de Dises a employé Nidhogg, elles ont perdu le contrôle de la créature. Il les a toutes dévorées. Pendant les trois jours qu'il a fallu pour le capturer et l'enchaîner aux racines d'Yggdrasill, il a exterminé le peuple Anasazi, qui vivait dans l'État actuel du Nouveau-Mexique. Il paraît que Nidhogg avait dévoré dix mille humani et ne comptait pas s'arrêter là.

– Et ces Dises-ci ? Peuvent-elles le contrôler ? s'enquit Dee.

Dagon haussa les épaules :

– Treize des Walkyries les plus expérimentées n'y sont pas parvenues au Nouveau-Mexique...

– Peut-être devrions-nous..., commença Dee.

Machiavel se raidit.

– Trop tard, chuchota-t-il. Il est là.

CHAPITRE VINGT-NEUF

Sophie Newman s'arrêta sur le seuil de la cuisine, un verre d'eau à la main, et se retourna vers Josh, toujours assis à table.

– Je vais au lit. Francis compte m'enseigner des sortilèges spéciaux demain matin. Il m'a promis de me montrer ses trucs pour créer des feux d'artifice.

– Super, on n'aura plus à en acheter pour la fête nationale !

Sophie eut un sourire fatigué :

– Ne tarde pas à aller te coucher ; il va bientôt faire jour.

Josh avala un autre morceau de toast.

– Je suis resté à l'heure du Pacifique, dit-il. Mais je monte dans quelques minutes. Scatty veut continuer mon entraînement à l'épée demain. J'ai vraiment hâte d'y être.

– Menteur !

– Hum..., grommela-t-il. Toi, tu as ta magie pour te protéger. Tout ce que j'ai, moi, c'est une épée en pierre.

L'amertume perçait dans sa voix, et Sophie se retint de faire un commentaire. Elle commençait à en avoir assez des gémissements perpétuels de son frère. Elle n'avait jamais demandé à être éveillée, à connaître la magie de la Sorcière et de Saint-Germain. Mais c'était arrivé, et elle gérait comme elle pouvait. Il faudrait que Josh s'y fasse.

– Bonne nuit, Josh.

Elle ferma la porte derrière elle, laissant son frère seul dans la cuisine.

Quand il eut terminé le dernier toast, il lava son assiette et son verre, les rangea dans l'égouttoir en fer posé à côté du profond évier en céramique. Après avoir rempli son verre d'eau filtrée, il sortit dans le jardinet et s'assit sur les marches. Malgré cette heure très matinale, il ne se sentait pas du tout fatigué. Par-dessus le haut mur, il ne voyait que la chaude lumière orange des réverbères. Il scruta le ciel sans étoiles et inspira longuement. L'air était aussi frais que celui de San Francisco, mais il lui manquait cette senteur saline qu'il adorait. Les odeurs inconnues qu'il charriait étaient déplaisantes. L'envie d'éternuer lui chatouilla les narines ; il renifla très fort, les yeux humides. Parmi les relents dégagés par les poubelles qui débordaient, il distingua une pestilence plus sournoise et infecte, vaguement familière. La bouche fermée, il respira par le nez pour mieux l'identifier. Qu'était-ce ?... Il avait senti cette odeur très récemment...

Un serpent !

Josh bondit sur ses pieds. Y aurait-il des serpents à Paris ? Il sentit son cœur s'emballer. Il avait horreur des serpents ; cette peur panique remontait à ses dix ans. Il campait avec son père dans le Wupatki National Monument, un parc archéologique dans l'Arizona, quand il avait dérapé sur un sentier et glissé le long d'une pente, droit vers un nid de crotales. Lorsque la poussière s'était dissipée, il avait vu un serpent de deux mètres qui se tenait devant lui. Le reptile avait levé sa tête triangulaire, et ses yeux noir charbon l'avaient fixé pendant une longue seconde – une vie entière – avant que Josh parvienne à s'extirper des broussailles, trop terrorisé pour hurler. Il n'avait jamais compris pourquoi le serpent ne l'avait pas attaqué. D'après son père, ces crotales étaient de nature craintive, et celui-ci venait probablement de manger. Après cet incident, Josh avait souffert de cauchemars pendant des semaines, et chaque fois il se réveillait avec une odeur musquée de serpent dans les narines.

Odeur qu'il sentait à cet instant.

Il recula jusqu'à la porte. Il y eut un grattement soudain, puis de l'autre côté de la petite cour des griffes de la taille de sa main apparurent au sommet du mur, haut de trois mètres. Elles se déplaçaient lentement, presque avec délicatesse, cherchant une prise. Tout à coup, elles s'agrippèrent assez fort pour que les serres cassent la vieille brique. Josh se figea, le souffle coupé par le choc.

Les bras qui suivirent étaient couverts d'une épaisse peau bosselée. Puis la tête du monstre surgit au-dessus du mur. Longue, carrée, avec deux narines rondes au bout d'un museau émoussé et des yeux noirs enfoncés dans des cavités circulaires de chaque côté de son crâne. Incapable de bouger, de respirer, le cœur battant si fort que son corps en tremblait, l'adolescent vit l'énorme tête pivoter de droite et de gauche ; sa langue, très longue et fourchue, d'un blanc sale, s'agitait dans les airs. Puis, lentement, très lentement, le monstre tourna la tête et fixa Josh. L'extrémité de sa langue remua : il ouvrit la gueule – elle était si large qu'elle aurait pu l'engloutir – et Josh aperçut des dizaines de dents incurvées et tranchantes comme des couteaux.

Il aurait voulu prendre ses jambes à son cou, hurler à pleins poumons. Impossible : il était hypnotisé par l'épouvantable créature qui escaladait le mur. Toute sa vie, il avait été fasciné par les dinosaures ; il collectionnait des fossiles : des œufs, des os, des dents, et même des coprolithes. Et voilà qu'en face de lui se dressait un dinosaure vivant ! Une partie encore active de son cerveau identifia la créature, qui ressemblait à un dragon de Komodo. Seulement, celui-ci était trois fois plus gros que les lézards qui vivaient là-bas...

Les pierres se fissurèrent. Une vieille brique explosa dans un nuage de poussière, puis une deuxième, et une troisième...

Enfin, il y eut un craquement, comme une déchirure, et, au ralenti, Josh vit le mur et la créature hissée à son sommet osciller avant de s'écraser sur le sol. La porte métallique se plia en deux, sortit de ses gonds et se brisa contre la fontaine, dont un grand morceau fut arraché. Le bruit libéra Josh, qui gravit les marches en titubant au moment où le monstre se relevait et s'avançait d'un pas traînant vers la maison. L'adolescent claqua la porte et ferma tous les verrous. Par la fenêtre de la cuisine, il aperçut une silhouette vêtue de blanc, serrant dans sa main une épée, qui entrait par le trou béant dans le mur.

Josh ramassa l'épée de pierre par terre et fonça vers la porte du couloir.

– Debout ! cria-t-il, la voix tellement terrifiée qu'il ne la reconnut pas. Sophie ! Nicolas ! N'importe qui ! Réveillez-vous !

Derrière lui, la porte menant au jardin bougeait dans son encadrement. Il jeta un coup d'œil par-dessus son épaule au moment où la langue blanche du monstre se glissait dans l'interstice.

– Au secours !

La porte s'entrouvrit et la langue surgit dans la cuisine. Elle balaya les assiettes, éparpilla les pots et les casseroles, renversa une chaise. Le métal sifflait quand elle l'effleurait ; le bois noircissait et brûlait ; le plastique fondait. Une goutte de salive corrosive tomba sur le sol et bouillonna sur le carrelage, mangeant la pierre.

Instinctivement, Josh la frappa avec Clarent. La langue disparut aussitôt dans la bouche de la créature. Il y eut quelques instants de calme et, tout à coup, le monstre passa la tête entière par la porte, qui fut réduite en allumettes. Les murs porteurs de chaque côté craquèrent, et des pierres dégringolèrent. La créature recula la tête pour mieux l'enfoncer dans ce qui restait de la porte, agrandissant le trou. La maison craquait de haut en bas.

Une main se posa sur l'épaule de Josh, qui faillit avoir une attaque.

– Regarde ce que tu as fait ! Tu l'as mis en colère !

Scathach s'avança dans la cuisine en ruine et regarda par le trou béant créé par les coups du lézard.

– Nidhogg, marmonna-t-elle. Les Dises ne sont pas loin !

Josh ignorait si elle s'adressait à lui. En tout cas, elle semblait presque contente de la nouvelle.

La Guerrière bondit en arrière quand la tête de Nidhogg apparut de nouveau dans l'ouverture. Les immenses narines de la créature s'écartèrent et sa langue blanche frappa l'endroit où l'Ombreuse s'était tenue un instant auparavant. Une goutte de bave fit fondre le carrelage. Les épées jumelles de Scathach fendirent l'air de traits argent et gris. Deux longues coupures se dessinèrent sur la chair blanche de la langue fourchue du monstre.

Sans quitter la créature des yeux, Scathach dit calmement à Josh :

– Fais sortir les autres de la maison. Je m'occupe de ce...

Au même instant, une énorme patte griffue traversa la porte et se referma autour du corps de la Guerrière, tel un étau, puis elle la plaqua violemment contre le mur. Les bras de Scatty étaient coincés contre son corps, ce qui l'empêchait d'utiliser ses épées. La grosse tête de Nidhogg entra dans la cuisine par le pan du mur effondré ; il ouvrit la bouche en grand et sa langue couverte d'acide fusa vers Scathach pour l'entraîner dans sa bouche caverneuse.

CHAPITRE TRENTE

Sophie dévala les étages, des étincelles et des serpentins de feu bleu s'écoulant de ses doigts tendus.

Elle se lavait les dents dans sa salle de bains lorsque la maison entière avait tremblé. Le fracas des briques qui s'écrasaient au sol avait été suivi, une microseconde plus tard, par le hurlement de son frère. Ce cri qui avait résonné dans tout le bâtiment était le son le plus terrifiant qu'elle ait jamais entendu.

Elle courait dans le couloir quand la porte de Flamel s'était ouverte. Elle faillit ne pas reconnaître le vieil homme à l'air hagard, qui se tenait sur le seuil. Les cernes sous ses yeux étaient si sombres qu'on aurait dit des ecchymoses, et sa peau avait une teinte jaune maladive.

– Que se passe-t-il ? marmonna-t-il.

Sophie se précipita dans l'escalier ; elle n'avait pas de

réponse. Elle ne savait qu'une chose : son frère était en bas, et il avait des ennuis.

La maison trembla de nouveau.

Elle ressentit la vibration dans les sols et les murs. Les cadres vacillèrent et restèrent de travers.

Sophie arrivait à toute allure au premier étage quand Jeanne apparut sur le seuil de l'une des chambres. En quelques secondes, son pyjama en satin bleu-vert fut remplacé par une armure métallique complète ; elle serrait une longue épée à large lame dans ses mains gantées.

– Remonte ! ordonna-t-elle à Sophie.

– Non ! C'est Josh ! Il est sûrement en danger !

Jeanne la rejoignit ; son armure cliquetait et grinçait :

– O.K., mais tu restes en retrait, à ma droite pour que je sache tout le temps où tu es. D'accord ? Est-ce que tu as vu Nicolas ?

– Il est réveillé, mais il a l'air malade.

– C'est l'épuisement. Il n'osera pas pratiquer davantage de magie dans cet état. Ça pourrait le tuer.

– Où est Francis ?

– Probablement au grenier. Il travaille toute la nuit. Mais la pièce est insonorisée, et il a son casque. Avec les basses à plein volume, je doute qu'il entende quelque chose.

– Il a dû sentir la maison trembler !

– À mon avis, il se dira que c'était une bonne ligne de basse.

– Je n'ai pas vu Scatty, dit Sophie, qui luttait pour ne pas laisser la panique l'envahir.

– Avec un peu de chance, elle est dans la cuisine avec Josh. Dans ce cas, ton frère ne craint rien. Allez, suis-moi.

Tenant son épée à deux mains, Jeanne descendit à pas de loup les dernières marches et pénétra dans le large hall en marbre à l'avant de la maison où elle s'arrêta si brusquement que Sophie faillit la percuter. Elle désigna la porte d'entrée. Sophie aperçut une forme blanche et fantomatique derrière la vitre. Soudain, il y eut un bruit sec... et le tranchant d'une hache apparut à travers le battant fendu. Dans un craquement horrible, la porte fut réduite en éclats de bois et de verre coloré.

Deux silhouettes pénétrèrent dans le hall.

À la lumière du lustre en cristal, Sophie vit de jeunes femmes vêtues d'une armure en cotte de mailles blanche, le visage caché par un casque. L'une agitait une épée et une hache, l'autre une épée et une lance. Son instinct la poussa à réagir. Agrippant son poignet droit avec sa main gauche, elle écarta les doigts, la paume ouverte. Dans un crépitement, des flammes vert et bleu éclaboussèrent le sol devant les deux intruses et formèrent un écran oscillant de feu émeraude.

Les femmes traversèrent les flammes sans sourciller, mais s'arrêtèrent quand elles virent Jeanne en armure. Apparemment troublées, elles se dévisagèrent :

– Tu n'es pas l'humani à l'aura d'argent. Qui es-tu ? demanda l'une d'elles.

– Vous êtes chez moi ici. C'est donc à moi de vous poser cette question.

Jeanne se posta de biais, épaule gauche vers les femmes, épée tenue à deux mains, la pointe effectuant lentement un huit entre elles.

– Pousse-toi, ordonna celle à la hache. Nous ne sommes pas venues te chercher querelle.

Jeanne leva son épée, approcha la garde de son visage, l'extrémité de son arme droite comme un I.

– Vous êtes chez moi, et vous me demandez de me pousser ? Je n'y crois pas. Qui êtes-vous ?

– Nous sommes les Dises, répondit la femme à la lance. Nous voulons Scathach. Notre différend ne te concerne pas. Ne te mets pas en travers de notre chemin, ou tu seras mêlée à cette dispute.

– L'Ombreuse est mon amie, déclara Jeanne.

– Ce qui fait de toi notre ennemie.

Sans prévenir, les Walkyries attaquèrent au même moment. La lourde lame de Jeanne para, le métal cliqueta. Sophie distinguait à peine les mouvements tandis qu'elle bloquait les coups d'épée, contrait la hache et frappait la lance.

Les Dises reculèrent, puis se séparèrent pour affronter Jeanne par la droite et la gauche. Elle ne cessait de tourner la tête pour pouvoir les surveiller toutes les deux.

– Tu te bats bien, humani ! commenta la Dise à la lance.

Jeanne dévoila ses dents dans un sourire sauvage :

– J'ai eu le meilleur professeur au monde : Scathach.

– J'avais cru reconnaître son style, déclara la deuxième Dise.

Seuls les yeux gris de Jeanne bougeaient à présent tandis qu'elle suivait les mouvements des deux guerrières.

– Je ne pensais pas avoir un style, rétorqua Jeanne.

– Ah ! Mais l'Ombreuse n'en a pas !

– Qui es-tu ? insista la Dise à la hache. De toute ma vie, je n'ai pas croisé beaucoup de guerriers capables de nous tenir tête. Et aucun n'était humani.

– Je suis Jeanne d'Arc, répondit simplement la femme de Saint-Germain.

– Jamais entendu parler.

Pendant qu'elles discutaient, l'autre Dise se mit en position pour jeter sa lance...

Soudain, son arme prit feu.

Dans un hurlement terrifiant, la Dise lâcha la lance incandescente. Le temps qu'elle heurte le sol, le manche en bois était réduit en cendres et la pointe métallique fondue en une flaque bouillonnante.

Debout sur la dernière marche, Sophie cligna des yeux, surprise elle-même par son exploit.

L'autre Dise se précipita en avant, épée et hache lancées dans un mouvement bourdonnant et mortel. Elle frappa l'épée de Jeanne, qui recula sous cet assaut vicieux.

La première Dise se tourna vers Sophie.

L'adolescente, épuisée par son effort, était avachie contre la rambarde. Cependant, il fallait qu'elle aide Jeanne, et Josh ! Pressant de toutes ses forces l'intérieur de son poignet, elle essaya d'évoquer la magie du Feu.

De la fumée s'enroula autour de sa main, mais les flammes n'apparurent pas.

La Dise s'approcha d'elle à grands pas. Comme Sophie se tenait sur une marche, leurs visages étaient presque à la même hauteur.

– C'est donc toi, l'humani à l'aura d'argent que le magicien anglais veut désespérément !

Derrière le masque en métal, les yeux de la Walkyrie trahissaient son mépris.

Inspirant à pleins poumons, Sophie se redressa. Elle tendit les bras, serra les poings. Les yeux clos, essayant de calmer son cœur emballé, elle visualisa des gants de flammes. Aussitôt, elle vit ses mains se rapprocher, et une boule de feu tournoyer entre ses poings. Elle s'imagina en train de la propulser sur l'assaillante. Quand elle rouvrit les yeux, de ridicules flammèches bleues dansaient sur sa chair. Elle secoua les mains, et des étincelles ricochèrent gentiment sur la cotte de mailles.

La Dise tapa sa lame dans la paume de sa main gantée :

– Tu ne m'impressionnes pas avec tes petits tours de magie.

Un fracas assourdissant en provenance de la cuisine ébranla à nouveau la maison. Le lustre de cristal du hall d'entrée se mit à vaciller en tintinnabulant.

– Josh, murmura Sophie.

Sa peur se transforma en colère : cette créature l'empêchait de voler à son secours ! Et sa colère lui donna de la force. Se souvenant d'un geste de Saint-Germain fait sur le toit, elle pointa l'index vers la guerrière et libéra sa rage en un seul rayon.

Une lance jaunâtre de feu solidifié jaillit de son doigt et explosa contre la cotte de la Dise. Le feu se répandit sur la guerrière, qui dut s'agenouiller sous le choc. Elle cria un mot incompréhensible qui ressemblait au hurlement d'un loup.

Jeanne profita de la diversion pour s'attaquer à son adversaire et la pousser contre la porte d'entrée. Les deux femmes étaient de puissance équivalente. L'épée de Jeanne était plus lourde et longue que celle de la Dise, mais celle-ci avait l'avantage de posséder deux armes. De plus, cela faisait très longtemps que Jeanne n'avait pas porté d'armure et ne s'était pas battue à l'épée. Les muscles de ses épaules la brûlaient ; son corps ployait sous le poids du métal. Il fallait en finir au plus vite.

La Walkyrie tombée à terre se redressa devant Sophie. L'endroit où sa cotte avait reçu le jet de feu de plein fouet avait fondu telle de la cire ramollie. La guerrière s'empara d'une poignée de mailles, qu'elle arracha et jeta sur le sol. La robe blanche qu'elle portait dessous était roussie et incrustée de maillons en métal.

– Petite fille, siffla la Dise. On ne t'a jamais dit qu'il ne fallait pas jouer avec le feu ?

CHAPITRE TRENTE ET UN

La langue collante de Nidhogg se déroula dans l'air vers Scathach, plaquée contre le mur de la cuisine, prise au piège entre les griffes du lézard. La Guerrière luttait en silence, se débattait dans la patte du monstre, se contorsionnait ; ses talons cherchaient un appui sur le carrelage glissant.

Josh savait que s'il se permettait de réfléchir, il ne passerait pas à l'action. L'odeur de la créature lui donnait la nausée, son cœur cognait si fort qu'il avait du mal à respirer.

La langue fourchue balaya la table, laissant une profonde brûlure dans le bois. Elle percuta une chaise, qui l'empêchait d'accéder à la Guerrière.

Josh se répétait qu'il n'avait qu'à considérer la langue de Nidhogg comme une balle de base-ball. Tenant

Clarent à deux mains au-dessus de sa tête comme Jeanne le lui avait montré, il s'élança. Son entraîneur avait passé la saison à lui apprendre cette tactique, sans beaucoup de succès.

Au moment où il bondissait, Josh réalisa qu'il avait mal calculé son coup. La langue bougeait trop vite, et il se trouvait trop loin. Dans un dernier effort désespéré, il jeta son épée dans sa direction.

Le plat de la lame heurta la langue charnue de Nidhogg. Et se planta dedans, la fixant au sol.

Ses années de taekwondo permirent à Josh de tomber sur le sol carrelé sans se faire mal. Il roula en avant et se retrouva sur ses pieds... à quelques centimètres de la langue dégoulinant d'acide et de son épée.

Les deux mains sur la garde, il rassembla ses forces pour l'arracher de la langue. L'épée se dégagea dans un bruit poisseux ; la langue grésilla et siffla avant de se réfugier dans la bouche du lézard. Josh savait qu'il lui fallait continuer : sinon, Scatty et lui étaient perdus. Il planta Clarent dans le bras du reptile. La lame s'enfonça dans la peau écailleuse avec un bruit insupportable. Une vague de chaleur remonta le long du bras de l'adolescent jusque dans sa poitrine. Une seconde plus tard, une bouffée d'énergie lui fit tout oublier. Son aura d'or émit une lumière aveuglante ; des rais lumineux s'entortillèrent autour de la lame en pierre grise quand il l'arracha du bras monstrueux.

– Les griffes, Josh. Coupe-lui une griffe, lâcha Scathach.

Les deux épées tombèrent des mains de la Guerrière.

Josh tenta de s'exécuter mais la lourde lame pivota au dernier moment et rebondit sur le pied du monstre. Il réessaya, sans atteindre sa cible.

– Hé ! Fais attention ! cria Scathach quand la lame s'approcha dangereusement de sa tête. C'est une des rares armes qui peut me tuer.

– Désolé, marmonna Josh, les dents serrées. Je ne me suis jamais battu de la sorte avant.

Il visa de nouveau.

– Pourquoi avons-nous besoin d'une griffe ? grogna-t-il tout en frappant la peau dure comme du fer.

– Seule une de ses propres griffes peut le tuer, lui apprit Scathach d'une voix étonnamment calme. Attention ! Recule !

Josh bondit en arrière au moment où l'énorme tête de la chose plongeait vers lui, sa langue prête à frapper. Les pieds fermement plantés dans le sol, les deux mains serrant fort la garde de Clarent, il leva l'épée.

Il s'imaginait dans un jeu vidéo ; sauf que celui-ci était mortel. Quasiment au ralenti, les deux extrémités de la langue fourchue s'enroulèrent autour de la lame pour la lui arracher des mains. Josh resserra sa prise, déterminé à ne pas lâcher son arme.

Quand la chair toucha la pierre, il se passa quelque chose d'étonnant.

Le lézard se figea. Pris de convulsions, il poussa un sifflement semblable à celui d'une cocotte-minute. L'acide de sa langue bouillonna sur la lame tandis que Clarent tremblait dans les mains de Josh, vibrait tel un diapason, brûlait en émettant une lumière blanche aveuglante. Josh ferma les yeux...

... et derrière ses paupières closes défilèrent des images vacillantes : un paysage désolé de roches noires, grêlé de mares de lave rouge bouillonnante. Dans le ciel s'amoncelaient des nuages sales qui déversaient de la cendre.

Nidhogg dégagea sa langue noircie.

Dans un halètement, Josh ouvrit les yeux. Son aura flamboyante l'aveugla. Paniqué, il agita la lame devant lui, recula jusqu'à sentir le mur de la cuisine contre ses omoplates. Autour de lui, les pierres pleuvaient, le plâtre tombait, le bois craquait et cédait. Il fit le dos rond, s'attendant à recevoir quelque chose sur la tête.

– Scatty ?

Pas de réponse.

– Scatty ? cria-t-il plus fort.

Il cligna des yeux pour chasser les points noirs qui dansaient devant. Ce qu'il vit lui glaça les sangs : le monstre s'apprêtait à emporter Scathach ! Serrant fort la Guerrière entre ses griffes, il pivota sur lui-même et se fraya un chemin dans le jardin dévasté. Sa longue queue brisa la seule fenêtre de la maison restée intacte. Puis la créature se dressa sur ses pattes arrière et remonta la ruelle. Dans sa précipitation, elle faillit piétiner la silhouette vêtue d'une armure blanche qui montait la garde et qui s'élança à sa poursuite.

Josh sortit par le trou béant sur le côté de la maison et trébucha. Il jeta un coup d'œil par-dessus son épaule. La cuisine ressemblait maintenant à un champ de ruines. Puis il examina l'épée dans sa main et sourit : il avait stoppé le monstre ! Il l'avait chassé ! Il avait sauvé sa sœur et les autres occupants de cette maison... sauf Scatty.

Il prit une profonde inspiration, sauta en bas des marches et courut vers la ruelle.

– Je n'y crois pas..., marmonna-t-il. Dire que je n'apprécie même pas Scatty ! Enfin... pas tant que cela.

CHAPITRE TRENTE-DEUX

Nicolas Machiavel avait toujours été un homme prudent.

Il avait survécu, et même prospéré, à la dangereuse cour des Médicis à Florence au XVIe siècle, une époque où intriguer était un mode de vie, où les morts violentes et les assassinats étaient monnaie courante. Son plus célèbre livre, *Le Prince*, avait été l'un des premiers à suggérer l'usage de la ruse, des subterfuges, des mensonges et de la fourberie dans l'art de gouverner.

Machiavel devait sa survie à sa subtilité, sa prudence, son intelligence, et surtout sa ruse.

Alors, qu'est-ce qui lui avait pris de demander aux Dises d'intervenir ? Dans la langue des Walkyries, le mot « subtil » n'existait pas, et elles ne connaissaient pas non plus le sens du mot « prudence ». La preuve : elles avaient introduit Nidhogg, un monstre primitif incontrôlable, au cœur d'une cité moderne.

Et il les avait laissées faire.

À présent, dans les rues de Paris résonnaient les bruits de vitres brisées, de bois fendu et de chutes de pierres. Toutes les alarmes de voitures de l'arrondissement hurlaient ; les fenêtres s'allumaient les unes après les autres. Par chance, personne ne s'était encore aventuré à l'extérieur.

– Que se passe-t-il là-bas ? demanda l'Italien.

– Nidhogg dévore Scathach, répondit Dee, l'air absent.

Son téléphone vibra, ce qui détourna son attention.

– Pas du tout ! hurla soudain Machiavel.

Il ouvrit en grand sa portière, bondit dehors, attrapa Dee par le col et l'extirpa de la voiture.

– Dagon ! Sors de là, toi aussi ! ordonna-t-il.

Dee essaya de résister, mais Machiavel l'éloigna du véhicule.

– Tu as perdu la tête ? s'écria le magicien anglais.

Ils entendirent une explosion de verre : Dagon s'était propulsé dehors par le pare-brise. Il glissa sur le capot et atterrit aux côtés de Machiavel et de Dee. Mais le Magicien ne regarda pas dans sa direction ; il venait de découvrir ce qui avait effrayé l'Italien.

Dressé sur ses puissantes pattes arrière, Nidhogg remontait en courant l'étroite ruelle dans leur direction. Une silhouette inerte pendait entre ses antérieurs griffus.

– Planquez-vous ! hurla Machiavel, qui se jeta par terre, entraînant Dee avec lui.

Une seconde plus tard, Nidhogg piétinait la longue voiture noire allemande, l'écrasant sur la chaussée. Les vitres éclatèrent, des débris de verre fusèrent alentour tels des éclats d'obus. La voiture était effondrée en son centre, les quatre roues à une cinquantaine de centimètres du sol.

La créature, elle, avait disparu dans la nuit.

Une Dise vêtue de blanc vola pratiquement au-dessus de ce qui restait du véhicule en suivant le lézard.

– Dagon ? chuchota Machiavel. Dagon, où es-tu ?

– Ici.

Le chauffeur se releva, secoua les particules de verre fichées dans son costume noir. Il ôta ses lunettes cassées et les jeta par terre. Les couleurs de l'arc-en-ciel coururent sur ses yeux ronds et immobiles.

– Il a Scathach, dit-il en desserrant sa cravate noire et en défaisant le premier bouton de sa chemise blanche.

– Est-elle morte ? s'enquit Machiavel.

– Je ne peux l'affirmer avant de l'avoir vu de mes propres yeux.

– D'accord avec toi. Au fil des siècles, on nous a rapporté sa mort bien trop souvent. Et chaque fois elle réapparaissait !

Dee se releva d'une flaque de boue ; il soupçonnait Machiavel de l'avoir délibérément poussé dedans.

– Si elle est entre les griffes de Nidhogg, alors elle est morte, déclara-t-il. Nous avons réussi !

Les yeux de poisson de Dagon pivotèrent vers le bas pour toiser le Magicien.

– Espèce de fou arrogant et borné ! Nidhogg court, parce que quelque chose l'a effrayé dans la maison ! Et ce ne peut pas être l'Ombreuse, puisqu'il l'a capturée. Pourtant, cette créature ne connaît pas la peur. Trois Dises sont entrées chez Saint-Germain, et une seule en est sortie ! Quelque chose de terrible s'est passé à l'intérieur.

– Dagon a raison : cette mission est un désastre. Nous devons totalement repenser notre stratégie.

Machiavel se tourna vers son chauffeur :

– Je t'avais promis qu'en cas d'échec des Dises Scathach serait à toi.

– Et vous avez toujours tenu vos promesses, Maître.

– Cela fait près de quatre cents ans que tu m'accompagnes. Tu as toujours été loyal, et je te dois la vie. Je te libère de tes obligations. Trouve l'Ombreuse... et si elle est encore en vie, fais ce que tu dois faire. Va maintenant, et prends soin de toi, mon vieil ami.

Dagon dévisagea Machiavel :

– Comment m'avez-vous appelé ?

– Mon vieil ami. Sois prudent. L'Ombreuse est plus que dangereuse. Elle a tué un grand nombre de mes proches.

Dagon hocha la tête. Il retira ses chaussures et ses chaussettes, qui cachaient des pieds palmés à trois orteils.

– Nidhogg cherchera le confort du fleuve, déclara-t-il.

Sa bouche remplie de dents s'ouvrit dans une espèce de sourire :

– Et l'eau est ma demeure...

Sur ce, il disparut dans la nuit, ses pieds nus claquant sur le trottoir.

Machiavel observa la maison. Dagon avait raison : quelque chose avait terrifié le lézard. Que s'était-il passé à l'intérieur ? Et où se trouvaient les deux autres Dises ?

Des pas martelèrent les pavés, et Josh Newman apparut dans la ruelle. Il courait, l'épée en pierre dans sa main dont s'écoulaient des flammes dorées. Sans regarder ni à droite ni à gauche, il contourna le véhicule détruit et suivit le bruit des alarmes de voitures déclenchées par le passage du monstre.

Machiavel se tourna vers Dee :

– Le jeune Américain ?

Dee hocha la tête.

– Tu as vu son arme ? On aurait dit une épée... Une épée de pierre. Ce n'est pas Excalibur ?

– Non, ce n'est pas Excalibur, cracha Dee.

– Comment le sais-tu ?

Dee plongea la main sous son manteau et en sortit une courte épée de pierre, la jumelle de celle que portait Josh. Sa lame tremblait légèrement.

– Parce que Excalibur est en ma possession. Le garçon détient sa jumelle, Clarent. Je me doutais depuis toujours que Flamel l'avait.

Machiavel ferma les yeux et leva le visage vers le ciel :

– Clarent... Pas étonnant que Nidhogg ait fui la maison.

Il secoua la tête : désormais, rien de pire ne pouvait arriver...

Dimanche 3 Juin

Quand le téléphone de Dee vibra de nouveau, les deux hommes sursautèrent. Le Magicien faillit casser l'appareil en deux en l'ouvrant.

– Quoi ? aboya-t-il.

Il écouta un long moment, puis rabattit le clapet avec une grande douceur.

– Pernelle s'est échappée, dit-il tout bas. Elle est en liberté sur Alcatraz.

Machiavel serra les mâchoires : il avait parlé trop vite. Le pire était bel et bien arrivé. Car, si Nicolas Flamel effrayait l'Italien, Pernelle, elle, le terrorisait.

CHAPITRE TRENTE-TROIS

– Je ne suis pas une petite fille ! s'écria Sophie Newman, furieuse. Et je ne connais pas seulement la magie du Feu. Dise...

Ce nom surgit dans son esprit, et soudain Sophie eut accès aux connaissances de la Sorcière d'Endor sur les intruses. En résumé, Dora les méprisait.

– Je sais qui vous êtes, cracha-t-elle, une affreuse lueur argentée dans les yeux. Des Walkyries !

Parmi les Aînés, les Dises formaient un clan à part. Elles n'avaient jamais vécu sur Danu Talis, préférant les terres gelées du Nord, au sommet du monde. Elles se sentaient chez elles entre les vents cinglants et les neiges éternelles.

Au cours des horribles siècles qui suivirent la chute de Danu Talis, la planète avait pivoté sur son axe, et le

Grand Froid avait figé une partie de la Terre. Des plaques de glace qui avaient recouvert le globe du nord au sud poussaient les humani vers la mince ceinture encore verte autour de l'équateur. Des civilisations entières disparurent, victimes du changement climatique, des maladies et de la famine. Le niveau des mers s'éleva ; l'eau engloutit les villes côtières, changea le paysage ; dans les terres, la glace envahit villes et villages.

Les Dises ne tardèrent pas à découvrir que leurs dons pour la survie dans le climat hostile du Nord leur donnaient un avantage sur les autres races et civilisations, qui ne parvenaient pas à faire face à cet hiver interminable et mortel. Des gangs de guerrières sauvages se proclamèrent maîtresses d'une grande partie du Nord, réduisirent en esclavage les habitants des villes qui avaient échappé aux glaces. Sans aucune pitié, elles tuèrent tous ceux qui se dressaient contre elles, et bientôt les Dises se targuèrent d'un nouveau titre : les Walkyries, celles qui choisissent les morts.

Très rapidement, les Walkyries contrôlèrent un empire de glace qui comprenait la majeure partie de l'hémisphère Nord. Elles obligèrent les esclaves humani à les adorer telles des déesses et exigèrent des sacrifices. Tout soulèvement était noyé dans le sang. Tandis que l'âge de Glace s'installait durablement, les Dises se tournèrent vers le sud et jetèrent leur dévolu sur les vestiges exténués de civilisations qui y vivaient.

Des images se bousculaient et dansaient dans la tête de Sophie. Puis elle assista à la fin du règne des Dises, survenue en une seule nuit. Elle savait ce qui s'était produit plusieurs millénaires auparavant.

La Sorcière d'Endor avait œuvré avec l'antipathique Aîné Chronos, qui voyageait dans le temps. La Sorcière dut sacrifier ses yeux afin de voir les fils sinueux du temps, mais jamais elle ne l'avait regretté. Après avoir parcouru dix mille ans, elle avait choisi un guerrier par millénaire, puis Chronos s'était rendu dans chaque ère pour amener les guerriers à l'époque du Grand Froid.

La Sorcière avait demandé à ce que sa propre petite-fille, Scathach, combatte les Dises.

Ce fut l'Ombreuse qui mena l'attaque contre la forteresse des Dises, une ville de glace située près du sommet du monde. Elle tua la reine des Walkyries, Brunehilde, en la jetant au cœur d'un volcan en activité.

Cette nuit-là, le pouvoir des Walkyries fut brisé à jamais ; leur ville gisait en ruines fondues, et moins d'une poignée d'entre elles avait survécu. Elles se réfugièrent dans un royaume des Ombres terrifiant et glacé, dans lequel Scathach n'osa s'aventurer. Les Dises survivantes invoquèrent Ragnarök, le Destin des Puissances, et jurèrent de se venger un jour de l'Ombreuse.

Sophie approcha ses mains l'une de l'autre ; une tornade miniature naquit entre ses paumes. Le feu avait détruit les Dises par le passé ; qu'arriverait-il si elle utilisait la magie du Feu pour réchauffer le vent ? Au moment où cette pensée lui traversait l'esprit, la Dise fit un bond en avant, l'épée brandie à deux mains au-dessus de sa tête.

– Dee te veut vivante. Il n'a pas dit indemne..., rugit-elle.

Sophie porta les mains à ses lèvres, appuya son pouce gauche contre son poignet droit et souffla fort. La tornade tournoya sur le sol avant de grandir, de rebondir une fois, deux fois... et de frapper la Dise.

Sophie avait chauffé l'air jusqu'à ce qu'il soit plus ardent qu'une fournaise. La tornade brûlante s'empara de la Walkyrie, la fit virevolter, la renversa, puis la projeta en l'air. La guerrière heurta le lustre en cristal. Presque toutes les ampoules éclatèrent. Dans la pénombre soudaine, la tornade brilla d'une chaleur orange et miroitante. La Walkyrie percuta le sol et fut aussitôt sur ses pieds, le corps hérissé de bouts de cristal. Sa peau blême était d'un rouge flamboyant, comme si elle avait été brûlée par le soleil. Ses sourcils avaient totalement roussi. Sans un mot, elle abattit sa lourde épée sur la rampe où se tenait la main de Sophie quelques secondes plus tôt.

– Scatty !

Sophie se figea : Josh ! Il avait des ennuis !

– Scatty ! répéta-t-il.

La Walkyrie se jeta en avant. Une autre tornade de feu la frappa, lui arracha l'épée des mains et l'expédia contre sa sœur, qui avait acculé Jeanne dans un coin. La violence du choc l'avait mise à genoux. Les deux Dises s'effondrèrent sur le sol dans un bruit terrible d'armes et d'armures.

– Jeanne, reculez ! cria Sophie.

De la brume s'écoula des doigts de l'adolescente et rampa sur le sol. Ses rubans épais enveloppèrent les deux femmes, les immobilisèrent avec des chaînes d'air bouillant. Au prix d'un grand effort de volonté, Sophie parvint à épaissir le brouillard, à le faire tournoyer de plus en plus vite autour des Dises, qui se débattaient désespérément. Peine perdue : bientôt elles furent enserrées dans un épais cocon, telles des momies.

Sophie se sentit faiblir. Puisant dans ses réserves, elle frappa dans ses mains et fit baisser la température de l'air à l'intérieur du cocon brumeux, si vite qu'il gela brusquement et se changea en un morceau grésillant de glace solide.

– Là ! Comme à la maison, chuchota Sophie d'une voix rauque.

Ses jambes cédèrent alors sous elle. Se forçant à se relever, elle s'apprêtait à aller dans la cuisine quand Jeanne tendit le bras et l'empêcha d'avancer :

– Pas question ! Moi d'abord.

La jeune femme fit un pas vers la porte de la cuisine, puis jeta un coup d'œil par-dessus son épaule sur le bloc de glace emprisonnant les deux Dises.

– Tu m'as sauvé la vie, murmura-t-elle.

– Vous auriez pu les battre, déclara Sophie.

– Peut-être. Peut-être pas. Je ne suis plus toute jeune ! Néanmoins, je te dois la vie, répéta-t-elle. Et c'est une dette que je n'oublierai jamais.

Elle posa la main à plat sur la porte de la cuisine et poussa doucement. La porte s'entrouvrit dans un cliquetis.

Puis tomba de ses gonds.

CHAPITRE TRENTE-QUATRE

Le comte de Saint-Germain sortit de son studio et descendit l'escalier d'un pas nonchalant. De minuscules écouteurs enfoncés dans les oreilles, les yeux rivés sur l'écran de son MP3, il essayait de créer une nouvelle playlist – ses dix bandes originales de film préférées. *Gladiator*, bien entendu, *The Rock*, *Star Wars*... le premier uniquement, *Le Cid*, forcément, *The Crow* peut-être...

Il s'arrêta sur la dernière marche pour redresser un tableau. Un pas plus loin, il s'aperçut qu'un de ses disques d'or encadré était lui aussi un peu penché. Il examina le couloir : tous les cadres étaient de travers ! Les sourcils froncés, il ôta ses écouteurs...

... et entendit Josh hurler le nom de Scatty.

Et réalisa que l'air empestait la vanille et la lavande...

Il dévala quatre à quatre les marches menant au premier étage. Il découvrit l'Alchimiste, avachi et épuisé, sur le seuil de sa chambre. Il ralentit, mais Nicolas lui fit signe de se dépêcher.

– Vite ! murmura-t-il.

Saint-Germain se rua donc dans le couloir, puis l'escalier...

Le hall d'entrée était en ruine.

Les débris de la porte gisaient par terre. De l'antique lustre en cristal il ne restait qu'une seule ampoule. De longues bandes de papier peint pendaient des murs. La rambarde était tranchée par endroits, le carrelage entaillé et écaillé.

Plus étonnant encore, un bloc de glace trônait au milieu du hall. Saint-Germain s'en approcha avec précaution et effleura sa surface lisse. Le bloc était si froid que ses doigts faillirent s'y coller. Il entraperçut deux silhouettes vêtues de blanc et ficelées à l'intérieur. Une affreuse grimace leur déformait le visage ; leurs yeux d'un bleu saisissant le suivaient.

Soudain, il y eut un craquement du côté de la cuisine. Le comte s'y précipita, des flammes bleu et blanc apparaissant autour de ses mains.

Les dégâts subis par le hall n'étaient rien à côté de l'état de la cuisine, complètement dévastée. Un pan entier de la maison manquait.

Sophie et Jeanne se tenaient au milieu des ruines. Sa femme serrait contre elle la jeune fille, qui tremblait comme une feuille. Jeanne portait un pyjama en satin bleu-vert et brandissait encore son épée dans son gantelet de métal. Elle regarda par-dessus son épaule quand son mari entra dans la pièce.

– Tu arrives après la bataille ! s'exclama-t-elle.

– Je n'ai rien entendu, s'excusa-t-il. Raconte !

– Tout s'est passé en quelques minutes. Sophie et moi avons entendu Josh appeler à l'aide. Nous descendions les escaliers en courant quand deux femmes ont fait sauter la porte d'entrée. C'étaient des Dises. Elles venaient chercher Scathach. L'une m'a attaquée, l'autre s'en est prise à Sophie.

Jeanne, qui parlait dans une obscure variante du français, baissa la voix :

– Francis... Cette fille... elle est extraordinaire ! Elle a combiné les deux magies. Elle a utilisé le Feu et l'Air pour vaincre les Dises. Puis elle les a enveloppées dans une brume, qu'elle a congelée.

Saint-Germain secoua la tête :

– Physiquement, il est impossible d'utiliser plusieurs magies en même temps...

Il ne poursuivit pas : la preuve des pouvoirs de Sophie se trouvait au milieu du hall. La légende disait que seuls les Aînés les plus puissants pouvaient se servir des magies élémentaires simultanément. D'après les mythes les plus anciens, c'était la raison – une des raisons – pour laquelle Danu Talis avait sombré.

– Josh a disparu ! gémit Sophie.

Elle se libéra de l'étreinte de Jeanne et pivota pour faire face au comte. Puis elle fixa l'Alchimiste, qui apparut dans l'encadrement de la porte, le teint terreux.

– Quelque chose l'a kidnappé, bafouilla-t-elle, morte de peur. Et Scatty les a suivis.

À pas lents, l'Alchimiste s'avança au centre de la pièce, les bras serrés contre sa poitrine, comme s'il avait froid. Il regarda autour de lui, puis se pencha pour ramasser parmi les débris les deux courtes épées de l'Ombreuse. Quand il se releva, les autres furent surpris de voir des larmes briller dans ses yeux.

– Je suis désolé... terriblement désolé. J'ai apporté la terreur et la destruction dans votre foyer. C'est impardonnable.

– Nous reconstruirons ! s'exclama Saint-Germain. Nous avions besoin d'un prétexte pour rénover la maison.

– Sérieusement, Nicolas, que s'est-il passé ici ? demanda Jeanne.

L'Alchimiste prit la seule chaise intacte de la pièce et s'affala dessus. Il se pencha en avant, les coudes sur les genoux, les yeux rivés sur les épées luisantes de l'Ombreuse, les tournant et les retournant entre ses mains.

– Ce sont les Dises, dans le bloc de glace. Des Walkyries, les ennemies jurées de Scathach. Elle ne m'a jamais dit pourquoi elles la détestaient à ce point. Je sais qu'elles la poursuivent depuis des siècles, et qu'elles se sont alliées avec ses ennemis.

– C'est elles qui ont détruit la cuisine ? s'enquit Saint-Germain.

– Non. Apparemment, elles étaient accompagnées d'une créature, qui est à l'origine de ce ravage.

– Qu'est-il arrivé à Josh ? lâcha Sophie.

Elle n'aurait pas dû le laisser seul dans la cuisine ! Elle aurait dû veiller avec lui. Elle aurait vaincu ce qui s'était attaqué à la maison.

Nicolas tendit les armes de Scathach :

– Tu ferais mieux de demander ce qui est arrivé à la Guerrière. Je la connais depuis des siècles, et elle ne s'est jamais séparée de ses épées. J'ai peur qu'elle n'ait été...

– En parlant d'épée...

Sophie s'écarta de Jeanne et chercha fébrilement parmi les gravats :

– Quand je suis montée me coucher, Josh revenait de son entraînement avec Scatty et Jeanne. Il avait l'épée de pierre que vous lui aviez donnée.

Elle évoqua le vent pour soulever un gros morceau de maçonnerie et fouilla le sol dessous. Où était Clarent ? La sœur de Josh reprit espoir : s'il avait été capturé, l'arme serait par terre. Elle se redressa et examina la pièce :

– Clarent n'est pas là.

Saint-Germain s'approcha du trou béant qui donnait à présent sur le jardin. Celui-ci était dévasté. Des pierres avaient été arrachées de la fontaine, et la vasque était fendue en deux. Il lui fallut un moment pour reconnaître la plaque de métal en forme de U : la porte du jardin ! À cet instant seulement, il vit que le mur entier s'était effondré. Il y avait des morceaux de briques dans tout le jardin, comme si le mur avait été poussé de l'extérieur.

– Quelque chose de gros, de très gros s'est introduit ici, constata-t-il.

Flamel leva les yeux :

– Vous ne sentez rien ?

Saint-Germain prit une profonde inspiration :

– Ça sent le serpent. Mais ce n'est pas l'odeur de Machiavel.

Il descendit les marches et inspira à pleins poumons. Il se mit à tousser.

– L'odeur est plus forte ici, fit-il en grimaçant. Plus infecte aussi ! Cette pestilence provient de quelque chose de très, très vieux.

Intrigué par le hurlement des alarmes de voitures, Saint-Germain traversa le jardin, enjamba le mur disloqué et scruta la ruelle. Au bout, il aperçut les vestiges d'une voiture noire écrasée par terre. Il retourna chez lui en courant.

– Quoi que ce soit, ça doit être énorme ! Il y a une voiture à deux cent mille euros au bout de la rue qui est bonne pour la casse.

– Nidhogg, chuchota Flamel, horrifié.

Les pièces du puzzle se mettaient en place.

– Les Dises ont amené Nidhogg ici ! Cela m'étonne... Machiavel est trop prudent pour laisser un tel monstre déambuler dans Paris...

– Nidhogg ? répétèrent Jeanne et Sophie en chœur.

– Imaginez un croisement entre un dinosaure et un serpent, expliqua Flamel. Il est aussi vieux que cette planète. À mon avis, il a capturé Scathach, et Josh est parti à sa poursuite.

Sophie secoua la tête :

– Je ne parierais pas là-dessus. Les serpents le terrifient.

– Alors, où est-il ? demanda Flamel. Et où est Clarent ? Je ne vois qu'une explication : il a pris l'épée et a volé au secours de Scatty.

– Mais... je l'ai entendu appeler à l'aide...

– Il criait son nom. Il voulait peut-être la prévenir du danger.

Saint-Germain hocha la tête :

– Pas bête ! Les Dises n'en voulaient qu'à Scathach. Nidhogg s'est emparé d'elle et s'est enfui. Josh a dû les suivre.

– Ou alors, le serpent s'est emparé de Josh, et elle l'a suivi..., intervint Sophie. C'est le genre de Scathach.

– Nidhogg ne s'intéressait pas à Josh, objecta le comte. Il se serait contenté de le manger. Non, Josh est parti de son plein gré.

– Cela démontre un grand courage, commenta Jeanne.

– Mais Josh n'est pas courageux...

En le disant, Sophie pensa que ce n'était pas vrai. Son frère l'avait toujours défendue et protégée à l'école. Mais pourquoi avait-il couru après Scatty ? Il ne l'appréciait pas spécialement !

– Les gens changent, observa Jeanne. Personne ne reste pareil toute sa vie.

Le bruit était plus fort à présent, dehors. La cacophonie de sirènes – police, ambulances, pompiers – se rapprochait.

– Nicolas, Sophie, vous devriez y aller, lança Saint-Germain. La police ne va pas tarder, et à mon avis ce ne sont pas les questions qui vont manquer. Et nous n'avons pas de réponses à leur offrir. S'ils vous trouvent ici, sans papiers, j'ai peur qu'ils ne vous emmènent pour vous interroger.

Il sortit un portefeuille en cuir attaché à sa ceinture par une longue chaîne :

– Voilà un peu d'argent liquide.

– Je ne peux pas..., commença l'Alchimiste.

– Prends-le, insista Saint-Germain. Ne te sers pas de ta carte de crédit, Machiavel pourrait te suivre à la trace. Je ne sais pas combien de temps la police restera ici. Si je suis libre, je vous retrouve à six heures à la pyramide de verre devant le Louvre. Sinon, j'essaierai à minuit ou à six heures demain matin.

– Merci, mon vieil ami. Sophie, prends tes affaires et celles de Josh. N'oublie rien, nous ne reviendrons pas ici.

– Je vais t'aider, fit Jeanne en suivant la jeune fille.

– Que comptes-tu faire de ce bloc de glace ? demanda Nicolas au comte.

– Nous avons un gros congélateur-bahut à la cave. Je le cacherai dedans jusqu'au départ de la police. Tu crois que les Dises sont mortes ?

– Il est pratiquement impossible de les tuer. Assure-toi juste que la glace ne fonde pas.

– Je les jetterai dans la Seine un de ces quatre matins. Avec un peu de chance, elles ne se libéreront pas avant Rouen.

Nicolas désigna les dégâts d'un geste circulaire :

– Que vas-tu raconter à la police ?

– Une explosion de gaz ?

– Peu convaincant, remarqua Flamel.

Il sourit en se souvenant du commentaire des jumeaux quand il avait suggéré la même excuse pour la librairie.

– Disons alors qu'à mon retour j'ai trouvé la maison dans cet état. Et ce n'est pas loin de la vérité. J'ignore comment cela s'est produit.

Il prit un air malicieux :

– Je pourrais vendre l'histoire et les photos à un tabloïd ! Je vois déjà les titres à la une : « Des forces mystérieuses détruisent la maison d'une star du rock. »

– Tout le monde pensera que c'est un coup publicitaire.

– Oui, et alors ? Tu sais quoi ? Je dois bientôt sortir un nouvel album. Cet incident tombe à pic !

À cet instant, Jeanne et Sophie apparurent dans la cuisine. Elles avaient revêtu chacune un jean et un pull. Toutes deux portaient le même sac à dos.

– Je pars avec eux, annonça Jeanne avant que Saint-Germain formule la question. Ils auront besoin d'un guide et d'un garde du corps.

– Est-ce la peine que je m'oppose à cette idée ? demanda le comte.

– Non.

– C'est bien ce que je pensais.

Il serra fort sa femme dans ses bras.

– Je vous en prie, poursuivit-il, soyez très prudents.

Si Machiavel ou Dee n'ont pas hésité à envoyer les Dises et Nidhogg en mission à Paris, c'est qu'ils sont aux abois. Et les hommes aux abois agissent de manière stupide.

– Oui, en effet, dit Flamel. Et les hommes stupides commettent des erreurs.

CHAPITRE TRENTE-CINQ

Josh ne cessait de tourner la tête pour s'orienter : il s'éloignait de plus en plus de la maison de Saint-Germain et avait peur de se perdre. Mais il n'était pas question de faire demi-tour et d'abandonner Scatty aux griffes du monstre ! Il se disait qu'il serait capable de retrouver la rue grâce à l'Arc de Triomphe, qui se dressait au bout des Champs-Élysées. Autrement, il n'aurait qu'à suivre le flux constant de voitures de police, de camions de pompiers et d'ambulances qui fonçaient en sens inverse.

Il ne voulait pas trop réfléchir à ce qu'il faisait. S'il pensait un instant qu'il était en train de chasser un dinosaure dans les rues de Paris, il s'arrêterait immédiatement, et Scatty... En fait, il ne savait pas trop ce qu'il adviendrait de Scatty. En tout cas, elle était en danger.

Suivre Nidhogg était d'une simplicité enfantine. La créature filait en ligne droite, longeant les innombrables rues et allées parallèles aux Champs-Élysées et semant une belle pagaille sur son passage. Elle marchait sur les voitures garées le long des trottoirs, laissant derrière elle des tôles froissées et aplaties. Sa queue heurtait les rideaux de fer des magasins, brisait les vitrines, renversait les poubelles... Le hurlement des alarmes de voitures ajoutait à la confusion.

Soudain, une sorte d'éclair blanc attira l'attention de Josh.

Il avait entraperçu une silhouette en blanc devant la maison de Saint-Germain et s'était douté qu'il s'agissait d'un des gardiens du monstre. Et maintenant, on aurait dit qu'il pourchassait la créature... comme s'il en avait perdu le contrôle. Il leva les yeux pour deviner l'heure. Au bout de la rue, le ciel pâlissait à l'approche de l'aube, ce qui signifiait qu'il courait vers l'est. Que se passerait-il quand la ville s'éveillerait et découvrirait qu'un monstre préhistorique saccageait ses rues ? Les gens panique-raient, la police et l'armée interviendraient. Josh, qui n'avait pas réussi à le neutraliser avec Clarent, pensa, horrifié, que les balles auraient aussi peu d'effet...

Les rues rétrécissaient et se transformaient en ruelles. La créature, qui se cognait contre les murs, était obligée de ralentir. Josh rattrapait la silhouette en blanc.

Il courait avec aisance, sans être essoufflé. Il le devait certainement à ses années d'entraînement de foot. Ses baskets ne faisaient aucun bruit sur la chaussée, et il présuma que l'inconnu ignorait qu'il était suivi. Après tout, qui serait assez cinglé pour courir après un monstre avec une simple épée comme protection ? Cependant, quand il s'approcha, il s'aperçut que celui qui talonnait la créature portait une épée dans une main et un énorme marteau dans l'autre. Il avait déjà vu cette arme dans *World of Warcraft* : il s'agissait d'un marteau de guerre, une variante redoutable de la massue. De plus près, il nota que la personne était vêtue d'une armure blanche en cotte de mailles, de bottes métalliques et d'un casque arrondi, muni derrière d'un voile en cotte de mailles. Chose bizarre, cela ne le surprit pas.

Soudain, le guerrier se transforma.

Sous les yeux ébahis de Josh, il devint une jeune fille blonde, du même âge que lui, en veste de cuir, jean et bottes. Seuls l'épée et le marteau de guerre dans ses mains la distinguaient du commun des mortels. Cinq secondes plus tard, elle disparaissait au coin de la rue.

Josh ralentit : il ne voulait pas percuter l'inconnue. À la réflexion, elle n'était peut-être pas si jeune que ça...

Soudain, il y eut une explosion et un bruit de verre devant lui. Josh courut jusqu'au coin. La créature était coincée dans une ruelle qui semblait se terminer en pointe de flèche. Il s'avança à pas de loup. En fait, la ruelle finissait en courbe avant de se rétrécir : les étages des maisons qui la bordaient de chaque côté saillaient au-dessus du trottoir. Dans sa hâte, le monstre avait été pris au piège. Plus il se débattait, plus les briques et le verre pleuvaient sur la chaussée. Un morceau de béton de la taille d'un canapé tomba sur la tête du lézard, qui ne broncha pas. Josh aperçut un homme qui observait le spectacle par sa fenêtre, pétrifié.

L'adolescent ne savait pas quoi faire. Il fallait qu'il s'approche de Scatty, et donc de la créature : or il n'y avait simplement pas la place. Soudain, il vit la femme blonde s'élancer dans la ruelle. Sans hésiter, elle bondit sur le dos du monstre et grimpa avec agilité sur sa tête, les bras écartés, les armes en équilibre.

« Elle va tuer le lézard ! » songea Josh avec un profond soulagement. Peut-être pourrait-il alors intervenir et libérer Scatty ?

Assise à califourchon sur le large cou du lézard, la femme se pencha et visa de son épée... le corps flasque et inerte de Scathach.

Le hurlement d'horreur de Josh se perdit au milieu des lamentations des sirènes.

– Monsieur, on nous a rapporté un... incident.

Le policier, blême, tendit le téléphone à Nicolas Machiavel.

– L'officier du RAID a demandé à vous parler personnellement, poursuivit-il.

Dee prit l'homme par le bras et le fit pivoter.

– Que se passe-t-il ? demanda-t-il dans un français parfait tandis que Machiavel écoutait avec attention, un index dans l'oreille pour atténuer les bruits extérieurs.

– Je ne suis pas sûr, monsieur... Il s'agit certainement d'un canular, fit le policier avec un rire tremblotant. Quelques rues plus bas, les riverains ont signalé... un monstre coincé dans une impasse.

Il s'interrompit quand il constata que la demeure de trois étages devant laquelle il se tenait avait un trou béant à l'arrière.

Machiavel jeta le téléphone au policier :

– Trouvez-moi une voiture.

– Une voiture ?

– Une voiture et un plan de Paris, aboya l'Italien.

– Oui, monsieur. Prenez la mienne.

À la suite de la dizaine d'appels de citoyens inquiets, le policier avait été l'un des premiers à arriver sur les lieux. Il avait repéré Machiavel et Dee qui sortaient en courant de la ruelle désignée par les plaignants et il les avait interceptés, convaincu que ces hommes avaient un rapport avec l'explosion qu'on lui avait signalée. Son air bravache avait cédé la place à la consternation quand il avait découvert que le plus âgé, celui aux cheveux blancs, en costume déchiré et maculé de boue, était le chef de la DGSE en personne.

Le policier lui tendit la clef de sa voiture et un plan usé du centre de Paris :

– C'est tout ce que j'ai.

Machiavel les lui arracha des mains.

– Vous êtes viré ! tonitrua-t-il avant de désigner la rue. Non, allez plutôt dévier la circulation. Je ne veux ni journalistes ni badauds près de la maison. C'est clair ?

– Oui, monsieur.

Le policier prit ses jambes à son cou, trop content de conserver son travail. Il n'avait pas l'intention de contrarier l'un des hommes les plus puissants de France.

Machiavel étala le plan sur le capot de la voiture.

– Nous sommes ici, expliqua-t-il à Dee. Nidhogg se dirige vers l'est et la Seine. À un moment, il devra traverser l'avenue des Champs-Élysées. S'il continue sa course ainsi, j'ai dans l'idée qu'il émergera… (son index s'abattit sur le plan)… près d'ici.

Les deux hommes grimpèrent dans la petite voiture, et Machiavel examina un long moment le tableau de bord. Il ne se souvenait pas de la dernière fois où il avait conduit. Dagon s'en chargeait pour lui. Finalement, dans un craquement sinistre de la boîte de vitesses, la voiture démarra sur les chapeaux de roues. Après un demi-tour périlleux qui se termina par un tête-à-queue au milieu de la chaussée, ils s'engagèrent dans les Champs-Élysées en faisant hurler le moteur.

Pâle comme la mort, Dee s'enfonçait dans le siège passager, une main serrée sur la ceinture de sécurité, l'autre agrippée au tableau de bord.

– Qui t'a appris à conduire ? bredouilla-t-il au moment où ils heurtaient le bord du trottoir.

– Karl Benz, grogna Machiavel. Il y a très longtemps.

– Et combien de roues possédait sa voiture ?

– Trois.

Dee ferma les yeux quand ils franchirent à toute allure une intersection, manquant de peu une balayeuse.

– Quel est le plan, une fois qu'on aura rejoint Nidhogg ? demanda-t-il pour se concentrer sur autre chose que la conduite désastreuse de Machiavel.

– Ça, c'est ton problème, rétorqua celui-ci. Après tout, c'est toi qui l'as libéré !

– Peut-être, mais, toi, tu as convoqué les Dises à Paris. C'est donc en partie ta faute.

Machiavel pila, si bien que la voiture glissa sur une dizaine de mètres en crissant. Puis le moteur cala, et elle s'immobilisa dans un hoquet.

– Pourquoi tu t'arrêtes ? s'enquit Dee.

– Écoute ! s'exclama Machiavel, le doigt pointé vers la vitre.

– Je n'entends rien, à part le bruit des sirènes.

– Écoute ! insista l'Italien. Quelque chose approche. Là-bas, à gauche.

Dee baissa sa vitre. Par-dessus les sirènes de police, d'ambulances et de pompiers se faisaient entendre un broiement de pierres, des chutes de briques et le craquement aigu du verre brisé...

Impuissant, Josh regarda la femme assise sur le monstre s'en prendre à Scatty.

Au moment où elle frappait, le lézard secoua les épaules afin de se dégager de l'immeuble dans lequel il s'était encastré. L'épée rata sa cible. Agrippée à la peau épaisse du lézard, la femme se hissa sur son large cou, se pencha au-dessus de l'immense œil qui ne cillait pas et visa Scatty avec la pointe de sa lame. De nouveau, le monstre remua, si bien que l'épée s'enfonça dans sa patte, près des griffes enserrant la Guerrière. La femme fit une nouvelle tentative, et cette fois-ci elle atteignit l'Ombreuse.

Josh se ressaisit : il devait passer à l'action ! Scatty ne pouvait compter que sur lui. Il ne pouvait pas rester les bras croisés pendant qu'elle se faisait tuer. Il prit son élan.

Tenant Clarent à deux mains, comme Jeanne le lui avait appris, il accéléra encore. L'épée vibra dans ses mains avant de se ficher dans la queue du monstre.

À cet instant, une onde de chaleur remonta le long des bras de l'adolescent et se répandit dans sa poitrine. L'air s'emplit d'une odeur acidulée d'oranges alors que son aura s'illuminait et qu'une lueur dorée s'écoulait de l'épée plantée dans la peau bosselée du lézard.

Josh tourna Clarent avant de la dégager. La blessure rouge vif se changea instantanément en une croûte dure et noire. Il fallut un moment pour que la brûlure voyage dans le système nerveux de la créature primitive. Soudain, le lézard se dressa sur ses pattes arrière, sifflant et couinant de douleur. Du coup, il parvint à se dégager de la maison. La pluie de briques, de tuiles et de poutres en bois expédia Josh en arrière. Il se couvrit la tête tandis que les débris s'écrasaient autour de lui. Ce mouvement inattendu du monstre manqua déloger la femme de son dos. Déséquilibrée, elle lâcha son marteau de guerre et s'accrocha désespérément au monstre de peur de passer par-dessus sa tête. Couché par terre, les briques pleuvant autour de lui, Josh surveillait l'épaisse croûte noire qui s'étalait autour de la plaie et corrodait la queue du monstre. Celui-ci se cabra de nouveau et fonça vers les Champs-Élysées sans lâcher Scatty.

Josh se releva tant bien que mal et attrapa son épée. Aussitôt, il sentit son pouvoir se diffuser dans son corps et aiguiser tous ses sens. Un peu déstabilisé par cette énergie brute, il fit volte-face et s'élança derrière le monstre. Il se sentait pousser des ailes. Il ne faisait pas encore jour, mais il voyait avec une grande clarté, malgré une légère dégradation des couleurs. Il humait une quantité innombrable d'odeurs en plus de la puanteur rance du serpent. Son ouïe était si fine qu'il parvenait à distinguer les sirènes des différents services d'urgence. À travers les semelles en caoutchouc de ses baskets, il percevait la moindre irrégularité de la chaussée. Il agita son épée devant lui. Elle vibra et entama une mélopée funèbre. Josh crut entendre des chuchotements lointains, reconnaître des mots. Pour la première fois, il se sentait en vie. Voilà ce que Sophie avait éprouvé quand elle avait été éveillée ! Mais, contrairement à sa sœur, qui avait été effrayée et troublée par cet afflux de sensations, Josh... jubilait.

Il l'avait tant souhaité ! Plus que tout au monde.

À pas feutrés, Dagon avança dans la ruelle, ramassa le marteau de guerre de la Dise et courut derrière le garçon.

Il avait vu son aura flamboyante et, en effet, elle était puissante ; mais le jeune Américain était-il un des jumeaux de la légende ? Cela restait à prouver. Apparemment, l'Alchimiste et Dee en étaient convaincus. Machiavel, l'un des humani les plus brillants auxquels il s'était associé, n'en était pas sûr, et ce bref aperçu de l'aura dorée du garçon ne suffit pas à convaincre Dagon. Oui, les auras d'or et d'argent étaient rares, mais pas aussi rares que les auras noires ; au fil des millénaires, Dagon avait côtoyé pas moins de quatre paires de jumeaux, et des dizaines d'individus aux auras de soleil et de lune.

Cependant, Dee et Machiavel ignoraient que Dagon avait rencontré les jumeaux originels.

Il se trouvait sur Danu Talis lors de la Bataille Finale. Il portait l'armure de son père en ce jour mémorable où le destin de l'île allait se jouer. Comme tout le monde, il avait tremblé de terreur quand les lumières d'argent et d'or avaient flamboyé au sommet de la Pyramide du Soleil dans une explosion de pouvoir primitif. Les magies élémentaires avaient dévasté les paysages antiques et fractionné l'île au cœur du monde.

Depuis ce jour, Dagon ne dormait quasiment plus. Il ne possédait même pas un lit. Tel un requin, il se reposait tout en restant en activité. Ses rares rêves étaient toujours les mêmes : un cauchemar terrible de ce jour où les cieux brûlaient d'un feu d'or et d'argent, où le monde avait connu sa fin.

Il avait passé de nombreuses années au service de Machiavel, vu des merveilles et des horreurs au fil des siècles. Ensemble, ils avaient vécu les épisodes les plus importants et intéressants de l'Histoire récente de la Terre.

Et Dagon commençait à penser que cette nuit-ci ferait partie des plus mémorables.

– Ce n'est pas un spectacle auquel on assiste tous les jours, marmonna Dee.

Sous les yeux ébahis du Magicien et de Machiavel, Nidhogg défonça un immeuble sur le côté gauche des

Champs-Élysées, piétina les arbres qui bordaient l'avenue et la traversa à toute allure, Scatty entre ses griffes et la Dise accrochée à sa nuque. Sa grande queue bringuebalante démolit des feux tricolores lorsque la créature bifurqua dans une autre rue.

– Il se dirige vers le fleuve, déclara l'immortel italien.

– Et le garçon ? demanda l'immortel anglais.

– Il s'est perdu... ou bien il a été piétiné par Nidhogg. Attends... non, ajouta-t-il en voyant Josh Newman foncer entre les arbres déracinés de l'avenue.

Il ne prêta même pas attention à la voiture de police mal garée le long du trottoir. Il traversa à son tour la large avenue ; son épée laissait des fils de fumée dorée derrière lui.

– Il a survécu ! lâcha Dee, admiratif. Quel courage !

Quelques secondes plus tard, Dagon jaillit de la ruelle à la suite de Josh. Il portait un marteau de guerre. Quand il aperçut Dee et Machiavel dans la voiture, il leva sa main libre – pour les saluer ou leur dire adieu ?

– Qu'est-ce qu'on fait ? demanda Dee.

Machiavel mit le contact et passa la première. La voiture fit un bond ; le moteur hurla quand il appuya sur l'accélérateur.

– On fonce ! Je crois pouvoir atteindre la Seine avant Nidhogg.

Il déclencha la sirène. Dee secoua la tête. Ses lèvres esquissèrent un sourire à peine discernable.

– Et si tu passais une vitesse ? Tu verras, la voiture avancera plus sûrement...

CHAPITRE TRENTE-SIX

– Votre garage n'est pas accolé à la maison ? demanda Sophie en montant à l'arrière de la petite 2CV Citroën bordeaux et noire.

Nicolas était assis devant elle, à côté de Jeanne.

– Ce sont des écuries converties en garage, répondit celle-ci. Avant, on les construisait loin des maisons. Les riches ne devaient pas apprécier l'odeur du crottin de cheval... Il y a pire, même si, les soirs de pluie, ce n'est pas drôle de longer trois pâtés de maisons en courant pour rentrer chez soi. Quand nous sortons, Francis et moi, nous prenons souvent le métro.

Jeanne quitta le garage et tourna à droite. Elle s'éloigna de sa maison endommagée, à présent encerclée par des camions de pompiers, des ambulances, des voitures de police et de presse. Francis était monté se changer :

selon lui, cette publicité inattendue boosterait les ventes de son nouvel album.

– Tu es sûr que Nidhogg se dirige vers la Seine, Nicolas ? demanda Jeanne en conduisant la voiture d'une main experte dans l'étroite rue pavée.

– C'est une supposition, soupira-t-il. Je ne l'ai jamais vu. En fait, je ne connais personne qui l'ait croisé et qui y ait survécu. Mais j'ai rencontré des monstres comme lui lors de mes voyages. Ils sont tous parents des lézards marins, comme le mosasaure. Il a peur, il est peut-être blessé. Il cherchera à se réfugier dans la boue fraîche et cicatrisante d'une rivière.

Sophie se concentra pour consulter les souvenirs de la Sorcière d'Endor sur Nidhogg. Peut-être l'aideraient-ils à le vaincre ? Mais la Sorcière ne savait pas grand-chose sur la créature primitive – le lézard était retenu prisonnier entre les racines de l'Arbre-Monde, celui que Dee avait détruit avec...

– Excalibur, chuchota-t-elle.

L'Alchimiste pivota vers elle :

– Que dis-tu ?

– Josh m'a appris que Dee avait détruit Yggdrasill avec Excalibur.

– En effet.

– Et, selon vous, Clarent serait la jumelle d'Excalibur.

– Oui.

– Partagent-elles les mêmes pouvoirs ?

Les yeux gris et calmes de Flamel s'illuminèrent :

– Je vois... Tu te demandes si Clarent ne pourrait pas détruire Nidhogg, vu que Excalibur a détruit quelque chose d'aussi âgé que l'Arbre-Monde. Pourquoi pas ?... Ces armes du pouvoir sont plus anciennes que les Aînés. Personne ne sait d'où elles proviennent, même si certains Aînés les utilisaient déjà. Le fait qu'elles sont toujours là au XXIe siècle est une preuve de leur indestructibilité. Oui, je crois que Clarent pourrait blesser, voire tuer Nidhogg.

– À votre avis, Nidhogg est blessé ? demanda Jeanne.

Elle se faufila avec adresse dans le trafic clairsemé du petit matin. Des klaxons retentirent derrière elle.

– Je pense que c'est cela qui l'a fait fuir de la maison, répondit Flamel.

– Voilà qui confirme notre théorie !

– Nous savons que Scatty n'aurait jamais touché Clarent, quoi qu'il arrive, reprit Flamel. Par conséquent, c'est Josh qui a blessé le lézard, suffisamment pour le rendre fou de douleur et l'expédier dans Paris. Et maintenant, il est à sa poursuite.

– Que fais-tu de Machiavel et de Dee ? s'enquit Jeanne.

– Ils le pourchassent probablement.

Jeanne accéléra :

– Espérons qu'ils ne le rattraperont pas !

Une pensée soudaine frappa Sophie :

– Dee a rencontré Josh...

Elle s'interrompit, de peur d'avoir trop parlé.

– À Ojai, je sais, fit Flamel à la grande surprise de l'adolescente. Il me l'a dit.

Sophie s'adossa à la banquette, étonnée que son frère se soit confié à l'Alchimiste. Ses joues rosirent :

– Il a été impressionné par Dee.

Elle était presque gênée d'avouer cela à l'Alchimiste, comme si elle trahissait son frère. Elle continua néanmoins : l'heure n'était pas aux secrets.

– Dee lui a parlé de vous. Je pense... je pense que Josh l'a cru, se dépêcha-t-elle de terminer.

– Je sais, chuchota Flamel. Le Dr John Dee peut se montrer très persuasif.

Jeanne ralentit à un stop.

– C'est quoi, toutes ces voitures ? Ce n'est pas bon signe ! marmonna-t-elle. Il ne devrait y avoir personne à cette heure-ci.

Ils arrivaient droit sur un gros bouchon qui bloquait les Champs-Élysées. Debout à côté de leurs voitures, les gens regardaient le trou béant dans l'immeuble au coin de la rue. La police venait d'arriver sur les lieux et essayait de reprendre le contrôle de la situation, incitant les conducteurs à repartir pour laisser les services d'urgence accéder à l'immeuble.

Penchée sur son volant, Jeanne d'Arc déclara :

– Il a traversé la rue et est allé par là.

Elle mit son clignotant et s'engagea à droite dans l'étroite rue de Marignan. Deux feux tricolores gisaient par terre.

Nicolas se redressa dans son siège :

– Je ne les vois pas... On arrive où ?

– Rue François-Ier, juste avant l'avenue Montaigne, répondit Jeanne. J'ai parcouru ces rues à pied, à vélo, en voiture pendant des décennies. Je les connais comme ma poche.

Ils passèrent devant une douzaine de voitures portant la marque de Nidhogg – carrosserie froissée tel du papier aluminium, pare-brise fendillés et vitres brisées. Une bicyclette toute tordue était incrustée dans le trottoir, toujours attachée à une grille par un antivol.

– Jeanne, murmura Flamel, je crois que tu devrais te dépêcher.

– Je n'aime pas rouler vite.

Elle jeta un regard en coin à l'Alchimiste. L'expression de son visage la fit accélérer. Le petit moteur rugit, et la 2CV bondit en avant.

– Que se passe-t-il ? demanda Jeanne.

Nicolas mâchonna sa lèvre inférieure.

– Je viens de penser à un problème potentiel, finit-il par dire.

– Plus gros que Nidhogg ? demanda Jeanne.

Sophie, morte d'inquiétude, frappa la banquette du poing : ils devaient rejoindre son frère au plus vite !

Flamel pivota sur son siège :

– Sophie, tu crois que ton frère a sur lui les deux pages du Codex que je lui ai confiées ?

– Probablement... Oui, j'en suis sûre. La dernière fois que nous nous sommes parlé, il les portait sous son T-shirt.

– Comment se fait-il que Josh ait la garde de ces pages ? intervint Jeanne. Je croyais que tu ne perdais jamais le manuscrit de vue !

Flamel se retourna et fixa la rue parsemée de preuves du passage de Nidhogg. Quand il regarda Jeanne, son visage était devenu un masque lugubre :

– Je les lui ai données. Comme il était la seule personne parmi nous à n'être ni immortel, ni Aîné, ni éveillé, je me suis dit qu'il ne serait pas impliqué dans nos conflits, qu'il ne serait pas une cible. Josh n'est qu'un humani. Je pensais qu'elles seraient en sécurité avec lui.

– Josh ne remettra pas les pages à Dee, leur assura Sophie, un peu gênée.

Nicolas la dévisagea de nouveau ; ses yeux pâles avaient quelque chose de terrifiant.

– Crois-moi : Dee obtient toujours ce qu'il veut, affirma-t-il, amer. Et ce qu'il ne peut avoir, il le détruit.

CHAPITRE TRENTE-SEPT

Machiavel pila, à moitié sur la chaussée, à moitié sur le trottoir. Il tira sur le frein à main, mais laissa une vitesse, si bien que la voiture partit en avant et cala. Ils se trouvaient sur un parking des bords de Seine, près de l'endroit où Nidhogg devait apparaître, selon ses calculs. Ils se turent un moment ; puis Dee lâcha un long soupir :

– Tu es le pire chauffeur que j'aie rencontré !

– Je nous ai conduits jusqu'ici, non ? Tu sais qu'il va être très difficile d'expliquer tout ceci ! lança Machiavel, histoire de changer de sujet.

Il maîtrisait les arts ésotériques les plus sombres, manipulait les sociétés et le monde politique depuis un demi-millénaire, parlait couramment une douzaine de langues, savait programmer cinq langages informatiques différents et était l'un des experts mondiaux en physique quantique. Et pourtant, il était un piètre conducteur.

Il baissa sa vitre, et l'air frais envahit le véhicule :

– Je peux imposer un black-out à la presse, clamer qu'il s'agit d'une question de sécurité nationale. Seulement, l'affaire est devenue publique, et il y a eu trop de désordre. Je parie que des vidéos de Nidhogg circulent déjà sur le Net !

– Les gens croiront à une farce, affirma Dee. Tu sais, je craignais le pire quand Bigfoot a été pris en photo. Or, très vite, on a parlé de canular. Si j'ai appris quelque chose au cours de ma longue vie, c'est que les humani sont maîtres dans l'art d'ignorer l'évidence. Ils s'emploient à nier notre existence depuis des siècles, considèrent les Aînés comme appartenant aux mythes, malgré toutes les preuves. Sauf que, cette fois, ajouta-t-il avec suffisance, se caressant négligemment la barbe, les pièces du puzzle se mettent en place. Nous avons une partie du manuscrit. Quand nous aurons mis la main sur les deux pages manquantes, nous réhabiliterons les Ténébreux, et ce monde récupérera son statut originel.

Il agita la main avec désinvolture :

– Pourquoi s'inquiéter pour des futilités comme les réactions de la presse ?

– Tu sembles oublier que nous avons d'autres problèmes, l'Alchimiste et Pernelle par exemple. Là, il ne s'agit pas de futilités !

Dee sortit son portable de sa poche et le brandit :

– Oh ! Je m'en suis occupé. J'ai passé un petit coup de fil.

Machiavel lança un regard en biais au Magicien sans rien dire. D'après son expérience, les gens parlaient juste pour combler les silences lors d'une conversation, et il savait que Dee aimait entendre le son de sa propre voix.

– J'ai fait la connaissance de Nicolas et Pernelle dans cette ville, reprit Dee, il y a presque cinq cents ans. J'étais leur élève – tu l'ignorais, n'est-ce pas ? Cette information ne se trouve pas dans tes dossiers secrets. Oh ! Ne prends pas cet air surpris ! fit-il dans un grand éclat de rire devant la mine ahurie de Machiavel. Je suis au courant pour tes dossiers depuis des décennies. Et mes copies sont à jour, elles. Eh oui, j'ai étudié auprès du légendaire Alchimiste, ici, à Paris. Je me doutais que Pernelle serait plus puissante et plus dangereuse que son mari. Tu l'as déjà rencontrée ? lui demanda-t-il soudain.

– Oui, répondit Machiavel, mal à l'aise.

Il était abasourdi que les Aînés – ou était-ce Dee uniquement ? – aient eu connaissance de ses dossiers.

– Oui, je l'ai rencontrée, une seule fois, dit-il. Nous nous sommes battus, et elle a gagné. J'avoue que j'ai été impressionné.

– Pernelle est une femme extraordinaire, enchérit Dee. Remarquable. À son époque, sa réputation était déjà formidable. Qui sait ce qu'elle aurait pu accomplir si elle s'était rangée à nos côtés. J'ignore ce qu'elle voit en Flamel.

– Tu n'as jamais compris la capacité des hommes à aimer, n'est-ce pas ?

– J'ai compris en revanche que l'Alchimiste avait survécu et prospéré grâce à l'Ensorceleuse. Si nous voulons détruire Nicolas, nous devons tuer Pernelle. Mon maître et moi l'avons toujours su, mais nous pensions que, vu leurs connaissances cumulées, il valait mieux les capturer et les laisser en vie. Ce soir, ajouta-t-il à voix basse, j'ai fait ce que j'aurais dû faire il y a très longtemps.

Il y avait une note de regret dans sa voix.

– John ! lâcha Machiavel en pivotant dans son siège pour fixer le Magicien. Explique-toi !

– J'ai envoyé Morrigan à Alcatraz. Pernelle ne verra pas le soleil se lever.

CHAPITRE TRENTE-HUIT

Josh ignorait quelle distance il avait parcourue ; en tout cas, cela aurait dû être au-dessus de ses forces. Or il avait piqué un sprint dans la dernière rue – il avait cru lire « rue de Marignan » sur la plaque – sans aucun effort, et à présent, alors qu'il tournait dans l'avenue Montaigne, il n'était même pas essoufflé.

L'épée !

Il l'avait sentie vibrer dans ses mains pendant sa course, il l'avait entendue soupirer et chuchoter ce qui ressemblait à de vagues promesses. Dès qu'il la brandissait devant lui en direction du monstre, les chuchotements s'amplifiaient, et la lame tremblait bel et bien dans sa main. Quand il la baissait, ils s'estompaient.

Clarent l'attirait vers la créature.

Tandis qu'il suivait le monstre à la trace, passant

devant les dégâts qu'il avait provoqués et croisant des Parisiens confus, choqués et horrifiés, des images étranges et déroutantes apparaissaient à l'orée de sa conscience.

... Il était dans un monde sans terre, nageait dans un océan si vaste qu'il aurait pu engloutir des planètes entières, un océan habité par des créatures si gigantesques qu'à côté le lézard qu'il pourchassait paraissait ridicule...

... Il était suspendu dans les airs, retenu par des racines épaisses qui lui mordaient les chairs, au-dessus de terres incultes, désolées et rougeoyantes...

... Il était perdu et déconcerté, dans un endroit rempli de petits bâtiments et de créatures encore plus petites. Il avait mal... un feu cuisant lui transperçait le bas du dos...

... Il était...

Nidhogg !

Ce nom surgit dans sa conscience. Choqué de constater qu'il s'était introduit dans l'esprit du monstre, Josh stoppa net sa course. Ce phénomène devait être lié à l'épée. Plus tôt, quand la lame avait touché la langue de la créature, il avait entraperçu un monde étrange, des images d'un paysage bizarre. Depuis qu'il avait porté un coup au lézard, il avait des flashs d'une vie qui n'était pas la sienne.

Il voyait ce que Nidhogg avait vu dans le passé ! Et il ressentait ses impressions en direct.

Oui, cela devait avoir un rapport avec l'épée.

« Clarent est la jumelle d'Excalibur », songea soudain

Josh. Cette épée antique transférait-elle aussi les sensations, les émotions et les impressions quand on s'en servait ? Qu'avait ressenti Dee quand il avait plongé Excalibur dans l'ancestral Yggdrasill ? Quelles visions avait-il eues ? Qu'avait-il expérimenté et appris ? Était-ce la raison pour laquelle il avait détruit l'Arbre-Monde ? L'avait-il tué pour avoir accès aux incroyables connaissances qu'il contenait ? »

Josh jeta un coup d'œil sur l'épée de pierre, et un frisson lui parcourut l'échine. Une arme comme celle-ci donnait des pouvoirs inimaginables à son possesseur ! Qui savait quelles tentations effrayantes cela impliquait ?

Alors, pourquoi l'Alchimiste la lui avait-il confiée ?

La réponse lui vint aussitôt à l'esprit : parce que Flamel l'ignorait ! L'épée était un morceau de pierre morte jusqu'à ce qu'elle transperce ou érafle une cible. À cet instant seulement, elle devenait vivante. Josh secoua la tête : voilà pourquoi Saint-Germain, Jeanne et Scatty ne voulaient pas toucher l'arme !

Tandis qu'il courait en direction du fleuve, il se demanda ce qu'il arriverait s'il parvenait à tuer Nidhogg avec Clarent. Que ressentirait-il ? Qu'expérimenterait-il ?

Que saurait-il ?

Nidhogg franchit une rangée d'arbres et fonça vers le port des Champs-Élysées. Il s'arrêta sur le parking près du quai, quasiment devant Dee et Machiavel. Puis il tomba à quatre pattes, sa grosse tête oscillant de droite et de gauche. Il était si près d'eux qu'ils voyaient le corps flasque de Scathach pendant entre ses griffes, et la Dise à cheval sur son cou. La queue de Nidhogg fouettait l'air. Elle cingla quelques véhicules garés et défonça le moteur d'un car. Un pneu explosa avec fracas.

– Nous devrions sortir de la voiture..., commença Dee, la main sur la poignée, les yeux rivés sur la queue du monstre, qui s'abattait à cet instant sur le toit d'une grosse BMW.

Rapide comme l'éclair, Machiavel tendit la main. Ses doigts se refermèrent tel un étau sur l'avant-bras du Magicien, qui grimaça de douleur.

– Ne bouge plus. Pas question d'attirer son attention !

– Mais il va...

– Il a mal. Voilà pourquoi il balance la queue.

Dee tourna la tête. Machiavel avait raison : Nidhogg avait un problème avec son appendice. Son bout avait noirci, prenant l'apparence de la pierre. Sous les yeux de Dee, des vrilles et des veines de liquide noir et bouillonnant prenaient d'assaut la chair dure du lézard, la recouvrant lentement d'une croûte épaisse. Le Dr John Dee posa aussitôt un diagnostic :

– Le garçon l'a frappé avec Clarent.

– Je pensais que Clarent était l'épée de Feu, et non l'épée de Pierre.

– Il existe différentes formes de feu. Qui sait comment l'énergie de la lame peut réagir au contact d'un monstre comme Nidhogg ?

L'épaisse croûte noire enveloppait toujours plus la

queue du lézard. Alors qu'elle durcissait, Dee entraperçut un reflet rouge.

– De la lave ! s'exclama-t-il, émerveillé. Le feu brûle sous la peau de la créature !

– Pas étonnant qu'il ait mal, commenta Machiavel.

– On dirait que tu as pitié de lui.

– Au cours de ma longue vie, je n'ai jamais marchandé mon humanité, docteur. Je n'ai jamais renié mes racines, ajouta l'Italien sur un ton méprisant. Tu as travaillé tellement dur pour ressembler à ton Aîné de maître que tu as oublié ce que c'est de se sentir humain, d'être humain. Or nous, les hommes... (Machiavel insista bien sur le mot)... nous avons la capacité de compatir à la douleur d'un autre être. C'est ce don qui a élevé les humani au-dessus des Aînés. C'est ce qui a fait leur grandeur.

– Et cette faiblesse finira par les détruire, conclut Dee. Je te rappelle que cette créature n'est pas humaine. Elle est capable de te piétiner sans même s'en rendre compte. Mais bon, ce n'est pas le moment de se disputer. Nous sommes si proches de la victoire ! Le garçon aura peut-être réglé le problème à notre place. Nidhogg se transforme lentement en pierre.

Ravi, Dee éclata de rire avant de poursuivre :

– S'il saute dans l'eau maintenant, le poids de sa queue l'entraînera au fond, et il emportera Scathach avec lui.

Il lança un regard sournois à Machiavel :

– Ne me dis pas que ton côté humain te fait ressentir de la compassion pour l'Ombreuse...

Machiavel grimaça :

– Détrompe-toi : savoir que Scathach gît au fond de la Seine, coincée entre les griffes de cette créature, me rendrait très heureux.

Les deux immortels demeurèrent immobiles dans la voiture, pendant que le lézard vacillait, déséquilibré par le poids de sa queue. Entre l'eau et lui, il n'y avait qu'un de ces bateaux-mouches aux grandes baies vitrées qui promenaient les touristes sur la Seine.

Dee désigna l'embarcation :

– Dès qu'il grimpera à bord, le bateau coulera. Nidhogg et Scathach disparaîtront à jamais.

– Et la Dise ?

– Je suis sûr qu'elle sait nager.

Machiavel s'autorisa un sourire désabusé :

– Nous n'attendons plus que...

– ... le lézard embarque, compléta Dee.

À cet instant, Josh apparut au bout du quai et fonça sur le parking.

Tandis que Josh courait vers la créature, l'épée s'embrasa dans sa main. De longs serpentins orange se détachaient de la lame. L'aura du garçon émit la même couleur dorée, dispersant dans l'air un parfum d'orange.

Soudain, la Dise se laissa glisser le long du dos du monstre. Elle n'avait pas posé le pied par terre qu'elle était déjà parée de sa cotte de mailles blanche. Une grimace sauvage enlaidissant son visage, elle se tourna vers Josh.

– Tu deviens insupportable, petit, grogna-t-elle dans un anglais quasiment incompréhensible.

Elle brandit sa lourde épée et se jeta sur le garçon :

– Il est temps que ça cesse !

CHAPITRE TRENTE-NEUF

D'immenses rouleaux de brouillard traversaient la baie de San Francisco.

Pernelle Flamel croisa les bras sur la poitrine et regarda le ciel se remplir d'oiseaux. Un vol tournoyant s'élevait au-dessus de la ville, se rassemblait en un nuage épais et grouillant. Soudain, comme des vrilles d'encre renversée, la nuée se divisa en trois et se dirigea vers l'île. Pernelle savait qu'au cœur de cette multitude d'oiseaux volait la déesse des Corbeaux. Morrigan venait à Alcatraz !

Pernelle se tenait au milieu des ruines calcinées de la maison du gardien, où elle s'était réfugiée pour échapper à la masse d'araignées. Bien que le bâtiment ait brûlé plus de trente ans auparavant, les odeurs fantômes du bois carbonisé, du plâtre fissuré et des tuyaux fondus flottaient encore dans les airs. Si elle se concentrait, l'Ensorceleuse serait capable d'entendre les voix des gardiens et de leurs familles ayant vécu là au fil des années.

Ses yeux vert vif plissés, Pernelle fixa la nuée d'oiseaux, afin de deviner combien de temps il lui restait avant leur arrivée. Le brouillard l'empêchait d'apprécier avec exactitude leur nombre et la distance ; cependant, ils devraient atteindre l'île dans une quinzaine de minutes. Elle appuya l'auriculaire contre le pouce. Une seule étincelle blanche crépita entre ses doigts. Pernelle secoua la tête : loin du sphinx, ses pouvoirs revenaient, mais pas assez vite. De plus, son aura se rechargerait plus lentement la nuit. En tout cas, elle n'était pas suffisamment forte pour vaincre Morrigan et ses alliés à plumes.

Pour autant, elle n'était pas sans défense : une vie d'étude lui avait appris beaucoup de choses utiles...

Une brise glacée ébouriffa la longue chevelure de l'Ensorceleuse une seconde avant que le fantôme de Juan Manuel de Ayala se matérialise devant elle. Le spectre flottait dans les airs, prenant forme grâce aux particules de poussière et aux gouttes d'eau contenues dans le brouillard. Comme de nombreux fantômes qu'elle avait rencontrés, il portait les vêtements qu'il avait trouvés confortables au cours de sa vie, c'est-à-dire une chemise blanche et ample en lin, rentrée dans un pantalon court. Ses jambes s'effilaient sous les genoux, et comme la plupart des esprits il n'avait pas de pieds. De leur vivant, les gens examinent rarement leurs pieds.

– Autrefois, c'était le plus bel endroit au monde, vous ne pensez pas ? dit-il, les yeux humides rivés sur la ville de San Francisco.

– Ça l'est toujours, répliqua Pernelle, qui se tourna vers la baie et la ville illuminée par des myriades de minuscules lumières vacillantes. Nous nous y sommes sentis chez nous pendant des années, Nicolas et moi.

– Je ne parlais pas de la ville !

Pernelle lança un regard de côté au fantôme :

– Pourtant elle est magnifique !

– Autrefois, je me tenais non loin d'ici, et je contemplais les milliers de feux qui brûlaient sur les rives. Chaque feu représentait une famille. Ces gens-là, je les connaissais tous.

Une grimace de douleur apparut sur le visage de l'Espagnol :

– Ils m'ont tout appris sur cette terre ; ils me parlaient de leurs dieux et de leurs esprits. Je leur dois mon attachement à cet endroit. Aujourd'hui, je ne vois que des lumières. Je ne vois ni les étoiles, ni les tribus ou les familles qui se réchauffent autour du feu. Où est passé l'endroit que j'aimais ?

D'un signe de tête, Pernelle montra les lumières de la ville.

– Il est encore là. Il a simplement grandi.

– Il a changé au point de devenir méconnaissable. Il a changé pour le pire.

– Juan, j'ai vu le monde changer, moi aussi. Mais j'aime penser que c'est pour le meilleur. Je suis plus âgée que vous. Je suis née à une époque où une rage de dents tuait, où la vie était courte et douloureuse, la mort souvent brutale. Quand vous avez découvert cette île, l'espérance de vie moyenne d'un adulte ne dépassait pas trente-cinq ans. Aujourd'hui, il peut atteindre le double. Les maux de dents ne tuent plus, enfin... en général, ajouta-t-elle dans un éclat de rire. (Il lui était quasiment impossible de traîner Nicolas chez le dentiste !) Les hommes ont accompli des progrès étonnants ces derniers siècles. Ils ont créé des merveilles.

Le fantôme flottant de Ayala vint se poster devant elle :

– Et dans leur hâte de créer des merveilles, ils ont ignoré celles qui se trouvaient autour d'eux, ils ont ignoré les mystères et la beauté. Mythes et légendes les entourent sans qu'ils s'en rendent compte et les apprécient. Il n'en a pas toujours été ainsi.

– En effet, lui accorda Pernelle avec tristesse.

Elle scruta la baie. La ville disparaissait peu à peu sous la brume, les lumières se paraient d'un halo magique. Il était facile d'imaginer à quoi San Francisco ressemblait par le passé... et à quoi la cité ressemblerait si les Ténébreux envahissaient de nouveau la Terre. Il y avait très longtemps, l'humanité reconnaissait l'existence de différentes créatures et d'autres races – vampires, garous, géants... – dans l'ombre. Des êtres aussi puissants que les dieux vivaient au cœur des montagnes ou dans les profondeurs de forêts impénétrables. Il y avait des goules sous terre, des créatures bien pires que les trolls sous les ponts ; des loups sillonnaient les bois. Quand les voyageurs revenaient de périples lointains, colportant des histoires de monstres rencontrés en chemin, de merveilles qu'ils avaient vues, personne ne mettait leur parole en doute. Aujourd'hui, malgré les photographies, les vidéos, les témoignages, les gens doutaient, criaient au canular face à tout événement extraordinaire ou surnaturel.

– Et voilà qu'un de ces êtres terribles s'approche de mon île, constata Juan. Je le sens... Qui est-ce ?

– Morrigan, la déesse des Corbeaux.

Juan se tourna vers Pernelle :

– J'ai entendu parler d'elle. Certains marins irlandais et écossais avec qui je naviguais sur mon navire la craignaient. C'est vous qui l'intéressez, n'est-ce pas ?

– Oui, répondit l'Ensorceleuse, un sourire lugubre aux lèvres.

– Que compte-t-elle faire ?

Pernelle pencha la tête sur le côté pour mieux réfléchir.

– Eh bien, ils ont essayé de m'emprisonner, et ils ont échoué. Je suppose que les maîtres de Dee se sont finalement décidés à choisir une solution plus... permanente. Oh ! J'ai déjà connu des situations aussi désespérées !

La voix lui manqua... elle souffla avant de reprendre :

– Si seulement Nicolas était à mes côtés ! Ensemble, nous étions invincibles.

Elle prit une profonde inspiration pour se calmer et leva les mains devant son visage. Des volutes fumantes de son aura d'un blanc glacé s'enroulaient autour de ses doigts.

– Mais je suis l'immortelle Pernelle Flamel ! Et je ne mourrai pas sans me battre.

– Comment puis-je vous aider ?

– Vous avez déjà assez fait pour moi. Grâce à vous, j'ai échappé au sphinx.

– Alcatraz est mon île. Et vous êtes sous ma protection désormais. Néanmoins, je ne suis pas sûr que quelques portes qui claquent effraieront ces oiseaux. Or il n'y a pas grand-chose d'autre que je puisse faire...

Lentement, Pernelle traversa la maison en ruine. Depuis une des grandes fenêtre rectangulaires, elle fixa la prison. Maintenant que la nuit était tombée, le bâtiment n'était plus qu'une vague silhouette imposante dans le ciel pourpre. Elle prit le temps d'évaluer la situation : elle était piégée sur une île envahie par les araignées ; un sphinx se promenait en liberté dans les couloirs en dessous et les cellules étaient pleines de créatures issues des mythes les plus obscurs. Par ailleurs, ses pouvoirs étaient incroyablement diminués. Et Morrigan arrivait. Elle avait dit à Ayala avoir déjà vécu des situations aussi désespérées, mais, en cet instant, elle ne s'en rappelait aucune.

Le fantôme apparut devant elle. Sa silhouette rendait flous les contours du bâtiment au-delà.

– Comment puis-je vous aider ? répéta-t-il.

– Vous connaissez bien cette île ?

– Ah ! J'en connais les moindres recoins. J'ai visité les endroits secrets, les tunnels inachevés, creusés par les prisonniers, les couloirs dissimulés, les pièces murées, les vieilles grottes indiennes percées dans le rocher en contrebas. Je pourrais vous cacher où personne ne vous trouverait.

– Morrigan est pleine de ressources..., dit Pernelle en faisant les cent pas. Et il y a les araignées. Elles me trouveront.

Le fantôme flotta afin de se placer de nouveau devant elle. Seuls ses yeux d'un brun profond étaient visibles dans la nuit.

– Les araignées ne sont pas sous le contrôle de Dee.

Surprise, Pernelle eut un mouvement de recul :

– Pardon ?

– Elles sont apparues il y a deux semaines seulement. J'ai commencé à remarquer des toiles sur les portes, dans les escaliers. Chaque matin, il y en avait plus. Portées par leurs fils de soie, elles flottaient au gré du vent. À l'époque, il y avait des gardes d'apparence humaine sur l'île... d'apparence, je dis bien. Des créatures terribles au visage sans yeux ni bouche.

– Des homuncules, lâcha Pernelle dans un tressaillement. Des créatures que Dee cultive dans des cuves de graisse bouillonnante. Que leur est-il arrivé ?

– Ils étaient censés nettoyer les toiles d'araignée, dégager les portes. L'un d'eux a trébuché et est tombé sur une toile, raconta Ayala, dont les dents brillèrent dans un bref sourire. Il n'est resté de lui que des bouts de tissu. Je n'ai pas vu d'os, ajouta-t-il dans un soupir horrifié.

– Les homuncules n'ont pas de squelette, expliqua Pernelle. Qui a appelé les araignées, alors ?

Ayala se tourna pour regarder la prison :

– Je n'en suis pas sûr...

– Je croyais que vous n'ignoriez rien de cette île !

– Sous les bâtiments, dans les profondeurs au niveau des vagues, il existe plusieurs grottes souterraines. Je crois que les premiers habitants de l'île s'en servaient pour stocker leurs réserves. Il y a un mois, le petit Anglais...

– Dee ?

– Oui, Dee a apporté quelque chose sur l'île au cœur de la nuit. Il l'a enfermé dans ces grottes, puis a disposé autour de la zone des sceaux magiques de protection. Même moi, je ne peux pas franchir ces nombreuses défenses. Mais je suis convaincu que c'est la chose enfermée là-dedans qui attire les araignées sur l'île.

– Pouvez-vous m'y conduire ? demanda Pernelle en fixant la masse d'oiseaux qui fonçaient sur Alcatraz dans un vacarme assourdissant.

– Non ! s'écria Ayala. Le couloir déborde d'araignées, et qui sait quels pièges Dee y a installés...

Par automatisme, Pernelle voulut saisir le bras du marin, mais sa main se referma sur du vide.

– Si Dee a enfoui quelque chose dans les oubliettes d'Alcatraz et le protège avec une magie si puissante qu'un esprit sans substance ne peut la traverser, nous devons débrouiller ce mystère. Connaissez-vous ce proverbe : « L'ennemi de mon ennemi est mon ami » ?

– Non, mais je connais celui-ci : « Les fous se précipitent où les anges ont peur de marcher. »

– Allons-y avant que Morrigan arrive ! Conduisez-moi dans les souterrains.

CHAPITRE QUARANTE

L'épée de la Dise étincela au-dessus de la tête de Josh.

Tout se passait si vite qu'il n'avait pas le temps d'avoir peur. Il entrevit l'éclat de métal et réagit à l'instinct : il leva Clarent à l'horizontale au-dessus de sa tête. La lame de la Dise frappa la courte épée de pierre et suivit son fil dans une explosion d'étincelles. Elles saupoudrèrent les cheveux de Josh et le piquèrent au visage. La douleur le mit en colère, et la force du coup l'obligea à s'agenouiller. Aussitôt, la Dise recula et effectua un grand mouvement de balancier avec son épée. La lame gémit en fendant l'air... Une aigreur au fond de son estomac apprit à Josh qu'il ne survivrait pas à pareil assaut.

Soudain, Clarent frémit dans sa paume.

Une bouffée de chaleur cuisante jaillit dans la main de l'adolescent stupéfait ; le spasme l'obligea à resserrer ses doigts autour de la garde. L'épée eut un soubresaut, puis fusa à la rencontre de l'arme de la Dise, la repoussant au dernier moment dans une nouvelle explosion d'étincelles.

Ses yeux bleus écarquillés par le choc, la Dise recula.

– Aucun humani ne possède un tel don, dit-elle à voix basse. Qui es-tu ?

Josh se releva en tremblant, ne sachant trop ce qui venait de se produire. En tout cas, cela avait un rapport avec l'épée. Elle avait pris le contrôle ; elle lui avait sauvé la vie. Ses yeux se posèrent sur la terrifiante guerrière, son visage masqué et son épée d'argent. Tenant Clarent à deux mains devant lui, il essaya d'imiter la posture de Jeanne ou de Scatty, mais l'épée ne cessait de remuer, de s'agiter de son propre gré.

– Je m'appelle Josh Newman, répondit-il simplement.

– Jamais entendu parler de toi.

La femme jeta un coup d'œil vers Nidhogg, qui rampait en direction de l'eau. Sa queue incrustée de pierre noire était à présent si lourde qu'il pouvait à peine bouger.

– Vous n'avez peut-être jamais entendu parler de moi, mais voici... (Josh brandit l'épée) Clarent !

Les yeux bleu vif de la femme s'ouvrirent démesurément.

– Ah ! Elle ne vous est pas inconnue, je vois !

Faisant virevolter son épée dans une main, la Dise se mit à contourner Josh. Il pivota pour lui faire face. Il comprenait où elle voulait en venir – le repousser vers le monstre – et il ne pouvait l'en empêcher. Quand il finit par toucher la peau pierreuse de Nidhogg, la Dise s'arrêta.

– Entre les mains d'un maître, Clarent peut être très dangereuse, affirma-t-elle.

– Je ne suis pas un maître, s'exclama Josh, ravi que sa voix ne tremble pas. Je n'en ai pas besoin. Scathach m'a dit que cette épée pouvait la tuer... Je n'ai pas compris sur le moment. Maintenant, je sais qu'elle peut vous tuer, vous aussi.

Avec son pouce, il désigna Nidhogg par-dessus son épaule :

– Regardez ce qu'une simple éraflure a provoqué chez lui. Il me suffit de vous frôler avec...

La lame trembla entre ses mains, ronronna comme si elle lui signalait son approbation.

– Parce que tu penses m'approcher ? ironisa la Dise.

Elle fondit sur lui, son épée tissant devant elle un dessin hypnotique. Elle l'attaqua soudain avec une force redoublée.

Josh n'eut pas le temps de reprendre son souffle. Il parvint à parer trois coups. La lame métallique s'abattait sur celle en pierre dans une pluie d'étincelles, chaque coup le poussait en arrière. Le choc se répercutait dans tout son corps. La Dise était trop rapide pour lui ! La volée suivante atteignit son bras nu. Clarent parvint à dévier l'épée au dernier instant, si bien que c'est le plat de la lame, et non le tranchant effilé, qui s'abattit sur Josh. Aussitôt, son bras s'engourdit de l'épaule au bout des doigts et il fut pris d'un haut-le-cœur. Il avait mal, et surtout il avait peur : il venait de comprendre qu'il allait mourir. Clarent lui échappa des mains et rebondit en tintant sur le sol.

La femme sourit, dévoilant ses dents, pointues comme des aiguilles.

– Trop facile ! Une épée légendaire ne suffit pas pour faire de toi un guerrier !

Elle s'avança vers le garçon, le plaqua contre la chair rocheuse de Nidhogg. Josh ferma les yeux quand elle leva son arme et poussa un affreux cri de guerre : « Odin ! »

– Sophie, chuchota-t-il.

– Josh !

Deux pâtés de maisons plus loin, immobilisée dans un bouchon, Sophie Newman se dressa à l'arrière de la Citroën. Une sensation de terreur lui comprima la poitrine, fit battre son cœur à toute allure.

Nicolas se retourna et lui prit la main :

– Dis-moi !

– Josh ! lâcha-t-elle, les yeux remplis de larmes. Josh court un terrible danger !

La voiture s'emplit du parfum entêtant de la vanille quand son aura s'illumina. De minuscules étincelles dansaient au bout de ses cheveux blonds en crépitant.

– Nous devons le rejoindre !

– Nous sommes bloqués, dit Jeanne. La circulation est totalement interrompue.

Le sang de Sophie se glaça : son frère allait mourir !

– Roule sur le trottoir ! ordonna Nicolas.

– Mais les piétons ?

– Ils se pousseront. Klaxonne ! Sophie, nous sommes presque arrivés !

Jeanne fit grimper la petite voiture sur le trottoir ; le moteur ronflait, le klaxon émettait des couinements plaintifs.

– Il sera trop tard ! Faites quelque chose, les supplia Sophie, n'importe quoi !

L'air vieux et fatigué, de nouvelles rides creusées sur son front et sous ses yeux, Nicolas Flamel secoua la tête :

– Il n'y a rien que je puisse faire.

Au milieu d'étincelles, de crépitements et de claquements, un rideau de flammes jaunâtres et puantes s'anima entre Josh et la Dise. La chaleur était si intense qu'elle poussa Josh entre les pieds griffus de Nidhogg, lui grilla les cheveux et lui roussit cils et sourcils. Aveuglée, la Dise tituba elle aussi en arrière.

– Josh !

L'adolescent ne vit pas celui qui l'appelait à travers le brasier.

La proximité du feu réveilla le monstre. Son pied tressaillit, envoyant Josh à quatre pattes, tout près du feu... qui mourut aussi brusquement qu'il était né. Le garçon heurta le sol de plein fouet, s'écorcha mains et pieds sur le bitume. L'odeur d'œufs pourris était épouvantable. Josh tâtonnait autour de lui pour retrouver Clarent quand quelqu'un hurla de nouveau son prénom.

La Dise se jeta sur lui, épée en avant. Soudain, une lance de flammes jaunes la frappa et explosa contre sa cotte de mailles. Le mur de flammes réapparut entre le garçon et son assaillante.

– Josh.

Une main se posa sur l'épaule meurtrie de l'adolescent, qui sursauta et poussa un cri. Il leva les yeux : le Dr John Dee était penché sur lui.

Une fumée d'un jaune sale ruisselait des mains du Magicien à travers ses gants gris déchirés. Son costume n'avait plus rien d'élégant. Dee sourit gentiment :

– Mieux vaudrait qu'on parte tout de suite. Je ne pourrai pas dresser ces flammes encore longtemps.

Au même instant, la Dise trancha à l'aveuglette le mur de feu ; les flammes s'enroulaient autour de son épée tandis qu'elle cherchait sa cible. Dee aida Josh à se relever et le traîna en arrière.

– Attendez ! grommela Josh, la voix éraillée par la peur et la fumée. Et Scatty ?

Il toussa avant de reprendre :

– Scatty est prisonnière du...

– Elle s'est enfuie, le coupa Dee en passant un bras autour de ses épaules pour le soutenir et le conduire vers la voiture de police.

– Quoi ?

– Nidhogg l'a lâchée quand j'ai créé le rideau de feu entre toi et la Dise. Je l'ai vue rouler à terre, bondir sur ses pieds et s'élancer le long du quai.

– Elle s'est enfuie ?

Impossible ! Quelques instants plus tôt, elle pendait, inconsciente, entre les griffes du lézard. Josh essaya de se concentrer, mais son cerveau palpitait sous son crâne, et la peau du visage lui brûlait.

– Même la légendaire Guerrière recule devant Nidhogg. Les héros survivent parce qu'ils savent quand il faut fuir pour mieux reprendre le combat.

– Elle m'a abandonné ?

– Je doute qu'elle ait été au courant de ta présence, répondit Dee en poussant Josh à l'arrière de la voiture.

Il se glissa à son côté et tapota l'épaule du chauffeur aux cheveux blancs :

– Allons-y.

Josh se redressa :

– Attendez ! J'ai oublié Clarent...

– Tu ferais mieux de ne pas retourner la chercher, lui conseilla Dee.

Il s'adossa au siège pour que Josh puisse regarder au-dehors. La Dise, dont la cotte de mailles ressemblait à présent à une loque, traversa à grands pas les flammes. Quand elle aperçut Josh, elle sprinta vers lui en poussant des cris inintelligibles dans une langue qui ressemblait à des hurlements de loup.

– Elle a l'air contrarié..., observa Dee. Démarre, Nicolas !

Josh regarda le chauffeur dans le rétroviseur : l'homme du Sacré-Cœur !

Machiavel mit le contact si sauvagement que le starter couina. La voiture fit une embardée, puis hoqueta avant de s'arrêter.

– Super, marmonna Dee. Super...

Le Magicien se pencha par la fenêtre, plaça sa main

devant sa bouche et souffla fort. Une sphère de fumée jaune roula de sa paume et tomba par terre. Elle rebondit deux fois, telle une balle en caoutchouc, puis elle explosa à quelques centimètres du visage de la Dise. Des fils épais et poisseux de la couleur et de la consistance d'un miel sale l'éclaboussèrent puis dégoulinèrent sur le sol en longues bandes qui la collèrent sur le bitume.

– Cela devrait la retenir..., commença Dee.

L'épée de la Dise sectionna les fils sans aucune difficulté.

– ... deux secondes.

Voyant que Machiavel ne parvenait pas à démarrer la voiture, Josh proposa :

– Je peux essayer ?

Il escalada le siège avec difficulté pendant que Machiavel se glissait côté passager. Son épaule droite lui faisait mal, mais au moins il avait récupéré quelques sensations dans les doigts, et il pensait n'avoir aucun os cassé. Il pourrait ajouter un bleu énorme à sa collection, qui ne cessait de s'enrichir... Il tourna la clef de contact, appuya à fond sur l'accélérateur et passa en même temps la marche arrière au moment où la Dise s'approchait. Une chance qu'il ait appris à conduire avec une boîte manuelle sur la vieille Volvo cabossée de son père ! Tel un fléau, l'épée de la Dise frappa la portière, s'enfonça dans le métal et s'arrêta non loin de la jambe de Josh. Tandis que la voiture reculait, la guerrière planta les pieds dans le sol et s'accrocha à la garde à deux mains. Sa lame fit une déchirure horizontale dans la porte et l'aile au-dessus du moteur, lacérant le métal comme une feuille de papier. Elle entailla également le pneu avant gauche, qui explosa dans un bruit assourdissant.

– Continue ! cria Dee.

– Pas question que je m'arrête ! répondit Josh.

Alors que le moteur protestait par des gémissements, que le pneu avant claquait et cognait contre la route, Josh quitta le quai...

... au moment où Jeanne arrivait à l'autre extrémité dans sa Citroën légèrement éraflée.

Elle pila ; les pneus crissèrent sur les pierres humides. Sophie, Nicolas et Jeanne n'en crurent pas leurs yeux quand ils virent Josh au volant d'une voiture de police. Il opérait une rapide marche arrière destinée à s'éloigner de Nidhogg et de la Dise. Dee et Machiavel se trouvaient aussi à bord du véhicule ! Josh exécuta un demi-tour au frein à main et sortit du parking à toute allure.

La Dise se retrouva seule sur le quai, apparemment estomaquée. Dès qu'elle aperçut les nouveaux venus, elle fit volte-face et se rua vers eux, épée dressée au-dessus de la tête, poussant un cri de guerre barbare.

CHAPITRE QUARANTE ET UN

– Je m'en occupe, annonça Jeanne, l'air ravie à la perspective de se battre contre la guerrière.

Elle effleura la manche de Flamel et désigna l'Ombreuse, toujours entre les griffes de Nidhogg :

– Va chercher Scathach.

Le monstre était à présent à moins de deux mètres du bord du quai.

La petite Française s'empara de son épée et bondit hors de la voiture.

– Encore une humani qui veut se mesurer avec moi ! cracha la Dise avec mépris en abattant son épée.

– Mais pas n'importe laquelle, répliqua Jeanne, qui para aisément le coup.

Sa lame cliqueta sur les restes de la cotte de mailles de la Dise.

– Je suis Jeanne d'Arc !

Son épée tournoya ; l'attaque fut si violente que la Dise sauta en arrière.

– Je suis la Pucelle d'Orléans.

Sophie et Nicolas s'approchèrent lentement de Nidhogg. Sophie remarqua que sa queue était recouverte d'une carapace noire qui commençait à remonter le long de son dos et attaquait ses pattes arrière. Le poids de la queue en pierre clouait la créature au sol ; ses gros muscles se contractaient et ondulaient tandis que le lézard se traînait vers le fleuve, laissant des marques profondes dans le bitume du parking.

– Sophie ! cria Flamel. J'ai besoin d'aide.

– Mais Josh..., protesta-t-elle.

– Josh est parti !

Il se baissa pour ramasser Clarent. Il poussa un sifflement de surprise : l'épée était brûlante. Il prit son élan et tapa Nidhogg, mais l'arme rebondit sur la peau gainée de pierre sans blesser le monstre.

– Sophie, aide-moi à libérer Scatty, et ensuite nous irons chercher Josh. Sers-toi de tes pouvoirs.

L'Alchimiste frappa une nouvelle fois le lézard sans plus d'effet. Ses pires craintes se réalisaient : Dee avait mis la main sur Josh... et Josh avait sur lui les deux dernières pages du Codex ! Il tourna la tête : Sophie demeurait immobile, effrayée et stupéfaite.

– Sophie ! Aide-moi.

Sophie leva les mains, posa le pouce contre son tatouage et essaya d'invoquer sa magie du Feu. En vain.

Elle ne parvenait pas à se concentrer : elle s'inquiétait trop pour son frère. Que faisait-il ? Pourquoi était-il parti avec Dee et Machiavel ? Il n'avait pas l'air contraint, vu qu'il conduisait !

– Sophie ! l'interpella Nicolas.

Josh avait couru un danger terrible et bien réel. Elle n'en doutait pas une seconde, elle l'avait perçu au plus profond d'elle. Chaque fois que son jumeau avait des ennuis, elle le savait. Quand il avait failli se noyer au large de la plage de Pakala, sur l'île de Kauia, elle s'était réveillée en suffoquant. Quand il s'était cassé les côtes sur un terrain de football à Pittsburgh, elle avait ressenti une vive douleur dans la poitrine, qui lui avait coupé le souffle.

– Sophie !

Que s'était-il passé ? Il était en danger de mort, et, l'instant d'après...

– Sophie ! aboya Flamel.

– Quoi ? rétorqua-t-elle sur le même ton.

La colère croissait en elle. Josh avait raison... depuis le début. Tout était la faute de l'Alchimiste.

– Sophie, demanda celui-ci plus gentiment, j'ai besoin de ton aide. Je ne peux pas y arriver seul.

Sophie se tourna vers lui. Il était accroupi, entouré par un nuage de vapeur verte. Un épais cordon émeraude de fumée était enroulé autour d'une des grosses pattes de Nidhogg et disparaissait sous terre, où Flamel tentait de le maintenir. Nidhogg tira dessus, et le lien céda avant de se dissoudre dans l'air. Sophie se secoua : encore quelques pas, et il emporterait Scathach, son amie, dans le fleuve ! Il fallait qu'elle intervienne !

Sa peur et sa colère l'aidèrent à se concentrer. Quand elle comprima son tatouage, les flammes jaillirent au bout de ses doigts. Elle éclaboussa d'un feu argent le dos de Nidhogg, puis elle envoya sur le monstre de petits grêlons rougeoyants, qu'il ne sembla même pas remarquer. Il continuait de s'approcher dangereusement de l'eau.

Comme le feu ne marchait pas, elle essaya le vent. Mais les tornades miniatures qu'elle lançait rebondissaient sur la créature. Après avoir consulté les souvenirs de la Sorcière d'Endor, elle tenta un tour que Hécate avait utilisé contre la Horde d'Or en Mongolie.

Elle créa un vent en forme de fouet, qui envoya de la poussière et des gravillons dans les yeux de Nidhogg. Aussitôt, une paupière supplémentaire se mit en place pour les protéger.

– Rien ne fonctionne ! hurla-t-elle au moment où le monstre s'apprêtait à basculer.

La Dise abattit de nouveau son épée. Jeanne se baissa, si bien que la lame siffla au-dessus de sa tête et s'enfonça dans la Citroën. Le pare-brise vola en éclats.

Jeanne était furieuse. Elle adorait sa Charleston. En janvier, Francis voulait lui acheter une voiture pour son anniversaire. Il lui avait apporté une pile de catalogues sur papier glacé et demandé de choisir. Sans les ouvrir, elle lui avait confié qu'elle rêvait de posséder la petite voiture française classique. Il avait parcouru l'Europe entière pour lui trouver le modèle parfait, puis dépensé une petite fortune pour la restaurer conformément à l'original. Le jour J, il l'avait ornée de trois épais rubans bleu, blanc et rouge.

Un autre coup violent de la Dise cabossa le capot de la voiture ; le suivant trancha le petit phare rond perché sur l'aile avant droite, tel un œil. Il rebondit sur le sol et se brisa.

Les yeux de Jeanne étaient noirs de colère.

– Sais-tu à quel point il est difficile de trouver des pièces de rechange pour cette voiture ? siffla-t-elle en se jetant sur son adversaire.

Chacun de ses mots était assorti d'un coup puissant.

La Dise bondit en arrière. Elle avait du mal à parer les coups de la lame tournoyante de Jeanne. Elle avait beau alterner différentes astuces de combat, rien n'était efficace contre cet assaut furieux.

– Tu remarqueras, continua Jeanne, qui poussait la Dise vers la Seine, que je n'ai aucun style particulier. Sache que j'ai été entraînée par la plus grande guerrière de tous les temps : Scathach l'Ombreuse.

– Oh ! Tu peux me battre, rétorqua la Dise. Mes sœurs vengeront ma mort.

– Tes sœurs ? s'exclama Jeanne en assénant un coup sauvage, qui coupa la lame de la Dise en deux. Serait-ce ces deux Walkyries actuellement congelées dans leur petit iceberg personnel ?

La Dise chancela au bord du muret qui longeait la Seine :

– Impossible ! Personne ne peut nous vaincre.

– Tout le monde peut être vaincu.

Du plat de sa lame, Jeanne frappa le casque de la Dise et l'assomma. Elle en profita pour donner un grand coup d'épaule dans la poitrine de la guerrière et la pousser dans l'eau.

– Seules les idées sont immortelles, ajouta-t-elle.

Toujours accrochée à son épée cassée, la Walkyrie disparut dans les eaux sombres après avoir éclaboussé Jeanne de la tête aux pieds.

Sophie était perplexe : sa magie avait échoué contre Nidhogg. Comment Josh avait-il ?... Il n'avait pas de pouvoirs...

L'épée ! Josh avait l'épée !

Elle arracha Clarent des mains de Flamel. Aussitôt, son aura s'anima, jeta des étincelles, pétilla. De longs filets de lumière glacée tourbillonnèrent autour de son corps. Elle fut envahie par les émotions, les pensées en désordre, les idées noires, les projets sombres, les souvenirs et les sentiments des hommes et des femmes qui s'étaient servis de Clarent par le passé. Si cette arme n'avait pas été la dernière chance de Scatty, elle l'aurait jetée au loin, tellement ces sensations étaient violentes.

Elle se ressaisit et fondit sur le monstre. La pointe de Clarent s'enfonça dans son épaule.

L'effet fut immédiat. Un feu rougeoya le long de la lame, et la peau de la créature durcit instantanément. L'aura de Sophie flamboya comme jamais auparavant et, en un instant, son cerveau s'emplit de visions impossibles, de souvenirs incroyables. Soudain, son aura surchargée s'éteignit dans une explosion qui l'expédia dans les airs. Elle poussa un seul hurlement avant de s'écraser sur la capote de la Charleston de Jeanne. Lentement, les coutures lâchèrent, et la jeune fille se posa en douceur sur le siège passager.

Nidhogg fut pris de spasmes, ses grandes griffes s'écartaient au fur et à mesure que sa chair durcissait.

Jeanne d'Arc se précipita entre les jambes du monstre, attrapa Scatty par la taille et la libéra sans se préoccuper des immenses pattes de la créature qui s'agitaient tout près de sa tête.

Nidhogg poussa un mugissement qui déclencha les alarmes dans toute la ville. Celles des voitures du parking se joignirent à la cacophonie. La bête tenta de tourner la tête pour suivre Jeanne qui emportait Scatty, mais sa chair antique qui se transformait en pierre noire l'en empêcha. Sa bouche ouverte révéla des dents pointues comme des dagues.

Tout à coup, une énorme section du quai céda sous le poids de la créature. Nidhogg vacilla en avant et s'écrasa sur le bateau-mouche, qui se brisa en deux. L'embarcation disparut au fond de la Seine dans une énorme explosion d'eau qui projeta une grosse vague sur la rive.

Allongée sur le quai, près du rebord, trempée jusqu'aux os, Scatty revint lentement à elle.

– Je ne me suis pas sentie aussi mal depuis des siècles, marmonna-t-elle en essayant de se relever.

Jeanne l'aida à s'asseoir et la serra contre elle.

– La dernière chose dont je me souviens...

Scatty écarquilla ses grands yeux verts :

– Nidhogg ! Josh !

– Il a tenté de te sauver, expliqua Flamel, qui s'approcha d'elles en boitant.

Il ramassa Clarent sur le quai.

– Il a touché Nidhogg, l'a ralenti suffisamment pour nous permettre d'arriver. Puis Jeanne a combattu la Dise pour te sauver.

– Nous avons tous combattu pour te sauver, rectifia Jeanne.

Elle passa son bras autour des épaules de Sophie, qui s'était extirpée de la voiture. Couverte d'ecchymoses et de bosses, elle chancelait. Une longue éraflure courait sur son avant-bras.

– Sophie a vaincu Nidhogg.

Lentement, la Guerrière se mit debout, tourna la tête à droite et à gauche pour assouplir ses muscles du cou engourdis.

– Et Josh ? s'inquiéta-t-elle. Où est Josh ?

– Dee et Machiavel l'ont attrapé, répondit Flamel, le visage gris de fatigue. Nous ignorons comment.

– Nous devons nous lancer à leur poursuite, décréta Sophie.

– Leur voiture n'est pas en bon état, ils n'ont pas dû aller bien loin, remarqua Flamel, qui se tourna vers la Charleston. J'ai peur que la tienne ne soit un peu mal en point, elle aussi...

– Moi qui adorais cette voiture..., gémit Jeanne.

– Partons d'ici, décida Scatty. La police ne va pas tarder à boucler le périmètre.

Soudain, tel un dauphin bondissant des vagues, Dagon jaillit de la Seine. Il se cabra, à présent plus poisson qu'homme, les branchies ouvertes sur son long cou, ses yeux globuleux brillant de haine. Ses mains palmées se refermèrent autour de Scathach et l'entraînèrent dans le fleuve.

– Enfin, Ombreuse. Enfin...

CHAPITRE QUARANTE-DEUX

Le fantôme de Ayala conduisait Pernelle dans le labyrinthe d'Alcatraz. Elle essayait de rester à l'ombre, se faufilait le long des murs en ruine et des embrasures sans porte, guettant les moindres créatures nocturnes. Elle ne pensait pas que le sphinx oserait s'aventurer hors de la prison – en dépit de leur terrifiante apparence, les sphinx étaient d'une grande couardise et craignaient l'obscurité. À l'opposé, la plupart des créatures qu'elle avait entraperçues dans les cellules condamnées par des toiles d'araignée préféraient la nuit au jour.

L'entrée du tunnel se trouvait quasiment sous la tour qui contenait autrefois la seule réserve d'eau potable de l'île. Sa structure métallique était rouillée, rongée par le sel marin, les fientes d'oiseaux et les nombreuses fuites.

Au pied de la tour foisonnait la végétation nourrie par ce même écoulement d'eau.

Ayala désigna un carré de terre irrégulier près d'un poteau de métal :

– Vous trouverez dessous un puits qui descend dans le tunnel. Une autre entrée a été creusée dans la falaise, mais elle n'est accessible que par bateau à marée basse. Dee a emmené son prisonnier par là-bas. Il n'est pas au courant pour cette entrée.

Tout en scrutant le ciel, Pernelle dégagea avec une barre de métal une dalle de béton fissurée. Elle aurait aimé savoir à quelle distance se trouvaient les oiseaux, mais le seul bruit qu'elle entendait était le sifflement du vent qui s'engouffrait dans les bâtiments en ruine et entre les supports rouillés du réservoir. De plus, le brouillard épais qui s'était abattu sur San Francisco et le Golden Gate Bridge avait à présent atteint l'île.

Alors qu'elle finissait d'ôter la terre de la dalle, Ayala lui chuchota à l'oreille :

– Les prisonniers ont découvert l'existence d'un tunnel en dessous et ont réussi à creuser ce puits. Au fil des décennies, les fuites d'eau avaient ramolli le sol et rongé les pierres. Quand les fugitifs ont enfin rejoint le tunnel, c'était la marée haute ; la galerie était inondée, si bien qu'ils ont abandonné. Si seulement ils avaient attendu que la marée descende !

Pernelle coinça la barre métallique sous la dalle et fit levier. La pierre ne bougea pas d'un centimètre. Elle appuya à deux mains ; sans résultat. Elle s'empara alors d'un bout de rocher et tapa sur la barre. Le son semblable à celui d'une cloche résonna dans toute l'île.

– Rien à faire ! marmonna-t-elle.

Elle hésitait à utiliser sa magie, de peur de révéler sa position au sphinx ; mais elle n'avait pas le choix. La main droite en coupe, elle laissa son aura s'accumuler dans sa paume, où elle prit l'apparence du mercure. Elle posa la main sur la pierre et laissa son pouvoir à l'état brut se déverser, puis s'infiltrer dans le granit. Le bloc fondit telle de la cire, libérant le passage.

– Je suis mort depuis longtemps. Je pensais avoir vu des merveilles, mais je n'avais jamais assisté à quelque chose de tel...

– Un mage scythe m'a appris ce tour pour me remercier de lui avoir sauvé la vie. C'est assez simple, franchement.

L'Ensorceleuse se pencha au-dessus du puits et recula d'un bond en grimaçant :

– Oh ! Ça pue !

Le fantôme de Ayala flotta vers le trou, se retourna et montra ses dents parfaites dans un sourire :

– Je ne sens rien !

– Vous avez de la chance ! marmonna Pernelle en secouant la tête : les fantômes avaient un sens de l'humour particulier !

Le tunnel empestait le poisson avarié, les algues en décomposition, la fiente d'oiseau et les crottes de chauve-souris rances, le bois pourri et le métal rouillé. L'Ensorceleuse perçut une autre odeur, âcre et aigre, comme du vinaigre. Elle déchira le bas de sa robe et s'en fit un masque, qu'elle plaqua sur son nez et sa bouche.

– Il y a une vieille échelle là-dedans, mais soyez prudente, je suis sûr qu'elle est rouillée.

Il leva les yeux au ciel :

– Les oiseaux ont atteint l'extrémité sud de l'île. Je sens aussi une créature démoniaque.

– Morrigan.

Penchée au-dessus du trou, Pernelle claqua des doigts. Une plume de lumière douce et blanche s'en détacha et descendit le long des parois humides, disparaissant dans l'obscurité. La lueur laiteuse et vacillante révéla une étroite échelle. En fait, ce n'étaient que des pointes enfoncées irrégulièrement dans la paroi, couvertes d'une épaisse couche de rouille et de moisissures dégoulinantes. Elles ne mesuraient pas plus de dix centimètres. Pernelle s'agenouilla et tira sur le premier piquet. Il lui parut assez solide.

Elle se tourna et posa le pied dessus. Il dérapa aussitôt. Elle décida d'ôter ses sandales et de les coincer dans la ceinture de sa robe. Elle leva la tête, inquiète : les battements d'ailes de l'armée de Morrigan se rapprochaient. Le temps pressait !

Pernelle glissa de nouveau la jambe dans le puits. C'était froid et gluant, mais au moins son pied nu s'agrippait mieux aux barreaux de fortune. Accrochée à une poignée d'herbe drue, elle descendit. Son pied trouva un autre appui, sa main gauche se referma sur le premier. Pernelle grimaça de dégoût. Puis elle sourit : comme elle avait changé ! Petite fille, à Quimper en

Bretagne, elle pataugeait dans les flaques entre les rochers, ramassait et mangeait des coquillages crus ; elle se promenait sans chaussures dans les rues, où la boue lui arrivait aux chevilles.

Testant chaque marche au fur et à mesure, Pernelle descendait le long du puits. Soudain, un des piquets céda sous son pied et dégringola dans le noir. Sa chute sembla interminable. Elle se plaqua contre le mur nauséabond ; l'humidité imbiba sa robe d'été légère. Se balançant dans l'obscurité, elle cherchait désespérément un autre appui. Elle sentit la barre en métal bouger sous sa main, et un instant son cœur s'arrêta. Par chance, la barre tint bon.

– Il s'en est fallu de peu. À un moment, j'ai cru que vous alliez me rejoindre !

Le fantôme de Ayala se matérialisa juste devant son visage.

– On n'a pas ma peau aussi facilement ! lâcha Pernelle, qui poursuivit sa descente. Remarquez, ce serait drôle si, après avoir survécu pendant des décennies aux attaques de Dee et de ses Ténébreux, je devais mourir d'une chute !

Elle regarda la silhouette floue devant elle :

– Que se passe-t-il là-haut ?

Elle désigna du menton l'ouverture du puits qui se détachait sur fond de brouillard laiteux.

– L'île est couverte d'oiseaux. Il y en a peut-être une centaine de milliers, perchés sur la moindre surface disponible. La déesse des Corbeaux s'est rendue au cœur de la prison. À mon avis, elle cherche le sphinx.

– Nous n'avons pas beaucoup de temps ! souffla Pernelle.

Elle descendit d'une marche, et son pied s'enfonça jusqu'à la cheville dans une boue gluante et glaciale. Un frisson la parcourut quand quelque chose grouilla entre ses orteils.

– Et maintenant ?

Le bras d'un blanc spectral de Ayala apparut devant ses yeux et désigna la gauche. Pernelle réalisa qu'elle se tenait à l'entrée d'un grand tunnel en pente, grossièrement taillé. Le fantôme luminescent éclaira la couche de toiles d'araignée au mur. Elle était si épaisse qu'on aurait dit une peinture argentée.

– Je dois vous laisser là, déclara Ayala, dont la voix rebondissait contre les parois. Dee a protégé l'accès au tunnel avec des sortilèges et des formules incantatoires. Je ne peux pas passer. La cellule que vous cherchez se trouve dix pas plus loin, sur votre gauche.

Pernelle fut de nouveau contrainte d'utiliser sa magie : elle n'allait certainement pas déambuler sans lumière dans un tel endroit ! Elle claqua des doigts, et un globe de feu blanc s'anima au-dessus de son épaule droite. Il diffusa une lumière opalescente qui révélait chaque toile d'araignée dans ses moindres détails. Tissées les unes sur les autres, elles formaient un rideau épais devant l'ouverture du tunnel. Pernelle se demanda combien d'araignées peuplaient la galerie...

La boule de lumière sur son épaule, elle fit un pas en avant, et tout à coup elle vit la première des protections placées par Dee : une série de lances à pointes métalliques plantées dans le sol boueux. Chaque tête comportait un symbole de pouvoir peint à la main, un idéogramme carré des anciens Mayas d'Amérique centrale. Il y avait là une douzaine de lances différentes. Individuellement, les caractères ne signifiaient rien, mais, assemblés, ils composaient un réseau incroyablement puissant de pouvoir brut, émettant des rayons de lumière noire qui s'entrecroisaient dans la galerie, tels les lasers compliqués utilisés par les banques. Cette magie n'avait aucun effet sur les hommes – elle-même ne ressentait qu'un bourdonnement ténu et une légère tension dans la nuque – tandis qu'elle représentait une barrière infranchissable pour toute créature de la race des Aînés, de la Génération Suivante et des garous, tout comme pour les fantômes.

Pernelle reconnut l'un des symboles – il se trouvait dans le Codex et dans les ruines de Palenque au Mexique. Plus vieux que les Aînés, ces signes appartenaient à une espèce qui avait habité la Terre dans un passé très lointain, bien avant l'humanité. Il s'agissait des mots du pouvoir, d'anciens symboles d'entrave destinés à protéger ou à piéger quelque chose d'une valeur inestimable ou d'extraordinairement dangereux.

Pataugeant dans la boue épaisse, Pernelle fit son premier pas dans le tunnel. Toutes les toiles bruissèrent et tremblèrent, comme autant de feuilles chuchotantes. Cette galerie devait abriter des millions d'araignées... Elles ne lui faisaient pas peur. Pernelle avait croisé des créatures bien plus effrayantes au cours de sa longue vie.

Elle arracha une des lances et s'en servit pour balayer

la toile. Le symbole carré à son extrémité émit une lumière rouge, et les fils sifflèrent et grésillèrent à son contact. L'Ensorceleuse avançait lentement le long de l'étroit tunnel, renversant les lances sur son passage. La boue effaçait au fur et à mesure les mots du pouvoir et démantelait la formule magique complexe. Pernelle réfléchissait : si Dee s'était donné tout ce mal pour emprisonner une créature dans ces souterrains, cela signifiait qu'il ne pouvait la contrôler... Elle souhaitait vivement découvrir son identité et la libérer. Soudain, une pensée lui vint à l'esprit : Dee détenait-il un être dont elle devrait avoir peur, un être aussi horrible qu'ancien ? Elle se demanda si elle n'était pas en train de commettre une grave erreur.

Le chambranle et l'entrée de la cellule comportaient des idéogrammes qui lui firent mal aux yeux. Grossiers et angulaires, ils semblaient remuer et se contorsionner sur la roche, un peu comme l'écriture dans le Livre d'Abraham. Cependant, tandis que les lettres du vieux manuscrit formaient des mots dans des langues qu'elle comprenait ou reconnaissait, ces caractères-là lui étaient complètement étrangers.

Elle ramassa de la boue et éclaboussa les lettres jusqu'à les recouvrir. Une fois les mots de pouvoir primitifs supprimés, elle envoya le globe de lumière dans la cellule.

Il lui suffit d'un millième de seconde pour appréhender la situation.

Et, à cet instant, elle se dit que le démantèlement de la formule protectrice n'était pas une si bonne idée...

La cellule n'était qu'un épais cocon. En son centre,

une araignée était suspendue à un fil de soie aussi gros que l'index de Pernelle. La créature avait à peu près la taille du réservoir d'eau qui dominait l'île. Elle ressemblait à une tarentule ; des poils pourpres et hérissés, à l'extrémité grise, lui couvraient tout le corps. Chacune de ses huit pattes était plus grande que Pernelle. Au centre de son corps se trouvait une énorme tête vaguement humaine. Lisse et ronde, celle-ci ne possédait ni oreilles, ni nez, juste une barre horizontale en guise de bouche. Telle une mygale, elle avait huit yeux minuscules au sommet du crâne.

L'un après l'autre, les yeux s'ouvrirent lentement ; ils avaient la couleur d'une vieille ecchymose. Ils fixèrent le visage de la femme ; puis la bouche du monstre s'étira et deux longs crocs en forme de lance apparurent.

– Madame Pernelle. Ensorceleuse..., lâcha-t-il.

– Areop-Enap ! souffla Pernelle, reconnaissant l'Aînée arachnéenne. Je te croyais morte.

– Tu croyais m'avoir tuée, oui !

La toile remua et, soudain, la hideuse créature se jeta sur Pernelle.

CHAPITRE QUARANTE-TROIS

Assis à l'arrière de la voiture de police, le Dr John Dee se pencha en avant.

– Tourne ici, ordonna-t-il à Josh.

Quand il vit l'expression de son visage, il ajouta :

– S'il te plaît.

Josh freina. La voiture glissa dans un crissement de pneus. La roue dont le pneu était déchiqueté tournait sur la jante dans une gerbe d'étincelles.

– Maintenant, là !

Dee désigna une ruelle étroite bordée de chaque côté par des poubelles en plastique. Dans le rétroviseur, Josh voyait Dee qui ne cessait de se retourner.

– Elle nous suit ? demanda Machiavel.

– Je ne la vois pas, répondit Dee. Je suis d'avis qu'on devrait s'éloigner d'ici.

Dimanche 3 Juin

Josh bataillait pour maîtriser la voiture.

– Ce véhicule ne nous emmènera pas bien..., commença-t-il.

À cet instant, il heurta une poubelle, qui bascula sur la deuxième, et ainsi de suite ; bientôt, la rue fut tapissée d'ordures. Quand il braqua pour éviter des containers en plastique, on entendit une détonation inquiétante. La voiture brinquebala avant de s'arrêter brusquement. De la fumée sortait du capot.

– Tout le monde dehors ! hurla Josh. On prend feu !

Il s'extirpa du véhicule pendant que Machiavel et Dee bondissaient de l'autre côté. Ils s'éloignèrent en courant. Ils n'avaient pas fait dix pas qu'ils entendirent un bruit sourd, et la voiture s'enflamma. Une épaisse fumée noire s'éleva en spirale du moteur.

– Super ! grogna Dee. Maintenant, la Dise sait où nous sommes. Et elle doit être furieuse.

– C'est sûr, elle est furieuse contre toi, lança Machiavel.

– Contre moi ?

– Ce n'est pas moi qui l'ai provoquée avec un mur de flammes, lui rappela Machiavel.

Ils ressemblaient à deux gamins en train de se chamailler.

– Ça suffit ! s'exclama Josh. Qui était cette... cette femme ?

– Une Walkyrie, répondit Machiavel avec un sourire lugubre.

– Une Walkyrie ?

– Une Dise, plus précisément.

– Une Dise ?

Josh n'était même pas surpris par la réponse. Il s'en fichait, du nom de cette femme. Il se renseignait parce qu'elle avait essayé de le couper en deux avec son épée. « Si ça se trouve, ce n'est qu'un rêve, pensa-t-il soudain. Peut-être que ce qui s'est passé depuis que Dee et ses golems sont entrés à la librairie est juste un cauchemar. » Puis il bougea le bras droit, et son épaule meurtrie protesta. Il grimaça de douleur. La peau de son visage brûlé le tiraillait, et quand il humecta ses lèvres sèches et craquelées, il comprit qu'il ne rêvait pas. Et cette histoire était un cauchemar éveillé.

Josh s'écarta des deux hommes et scruta la ruelle étroite. D'un côté s'élevaient de grandes maisons, et de l'autre, un hôtel ; les murs étaient maculés de graffitis bizarroïdes. Il se mit sur la pointe des pieds pour apercevoir l'horizon, la tour Eiffel ou le Sacré-Cœur, un indice lui permettant de savoir où il se trouvait.

– Je dois rentrer, annonça-t-il aux deux hommes tout en reculant.

Selon Flamel, ils représentaient l'ennemi, surtout Dee. Et pourtant, Dee venait de le sauver des griffes de la Dise...

Le Magicien se tourna vers lui. Ses yeux gris brillaient gentiment :

– Où vas-tu, Josh ?

– Rejoindre ma sœur.

– Ainsi que Flamel et Saint-Germain ? Dis-moi : que vont-ils faire pour toi ?

Josh recula encore d'un pas. Bien qu'il ait vu Dee

lancer des jets de flammes à deux occasions – dans la librairie et sur la Dise – il ignorait quelle distance l'Anglais pouvait atteindre. « Pas énorme », se dit-il. Encore un pas ou deux, et il prendrait ses jambes à son cou. Il arrêterait le premier passant venu et demanderait la direction de la tour Eiffel. Comment se disait déjà « *Where is ?* » en français ? « Où est ? » ou : « Qui est ? » Il secoua la tête, regrettant de ne pas avoir été plus attentif en cours de langues.

– Ne m'empêchez pas de partir, lança-t-il.

– Ça fait quel effet ? lui demanda soudain Dee.

Josh se tourna lentement vers le Magicien. Il savait de quoi il parlait. Automatiquement, ses doigts se refermèrent sur la garde d'une épée invisible.

– De tenir Clarent, de sentir ce pouvoir à l'état brut se diffuser en toi ? Qu'est-ce que tu as éprouvé quand tu as su les pensées et les émotions de la créature que tu venais de poignarder ?

Dee glissa la main sous la veste de son costume en lambeaux et sortit la jumelle de Clarent : Excalibur.

– Cela t'a rempli d'effroi, pas vrai ?

Il tourna la lame dans sa main ; un filet d'énergie bleu sombre tremblota le long de son fil.

– Je sais que tu as partagé les pensées de Nidhogg... ses émotions... ses souvenirs...

Josh hocha la tête. Ces sensations d'un autre monde étaient toujours étonnamment vives dans son esprit.

– Durant un moment, tu t'es pris pour un dieu, poursuivit Dee. Tu as vu des choses qui dépassent l'imagination, tu as expérimenté des émotions extraterrestres.

Tu as vu le passé, un passé très lointain. Tu as peut-être visité le royaume des Ombres de Nidhogg ?

Josh opina doucement. Il se demandait comment Dee le savait.

Le Magicien avança d'un pas :

– Pendant un instant, Josh, un très court instant, tu as eu l'impression d'avoir été éveillé... en moins intense, se dépêcha-t-il d'ajouter. Tu veux que tes pouvoirs soient éveillés, n'est-ce pas, Josh ?

Josh fit oui. Il avait le souffle court, son cœur battait à toute allure. Dee avait raison : quand il avait brandi Clarent, il s'était senti vivant, vraiment vivant.

– C'est impossible, marmonna-t-il.

Dee éclata de rire :

– Pardon ? Sache que nous pouvons éveiller tes pouvoirs aujourd'hui !

– Mais Flamel a dit...

Soudain, un déclic se fit dans l'esprit de l'adolescent. Ses pouvoirs seraient éveillés...

– Flamel raconte beaucoup de choses, répliqua le Magicien. À mon avis, il s'est empêtré dans ses mensonges.

– Et vous ? lança Josh. Dites-vous la vérité ?

– Toujours.

Dee désigna du pouce Machiavel par-dessus son épaule :

– L'Italien n'est pas mon ami. Pose-lui donc la question qui te brûle les lèvres !

Troublé, Josh se tourna vers Nicolas Machiavel. Le

grand homme aux cheveux blancs paraissait vaguement gêné, mais il acquiesça :

– Le magicien anglais a raison : tes pouvoirs peuvent être éveillés aujourd'hui même. On peut trouver quelqu'un dans l'heure.

Un sourire triomphal aux lèvres, Dee fixa Josh :

– Que choisis-tu, mon garçon ? Retourner vers Flamel et ses vagues promesses, ou être éveillé ?

Josh examinait les fils noirs d'énergie qui s'écoulaient de la lame en pierre d'Excalibur ; il ne doutait plus. Il se souvint des sensations, des émotions, du pouvoir qui avaient envahi son esprit quand il avait tenu Clarent. Et Dee prétendait que ces impressions n'étaient rien à côté d'un éveil !

– Il me faut une réponse, insista le Magicien.

Josh Newman prit une profonde inspiration :

– Que dois-je faire ?

CHAPITRE QUARANTE-QUATRE

La 2CV cabossée s'arrêta à l'entrée de la ruelle, qu'elle bloqua. Penchée sur le volant, Jeanne scruta la rue, craignant un piège.

Pister Josh avait été un jeu d'enfant : elle n'avait eu qu'à suivre le sillon creusé par sa jante dans la chaussée. Elle avait paniqué un instant, croyant qu'elle l'avait perdu, mais grâce à un épais panache de fumée qui s'élevait au-dessus des toits, elle avait repéré l'endroit où s'était immobilisée la voiture de police.

– Restez ici ! ordonna-t-elle à Flamel et Sophie, épuisés.

Jeanne sortit de la voiture. Elle remonta la ruelle en tapotant doucement la paume de sa main gauche avec la lame de son épée. Elle était à peu près sûre que Dee, Machiavel et Josh avaient passé leur chemin, mais elle ne voulait pas prendre de risques. Marchant en silence au milieu de la chaussée, Jeanne pensait, bouleversée, à la disparition de Scatty, enlevée par l'homme-poisson.

Elle cligna des yeux pour chasser ses larmes. Elle connaissait Scatty depuis plus de cinq cents ans ; elles étaient inséparables. Elles s'aventuraient dans des pays encore inexplorés par l'Occident, rencontraient des tribus au mode de vie ancestral. Elles avaient découvert des îles perdues, des cités cachées et des pays oubliés. Scatty l'avait même conduite dans des royaumes des Ombres, où elles avaient combattu des créatures depuis longtemps éteintes sur Terre. Dans ces royaumes, Jeanne avait vu son amie affronter, et vaincre, des êtres n'existant que dans les mythes humains les plus sombres. Rien ne pouvait résister à l'Ombreuse... Cependant Scatty elle-même disait qu'elle pouvait être vaincue, qu'elle était immortelle, mais pas invulnérable. Jeanne imaginait que son amie perdrait un jour la vie lors d'un événement dramatique... mais pas traînée dans des eaux sales par une espèce de mutant.

Jeanne d'Arc se ressaisit : elle était une guerrière depuis son adolescence. Sur son cheval, elle avait mené au combat l'immense armée française. Elle avait vu trop d'amis tomber sur le champ de bataille, et avait appris que, si elle se focalisait sur leur mort, elle serait incapable de se battre. Pour l'instant, elle devait protéger Nicolas et les deux jeunes Américains. Le temps viendrait de pleurer Scathach l'Ombreuse, et de partir à la recherche de la créature que Flamel avait appelée Dagon. Jeanne souleva son épée. Elle vengerait son amie !

La petite Française passa devant la voiture de police en feu et s'accroupit. Avec habileté, elle lut les traces et les signes sur les pierres humides. Nicolas et Sophie la rejoignirent en contournant les flaques d'essence et d'eau boueuse. Nicolas portait Clarent. L'épée bourdonna quand il s'approcha de la voiture incendiée, et Jeanne songea que l'arme était encore connectée à Josh.

– Ils ont abandonné la voiture et se sont arrêtés là, déclara-t-elle sans lever les yeux. Dee et Machiavel faisaient face à Josh, qui se tenait ici. Puis ils ont couru là-bas. On voit clairement les traces de leurs chaussures par terre.

Sophie et Flamel se penchèrent pour examiner le sol. Ils hochèrent la tête bien qu'ils n'aient rien vu.

– Voilà qui est intéressant, continua Jeanne. On dirait que Josh voulait s'en aller. Maintenant, regardez ici.

Elle désigna des indices qu'elle seule voyait :

– Ils se sont éloignés tous les trois ensemble. Dee et Josh devant, Machiavel derrière.

– Tu peux les suivre ? demanda Flamel.

Jeanne haussa les épaules :

– Jusqu'au bout de la rue peut-être, mais au-delà... Impossible, les empreintes seront trop nombreuses.

– Que faire ? dit Nicolas. Comment allons-nous retrouver le garçon ?

– Sophie peut le retrouver, elle ! déclara Jeanne.

– Comment ?

Jeanne plaça sa main à l'horizontale devant elle. Elle

laissait une légère trace lumineuse dans l'air, et la ruelle nauséabonde sentit brièvement la lavande.

– Sophie est sa jumelle. Elle est capable de suivre son aura, non ?

Nicolas prit la jeune fille par les épaules :

– Sophie ! Regarde-moi !

Elle leva ses yeux rougis vers l'Alchimiste. Elle était désespérée : Scatty avait été enlevée, et maintenant Josh s'était volatilisé, kidnappé par Dee et Machiavel. Son monde s'écroulait.

– Sophie, continua Nicolas avec douceur, ses yeux pâles rivés sur elle. Il faut que tu sois forte.

– À quoi bon ? Ils sont perdus...

– Ils ne sont pas perdus.

– Mais Scatty..., hoqueta Sophie.

– Scatty est l'une des femmes les plus dangereuses au monde. Elle a survécu pendant plus de deux mille ans à tous les dangers et affronté des créatures infiniment plus redoutables que ce Dagon.

Tentait-il de la convaincre, ou de se convaincre lui-même ?

– J'ai vu cette chose l'entraîner dans le fleuve ! Nous avons attendu dix bonnes minutes, et elle n'est pas remontée. Elle s'est noyée...

Sophie s'étrangla ; les larmes lui montaient de nouveau aux yeux. Elle avait l'impression d'avoir la gorge en feu.

– Oh, elle a vu bien pire ! affirma Nicolas dans un sourire triste. Dagon risque d'avoir une surprise ! Scatty est comme les chats : elle déteste être mouillée. La Seine coule vite, ils ont probablement été emportés en aval. Elle nous contactera.

– Comment ? Elle ignore où nous sommes ! éclata Sophie, qui détestait quand les adultes mentaient.

Ils s'y prenaient si mal !

– Si Scathach est vivante, elle nous retrouvera. Fais-moi confiance.

À cet instant précis, Sophie réalisa qu'elle ne faisait pas confiance à l'Alchimiste.

Jeanne posa le bras sur son épaule et la serra doucement :

– Nicolas a raison. Scatty est...

Quand elle sourit, son visage entier s'illumina :

– Elle est extraordinaire ! Autrefois, sa tante l'a abandonnée dans un royaume des Ombres souterrain. Il lui a fallu des siècles pour s'en échapper, mais elle a réussi.

Sophie hocha la tête. Ils disaient la vérité. En effet, la Sorcière d'Endor en savait davantage sur sa petite-fille que l'Alchimiste et Jeanne réunis ; mais ils masquaient très mal leur inquiétude.

– Bon, à nous, reprit Nicolas. Je veux que tu trouves ton frère.

– Comment ?

– J'entends des sirènes, les interrompit Jeanne. Beaucoup de sirènes.

Flamel ignora son avertissement. Il fixa les yeux bleu vif de Sophie.

– Tu peux le repérer, insista-t-il. Tu es sa jumelle ; entre vous, il existe une connexion profonde. Tu as toujours su quand il avait des ennuis, n'est-ce pas ?

– Oui...

– Nicolas ! s'exclama Jeanne. Il faut se dépêcher !

– Tu as toujours perçu sa douleur, sa tristesse, ses chagrins ?

– Oui...

– Tu es connectée à lui, tu peux le trouver.

L'Alchimiste fit pivoter l'adolescente et désigna l'extrémité de la ruelle.

– Josh se tenait ici. Dee et Machiavel par là. Puis ils sont partis. Je ne pense pas qu'ils l'aient contraint à les suivre. Je crois que Josh l'a fait de son plein gré.

Ses mots percutèrent Sophie comme un coup de poing. Josh ne l'aurait jamais abandonnée !

– Pourquoi ?

– Qui sait ? répondit Flamel en haussant les épaules. Dee a toujours été très persuasif, et Machiavel est un maître de la manipulation. Mais nous les retrouverons, je te le promets. Tes sens ont été éveillés, Sophie. Concentre-toi. Imagine que Josh se tient devant toi, que tu le vois...

Sophie prit une profonde inspiration, ferma les yeux, puis les rouvrit. Elle ne voyait rien d'extraordinaire, à part les poubelles renversées, les murs couverts de graffitis surchargés. De la fumée tourbillonnait au-dessus de la voiture brûlée.

– Son aura est d'or, continua Flamel. Celle de Dee est jaune... celle de Machiavel grise ou blanc sale...

Sophie secoua la tête :

– Je ne vois rien !

– Laisse-moi t'aider un peu.

Nicolas posa la main sur son épaule, et soudain, l'odeur de brûlé fut remplacée par un frais parfum de menthe. Aussitôt, l'aura de Sophie enveloppa son corps, pétilla et cracha comme un feu d'artifice. Sa couleur argentée et pure se mêla au vert émeraude de l'aura de Flamel.

Et là, elle vit... quelque chose.

Juste devant elle, Sophie distingua les contours très vagues de Josh, fantomatiques, sans substance, composés de fils et de grains de poussière dorés et pétillants. Quand il s'était déplacé, il avait laissé derrière lui des zébrures fines comme des fils d'araignée. Maintenant qu'elle savait ce qu'elle cherchait, elle repéra les traces de Dee et de Machiavel.

Elle cligna des yeux, lentement, de peur que les images ne disparaissent, mais elles restèrent en suspension devant elle. Chose étonnante, les couleurs devinrent plus intenses. L'aura de Josh était la plus lumineuse. Quand elle tendit la main pour toucher le bras doré de son frère, la silhouette brumeuse se dissipa, comme soufflée par une brise.

– Je vois leurs contours, chuchota-t-elle, émerveillée.

Jamais elle ne se serait crue capable d'une telle prouesse.

– Où sont-ils allés ? demanda Nicolas.

Sophie suivit les zébrures colorées au bout de la ruelle :

– Par ici.

Nicolas l'accompagna dans la rue adjacente.

Jeanne d'Arc jeta un dernier coup d'œil sur sa voiture cabossée et leur emboîta le pas.

– À quoi penses-tu ? demanda-t-il.

– Quand tout sera terminé, je redonnerai une nouvelle jeunesse à cette voiture, et je ne la sortirai plus du garage.

– Il y a un problème, lança Flamel, tandis qu'ils sillonnaient les rues.

Sophie, concentrée sur sa mission, ne réagit pas.

– Je pensais la même chose, dit Jeanne. La ville est déserte.

– Exactement.

Flamel se retourna. Où étaient les Parisiens en route pour leur travail, la cohue de touristes fonçant vers les monuments avant que l'air soit trop étouffant et les avenues surchargées ? Les rares personnes qu'ils croisaient discutaient entre elles avec excitation. Le bruit des sirènes était étourdissant, et les policiers ne manquaient pas. La réponse était évidente : les médias ne devaient parler que de la course effrénée de Nidhogg à travers la ville, et les autorités avaient sûrement conseillé aux gens de rester chez eux. L'Alchimiste se demanda ce qu'ils avaient inventé pour expliquer le chaos.

Sophie suivait les fils translucides que les auras de Josh, Dee et Machiavel avaient laissés derrière eux. Elle ne cessait de se cogner aux passants et de s'excuser, mais jamais elle ne quitta des yeux la traînée lumineuse. Soudain, elle remarqua que plus le soleil s'élevait dans le ciel, plus il était difficile de distinguer la trace colorée. Elle pressa le pas.

Jeanne d'Arc rattrapa l'Alchimiste :

– Elle voit vraiment les images laissées par leurs auras ? demanda-t-elle en ancien français.

– Oui, cette fille est extrêmement puissante, répondit Nicolas dans la même langue. Elle n'a aucune idée de l'étendue de ses pouvoirs.

– Sais-tu où nous allons ? s'enquit Jeanne en regardant autour d'elle.

Ils devaient se trouver dans les environs du palais de Tokyo.

– Où peuvent-ils bien l'emmener ?... reprit Jeanne. Réfléchissons ! Ce garçon est un trophée pour eux, et surtout pour les Aînés. Souviens-toi de la prophétie ! « Les deux qui ne sont qu'un et celui qui est tout. » Un qui sauvera le monde, l'autre qui le détruira. Ce garçon est un sacré trophée, te dis-je, tout comme sa sœur.

Elle posa la main sur le bras de l'Alchimiste :

– Il ne faut pas les abandonner aux mains de Dee !

Le visage de Flamel se transforma en masque de pierre :

– Je le sais.

– Que comptes-tu faire ?

– Ce qui sera nécessaire, répondit-il sur un ton lugubre.

Jeanne sortit son portable et regarda autour d'elle en cherchant un repère :

– J'appelle Francis ; il doit s'inquiéter. Il nous dira peut-être où nous sommes !

À cet instant, Sophie tourna dans une ruelle si étroite que deux personnes pouvaient à peine s'y croiser. Dans la pénombre, elle voyait les fils lumineux avec plus de clarté. Elle entraperçut même la silhouette de son frère en quelques éclairs fantomatiques. Cette vision lui mit du baume au cœur : peut-être parviendraient-ils à le rattraper ?

Soudain, les auras disparurent.

Perplexe et paniquée, elle stoppa net. Que s'était-il passé ? Elle se retourna : les traces des trois auras subsistaient dans l'air. Elles atteignirent le milieu de la ruelle avant de s'évaporer. Pourtant, la silhouette dorée de son frère s'était tenue juste devant elle ! Les yeux plissés, très concentrée, elle tenta de faire le point sur Josh...

Il baissait les yeux, bouche bée.

Sophie recula d'un pas. Au sol, il y avait une grosse plaque d'égout comportant les lettres IGC. De petites particules dorées, jaunes et grises saupoudraient le couvercle, dessinant chaque lettre d'une couleur différente.

– Sophie ? l'interpella Nicolas.

L'excitation et le soulagement submergèrent l'adolescente : elle n'avait pas perdu son frère !

– Ils sont descendus sous terre.

– Pardon ?

Le visage de Nicolas jaunit. Sa voix n'émit qu'un chuchotement.

– Tu en es sûre ?

– Affirmatif !

Elle se tut, alarmée par l'expression de son visage.

– Pourquoi ? Quel est le problème ? Qu'y a-t-il là-dessous, à part des égouts ?

– Il y a pire...

Soudain, l'Alchimiste parut très vieux et très fatigué.

– Sous nos pieds se trouvent les légendaires catacombes de Paris, chuchota-t-il.

Jeanne s'accroupit et montra que la boue autour de la plaque avait été remuée.

– Cette entrée a été ouverte très récemment, annonça-t-elle sur un ton lugubre.

– Tu as raison. Ils l'ont conduit dans l'empire des Morts.

CHAPITRE QUARANTE-CINQ

– Oh ! Tu arrêtes ça !

Pernelle frappa l'Aînée arachnéenne sur la tête avec le plat de la lance. L'antique symbole du pouvoir flamboya, et l'araignée recula dans sa cellule. Le sommet de son crâne grésillait, de la fumée grise s'en élevait en volutes.

– Hé ! Ça fait mal ! gronda Areop-Enap, agacée. Tu n'en as pas assez ? Lors de notre dernière rencontre, tu as failli me tuer.

– Je te rappelle que ce jour-là tes fidèles voulaient me sacrifier pour activer un volcan éteint. J'avoue que j'étais un peu contrariée.

– Tu as provoqué l'éboulement d'une montagne entière sur moi, répliqua Areop-Enap, qui zézayait à cause de ses crocs surdimensionnés. Tu voulais ma mort ?

– Bah ! C'était une montagne de rien du tout, lui rappela Pernelle. Tu as survécu à pire !

Les yeux de l'Aînée étaient rivés sur la lance que brandissait Pernelle.

– Tu peux me dire où nous sommes ? demanda-t-elle.

– Sur Alcatraz. En dessous, pour être plus précise. C'est une île au large de San Francisco, sur la côte Ouest des Amériques.

– Dans le Nouveau Monde ?

– Oui, dans le Nouveau Monde.

L'Aînée solitaire hibernait souvent pendant des siècles, et manquait des pans entiers de l'histoire de l'humanité.

– Que fais-tu ici ? poursuivit-elle.

– Je suis prisonnière... comme toi.

Pernelle recula d'un pas :

– Si je baisse ma lance, tu ne tenteras rien de stupide ?

– Comme quoi ?

– Sauter sur moi, par exemple.

Tous les poils sur les pattes d'Areop-Enap se dressèrent et retombèrent aussitôt.

– Trêve ? suggéra-t-elle.

– Trêve. Il semblerait que nous avons un ennemi commun.

Areop-Enap s'avança vers la porte de sa cellule :

– Sais-tu comment je suis venue jusqu'ici ?

– J'espérais que tu me le dirais...

Gardant plusieurs yeux prudents rivés sur la lance de braise, l'araignée esquissa un pas dans le couloir.

– Le dernier endroit dont je me souviens, c'est l'île d'Igup, en Polynésie.

– En Micronésie, rectifia Pernelle. Le nom a changé il y a plus de cent cinquante ans. Depuis combien de temps dors-tu, Vieille Araignée ? demanda-t-elle à la créature en l'appelant par son nom d'usage.

– Je ne suis pas sûre... À quand remontent notre dernière rencontre et notre petit quiproquo ? En années humani, Ensorceleuse.

– C'était quand Nicolas et moi nous trouvions sur l'île de Ponape et fouillions les ruines de Nan Madol, répondit Pernelle, qui avait une mémoire d'éléphant. Il y a environ deux cents ans.

– J'ai dû m'assoupir à cette époque.

Areop-Enap s'aventura dans le couloir. Dans la cellule voisine, des millions d'araignées s'animèrent.

– Je me souviens m'être éveillée d'une agréable sieste. J'ai vu le magicien Dee... Mais il n'était pas seul. Il y avait quelqu'un d'autre avec lui. Qui lui donnait des instructions.

– Qui c'était ? s'enquit Pernelle. Essaie de te souvenir, Vieille Araignée. C'est très important.

Areop-Enap ferma chacun de ses yeux afin de réfléchir. Soudain, elle les rouvrit tous en même temps :

– Quelque chose m'en empêche ! Quelque chose de très fort. Celui qui l'accompagnait était protégé par un bouclier magique extraordinairement puissant.

Areop-Enap scruta le couloir :

– Par ici ?

– Par là, répliqua Pernelle en désignant le chemin avec sa lance.

Même si Areop-Enap avait demandé une trêve, Pernelle ne côtoierait pas sans arme l'une des Aînées les plus redoutables.

– J'aimerais savoir pourquoi il t'a emprisonnée...

Soudain, une pensée lui traversa l'esprit ; elle s'arrêta si brusquement qu'Areop-Enap la percuta. Pernelle manqua de finir à plat ventre dans la boue.

– Si tu devais faire un choix, Vieille Araignée, s'il fallait que tu choisisses entre le retour des Aînés dans ce monde et la poursuite de sa gestion par les humani, qu'est-ce que tu préférerais ?

– Ensorceleuse ! s'exclama Areop-Enap, qui révéla ses terrifiantes dents dans une esquisse de sourire. J'ai fait partie des Aînés qui ont voté pour l'abandon de cette planète à la famille des singes. J'ai reconnu que notre règne sur cette Terre était terminé, et que, dans notre arrogance, nous avions failli la détruire. Il était temps de se retirer et de la laisser aux mains des humani.

– Tu n'es donc pas pour le retour des Aînés ?

– Non.

– Et si un combat avait lieu, qui soutiendrais-tu ? Les Aînés ou les humani ?

– Ensorceleuse, j'ai déjà soutenu les humani. Avec ma famille, Hécate et la Sorcière d'Endor, j'ai aidé à développer la civilisation sur cette planète. Malgré mon apparence, je reste loyale envers les humani.

– Voilà pourquoi Dee t'a capturée ! Il ne pouvait pas se permettre de laisser un être aussi puissant que toi se battre aux côtés de l'humanité.

– J'en conclus que la confrontation est proche. Mais Dee et les Ténébreux ne peuvent rien faire tant qu'ils n'ont pas mis la main sur le Livre de...

Areop-Enap se tut un instant.

– Ils ont le Livre d'Abraham ? lâcha-t-elle.

– Une grande partie, confirma Pernelle, l'air malheureux. Tu connais la suite... Tu as entendu parler de la prophétie des jumeaux ?

– Évidemment ! Ce vieux fou d'Abraham évoquait sans arrêt ces jumeaux et gribouillait ses prophéties indéchiffrables dans le Codex. Je n'en ai jamais cru un mot ! Pendant toutes ces années où je l'ai fréquenté, aucune de ses prédictions ne s'est réalisée.

– Nicolas a trouvé les jumeaux.

– Ah !...

Areop-Enap demeura silencieuse un moment, puis haussa ses épaules d'araignée. Ses yeux clignaient à l'unisson :

– Ainsi, Abraham avait raison sur un point. Eh bien, c'est une première !

Pendant que Pernelle pataugeait dans la boue, elle raconta à l'araignée ce qu'elle avait découvert dans les cellules à l'étage. L'Aînée arachnéenne se traînait derrière elle. Les murs et les plafonds grouillaient de millions d'araignées qui suivaient leur maîtresse.

– Je me demande pourquoi Dee ne t'a pas tuée, fit Pernelle.

– Il ne pouvait pas, répondit Areop-Enap, l'air de rien. Ma mort aurait ricoché dans tous les royaumes des Ombres. Contrairement à Hécate, j'ai des amis, et ils auraient été trop nombreux à réagir. Dee ne le souhaite pas.

Areop-Enap s'arrêta devant la première lance renversée par Pernelle. Elle la retourna avec l'une de ses énormes pattes et examina le caractère à moitié effacé.

– Voilà qui attise ma curiosité ! zézaya-t-elle. Ces mots du pouvoir étaient déjà anciens quand les Aînés régnaient sur Terre. Je pensais que nous les avions détruits, ainsi que tous les récits les concernant. Comment ce petit Anglais les a-t-il redécouverts ?

– Je me posais la même question.

Pernelle tourna la lance pour étudier l'idéogramme carré.

– Peut-être a-t-il copié le sortilège quelque part ?

– Non. Les mots individuels sont puissants, il est vrai, mais Dee les a assemblés en un schéma particulier, qui m'a coincée dans cette cellule. Chaque fois que j'essayais de m'évader, je me heurtais à un mur. J'ai déjà vu cette formule, avant la chute de Danu Talis. En fait, maintenant que j'y pense, cela remonte à l'époque où nous avons créé l'île-continent et l'avons extraite du fond de l'océan. Quelqu'un a donné des instructions à Dee. Quelqu'un savait comment réaliser ces conjurations magiques, car il les avait déjà vues.

– Personne ne connaît l'Aîné que sert Dee. Nicolas a passé des décennies à essayer de découvrir qui est son maître.

– Quelqu'un de très vieux. D'aussi âgé que moi, voire plus. Un des Grands Aînés, peut-être.

Tous les yeux de l'araignée clignèrent.

– Non, c'est impossible, déclara-t-elle. Aucun d'eux n'a survécu à la chute de Danu Talis.

– Toi, si.

– Je ne fais pas partie des Grands Aînés.

Quand elles atteignirent le bout du tunnel, Ayala se présenta devant elles. Fantôme depuis des siècles, il avait croisé pas mal de monstres, mais jamais il n'avait rencontré rien de comparable à Areop-Enap. La vue de cette énorme créature le laissa sans voix.

– Juan, murmura Pernelle. Parlez-moi.

– La déesse des Corbeaux est ici. Elle se trouve au-dessus de nos têtes, perchée au sommet du château d'eau, tel un immense vautour. Elle attend que vous sortiez. Elle s'est disputée avec le sphinx, ajouta le fantôme, remis de ses émotions. Le sphinx prétend que vous lui appartenez. Morrigan affirme que Dee lui a donné le droit de vous tuer.

– Mais je suis très demandée ! plaisanta Pernelle.

Elle se tourna vers Areop-Enap :

– J'aimerais savoir si elle sait que tu es là.

– C'est peu probable. Il y a tellement de créatures magiques et mythiques sur cette île qu'elle n'a pas dû distinguer mon aura.

Un sourire illumina le visage de l'Ensorceleuse :

– Et si on lui faisait une petite surprise ?

CHAPITRE QUARANTE-SIX

Josh Newman s'arrêta et eut un haut-le-cœur : il allait vomir d'une minute à l'autre ! Bien qu'il fît frais et humide sous terre, il transpirait. Ses cheveux lui collaient au crâne, son T-shirt se plaquait contre son dos. Il était transi de peur.

Cette descente dans les égouts était une épreuve en soi. Dee avait arraché la plaque du sol sans fournir le moindre effort, et ils avaient reculé d'un bond quand un panache de gaz malodorant s'était échappé dans la rue. Une fois qu'il se fut dissipé, Dee s'était faufilé dans l'ouverture. Quelques instants plus tard, Josh et Machiavel l'avaient suivi. Ils avaient emprunté une échelle métallique et fini dans un tunnel si étroit et si bas qu'ils durent marcher, courbés, en file indienne. La puanteur était épouvantable, et Josh s'efforçait d'oublier dans quoi il pataugeait.

Dimanche 3 Juin

L'odeur d'œuf pourri masqua brièvement les relents d'égout quand Dee créa un globe de lumière froide et bleue. Il s'éleva, puis dansa à environ trente centimètres du Magicien. Il donna une couleur cendrée aux parois du tunnel. De temps en temps, Josh entendait des choses remuer, apercevait des points lumineux dans l'obscurité. Il espérait que ce n'étaient que des rats...

– Je ne..., commença l'adolescent dont la voix résonnait étrangement dans l'étroit tunnel, je n'aime pas trop les espaces exigus.

– Moi non plus, déclara Machiavel. J'ai passé quelque temps en prison, il y a de nombreuses années. Je ne l'ai jamais oublié.

– Était-ce pire qu'ici ?

– Mille fois pire.

Machiavel, qui marchait derrière Josh, se pencha à son oreille pour ajouter :

– Essaie de garder ton calme. Ce n'est qu'un tunnel de maintenance. Nous entrerons dans les vrais égouts dans quelques minutes.

Josh prit une profonde inspiration et eut un haut-le-cœur. Il avait oublié de ne respirer que par la bouche.

– En quoi cela va-t-il m'aider ? marmonna-t-il, les dents serrées.

– Les égouts de Paris sont le miroir des rues au-dessus, expliqua Machiavel. Les plus grands mesurent près de cinq mètres de haut.

Machiavel ne se trompait pas. Quelques instants plus tard, ils quittèrent le boyau étouffant pour pénétrer dans un passage voûté qu'ils auraient pu emprunter en voiture. Une lumière vive éclairait les hauts murs en brique parcourus par des tuyaux noirs de diverses épaisseurs. Au loin, on entendait des clapotements et des gargouillements.

Josh se sentit un peu mieux. Il songea à sa sœur : Sophie avait peur des grands espaces, alors que lui craignait les endroits clos et exigus. Agoraphobie et claustrophobie. Il inspira – l'air était encore chargé d'émanations diverses, mais au moins il était respirable. Il souleva son T-shirt noir pour s'essuyer le visage et le renifla : il puait. Dès qu'il sortirait de là – s'il en sortait un jour – il brûlerait tout, y compris le jean que lui avait donné Saint-Germain. Il se dépêcha de rabattre son T-shirt – il avait failli montrer aux autres le sac qui contenait les pages du Codex ! Il avait décidé qu'il ne remettrait pas les pages à Dee, à moins d'être sûr – très, très, très sûr – que les intentions du Magicien étaient honnêtes.

– Où sommes-nous ? demanda-t-il.

Dee marchait un peu plus loin, au centre de l'égout ; le globe blanc tournoyait dans la paume de sa main tendue.

Le grand Italien regarda autour de lui et répondit :

– Je n'en ai aucune idée. On compte environ deux mille kilomètres de canalisations sous Paris ! Mais ne t'inquiète pas, nous ne sommes pas perdus. La plupart des tunnels ont leur propre plaque de rue.

– Des plaques de rue dans les égouts ?

– Les égouts sont une des grandes merveilles de cette ville.

– Vous venez ? aboya Dee.

– Où allons-nous ? continua Josh pour oublier le poids de la terre au-dessus de sa tête et éviter une nouvelle crise de claustrophobie.

– Nous descendons dans la partie la plus profonde et la plus vieille des catacombes. C'est là que tu seras éveillé.

– Connaissez-vous celui que nous allons rencontrer là-bas ?

Le visage habituellement impassible de Machiavel se contracta :

– De réputation seulement. Je ne l'ai jamais vu.

L'Italien baissa la voix et tira Josh par la manche.

– Il n'est pas trop tard pour faire demi-tour, chuchota-t-il.

Surpris, le garçon cligna des yeux :

– Dee n'apprécierait pas.

– C'est sûr, lui accorda Machiavel avec un sourire désabusé.

Apparemment, Dee n'avait pas menti en affirmant que Machiavel n'était pas son ami...

– Je ne comprends plus rien ! lâcha Josh. Je croyais que Dee et vous étiez dans le même camp ?

– Nous sommes tous les deux au service des Aînés, c'est vrai... Mais je n'ai jamais approuvé les méthodes de ce magicien anglais.

Entre-temps, Dee avait emprunté un tunnel plus petit et s'était arrêté devant une étroite porte métallique fermée par un gros cadenas. Il enfonça ses ongles qui empestaient le pouvoir jaune dans la serrure et l'ouvrit sans peine.

– Vite ! s'impatienta-t-il. Venez !

– Cette... cette personne que nous allons voir, bredouilla Josh, elle peut vraiment éveiller mes pouvoirs ?

– Cela ne fait aucun doute, répondit Machiavel. Cet éveil est donc si important pour toi ?

Josh s'aperçut que l'Italien le regardait avec insistance.

– Ma sœur a été éveillée – ma jumelle, expliqua-t-il. Je veux... j'en ai besoin pour que nous nous ressemblions de nouveau.

Il dévisagea le grand homme aux cheveux blancs :

– Vous comprenez ?

Machiavel hocha la tête. Josh ne parvint à lire aucune émotion sur son visage.

– Est-ce la seule raison, Josh ?

Le garçon le regarda un long moment avant de détourner la tête. Non, ce n'était pas la seule raison. Quand il maniait Clarent, il avait brièvement expérimenté cet éveil. Pendant quelques instants, il s'était senti réellement vivant, complet... Et il aurait tout donné pour revivre cette sensation.

Dee les conduisit dans un autre tunnel, plus étroit que le premier. L'estomac de Josh se serra ; son cœur bondit dans sa poitrine, et il manqua de souffle. La galerie tournait et descendait par un escalier en colimaçon exigu. Les pierres paraissaient plus vieilles ; les marches étaient irrégulières, les murs s'effritaient quand ils les frôlaient. À certains endroits, le passage était si étroit que Josh dut tourner les épaules pour continuer. Lorsqu'il se retrouva coincé dans un angle particulièrement serré, il fut pris de panique. Dee lui attrapa le bras et le tira sans ménagement vers lui.

– On y est presque, marmonna le Magicien.

Il leva un peu le bras, et le globe de lumière argentée révéla les briques du plafond.

– Une seconde, que je reprenne mon souffle, demanda Josh, penché en avant, les mains sur les genoux. Comment savez-vous où nous allons ? lâcha-t-il. Vous êtes déjà venu ici ?

– Une fois, il y a très longtemps, répondit Dee avec un rictus. Pour l'instant, je me contente de suivre la lumière.

Celle-ci, blanche et crue, transforma son sourire en une grimace terrifiante.

Josh se souvint d'une astuce que son entraîneur de foot lui avait apprise. Il posa ses doigts croisés sur son estomac et appuya très fort tout en inspirant et en se redressant. La sensation de nausée s'arrêta aussitôt.

– Qui allons-nous voir ? demanda-t-il.

– Patience, humani, patience ! répliqua Dee avant de fixer Machiavel par-dessus la tête du garçon. Je suis sûr que notre ami italien sera d'accord avec moi. L'immortalité a pour grand avantage d'apprendre la patience. Tu connais ce dicton ? « Tout vient à point à qui sait attendre. »

– Tout vient à point..., marmonna Machiavel dès que Dee eut le dos tourné.

Au bout de l'étroit boyau se dressait une petite porte en métal, qui n'avait pas dû être ouverte depuis des décennies, à en juger par la rouille qui la recouvrait.

Le globe lumineux flotta dans les airs pendant que Dee passait son ongle jaune autour de la porte pour en découper l'encadrement. L'odeur pestilentielle d'œuf pourri remplaça un instant celle des égouts.

– Qu'y a-t-il derrière ? voulut savoir Josh.

Maintenant qu'il commençait à contrôler sa peur, il ressentait une certaine excitation. Une fois éveillé, il leur fausserait compagnie et retournerait auprès de Sophie.

Il se tourna vers Machiavel, qui secoua la tête et désigna Dee.

– Docteur Dee ? insista le garçon.

Dee poussa la porte, l'arrachant de son cadre.

La pierre tendre du calcaire s'effrita sur le sol.

– Si mes calculs sont justes, et ils le sont toujours, ce passage nous conduira dans les catacombes de Paris.

Il s'avança dans l'ouverture.

Josh dut baisser la tête pour le suivre.

– Je n'en ai jamais entendu parler, dit-il.

– Peu de personnes en dehors de Paris connaissent leur existence, intervint Machiavel. Et pourtant, avec les égouts, c'est l'une des merveilles de cette ville. Ce labyrinthe compte près de trois cents kilomètres de tunnels mystérieux ! Autrefois, c'étaient des carrières de calcaire. Aujourd'hui, cet endroit est rempli de...

Dimanche 3 Juin

Après avoir passé la porte, Josh se redressa et regarda autour de lui.

– ... d'ossements.

Josh, l'estomac noué, déglutit pour chasser le goût amer qui lui piquait le fond de la gorge. Devant lui, aussi loin qu'il pouvait voir, le sol, les murs, et même le plafond voûté étaient tapissés d'ossements humains.

CHAPITRE QUARANTE-SEPT

Nicolas venait de soulever la plaque d'égout quand le téléphone de Jeanne sonna, les faisant sursauter. L'Alchimiste lâcha la plaque, qui retomba dans un bruit sourd.

– C'est Francis, dit Jeanne.

Elle parla à Saint-Germain un moment puis referma l'appareil.

– Il arrive, annonça-t-elle. Il n'est pas question qu'on descende dans les catacombes sans lui.

– Nous n'avons pas de temps à perdre ! protesta Sophie.

– Sophie a raison. Nous devrions..., commença Nicolas.

– Nous attendons ici ! déclara Jeanne de cette voix qui avait commandé des armées médiévales.

Elle posa son pied sur la plaque d'égout :

– Francis sait où ils vont, affirma-t-elle avec douceur. Nicolas aussi, n'est-ce pas ?

L'Alchimiste hocha la tête, l'air lugubre. La lumière du petit matin donnait à son visage la couleur d'un parchemin délavé. Les cernes sous ses yeux se transformaient en ecchymoses foncées et gonflées.

– Je pense.

– Où ? gronda Sophie.

Elle était au bord de la crise de nerfs ; et pourtant elle était plus douée que son frère pour garder son calme. Si l'Alchimiste savait où Josh se rendait, pourquoi ne les y conduisait-il pas ?

– Dee met tout en œuvre pour que les pouvoirs de Josh soient éveillés, déclara Nicolas en choisissant ses mots avec soin.

Interdite, Sophie fronça les sourcils :

– Est-ce si grave ? Ce n'est pas ce que nous voulions ?

– Si. Mais pas de cette manière.

Bien que son visage ne laissât transparaître aucune émotion, il y avait de la douleur dans ses yeux.

– Tout dépend de qui – ou quoi – éveille les pouvoirs d'une personne. C'est une opération dangereuse, voire mortelle.

Sophie se tourna lentement vers lui :

– Et pourtant, vous souhaitiez que Hécate nous éveille tous les deux, Josh et moi.

Son frère avait raison depuis le début ! Flamel leur faisait courir un grand danger. Elle le comprenait à présent.

– C'était nécessaire afin d'assurer votre protection. Oui, il y avait un risque, mais ni l'un ni l'autre, vous n'aviez à vous méfier de la déesse.

– Quel genre de risque ?

– La plupart des Aînés ne se sont jamais montrés généreux envers ceux qu'ils appellent les humani. Très peu d'entre eux sont prêts à donner sans rien obtenir en retour, expliqua Flamel. Le plus grand cadeau qu'un Aîné puisse offrir, c'est l'immortalité. Les humains ont toujours rêvé de la vie éternelle. Dee et Machiavel sont au service de Ténébreux qui leur ont accordé cette immortalité.

– Au service ? répéta Sophie.

– Comme des domestiques, intervint Jeanne. D'autres diraient des esclaves. C'est le prix de leur immortalité et de leurs pouvoirs.

Le téléphone de Jeanne sonna de nouveau. Elle se dépêcha de décrocher.

– Francis ?

– Sophie, poursuivit Flamel à voix basse, ce don peut être repris à n'importe quel moment. Et si cela se produit, la personne vieillit en quelques minutes d'autant d'années qu'elle a gagnées. Certains Aînés réduisent en esclavage les humani qu'ils éveillent, les transforment en zombis.

– Mais Hécate ne m'a pas rendue immortelle quand elle m'a éveillée !

– Contrairement à la Sorcière d'Endor, Hécate ne s'est pas intéressée aux humani pendant des générations et des générations. Elle est toujours demeurée neutre lors des guerres entre ceux qui défendaient l'humanité et les Ténébreux.

Un sourire amer passa sur les lèvres fines de Flamel.

– Si Hécate avait choisi un camp, peut-être serait-elle encore en vie ? lança Sophie.

Elle fixa les yeux pâles de l'Alchimiste. « S'il ne s'était pas rendu dans le royaume des Ombres de Hécate, pensa-t-elle, la déesse ne serait pas morte. »

– Vous êtes en train de me dire que Josh est en danger ?

– Oui, il court un terrible danger.

Sophie ne quittait pas Flamel du regard. Son frère ne risquait pas sa vie à cause de Dee ou de Machiavel... C'est l'Alchimiste qui les avait mis tous les deux dans cette situation ! Il prétendait les protéger. Au début, elle le croyait, mais maintenant... Maintenant, elle ne savait plus quoi penser.

– Venez !

Jeanne referma son portable, prit Sophie par la main et l'entraîna au bout de la ruelle :

– Francis arrive.

Flamel jeta un dernier coup d'œil sur la plaque d'égout, puis rangea Clarent sous son manteau et les rejoignit.

Jeanne les conduisit avenue du Président-Wilson, puis tourna à gauche en direction du fleuve. Les sirènes de police et d'ambulance hurlaient partout ; dans le ciel bourdonnaient des hélicoptères. Les rues étaient quasiment désertes, et personne ne leur prêtait attention.

Sophie frissonna : cette scène était tellement surréaliste.

On aurait dit un documentaire sur la guerre sur Discovery Channel.

Un peu plus loin, Saint-Germain les attendait dans une BMW noire. Les portières droites étaient entrouvertes. La vitre teintée du chauffeur se baissa à leur approche. Le comte les accueillit avec un immense sourire :

– Nicolas, tu devrais venir plus souvent. Il règne une de ces pagailles en ville ! Tout cela est terriblement excitant ! Je ne me suis pas amusé autant depuis des siècles.

Jeanne se glissa au côté de son mari, pendant que Nicolas et Sophie prenaient place à l'arrière. Quand Saint-Germain démarra, Nicolas se pencha et lui serra l'épaule :

– Pas trop vite. N'attirons pas l'attention sur nous.

Il déboîta, puis s'engagea dans l'avenue de New York. Tout en conduisant, il ne cessait de se tourner pour parler à l'Alchimiste.

Complètement amorphe, Sophie s'était avachie sur son siège, le front contre la vitre, et regardait le fleuve qui défilait à sa gauche. Au loin, sur la rive opposée, elle aperçut la silhouette de la tour Eiffel. Elle était épuisée ; elle avait la migraine. Elle ne savait que penser de l'Alchimiste. Cet homme pouvait-il être mauvais ? Saint-Germain, Jeanne et Scatty le respectaient apparemment ; même Hécate et la Sorcière l'appréciaient. Des pensées furtives qui n'étaient pas les siennes vagabondèrent à la lisière de sa conscience, mais quand elle essaya de se concentrer, elles s'enfuirent. Par instinct, elle savait que ces souvenirs étaient importants. Ils avaient un rapport avec les catacombes et la créature qui vivait dans ses profondeurs...

– La police a déclaré officiellement qu'une partie des catacombes s'était effondrée, emportant des maisons, leur apprit Saint-Germain. Des canalisations se seraient rompues et il y aurait des fuites de méthane, de gaz carbonique et de monoxyde de carbone en ville. Le centre de Paris est donc bouclé, et les passants sont évacués. Les habitants sont priés de rester chez eux.

Nicolas s'adossa à la banquette en cuir et ferma les yeux.

– Des blessés ? demanda-t-il.

– Quelques coupures et des ecchymoses, rien de bien grave.

Étonnée, Jeanne secoua la tête :

– Ça, c'est un petit miracle !

– Des images de Nidhogg ? poursuivit Flamel.

– Rien sur les chaînes de télé principales, pour le moment. Mais quelques photos de mauvaise qualité prises avec des téléphones portables circulent sur Internet. *Le Monde* et *Le Figaro* prétendent avoir des images exclusives de ce qu'ils appellent « La créature des catacombes » et « La bête des enfers ».

Penchée en avant, Sophie suivait la conversation. Elle regarda Nicolas et Saint-Germain tour à tour.

– Bientôt, le monde entier connaîtra la vérité, commenta-t-elle. Que se passera-t-il ?

– Rien, répondirent les deux hommes en chœur.

– Rien ? Mais ce n'est pas possible !

Jeanne pivota sur son siège.

– Tu verras ! L'histoire sera étouffée.

Flamel confirma ses dires par un hochement de tête.

– La plupart des gens ne le croiraient pas, de toute manière, Sophie. On parlera de canular, de gag. Ceux qui prétendront le contraire seront qualifiés de théoriciens de la conspiration, et tu peux être sûre que les hommes de Machiavel sont déjà à pied d'œuvre pour confisquer et détruire toutes les images.

– Dans deux ou trois heures, enchaîna Saint-Germain, les événements de ce matin ne seront plus qu'un incident sans gravité. On se moquera de ceux qui prétendront avoir vu le monstre, et on les traitera d'hystériques.

Incrédule, Sophie secoua la tête :

– On ne peut pas cacher une histoire pareille à jamais !

– Les Aînés le font depuis des millénaires, affirma Saint-Germain, qui inclina son rétroviseur pour mieux la voir.

Sophie vit ses yeux bleus briller.

– Souviens-toi que l'humanité ne veut pas croire en la magie. Les hommes préfèrent ignorer que les mythes et les légendes se fondent toujours sur la vérité.

Jeanne posa la main sur le bras de son mari :

– Je ne suis pas d'accord. Les hommes ont toujours cru en la magie ; ils s'en sont détournés seulement ces derniers siècles. Leur cœur sait où se trouve la vérité. Ils savent que la magie existe vraiment.

– Petite, je croyais en la magie, avoua Sophie. Je lisais beaucoup d'histoires de princesses, de sorciers, de chevaliers et de magiciens. Je voulais tellement que tout cela soit vrai ! Jusqu'à aujourd'hui..., ajouta-t-elle avec amertume. Nicolas, tous les contes de fées racontent-ils la vérité ?

– Non, pas tous. Mais ils possèdent une part de vérité.

– Même les plus effrayants ?

– Surtout ceux-là.

Trois hélicoptères de la télévision les survolèrent à basse altitude dans un vacarme assourdissant. Flamel attendit qu'ils passent pour demander :

– Où allons-nous ?

Saint-Germain désigna un point plus loin à droite :

– Il existe une entrée secrète des catacombes dans les jardins du Trocadéro. Elle conduit directement dans la partie interdite au public. J'ai vérifié sur de vieilles cartes. Je pense que Dee passera d'abord par les égouts, puis par les tunnels inférieurs. Nous gagnerons du temps en empruntant cette entrée-là.

Nicolas Flamel s'adossa à son siège et serra la main de Sophie :

– Tout va bien se passer.

Sophie ne le crut pas.

L'entrée des catacombes se trouvait derrière une grille métallique d'apparence ordinaire fixée dans le sol. Partiellement couverte de mousse et d'herbe, elle était cachée par une rangée d'arbres derrière un joli manège peint et sculpté, installé à une extrémité des jardins. D'habitude, le magnifique parc grouillait de touristes, mais ce matin il était désert, et les chevaux de bois délaissés s'étaient immobilisés sous leur chapiteau à rayures bleues et blanches.

Saint-Germain s'arrêta au-dessus de la grille.

– Je ne l'ai pas utilisée depuis 1941.

Il s'agenouilla, tira les barres vers lui. Sans succès.

Jeanne lança un regard en coin à Sophie :

– Quand Francis et moi nous battions aux côtés de la Résistance contre les Allemands, les catacombes nous servaient de base. Nous pouvions émerger n'importe où en ville.

Elle tapota la grille en métal avec le bout de sa chaussure :

– C'était l'un de nos coins préférés. Même pendant la guerre, les jardins étaient remplis de monde, et on passait inaperçus au milieu de la foule.

Un parfum automnal de feuilles brûlées s'éleva soudain ; les barres entre les mains de Francis prirent une couleur rouge, puis blanche. Le métal se liquéfia et fondit. Saint-Germain arracha le reste de la grille, qu'il jeta sur le côté, puis il se faufila dans l'ouverture.

– Il y a une échelle, dit-il.

– Sophie, tu suis, décida Nicolas. Je passe après vous. Jeanne, tu fermes la marche ?

Jeanne hocha la tête. Elle attrapa le rebord d'un banc en bois et le tira vers le trou.

– Je le placerai sur l'ouverture avant de descendre. Nous n'avons pas besoin que quelqu'un s'invite là-dedans, pas vrai ?

Dimanche 3 Juin

Sophie se glissa dans l'ouverture avec précaution et mit les pieds sur les premiers barreaux. Elle descendit lentement. Alors qu'elle s'attendait à une odeur immonde, ça sentait juste le renfermé et le moisi. Elle commença à compter les marches, mais perdit le fil à soixante-douze. Le carré de ciel, tout petit au-dessus d'elle, lui indiqua cependant qu'elle se trouvait à une profondeur importante. Elle n'avait pas peur. Les tunnels et les espaces confinés ne l'effrayaient pas, contrairement à Josh. Que ressentait-il en cet instant ? Soudain, elle eut un nœud à l'estomac qui lui donna la nausée. Sa bouche s'assécha et, instinctivement, elle sut que son frère avait la même impression au même instant. Josh était terrifié.

CHAPITRE QUARANTE-HUIT

– Des os..., murmura Josh.

Devant lui se dressait un mur de crânes jaunis. Quand Dee longea le couloir à grands pas, sa sphère lumineuse projeta des ombres dansantes sur les parois, donnant l'impression que les orbites creuses le suivaient.

Josh avait grandi au milieu d'ossements et appris à ne pas en avoir peur. Dans le bureau de son père il y avait plusieurs squelettes. Enfants, Sophie et lui jouaient dans les réserves du musée remplies de carcasses d'animaux et de dinosaures. Josh avait même aidé à la reconstitution d'un coccyx de rapace destiné à une exposition à l'American Museum of Natural History. Mais ces os-là étaient... étaient...

– Ce sont des os humains ! chuchota-t-il.

– Oui, répondit Machiavel. Dans ces anciennes carrières de calcaire reposent les restes de six millions de Parisiens. Peut-être plus.

Il leva le pouce et poursuivit :

– Ce calcaire a servi à construire cette ville. Savais-tu que Paris était bâtie au-dessus d'un dédale de tunnels ?

– Co... comment sont-ils arrivés ici ? bégaya Josh.

Il toussa et croisa les bras pour se donner un air nonchalant :

– Ils ont l'air anciens. Depuis combien de temps sont-ils là ?

– Deux cents ans à peine, répondit Machiavel à sa grande surprise. À la fin du XVIIIe siècle, les cimetières de Paris débordaient. Je me trouvais ici à l'époque, ajouta-t-il, la bouche déformée par le dégoût. Je n'avais jamais rien vu de pareil ! Il y avait tellement de morts dans la capitale que certains cimetières n'étaient que des montagnes de terre d'où émergeaient des tibias... Paris était peut-être l'une des plus belles villes du monde, mais elle était aussi la plus répugnante. Pire que Londres, et c'est rien de le dire !

Son éclat de rire résonna à l'infini contre les murs d'os, puis se transforma en un bruit hideux :

– Pouah ! La puanteur était indescriptible, et les rats étaient aussi gros que des chiens. Les maladies se comptaient par dizaines ; les épidémies de peste se succédaient. Finalement, il fut admis que les cimetières saturés avaient peut-être un rapport avec la contagion. On a donc décidé de nettoyer les cimetières et de transférer les cadavres dans des carrières vides.

S'efforçant d'oublier le fait qu'il était entouré d'ossements de personnes mortes à coup sûr d'une maladie terrible, Josh se concentra sur les murs :

– Qui a disposé les ossements de cette façon ?

Il désigna un soleil macabre, dont les rayons étaient composés d'os humains de longueurs différentes.

Machiavel haussa les épaules :

– Qui sait ? Quelqu'un qui souhaitait honorer les morts ou essayait de donner du sens à ce chaos incroyable... Les hommes ont toujours cherché à mettre de l'ordre dans le chaos.

– Vous les appelez... vous nous appelez les hommes, remarqua Josh.

Il se tourna vers Dee, qui avait déjà atteint l'extrémité du couloir :

– Dee nous appelle les humani.

– Ne me confonds pas avec lui, dit Machiavel avec un sourire glacial.

Perdu, Josh se demanda qui était le plus puissant des deux. Il aurait parié sur le Magicien ; or l'Italien semblait avoir le contrôle de la situation.

– Scathach nous a prévenus que vous étiez plus dangereux et plus malin que Dee.

Le sourire de Machiavel se transforma en une grimace de plaisir :

– C'est le plus beau compliment qu'elle m'ait fait.

– Est-ce vrai ? Êtes-vous vraiment plus dangereux que Dee ?

Machiavel prit le temps de la réflexion. Quand il

sourit de nouveau, une vague odeur de serpent emplit la galerie :

– Absolument.

– Vite ! Par ici ! leur cria Dee, dont la voix était assourdie par les murs épais et le plafond bas.

Il s'éloigna le long du tunnel bordé d'ossements, emportant la lumière avec lui. Josh fut tenté de courir à sa poursuite de peur de rester dans le noir le plus complet, mais Machiavel claqua des doigts, et une flamme blanchâtre, svelte et élégante, apparut dans la paume de sa main.

– Tous les tunnels ne ressemblent pas à celui-là, continua-t-il en désignant les os bien rangés contre le mur, les formes et les dessins réguliers. Dans les tunnels plus petits, les os ont été empilés à la va-vite.

Dans une courbe de la galerie, ils tombèrent nez à nez avec Dee qui s'impatientait et tapait du pied. Il reprit sa marche sans leur adresser la parole.

Josh fixa le globe de lumière qui dansait sur son épaule, tandis qu'ils s'enfonçaient de plus en plus dans les catacombes. Cela l'aidait à oublier les murs qui semblaient se refermer sur lui à chaque pas. Il remarqua que certains os portaient des dates et des graffitis d'une autre époque. Les seules empreintes qu'on voyait dans l'épaisse couche de poussière avaient été laissées par les petits pieds de Dee. Ces tunnels n'avaient pas été empruntés depuis très longtemps.

– Personne ne vient jamais ici ? demanda l'adolescent dans le seul but d'entendre un son dans ce silence oppressant.

– Si. Certaines parties des catacombes sont ouvertes au public, lui répondit Machiavel.

Il leva la main. La flamme éclaira d'autres motifs incrustés dans les parois. Les ombres vacillantes animaient les ossements quelques secondes avant que l'obscurité reprenne ses droits.

– Les catacombes s'étendent sur des kilomètres sous la ville, et de vastes étendues n'ont pas encore été recensées. S'aventurer dans ces tunnels est dangereux, et illégal, bien sûr, ce qui n'empêche pas les gens de les sillonner. On les appelle les cataphiles. Une unité de police spéciale a été créée pour patrouiller ici : les cataflics. Nous ne rencontrerons ni les uns ni les autres. Cette zone n'a pas été explorée. Nous sommes à une très grande profondeur, à présent, dans l'une des toutes premières carrières, creusées il y a bien des siècles.

– À une très grande profondeur..., répéta lentement Josh.

Les épaules affaissées, il imagina le poids de la capitale au-dessus de sa tête, les millions de tonnes de terre, de béton et d'acier. Il sentit venir une nouvelle crise de claustrophobie. Il avait l'impression que les murs vibraient, palpitaient. Il avait la gorge sèche, les lèvres craquelées ; il avait du mal à respirer.

– Monsieur..., chuchota-t-il, j'aimerais remonter à la surface maintenant, si cela ne vous fait rien.

Sincèrement surpris, l'Italien cligna des yeux :

– Non, Josh, il n'en est pas question !

Il saisit le garçon par les épaules. Josh fut envahi par une vague de chaleur. Son aura grésilla, et l'air étouffant du tunnel fut parfumé un instant à l'orange mêlée à l'odeur rance du serpent.

– Il est trop tard pour faire demi-tour, déclara Machiavel. Nous sommes allés trop loin à présent... Tu quitteras ces catacombes éveillé ou...

– Ou quoi ? demanda Josh, horrifié.

– Ou pas du tout, répondit simplement Machiavel.

Ils reprirent leur route. Josh aperçut sur les murs d'étranges motifs carrés. Ils ressemblaient aux dessins qui décoraient le bureau de son père – des idéogrammes mayas ou aztèques... Que faisaient des symboles méso-américains dans les catacombes de Paris ?

Dee les attendait au bout du tunnel. Ses yeux gris brillaient dans la pénombre. Quand il parla, son accent anglais était plus prononcé, et les mots se bousculaient à une telle vitesse qu'il était difficile de le comprendre. Josh n'aurait su dire si le Magicien était excité ou nerveux, ce qui lui faisait encore plus peur.

– C'est un jour mémorable dans ta vie, mon garçon. Car non seulement tes pouvoirs seront éveillés, mais tu auras la chance de rencontrer l'un des rares Aînés dont l'humanité se souvient. C'est un grand honneur, crois-moi.

Il leva la main pour éclairer deux immenses colonnes en os formant une porte monumentale. Au-delà régnait le noir le plus complet. Dee fit un pas en arrière :

– Toi d'abord.

Comme Josh hésitait, Machiavel lui serra le bras et lui chuchota à l'oreille :

– Quoi qu'il arrive, ne montre pas ta peur, et ne

panique pas. Ta vie et ta santé mentale en dépendent. Tu comprends ?

– Ni peur, ni panique, lâcha Josh. Ni peur, ni panique.

– Va, maintenant !

Machiavel le poussa vers Dee et la porte en os.

– Que tes pouvoirs soient éveillés, et surtout que cela en vaille la peine !

Josh s'arrêta, alerté par quelque chose dans la voix de Machiavel. Il y avait comme de la pitié sur le visage de l'Italien. Quant à Dee, ses yeux gris étincelaient, ses lèvres esquissaient un sourire d'une grande laideur. Il haussa les sourcils :

– Tu ne veux plus être éveillé ?

Josh n'avait qu'une réponse à cette question.

Après un dernier coup d'œil à Machiavel, il leva à demi la main en signe d'adieu, prit une profonde inspiration et pénétra dans les ténèbres.

Dee lui emboîta le pas. Grâce à sa sphère lumineuse, Josh découvrit une vaste pièce circulaire qui semblait avoir été sculptée à l'intérieur d'un os gigantesque. Les murs lisses et incurvés, le plafond jaune, le sol couleur parchemin avaient la même teinte et la même texture que les parois incrustées d'os à l'extérieur.

Dee posa la main dans le bas du dos de Josh et le fit avancer. L'adolescent s'arrêta presque aussitôt. Après avoir vécu quelques jours riches en surprises et merveilles, créatures et monstres de tout poil, il était... déçu.

La salle ne contenait qu'un socle surélevé, tout en longueur, dressé en son centre. Le globe se balança au-dessus de la plateforme, projetant une lumière crue sur les détails sculptés. Sur un bloc de calcaire était allongée l'immense statue d'un homme, vêtu d'une armure antique en cuir et en métal ; ses mains prises dans des gantelets serraient la garde d'une épée de presque deux mètres de long. Quand il se mit sur la pointe des pieds, Josh constata que la statue portait un casque qui lui cachait complètement le visage.

Il regarda derrière lui : Dee se tenait à droite de la porte ; Machiavel avait pris position à gauche. Tous deux le fixaient avec intensité.

– Que... qu'est-ce qu'il est censé se passer maintenant ? bafouilla le garçon.

Ni l'un ni l'autre ne répondit. Machiavel croisa les bras et, les yeux plissés, pencha la tête sur le côté.

– Qui est-ce ? demanda Josh, désignant la statue avec le pouce.

Il ne s'attendait pas à obtenir une réponse de Dee. Quand il se tourna vers Machiavel, il s'aperçut que l'Italien regardait par-delà son épaule. Josh pivota... au moment où deux êtres cauchemardesques se matérialisaient dans l'ombre.

Ils étaient la blancheur incarnée – peau transparente, cheveux longs et fins qui ondulaient dans leur dos et balayaient le sol. Mâles ou femelles ? Impossible à dire. De la taille de petits enfants, ils étaient anormalement minces et avaient une tête en forme de bulbe, un large front et un menton pointu. Des oreilles démesurées et de petites cornes pointaient sur le sommet de leur crâne ; leurs grands yeux globuleux sans pupille le fixaient.

Quand les créatures s'avancèrent, Josh fut stupéfié par leurs jambes : elles se pliaient en arrière au niveau du genou et se terminaient par des sabots de chèvre.

Ils se séparèrent pour contourner le socle ; l'instinct de Josh l'incita à reculer. Puis il se souvint du conseil de Machiavel et ne bougea plus d'un pouce. Il prit une profonde inspiration avant d'examiner avec attention la créature qui se tenait le plus près de lui. Finalement, elle n'était pas si terrifiante. Sa petite taille lui conférait une certaine fragilité. L'adolescent crut reconnaître le personnage vu sur des fragments de poteries grecques et romaines disposées dans la bibliothèque de sa mère. Faunes ou satyres ? Il n'aurait su dire.

Lentement, les deux êtres l'encerclèrent, le touchèrent avec leurs longs doigts glacés aux ongles noirs. Ils caressèrent son T-shirt déchiré, pincèrent son jean. Ils discutaient entre eux d'une voix aiguë à peine audible qui le faisait grincer des dents. Quand l'un des faunes lui effleura le ventre, l'aura de Josh cracha des étincelles dorées.

– Hé ! s'écria-t-il.

Les créatures firent un bond en arrière. Un simple contact, et le cœur de Josh battait déjà à cent à l'heure ! Il fut soudain assailli par toutes les peurs innommables qu'il avait affrontées au cours de sa vie. Ses cauchemars les plus terrifiants remontèrent à la surface, le laissant sans souffle. Il tremblait comme une feuille, le corps baigné de sueur glacée. L'autre faune se précipita sur lui et posa une main froide sur son visage. Josh sursauta violemment.

Dimanche 3 Juin

Les deux satyres s'étreignirent et se mirent à bondir dans la salle, tels des cabris. Ils riaient à gorge déployée.

– Josh ! cria Machiavel.

Sa voix de stentor brisa la panique grandissante de Josh et fit taire les deux créatures.

– Josh ! Écoute-moi. Concentre-toi sur ma voix. Les satyres sont des êtres simples, qui se nourrissent des émotions humaines les plus basiques. L'un se rassasie de peur, l'autre se repaît de panique. Je te présente Phobos et Déimos.

À la mention de leur nom, les deux satyres reculèrent dans l'ombre jusqu'à ce que Josh ne vît plus que leurs grands yeux noirs et luisants.

– Ce sont les gardiens du Dieu Endormi.

Soudain, dans un grincement de pierre, l'antique statue se redressa et tourna la tête vers Josh. Sous le masque flamboyèrent deux yeux rouge sang.

CHAPITRE QUARANTE-NEUF

– Est-ce un royaume des Ombres ? chuchota Sophie, la gorge serrée.

Elle se tenait à l'entrée d'un long tunnel rectiligne dont les murs étaient tapissés d'ossements humains à perte de vue. Une seule ampoule éclairait l'espace d'une lumière jaune et faiblarde.

Jeanne lui serra le bras :

– Non, nous sommes encore dans notre monde. Bienvenue dans les catacombes de Paris !

Une lueur argentée passa dans les yeux de Sophie quand les connaissances de la Sorcière affleurèrent. Ces galeries ne lui étaient pas inconnues. Elle vacilla quand un flot soudain d'images la frappa : des hommes et des femmes en haillons extrayant des pierres d'immenses cavités dans le sol, sous la surveillance de centurions romains.

– Des carrières..., murmura-t-elle.

– Il y a très longtemps, ajouta Nicolas. Maintenant, c'est le tombeau de millions de Parisiens et d'un autre...

– Le Dieu Endormi, compléta Sophie d'une voix mal assurée.

Il s'agissait d'un Aîné que la Sorcière d'Endor détestait et plaignait à la fois.

Saint-Germain et Jeanne semblèrent choqués par cette annonce. Même Flamel parut surpris.

Sophie se mit à trembler. Les bras croisés sur la poitrine, elle essaya de ne pas faiblir tandis que des pensées lugubres se bousculaient dans son cerveau. Autrefois, le Dieu Endormi était un Aîné...

... Sur un champ de bataille incandescent, un guerrier esseulé en armure de métal et de cuir agitait une épée aussi grande que lui. Il se battait contre des créatures issues directement du Jurassique.

... Aux portes d'une ville antique, le guerrier en armure de métal et de cuir affrontait seul une vaste horde d'hommes-bêtes aux allures de singe, pendant qu'une colonne de réfugiés s'échappait par une autre porte.

... Sur les marches d'une pyramide d'une hauteur phénoménale, le guerrier défendait une femme et son enfant attaqués par des êtres effrayants, mi-serpents mi-oiseaux.

– Sophie...

Les images se modifièrent. L'armure immaculée du guerrier devint sale ; elle était couverte de zébrures et de taches de boue. Le guerrier changea lui aussi.

... Il courait dans un village primitif bloqué par les glaces en criant comme un animal, pendant que des hommes habillés de fourrures et terrifiés le fuyaient ou se dissimulaient à ses yeux.

... À la tête d'une immense armée, composée de bêtes et d'hommes, il chevauchait vers une ville scintillante au cœur d'un désert vide.

... Il se tenait au milieu d'une gigantesque bibliothèque, remplie de cartes, de manuscrits et de livres à reliure de métal, de tissu ou d'écorce, et ravagée par le feu. L'incendie était si violent que le métal se liquéfiait. À coups d'épée, il jetait les ouvrages dans le brasier.

– Sophie !

L'aura de la jeune fille crépita quand l'Alchimiste la prit par les épaules et la serra fort.

– Sophie !

Sa voix la sortit de sa transe.

– J'ai vu... j'ai vu..., bafouilla-t-elle, la voix rauque.

Elle avait mal à la gorge et elle s'était mordu si fort la joue qu'elle sentait l'affreux goût métallique du sang dans sa bouche.

– Je n'imagine même pas ce que tu as pu voir..., fit Nicolas. Mais je crois savoir qui tu as aperçu.

– Qui est-ce ? souffla Sophie. Qui était le guerrier en armure de métal et de cuir ?

Elle savait que si elle pensait fort à lui, les souvenirs de la Sorcière lui fourniraient son nom, mais ils l'attireraient de nouveau dans le monde violent du guerrier ; et cela, elle ne le souhaitait pas.

– L'Aîné Mars Ultor.

– Le dieu de la Guerre, expliqua Jeanne avec amertume.

Sans regarder autour d'elle, Sophie leva la main gauche et désigna un couloir étroit :

– Par là.

– Comment le sais-tu ? s'enquit Saint-Germain.

– Je le sens, répondit-elle dans un frisson.

Elle se frictionna les bras avec frénésie :

– On dirait que quelque chose de froid et de poisseux court sur ma peau. Cela vient de là-bas.

– Ce tunnel nous mène dans le cœur secret des catacombes, déclara Saint-Germain, la cité romaine perdue de Lutèce.

Il se frotta les mains si vite que des étincelles éclaboussèrent le sol. Suivi de Jeanne, il s'engagea dans le tunnel. Sophie regarda l'Alchimiste :

– Qu'est-il arrivé à Mars ? Dans mes premières visions, il m'est apparu comme le défenseur de l'humanité. Qu'est-ce qui l'a changé ?

– Nul ne le sait. Peut-être la réponse se trouve-t-elle dans les souvenirs de la Sorcière ? suggéra Flamel. Ils ont dû se connaître.

Sophie secoua la tête.

– Je ne veux plus penser à lui..., commença-t-elle.

Trop tard ! Au moment où l'Alchimiste posait la question, une série d'images terrifiantes défila à toute vitesse dans l'esprit de Sophie. Un homme grand et beau, seul en haut d'une pyramide à degrés d'une hauteur vertigineuse, les bras levés vers le ciel. Sur les épaules, une magnifique cape en plumes multicolores. Au pied de la pyramide s'étendait une immense ville de pierre entourée par une jungle impénétrable. La cité était en fête. Ses habitants avaient revêtu des vêtements aux couleurs vives, ils portaient tous de riches bijoux ainsi que des capes et des coiffes extravagantes en plumes. Une file d'hommes et de femmes vêtus de blanc qui avançaient au milieu de la rue principale tranchait sur tant de couleurs. Sophie s'aperçut soudain qu'ils étaient attachés ensemble avec des cordes en cuir et avaient des lianes autour du cou. Des gardes armés de fouets et de lances les poussaient vers la pyramide.

Elle inspira longuement et chassa ces images.

– Elle le connaissait, conclut-elle froidement.

Elle ne dit pas à l'Alchimiste qu'autrefois la Sorcière d'Endor avait aimé Mars... C'était il y a très longtemps, avant qu'il change, avant qu'il devienne Mars Ultor, le Vengeur.

CHAPITRE CINQUANTE

– Ave, Mars, dieu de la Guerre ! lança Dee.

Transi de peur, Josh regarda le grand casque se tourner vers le Magicien, dont l'aura s'illumina aussitôt, dispersant des étincelles jaunes autour de lui. La tête pivota dans un grincement de pierre, et les yeux d'un rouge incandescent se posèrent sur le garçon. Phobos et Déimos, pâles comme la mort, sortirent de l'ombre et vinrent s'accroupir derrière le socle de pierre. Ils observaient Josh avec attention. Le garçon fut submergé par la peur, pour ne pas dire la panique. Il crut voir l'un d'eux humecter ses lèvres fines avec une langue de la couleur d'une vieille ecchymose. Détournant délibérément le regard, il se concentra sur l'Aîné.

« Ne montre pas ta peur », lui avait conseillé Machiavel. Plus facile à dire qu'à faire ! Devant lui, quasiment à portée de main, se trouvait celui que les Romains considéraient comme le dieu de la Guerre. Josh n'avait jamais entendu parler de Hécate et de la Sorcière d'Endor, et pour cette raison elles n'avaient pas eu le même effet sur lui. Là, c'était différent. Maintenant il comprenait ce que Dee entendait par « l'Aîné dont l'humanité se souvenait ». Il s'agissait de Mars en personne, le dieu qui avait donné son nom à un mois et à une planète.

Josh essaya de respirer lentement et de calmer son cœur emballé, mais il tremblait trop fort pour y arriver. Il avait les jambes en coton ; à tout moment, elles risquaient de ployer sous lui. Bouche fermée, il inspira par le nez, comme il l'avait appris en cours d'arts martiaux. Il ferma les yeux, croisa les bras et serra fort. Il était capable de surmonter cette épreuve : il avait déjà rencontré des Aînés, il avait affronté des morts vivants, et même combattu un monstre primitif. Ce ne devrait pas être trop difficile.

Josh se redressa, ouvrit les yeux et contempla la statue de Mars... Sauf qu'il ne s'agissait pas d'une statue, mais d'un être vivant. Une couche épaisse de poussière durcie recouvrait sa peau et ses habits. La seule touche de couleur était constituée par ses yeux, qui émettaient une lueur rouge derrière son casque.

– Grand Mars, l'heure est venue, continua Dee. L'heure pour les Aînés de revenir dans le monde des humani... Nous avons le Codex, ajouta-t-il de manière théâtrale.

Josh sentit le parchemin craquelé sous son T-shirt. Qu'arriverait-il s'ils apprenaient qu'il possédait les deux pages manquantes ? L'éveilleraient-ils quand même ?

À la mention du Codex, l'Aîné tourna la tête vers Dee. Ses yeux flamboyaient, des volutes de fumée rouge s'échappaient de la fente de son masque.

– La prophétie est quasiment accomplie, se dépêcha d'ajouter Dee. Bientôt ce sera l'Évocation Finale. Bientôt, nous libérerons les Aînés perdus et nous rétablirons leur règne légitime sur terre. Cette planète redeviendra le paradis qu'elle était.

Dans un grincement de pierre, Mars leva les jambes du socle et s'assit face au garçon. Chacun de ses mouvements envoyait des particules de peau pierreuse sur le sol.

Dee n'était pas loin de crier à présent :

– Et la première prophétie du Codex s'est réalisée ! Nous avons découvert les deux qui ne sont qu'un. Les jumeaux de la légende.

Il désigna Josh :

– Cet humani possède une aura d'or pur. Celle de sa jumelle est d'argent cristallin.

Penché en avant, Mars tendit une main gantée vers Josh. Elle se trouvait à cinquante centimètres de son épaule quand l'aura de l'adolescent s'épanouit autour de lui, la lueur vive éclairant la salle, dorant les murs en os polis, et expédiant Phobos et Déimos à l'abri, dans l'obscurité derrière le socle. L'air sec fut soudain parfumé à l'orange.

Les yeux plissés à cause de la lumière émise par sa propre peau, les cheveux dressés sur la tête par l'électricité statique, Josh regardait, sidéré, la croûte durcie s'effriter au bout des doigts du dieu et révéler une main bronzée et musclée. L'aura de Mars s'illumina à son tour, l'enveloppant d'une épaisse brume pourpre. Son corps d'athlète se para d'un rouge violent tandis que de petites étincelles jaillissaient tout autour. Dès qu'elles refroidissaient, elles recouvraient Mars d'une croûte blanchâtre. Josh fronça les sourcils : on aurait dit que l'aura du dieu formait une coquille autour de lui, le statufiait de nouveau.

– Les pouvoirs de la fille ont été éveillés, poursuivit Dee d'une voix forte. Pas ceux du garçon. Si nous voulons réussir, si nous voulons rétablir le règne des Aînés, nous devons procéder à son éveil. Mars Ultor, veux-tu bien t'en charger ?

Le dieu planta sa grande épée dans le sol ; la pointe s'enfonça dans les ossements comme dans du beurre. Les mains autour de la garde, il se pencha pour mieux examiner le jumeau de la légende.

« Ni peur ni panique ! » Josh se redressa et fixa l'étroite ouverture rectangulaire dans le casque de pierre. Le temps d'un battement de cœur, il crut entrevoir un éclair bleu briller dans l'ombre, avant que les yeux rougissent de nouveau. L'aura de Josh se ternit et, aussitôt, les deux satyres réapparurent. À l'abri derrière le dieu, ils grimpèrent sur le socle pour observer Josh avec avidité.

– Des jumeaux.

Il fallut un moment à Josh pour réaliser que Mars avait parlé. Sa voix était étonnamment douce, et surtout lasse.

– Des jumeaux ?

Il s'agissait bien d'une question.

– Oui, bafouilla Josh. J'ai une jumelle, Sophie.

– J'avais des jumeaux autrefois... il y a très longtemps, déclara Mars, l'air absent.

La lumière rouge dans la fente de son casque prit des reflets bleus.

– De bons enfants, de braves garçons.

Josh se demanda à qui il s'adressait.

– Qui est l'aîné ? Toi ou ta sœur ?

– Sophie, répondit Josh, qui sourit en évoquant sa jumelle. De vingt-huit secondes seulement.

– L'aimes-tu ?

Surpris, Josh répondit :

– Oui... Enfin, je veux dire, oui, bien sûr ! C'est ma jumelle, quoi !

Mars hocha la tête :

– Romulus, mon plus jeune, le prétendait aussi. Il m'a juré qu'il aimait son frère, Remus. Et puis il l'a tué.

Un silence de mort s'abattit sur la salle en os.

Derrière le masque, les yeux bleus de Mars s'embuèrent. Josh sentit des larmes de compassion lui piquer les paupières. Les larmes du dieu séchèrent quand ses yeux flamboyèrent de nouveau :

– J'ai éveillé l'aura de mes fils, je leur ai donné accès à des pouvoirs et des capacités dépassant ceux des humani. Leurs sens étaient aiguisés, leurs émotions exacerbées...

leurs sentiments de haine, de peur et d'amour aussi... Ils étaient si proches jusqu'à ce que je les éveille ! Mon don les a détruits... Peut-être vaudrait-il mieux que je ne t'éveille pas. Pour ton salut, et celui de ta sœur.

Étonné, Josh cligna des yeux et se tourna vers Dee et Machiavel. L'Italien demeurait impassible ; Dee, lui, paraissait aussi abasourdi que Josh.

– Seigneur Mars..., commença le Magicien. Le garçon doit être éveillé...

– Ce sera son choix.

– J'exige...

La lueur sous le casque du dieu devint incandescente :

– Tu exiges !

– Au nom de mon maître, bien sûr. Mon maître exige...

– Ton maître n'a rien à exiger de moi, Magicien, murmura Mars. Et si tu continues de parler, je lâche mes compagnons sur toi.

La bave aux lèvres, Phobos et Déimos grimpèrent sur les épaules de Mars pour observer Dee.

– C'est une mort terrible, ajouta le dieu avant de se tourner vers Josh. Cet éveil dépend de toi, et uniquement de toi. Je peux éveiller tes pouvoirs. Je peux te rendre puissant. Dangereusement puissant.

Ses yeux lançaient des éclats d'un jaune ardent :

– Le veux-tu ?

– Oui, répondit Josh sans hésiter.

– Il y a un prix, car tout se paie.

– Je paierai, déclara Josh, qui n'avait aucune idée de quoi il s'agissait.

Mars hocha la tête, et la pierre craqua :

– Bonne réponse. Me demander quel serait le prix aurait été une grossière erreur.

Phobos et Déimos lâchèrent un gloussement, que Josh prit pour un rire ; et aussitôt, il sut que d'autres avaient été punis d'avoir essayé de négocier avec le Dieu Endormi.

– Le jour viendra où je te rappellerai ta dette, dit celui-ci.

Il regarda par-dessus la tête du garçon :

– Qui sera son mentor ?

– Moi, répondirent Dee et Machiavel en chœur.

Josh se tourna vers les deux immortels : des deux, il aurait préféré être guidé par Machiavel.

– Magicien, il est à toi, décida Mars après quelques instants de réflexion. Je lis tes motivations avec clarté. Tu as l'intention d'utiliser le garçon pour réhabiliter les Aînés, je n'en doute pas une seconde. Quant à toi...

Sa tête pivota vers Machiavel :

– Je ne parviens pas à lire dans ton aura. Je ne sais pas ce que tu veux. Peut-être n'as-tu pas encore décidé ?

Les pierres se fissurèrent et craquèrent quand le dieu se leva. Il mesurait au moins deux mètres, et son casque frôlait le plafond.

– À genoux, ordonna-t-il à Josh, qui obéit.

Mars s'empara de son immense épée plantée dans le sol et la fit tournoyer jusqu'à ce qu'elle se trouve devant le visage de Josh. La proximité de la lame fit loucher l'adolescent. Il voyait chaque éraflure, chaque creux, et même les vestiges d'une spirale gravée en son centre.

– Donne-moi le nom de ton clan et celui de tes parents.

Josh avait la bouche si sèche qu'il avait des difficultés à parler :

– Le nom de mon clan ? Ah ! Mon nom de famille est Newman. Mon père s'appelle Richard, et ma mère Sara.

Il se souvint que Hécate avait posé la même question à Sophie. Son éveil avait eu lieu deux jours plus tôt, et pourtant Josh avait l'impression qu'une vie entière s'était écoulée depuis.

Le timbre de la voix du dieu se durcit. Il parla fort, au point que Josh sentit les vibrations dans ses os :

– Josh, fils de Richard et de Sara, du clan Newman, de la race humani. Je t'octroie un éveil. Ce n'est pas un don ; il y aura un prix à payer. Si tu ne le paies pas, je te détruirai, et je détruirai tout ce qui te tient à cœur.

– Je paierai, annonça Josh, la bouche pâteuse, le sang cognant dans ses tempes, l'adrénaline se déversant dans ses veines.

– Je le sais.

L'immense épée toucha l'épaule droite du garçon, puis la gauche, avant de se poser de nouveau sur la droite. Les contours flous de son aura s'animèrent autour de son corps. Des volutes de fumée dorées serpentèrent au bout de ses cheveux blonds, et le parfum d'agrumes s'intensifia.

– Tu verras donc avec acuité...

Les yeux bleus de Josh se transformèrent en disques d'or, et des larmes coulèrent sur ses joues. Elles avaient la couleur et la texture de l'or liquide.

– Tu entendras avec clarté...

De la fumée s'échappa des oreilles du garçon.

– Tu goûteras avec intensité...

Josh ouvrit la bouche pour tousser. Une brume couleur safran en jaillit et de petites étincelles ambrées dansèrent entre sa langue et ses dents.

– Tu toucheras avec délicatesse...

Le garçon leva les mains devant ses yeux. Elles brillaient tellement qu'elles en étaient transparentes. Des étincelles dansaient entre ses doigts. Ses ongles ressemblaient à des miroirs polis.

– Tu sentiras avec force...

La tête de Josh était enveloppée de fumée dorée, qui s'échappait de ses narines, comme s'il expirait du feu. Son aura s'était épaissie et solidifiée autour des épaules et sur son torse, telle une carapace brillante.

Le dieu tapota de nouveau les épaules de Josh avec son épée :

– Sincèrement, ton aura est l'une des plus puissantes que j'aie rencontrées. Il y a autre chose que je veux te donner, sans contrepartie. Ce présent te sera utile dans les jours à venir.

Il posa la main gauche sur la tête de Josh, et l'aura du garçon explosa. Des filets et des globes de feu jaillirent de son corps et rebondirent dans la salle. Phobos et Déimos furent frappés par le flux de lumière et de chaleur. Ils se réfugièrent derrière le socle de pierre en couinant. Mais les satyres avaient réagi trop tard : leur peau pâle avait rougi, l'extrémité de leurs cheveux blancs comme neige avait noirci. La lumière intense avait contraint Dee à s'agenouiller et à se protéger les yeux avec ses mains gantées. Il roula sur le côté, tandis que des sphères enflammées rebondissaient du sol au plafond, éclaboussaient les murs, laissaient des marques de brûlure sur les ossements polis.

Seul Machiavel avait échappé aux effets de cette explosion : il était sorti de la pièce au moment où Mars avait touché le garçon. Recroquevillé sur lui-même, il était resté dans les ombres impénétrables du tunnel pendant que des bandes de lumière jaune ricochaient contre les murs et que des boules d'énergie fusaient tout autour en sifflant. Il cligna des yeux pour chasser les images zébrées qui s'étaient imprimées sur sa rétine. Machiavel avait déjà assisté à des éveils, mais il n'avait jamais rien vu d'aussi spectaculaire. Que faisait Mars ? Quel don offrait-il au garçon ?

Soudain, malgré sa vision défaillante, il entraperçut une silhouette argentée à l'autre extrémité du couloir.

Un parfum de vanille envahit les catacombes.

CHAPITRE CINQUANTE ET UN

Perchée au sommet du château d'eau d'Alcatraz, entourée par d'énormes corax, Morrigan chantonnait. Déjà connue des hommes préhistoriques les plus primitifs, cette chanson était gravée dans les profondeurs de l'ADN humain. Cet air, à la fois lent et doux, perdu et plaintif, magnifique et... terrifiant, était la « Chanson de Morrigan » – un appel destiné à engendrer la peur et l'horreur. Sur les champs de bataille du monde entier, à toutes les époques, il s'agissait souvent du dernier son qu'un homme entendait avant de périr.

Morrigan s'enveloppa dans sa cape de plumes noires et scruta la ville au-dessus de la baie embrumée. Elle percevait le bouillonnement chaud et lumineux de centaines de milliers d'humani vivant à San Francisco. Chacun possédait une aura chargée de peurs et d'inquiétudes, d'émotions savoureuses et parfumées. Elle se frotta les mains puis passa l'extrémité de ses doigts sur ses fines lèvres noires. Ses ancêtres s'étaient nourris d'humains, avaient bu leurs souvenirs, savouré leurs peines comme on goûte un bon vin. Bientôt, oui très vite, elle serait libre de les imiter.

Mais avant, un festin de roi l'attendait.

Quelques heures plus tôt, elle avait reçu un appel de Dee. Lui et les Aînés avaient fini par admettre qu'il était trop dangereux de garder Pernelle et Nicolas Flamel en vie. Il lui avait donc donné la permission d'assassiner l'Ensorceleuse.

Morrigan possédait un nid dans les montagnes San Bernardino. Elle y conduirait Pernelle et là, elle prendrait son temps pour absorber les moindres souvenirs, les moindres sentiments de l'humani. Pendant ses sept cents ans d'existence, l'Ensorceleuse avait visité une grande partie du globe et de nombreux royaumes des ombres, avait vu des merveilles et subi des horreurs. Cette femme à la mémoire extraordinaire se souvenait de chaque sensation, chaque pensée, chaque frayeur de sa longue vie. Morrigan s'en délecterait jusqu'à plus soif. À ce moment-là, la légendaire Pernelle Flamel aurait tout d'une ingénue. La déesse des Corbeaux renversa la tête et ouvrit grand la bouche. Ses longues incisives parurent si blanches et si dures derrière ses lèvres sombres, sa langue si petite et si noire. Bientôt...

Morrigan n'ignorait pas que l'Ensorceleuse se trouvait dans les galeries courant sous le château d'eau. Il existait une autre issue : un tunnel accessible seulement à marée basse. Si Pernelle attendait que la marée descende, dans quelques heures, une colonie de corbeaux, au bec tranchant comme un rasoir, l'attendrait au pied de la falaise et sur les rochers en contrebas.

Elle huma l'air et soudain, ses narines frémirent.

Parmi les odeurs salées et iodées de l'océan, la puanteur métallique du métal rouillé, des pierres moisies, des fientes d'oiseaux, elle reconnut... une autre odeur qui n'appartenait pas à ce lieu, ce pays, cette époque... Une odeur ancienne et âcre.

Le vent tourna, la brume tourbillonna. Des gouttelettes d'eau salées brillèrent tout à coup sur un fil argenté suspendu devant elle. Morrigan cligna plusieurs fois des yeux. Un autre fil oscillait dans le ciel. Des dizaines apparurent, formant une multitude d'entrelacs. On aurait dit des...

... des toiles d'araignées !

Morrigan se redressait quand une araignée monstrueuse surgit du puits en dessous et entreprit d'escalader le château d'eau. Ses grandes pattes velues s'enfonçaient dans le métal, tandis qu'elle se rapprochait dangereusement de la déesse des Corbeaux.

À l'unisson, les centaines d'oiseaux qui encerclaient l'édifice s'envolèrent en poussant des croassements rauques... et furent piégés par une gigantesque toile d'araignée qui flottait au-dessus d'eux. Ils s'effondrèrent sur leur sombre maîtresse qui s'empêtra dans cette masse grouillante de plumes noires et de fils poisseux. Morrigan se libéra à coups d'ongles acérés et s'enroula dans sa cape. Alors qu'elle s'apprêtait à s'envoler, l'araignée parvint au sommet du château d'eau et la plaqua au sol d'un coup de patte.

Pernelle Flamel, à cheval sur le dos de l'araignée, une lance flamboyante à la main, se pencha vers Morrigan avec un large sourire :

– C'est moi que tu cherches ?

CHAPITRE CINQUANTE-DEUX

Sophie n'avait plus peur. Elle ne se sentait plus ni malade ni affaiblie. Il fallait qu'elle rejoigne son frère. Josh se trouvait tout près, dans une salle au bout du tunnel. La lueur dorée de son aura éclairait l'obscurité, le parfum d'orange imprégnait l'air.

Poussant Nicolas, Jeanne et Saint-Germain, ignorant leurs cris, elle se précipita vers l'arche luisante. Bonne athlète, elle avait remporté le cent mètres dans la plupart des écoles qu'elle avait fréquentées. Mais, là, elle volait pratiquement dans la galerie. À chacun de ses pas, son aura, alimentée par sa colère et sa détermination, grandissait autour d'elle, crépitait, grésillait, jetait des étincelles métalliques. Ses sens aiguisés s'embrasèrent, ses pupilles se transformèrent en disques argentés. Aussitôt, les ombres s'évanouirent, et les catacombes lui apparurent dans leurs détails les plus choquants. Ses narines furent assaillies par diverses odeurs – serpent, soufre, pourriture, moisissure… et, plus fort que tous les autres, le parfum d'orange.

Elle savait qu'il était trop tard : Josh avait été éveillé.

Enjambant l'homme accroupi à l'extérieur de la salle, Sophie se rua dans l'embrasure… et son aura se transforma en coquille métallique. Des arcs de feu étincelants rebondissaient sur les murs et l'éclaboussaient. Toute cette énergie la fit tituber. Agrippée à l'encadrement de la porte, elle s'arc-bouta pour ne pas être propulsée en arrière.

– Josh ! s'exclama-t-elle, effrayée par la vision qui s'offrait à ses yeux.

Josh était agenouillé sur le sol devant Mars. De sa main gauche, l'immense Aîné brandissait une épée, dont la pointe touchait le plafond, tandis que sa main droite immobilisait la tête de Josh. L'aura de son frère flamboyait tel un brasier, l'entourant d'un cocon doré. Un feu jaune tourbillonnait autour de lui, jetait des sphères et des fusées d'énergie. Ils giclaient sur les murs et au plafond faisaient voler en éclats les os jaunis par les âges.

– Josh ! hurla Sophie.

Le dieu tourna la tête vers elle et la fixa de ses yeux rouges et luisants.

– Va-t'en ! lui ordonna-t-il.

Sophie secoua la tête.

– Pas sans mon frère, rétorqua-t-elle, les dents serrées.

Elle n'allait pas abandonner Josh. Jamais de la vie !

– Il n'est plus ton jumeau. Vous êtes différents désormais.

– Josh sera toujours mon jumeau, répliqua-t-elle simplement.

Tandis qu'elle pénétrait dans la salle, elle envoya un jet d'un brouillard argenté glacial, qui déferla sur Josh et l'Aîné. Quand il toucha l'aura de Josh, il siffla, et une fumée d'un blanc sale s'éleva au plafond. Puis il gela sur la peau durcie de Mars ; des cristaux de glace brillèrent sous la lumière ambrée.

Lentement, le dieu baissa son épée.

– As-tu la moindre idée de qui je suis ? demanda-t-il d'une voix douce, presque amicale. Si tu connaissais mon nom, tu me craindrais.

– Vous êtes Mars Ultor, répondit Sophie, informée par les souvenirs de la Sorcière d'Endor. Avant que les Romains vous vénèrent, les Grecs vous appelaient Arès, et avant eux, les Aztèques vous surnommaient Huitzilopochtli.

– Qui es-tu ?

La main de l'Aîné lâcha la tête de Josh et, aussitôt, son aura s'affaiblit ; le feu mourut.

Josh tituba, et Sophie se précipita pour le rattraper avant qu'il ne heurte le sol. Dès qu'elle le toucha, son aura disparut à son tour, la laissant sans défense. Mais elle avait dépassé ses peurs. Elle ne ressentait que du soulagement, maintenant que son jumeau et elle étaient de nouveau réunis. Accroupie, berçant son frère dans ses bras, Sophie leva les yeux vers l'imposant dieu de la Guerre :

– Avant d'être Huitzilopochtli, vous étiez le champion de l'humanité : Nergal lui-même. Vous conduisiez les esclaves humains à l'abri quand Danu Talis a sombré dans les vagues.

Le dieu chancela. Ses jambes heurtèrent le socle, si bien qu'il s'assit. La pierre massive craqua sous son poids.

– Comment le sais-tu ? lâcha-t-il.

Sa voix trahissait la peur.

Sophie se redressa et aida son frère à se relever. Ses yeux étaient ouverts, mais ils avaient roulé dans leur orbite, ne laissant apparaître que le blanc.

– La Sorcière d'Endor m'a donné tous ses souvenirs, répondit-elle à Mars. Je sais ce que vous avez fait... et pourquoi elle vous a maudit.

Elle tendit la main et effleura la peau pierreuse du dieu. Une étincelle en jaillit :

– Je sais pourquoi elle a modifié votre aura.

Sophie passa le bras de son frère autour de ses épaules, puis tourna le dos au dieu de la Guerre. Flamel, Saint-Germain et Jeanne l'attendaient à la porte. L'épée de Jeanne était pointée sur Dee, qui gisait à terre, inanimé. Personne ne parlait.

– Si tu as les connaissances de la Sorcière en toi, lança Mars d'un ton presque plaintif, alors tu connais ses incantations et ses formules magiques. Tu sais comment lever cette malédiction !

Nicolas se précipita pour aider Sophie, mais elle refusa de lâcher son frère. Elle se retourna et jeta un regard au dieu :

– Oui, je sais comment la lever.

– Alors, libère-moi ! Fais-le maintenant, et je te donnerai tout ce que tu voudras. Je dis bien : tout !

Sophie réfléchit quelques secondes avant de demander :

– Pouvez-vous annuler les effets de l'éveil ? Pouvez-vous nous rendre de nouveau normaux, mon frère et moi ?

Il y eut un long moment de silence avant que le dieu reprenne la parole :

– Non, je ne peux pas.

– Alors, il n'y a rien que vous puissiez faire pour nous.

Sur ce, Sophie tourna les talons et, avec l'aide de Saint-Germain, elle transporta Josh dans le couloir. Jeanne les suivit, laissant Flamel dans l'encadrement de la porte.

– Attends !

La voix tonitruante du dieu fit trembler la salle.

– Tu vas renverser cette malédiction ou..., dit le dieu, menaçant.

Nicolas fit un pas en avant :

– Ou quoi ?

– Aucun de vous ne quittera ces catacombes vivant, tonna Mars. Je ne le permettrai pas. Je suis Mars Ultor !

Ses yeux étaient rouge sang ; il avança, agitant son immense épée devant lui :

– Qui es-tu pour me défier ?

– Je suis Nicolas Flamel, et toi, tu es un Aîné qui a commis l'erreur de se prendre pour un dieu.

Il claqua des doigts ; des grains de poussière couleur

émeraude s'éparpillèrent sur le sol en os, se dispersèrent, laissant sur la surface lisse de minuscules fils verts.

– Je suis l'Alchimiste... Laisse-moi te présenter le plus grand secret de mon art : la transmutation.

Nicolas se retourna et disparut dans l'obscurité.

– Non !

Mars fit un pas en avant et s'enfonça jusqu'à la cheville dans le sol, devenu mou et gélatineux. Il perdit l'équilibre et heurta si fort les ossements gluants qu'un liquide poisseux gicla sur les murs. Le dieu batailla pour se relever ; en vain. À quatre pattes, il tendit le cou et foudroya Dee du regard.

– Tout ceci est ta faute, Magicien ! hurla-t-il sauvagement.

La salle entière vibra sous sa colère. De la poussière d'os et des fragments de calcaire dégringolèrent sur eux.

– Je te tiens pour responsable !

Dee se releva en titubant et s'appuya contre le chambranle de la porte. Il secoua ses mains couvertes de gelée visqueuse, brossa son pantalon souillé.

– Ramène-moi la fille et le garçon, gronda Mars, et je te pardonnerai peut-être. Ramène-moi les jumeaux, ou...

– Ou quoi ? demanda Dee d'un ton doucereux.

– Je te détruirai, et même ton Aîné de maître ne pourra pas te protéger !

– Tu oses me menacer ? Sache que je n'ai pas besoin de mon Aîné pour me défendre !

– Crains-moi, Magicien, car je suis ton ennemi à présent.

– Sais-tu quel sort je réserve à ceux qui m'effraient ? cracha Dee. Je les anéantis !

Soudain, la pièce fut envahie par une odeur de soufre ; les murs se mirent à fondre comme neige au soleil.

– Flamel n'est pas le seul alchimiste à connaître le secret de la transmutation, déclara-t-il pendant que le plafond se liquéfiait.

De longs rubans gluants s'en détachaient, couvrant Mars des pieds à la tête.

– Détruisez-le ! hurla le dieu.

Phobos et Déimos bondirent sur le dos de l'Aîné, crocs et griffes dehors, leurs grands yeux rivés sur Dee.

Le Magicien prononça un seul mot et claqua des doigts. Les os liquéfiés durcirent instantanément.

À ce moment, Nicolas Machiavel apparut sur le seuil. Les bras croisés, il examina la salle. En son centre, à moitié relevé, les deux satyres sur son dos, Mars Ultor était piégé sous une carapace en os.

– On dirait que les catacombes de Paris possèdent une autre statue mystérieuse ! commenta l'Italien.

Dee sortit de la pièce.

– D'abord Hécate, maintenant Mars, poursuivit Machiavel. Moi qui croyais que tu étais de notre côté... Dee ? Est-ce que tu réalises que nous sommes deux hommes morts ? Nous n'avons pas réussi à capturer Flamel et les jumeaux. Nos maîtres ne nous le pardonneront pas !

– Nous n'avons pas encore échoué, lui cria Dee, qui avait atteint le bout de la galerie. Je sais où donne ce tunnel. C'est là qu'on va les intercepter.

Il jeta un coup d'œil en arrière. Puis il déclara, presque à contrecœur :

– Mais... il nous faudra faire équipe et combiner nos pouvoirs, Niccolò.

– Quelles sont tes intentions ?

– Ensemble, nous allons libérer les Gardiens de la Cité.

CHAPITRE CINQUANTE-TROIS

Morrigan parvint à se relever, mais une toile d'araignée aussi épaisse que son bras s'enroula autour de sa taille et serpenta sur ses jambes pour les ligoter. La déesse perdit l'équilibre. Elle commençait à basculer par-dessus le rebord du château d'eau quand une autre toile l'intercepta, l'enveloppant du cou aux pieds telle une momie. Pernelle bondit du dos d'Areop-Enap et s'accroupit à côté de la déesse des Corbeaux. La tête de sa lance chargée d'énergie vibrait, une fumée rouge s'élevait dans l'air humide de la nuit.

– Tu as envie de crier ? demanda Pernelle. Ne te gêne pas !

Et Morrigan ne s'en priva pas. Ses mâchoires se desserrèrent, ses lèvres noires s'entrouvrirent pour révéler ses dents de prédateur. Et elle hurla à la mort.

Le cri assourdissant résonna à travers l'île. La moindre vitre encore intacte sur Alcatraz fut réduite en poussière, et la tour vacilla sur ses piliers. De l'autre côté de la baie, la ville fut réveillée par les alarmes des voitures garées le long du front de mer. Cette cacophonie sans nom fut bientôt aggravée par les aboiements des chiens vivant jusqu'à cent cinquante kilomètres à la ronde.

Le hurlement de Morrigan ameuta le reste de son armée d'oiseaux, qui déferlèrent à travers le ciel étoilé dans un bruit formidable d'ailes affolées et de cris rauques. La plupart furent immédiatement capturés et tirés vers le sol par un épais nuage en toile d'araignée qui flottait dans les airs entre les bâtiments en ruine, drapait chaque fenêtre sans vitres, s'étendait de poteau en poteau. Au moment où les oiseaux captifs touchaient le sol, des araignées de toute forme et de toute taille se ruaient sur eux, les enfermaient dans des cocons argentés. Quelques minutes plus tard, l'île replongea dans le silence le plus complet.

Une poignée de corax réussit à s'échapper du guet-apens. Six immenses oiseaux planèrent au-dessus de l'île, évitant les guirlandes et les filets poisseux ; puis ils s'élevèrent dans le ciel avant de faire demi-tour pour attaquer. Ils dessinèrent des cercles au-dessus du château d'eau. Douze yeux de jais fixèrent Pernelle ; des becs tranchants comme des rasoirs et des griffes à la pointe de dague s'ouvrirent au moment où les oiseaux fondirent sur l'Ensorceleuse.

Penchée au-dessus de Morrigan, Pernelle perçut un reflet dans les yeux noirs de son adversaire. Elle prononça un seul mot et la lance s'embrasa. Pernelle se hâta de tracer un triangle rouge dans l'air brumeux. Les oiseaux sauvages volèrent au travers de cette figure incandescente... et se métamorphosèrent.

Six œufs parfaits tombèrent sur le sol, où ils furent interceptés par des toiles transparentes.

– Petit déjeuner ! s'exclama Areop-Enap en descendant le long de la tour.

Pernelle s'assit à côté de la déesse des Corbeaux, qui ne cessait de se débattre. La lance sur les genoux, elle regarda par-delà la baie la ville qu'elle considérait comme sa maison.

– Et maintenant, Ensorceleuse, qu'entends-tu faire ? demanda Morrigan.

– Je ne sais pas, répondit Pernelle avec sincérité. On dirait qu'Alcatraz m'appartient...

Elle semblait elle-même stupéfiée par cette idée.

– Ainsi qu'à Areop-Enap, bien sûr, ajouta-t-elle.

– À moins que tu ne sois parvenue à maîtriser l'art de voler, tu es piégée ici ! cracha Morrigan. Cette île est la propriété de Dee. Aucun touriste ne vient plus, aucun bateau de pêche ou de plaisance ne s'approche ici. Tu es prisonnière, tout comme tu l'étais dans ta cellule ! Et le sphinx patrouille dans les couloirs inférieurs. Il va venir te chercher.

– Il peut toujours essayer !

Avec un sourire, Pernelle fit tournoyer sa lance, qui bourdonna dans les airs :

– Je me demande en quoi il sera transformé ? En bébé, en lionceau ou en œuf d'oiseau ?

– Dee sera bientôt là avec des renforts. Il dispose d'une armée de monstres.

– Je l'attendrai, lui aussi.

– Tu ne gagneras pas, siffla Morrigan.

– Depuis des siècles, les gens ne cessent de nous le répéter. Et pourtant, Nicolas et moi sommes toujours de ce monde.

– Que comptes-tu faire de moi ? finit par demander la déesse des Corbeaux. Si tu ne me tues pas, je n'aurai jamais de repos tant que tu ne seras pas morte.

Pernelle se releva et planta sa lance dans le sol :

– Je ne vais pas te tuer. Je t'ai réservé la punition que tu mérites.

Elle scruta le ciel. Le vent s'engouffra dans sa longue chevelure, la souleva derrière elle.

– Je me suis souvent demandé quel effet cela faisait de voler, de planer en silence dans les cieux, dit-elle, songeuse.

– Il n'y a pas sensation plus merveilleuse, répondit franchement Morrigan.

Le sourire de Pernelle la glaça.

– C'est bien ce que je pensais. Je vais donc te retirer ce que tu as de plus précieux au monde : ta liberté et ta capacité de voler. La plus sûre des cellules t'attend dans les profondeurs d'Alcatraz.

– Aucune prison ne peut me retenir, riposta Morrigan avec mépris.

– Celle-ci a été conçue pour Areop-Enap. Tu ne verras plus la lumière du soleil, et tu ne voleras plus jamais.

Morrigan poussa un nouveau hurlement et se débattit de toutes ses forces. La tour trembla ; mais la toile de la Vieille Araignée était indestructible.

Soudain, la déesse des Corbeaux fut prise d'une quinte de toux, et il fallut un moment à Pernelle pour comprendre qu'elle riait. Sachant à l'avance qu'elle n'aimerait pas la réponse, l'Ensorceleuse ne put s'empêcher de lui demander :

– Peux-tu me dire ce que tu trouves si amusant ?

– Tu m'as peut-être vaincue, souffla Morrigan, mais tu te meurs ! Je vois les marques de la vieillesse sur ton visage et tes mains.

Pernelle leva la main et pencha la pointe de la lance pour éclairer sa peau. Elle fut choquée de découvrir des taches brunes éparpillées sur le dos de sa main. Elle se toucha le visage et le cou : ses doigts suivirent les lignes de nouvelles rides.

– Combien de temps te reste-t-il avant que la formule magique ne fasse plus effet, Ensorceleuse ? s'enquit Morrigan. Combien de temps avant que ton corps flétrisse ? Cela se mesure-t-il en jours ou en semaines ?

– Beaucoup de choses peuvent arriver en quelques jours.

– Écoute-moi bien, Ensorceleuse. Écoute la vérité. Le Magicien est à Paris, il a capturé le garçon et lâché Nidhogg sur ton mari et les autres.

Elle s'étrangla de rire :

– On m'a envoyée ici pour te tuer parce que ton mari et toi ne valez rien. Les jumeaux sont la clef de l'avenir.

Pernelle se pencha vers la déesse. La lance projeta une lueur cramoisie sur leurs visages, les transformant en masques d'une grande laideur.

– Tu as raison, dit l'Ensorceleuse, les jumeaux sont la clef de l'avenir. Mais l'avenir de qui ? Des Aînés ou de l'humanité ?

CHAPITRE CINQUANTE-QUATRE

Machiavel esquissa un pas en avant et contempla Paris. Debout sur les toits de la cathédrale gothique de Notre-Dame, il dominait la Seine, le pont au Double et l'immense parvis de l'église. Agrippé à la rambarde décorée, il inspira fort pour calmer les battements de son cœur. Il venait de grimper plus de cent marches, depuis les catacombes jusqu'au sommet de la cathédrale, suivant un itinéraire secret que Dee prétendait avoir déjà emprunté. Ses jambes tremblaient après tant d'effort, ses genoux flageolaient. Machiavel se maintenait en bonne condition physique – végétarien rigoureux, il s'entraînait tous les jours –, mais cette ascension l'avait épuisé. Il était également agacé que Dee, lui, ne soit pas affecté le moins du monde par ce pénible exercice.

– Quand disais-tu que tu étais venu là pour la dernière fois ?

– Je n'ai rien dit, gronda le Magicien.

Il se tenait à la gauche de Machiavel, dans l'ombre de la tour sud.

– Mais si tu veux vraiment le savoir, c'était en 1575. J'ai rencontré Morrigan ici, et c'est sur ce toit que j'ai appris la vraie nature de Nicolas Flamel ainsi que l'existence du Livre d'Abraham. Ce n'est peut-être pas une coïncidence si cette histoire s'achève au même endroit...

Machiavel se pencha pour regarder en contrebas. Il se trouvait pile au-dessus de la grande rosace. La place, habituellement remplie de touristes, était déserte.

– Comment sais-tu que Flamel et les autres arriveront là ?

Dee dévoila ses petites dents dans un sourire hideux :

– Nous savons que le garçon est claustrophobe. Ses sens viennent d'être éveillés. Quand il sortira de la transe dans laquelle Mars l'a laissé, il sera terrifié, et les effets de l'éveil ne feront qu'amplifier cette terreur. Pour sauvegarder sa santé mentale, Flamel devra le mener à la surface le plus rapidement possible. Or il existe un passage secret entre les catacombes et la cathédrale.

Il se tut et tendit le bras, désignant cinq silhouettes qui franchissaient le portail central.

– Tu vois ! s'exclama-t-il, triomphant. Je ne me trompe jamais. Machiavel, tu sais ce qui nous reste à faire maintenant.

– Oui.

– Tu pourrais montrer plus d'enthousiasme.

– Défigurer un aussi magnifique bâtiment est un crime.

– Tuer des gens n'en est pas un ? fit Dee.

– Disons que les gens peuvent toujours être remplacés.

– Il faut que je m'assoie, haleta Josh.

Sans attendre de réponse, il se dégagea des bras de sa sœur et de Saint-Germain et s'affala sur une pierre circulaire. Il se recroquevilla sur lui-même, posa le menton sur les genoux, serra ses mollets entre ses bras. Il tremblait si fort que ses talons claquaient sur les pavés de la place.

– On ne peut pas rester là, le prévint Flamel, qui scrutait les alentours.

– Une minute ! lança Sophie.

Agenouillée aux côtés de son frère, elle tendit la main pour le toucher ; une étincelle crépita entre ses doigts et le corps de Josh, si bien qu'ils sursautèrent tous les deux.

– Je sais ce que tu ressens, lui murmura-t-elle. Tout est si... brillant, sonore, aigu. Tes habits te paraissent trop lourds, ils frottent contre ta peau, tes chaussures sont trop serrées. Mais tu t'y habitueras. Ces sensations finiront par s'estomper.

Son frère subissait les mêmes épreuves qu'elle deux petits jours plus tôt.

– Ça palpite sous mon crâne, gémit Josh. J'ai l'impression qu'il va exploser, comme s'il était bourré d'informations. Des idées étranges me passent par la tête...

Sophie fronça les sourcils : quelque chose ne tournait pas rond... Elle aussi avait cru que sa tête allait exploser mais c'était quand la Sorcière avait déversé tout son savoir en elle, pas après son éveil... Soudain, elle se souvint qu'au moment où elle était entrée en trombe dans la salle des catacombes, elle avait vu la grosse main de l'Aîné appuyée sur le crâne de son frère.

– Josh ? Quand Mars t'a éveillé, qu'a-t-il dit ?

L'air misérable, il secoua la tête :

– Je ne sais pas.

– Réfléchis ! lui ordonna Sophie. S'il te plaît, Josh... C'est important.

– Depuis quand tu me donnes des ordres ? marmonna-t-il, un léger sourire aux lèvres.

– Depuis toujours ! Je reste ta grande sœur, tu sais. Alors dis-moi !

Josh fronça les sourcils, ce qui lui fit mal au front :

– Il a dit... il a dit que l'éveil n'était pas un cadeau et qu'il y aurait un prix à payer plus tard.

– Et puis ?

– Il a dit... il a dit que j'avais l'une des auras les plus puissantes qu'il ait rencontrées.

Josh avait observé le dieu quand il prononçait ces paroles. Comme il le voyait pour la première fois avec ses yeux éveillés, il avait remarqué les détails complexes de son casque, le motif sur son plastron en cuir, et il avait clairement senti de la peine dans sa voix.

– Il a dit qu'il allait m'offrir un présent, quelque chose qui me serait utile dans les jours à venir.

– Et ?...

– Je n'ai aucune idée de quoi il s'agit. Quand il a posé la main sur ma tête, j'ai cru qu'il allait m'enfoncer dans le sol. La pression était incroyable.

– Il t'a transmis quelque chose, en conclut Sophie, inquiète. Nicolas ?

Comme elle n'obtenait pas de réponse, elle se tourna vers l'Alchimiste. Saint-Germain, Jeanne et lui scrutaient la grande cathédrale.

– Sophie..., dit Nicolas sans se retourner. Aide ton frère à se lever. Nous devons nous en aller. Tout de suite. Avant qu'il ne soit trop tard.

Son ton calme et raisonné effraya la jeune fille encore plus que s'il avait crié. Elle attrapa son frère sous les bras, ignorant le crépitement de leurs auras, le souleva et le fit pivoter. C'est là qu'elle vit trois monstres trapus et mal assortis qui les attendaient.

– Je crois qu'il est déjà trop tard, lâcha-t-elle.

Au fil des siècles, le Dr John Dee avait appris à animer des golems, à créer et contrôler des simulacres et des homuncules. De son côté, Machiavel maîtrisait l'art de contrôler des tulpas. Le procédé était similaire ; seuls les matériaux différaient.

Tous deux savaient donner vie aux objets inanimés.

À présent, le Magicien et l'Italien se tenaient côte à côte sur le toit de Notre-Dame, en pleine concentration.

Les unes après les autres, les gargouilles et les chimères de la cathédrale s'animèrent.

Les gargouilles cracheuses d'eau s'éveillèrent les premières. Par centaines, elles se détachaient de la pierre.

Émergeant de recoins cachés – les avant-toits invisibles, les gouttières oubliées –, des dragons et des serpents, des chèvres et des singes, des chats, des chiens et des monstres de pierre rampèrent jusqu'au bas de la façade.

Vint le tour des chimères, des sculptures plus affreuses les unes que les autres. Des lions, des tigres, de grands singes, des ours s'arrachèrent et descendirent eux aussi de leur perchoir.

– Oh ! Oh ! marmonna Saint-Germain.

Un lion grossièrement sculpté bondit sur le sol devant le portail de la cathédrale et s'avança vers eux, ses griffes en pierre cliquetant et glissant sur les pavés lisses.

Saint-Germain tendit le bras, et le lion fut frappé par une boule de feu... qui n'eut aucun effet sur lui, à part le débarrasser de siècles de poussière et de fientes d'oiseaux. Le lion continua sa marche. Saint-Germain essaya différents types de feu – flèches, rideaux de flammes, sphères incandescentes, fusées – en vain.

Des dizaines de gargouilles qui avaient survécu à l'atterrissage foulaient à présent le parvis. Elles s'éparpillèrent sur la place avant de refermer leur piège sur le groupe. Certaines créatures étaient sculptées avec talent et minutie, d'autres n'avaient pas résisté aux outrages du temps et n'avaient plus de forme reconnaissable. Les grosses gargouilles marchaient lentement ; les petites chimères se ruaient à l'attaque. Seul point commun : elles avançaient dans un silence absolu, mis à part le frottement de la pierre contre la pierre.

Une créature effrayante, mi-homme mi-chèvre, se détacha de la foule, se mit à quatre pattes et se précipita sur Saint-Germain, tête baissée et cornes méchamment pointées en avant. Jeanne s'interposa et frappa le monstre avec sa lame. Des étincelles jaillirent, mais cela ne le ralentit pas pour autant. Saint-Germain parvint à se jeter in extremis sur le côté. L'homme-chèvre tenta de s'arrêter sur les pavés et glissa. Il s'écrasa sur le sol et cassa une de ses cornes.

Nicolas brandit Clarent, qu'il agita autour de lui, la tenant des deux mains. Un ours à tête de femme s'approcha lentement, toutes griffes dehors. Nicolas le frappa, mais l'épée rebondit sur la fourrure de pierre. Quand il essaya de lui trancher la gorge, la vibration lui engourdit le bras, si bien qu'il faillit lâcher son arme. Soudain, la patte énorme de l'ours siffla au-dessus de la tête de l'Alchimiste. Celui-ci profita que l'animal perdait l'équilibre pour se jeter de tout son poids contre lui. L'ours s'affala comme une masse ; ses griffes heurtèrent les pavés et se transformèrent en poussière quand il tenta de se redresser.

Debout devant son frère pour le protéger à tout prix, Sophie envoya quelques tourbillons. Ils rebondirent sur les statues sans provoquer de dégâts. Seul un journal abandonné par terre s'éleva en virevoltant dans le ciel.

– Nicolas..., gémit Saint-Germain tandis que le cercle de monstres se resserrait. Un peu de magie ou d'alchimie ne serait pas de trop !

Nicolas tendit la main droite. Une petite sphère verte se forma dans sa paume. Cependant la bulle de verre se fissura, et son contenu liquide se répandit sur sa peau.

– Je suis trop affaibli, soupira-t-il, l'air triste. Le sortilège de transmutation dans les catacombes m'a épuisé.

Les gargouilles ne cessaient d'avancer ; la pierre grinçait et craquait à chacun de leurs pas.

– Elles vont nous piétiner, marmonna Saint-Germain.

– Dee doit les manipuler, grommela Josh.

Effondré contre sa sœur, il se bouchait les oreilles. Chaque grincement, chaque craquement était un supplice pour son ouïe éveillée.

– Elles sont trop nombreuses pour avoir été animées par un seul homme, intervint Jeanne. Je parie sur Dee et Machiavel.

– Ils ne doivent pas être loin..., remarqua Nicolas.

– Un commandant se met toujours en hauteur, déclara Josh, lui-même surpris par ses paroles.

– Ce qui signifie qu'ils sont sur les toits de la cathédrale, en conclut Nicolas.

– Je les vois ! s'écria Jeanne. Là-haut, entre les tours, au-dessus de la grande rosace.

Elle jeta son épée à son mari ; son aura argentée l'enveloppa tout à coup, un parfum de lavande embauma l'air. Puis son aura se durcit ; un arc apparut dans sa main gauche pendant qu'une flèche luisante se matérialisait dans la droite. Elle visa et décocha la flèche, qui effectua une superbe courbe dans les airs.

– Ils nous ont repérés, constata Machiavel.

De grosses perles de sueur roulaient sur son visage ;

ses lèvres bleuissaient, tant l'effort de contrôler les créatures de pierre était grand.

– On s'en fiche, rétorqua Dee, ils ne peuvent rien faire.

Sur le parvis, les cinq humains étaient disposés en cercle face aux statues de pierre.

– Qu'on en finisse ! marmonna Machiavel, qui grinçait des dents. Mais souviens-toi qu'il nous faut les enfants vivants.

Il s'interrompit quand un objet effilé et argenté fusa vers eux en sifflant.

– Une flèche ! lâcha-t-il.

Soudain, il poussa un grognement : la flèche se planta dans sa cuisse. Il n'eut plus aucune sensation dans la jambe, de la hanche aux orteils. Il chancela et s'effondra sur le toit de la cathédrale, les mains serrées autour de sa blessure. Bizarrement, il n'y avait pas de sang ; la douleur, elle, était atroce.

En contrebas, une bonne moitié des créatures se figèrent ou tombèrent à la renverse. Elles s'écrasèrent sur le sol et furent piétinées par celles qui suivaient. Les pierres érodées explosèrent en mille morceaux. Pendant ce temps, l'autre moitié continuait son inquiétante progression.

Une douzaine d'autres flèches en argent jaillirent depuis le sol et se brisèrent dans un tintement contre la construction.

– Machiavel ! hurla Dee.

– Je ne peux pas.

La douleur était indescriptible. Des larmes coulaient le long des joues de l'Italien.

– Je ne peux pas me concentrer...

– Alors, je terminerai le travail tout seul.

– Le garçon et la fille..., bredouilla Machiavel. Il nous les faut vivants.

– Pas nécessairement. Tu oublies que je suis nécromancien. Je sais réanimer les corps.

– Non ! s'écria l'Italien.

Dee l'ignora. Concentrant son extraordinaire pouvoir, il donna un ordre aux gargouilles :

– Tuez-les ! Tuez-les tous !

Les créatures se précipitèrent sur le groupe.

– Encore ! Jeanne ! cria Flamel. Tire encore !

– Impossible, souffla-t-elle, épuisée, le teint gris. Mes flèches sont composées de mon aura. Il ne me reste plus rien.

Plus les gargouilles s'approchaient, plus le grincement de la pierre était assourdissant. Certaines possédaient des griffes et des crocs, d'autres des cornes et des queues puissantes. Dans quelques secondes, elles broieraient les humains.

Josh ramassa une toute petite chimère, si rongée qu'elle ressemblait à un bloc de pierre irrégulier et la jeta au milieu des créatures. Elle heurta une gargouille, et toutes deux se brisèrent. Le bruit le fit grimacer, mais il comprit qu'elles n'étaient pas indestructibles. Les mains collées sur les oreilles, il scruta avec attention la créature pulvérisée. Sa vue éveillée lui permit d'en distinguer les moindres détails. Les créatures de pierre étaient insensibles à l'acier et à la magie... cependant, elles étaient érodées et fragiles. Qu'est-ce qui détruisait la pierre ?

Éclair... Un souvenir qui ne lui appartenait pas... Une ville antique, les murs s'effondraient, réduits en poussière...

– J'ai une idée, cria-t-il à ses compagnons.

– Qu'elle soit bonne ! rétorqua Saint-Germain. Est-elle magique ?

– C'est de la chimie de base. Francis ? Le feu que tu crées peut atteindre quelle température ?

– Maximale.

– Et celle du vent que tu crées, Sophie ?

– Minimale.

Tout à coup, elle comprit où il voulait en venir. Elle avait fait la même expérience en cours de sciences.

– Allez-y ! hurla Josh.

Un dragon aux ailes de chauve-souris rongées se jeta sur eux. Saint-Germain projeta son feu magique sur la tête de la créature qui, cernée par les flammes, devint rouge cerise. Quelques secondes plus tard, Sophie souffla de l'air arctique sur le dragon.

Sa tête se fissura et se réduisit en poussière sous leurs yeux ébahis.

– Chaud et froid ! les encouragea Josh. Chaud et froid !

– Expansion, contraction ! s'exclama Nicolas dans un grand éclat de rire.

Il leva la tête vers Dee, à peine visible sur le bord du toit.

– Un des principes de base de l'alchimie !

Saint-Germain chauffa à blanc un sanglier qui galopait vers eux, puis Sophie l'enveloppa dans un air glacial. Ses pattes cédèrent sous lui.

– Plus chaud ! hurla Josh. Et toi, Sophie, plus froid !

– J'essaie, murmura la jeune fille, gagnée par l'épuisement. Je ne sais pas si je pourrai continuer longtemps. Aide-moi, s'il te plaît. Prête-moi ta force.

Aussitôt, Josh se plaça derrière sa sœur et posa les mains sur ses épaules. Leurs auras d'or et d'argent s'illuminèrent, se mélangèrent, s'entremêlèrent. Comprenant ce qu'ils faisaient, Jeanne se dépêcha de les imiter et agrippa les épaules de son mari. Leurs deux auras – rouge et argent – crépitèrent autour d'eux. Quand Saint-Germain s'en prit aux gargouilles les plus proches, son panache de feu les fit fondre sur-le-champ. Les vents arctiques et la bise glaciale de Sophie parachevèrent son travail. Saint-Germain pivota lentement : les monstres se fissurèrent, la roche fondit sous la chaleur intense. Quand Sophie pivota à son tour, l'effet de ses vents glacés fut spectaculaire : les statues bouillantes explosèrent en mille morceaux granuleux. La première rangée tomba, puis la suivante, et la suivante, jusqu'à ce qu'un mur de pierres fracassées entoure les humains encerclés.

Quand Saint-Germain et Jeanne s'effondrèrent, Sophie et Josh continuèrent à souffler de l'air glacé sur les derniers assaillants. Comme les gargouilles avaient passé des siècles à évacuer les eaux de pluie, la pierre était tendre et poreuse. Se servant de l'énergie de son frère pour stimuler ses pouvoirs, Sophie fit geler l'eau contenue dans la pierre pour pulvériser les créatures.

– Les deux qui ne sont qu'un, murmura Flamel, accroupi sur les pavés, exténué.

Il contempla Sophie et Josh : leurs auras aveuglantes flamboyaient autour d'eux, argent et or mêlés, des traces d'armure antique visibles sur leur peau. Leur puissance était incroyable, et apparemment inépuisable. Oui, une telle énergie était capable de contrôler le monde, de le redessiner, mais aussi de le détruire.

Alors que la dernière gargouille monstrueuse tombait en poussière, et que l'aura des jumeaux s'estompait, l'Alchimiste se demanda pour la première fois si sa décision d'éveiller leurs pouvoirs avait été judicieuse.

Au sommet de Notre-Dame, Dee et Machiavel virent Flamel et les autres se frayer un chemin entre les tas de gravats fumants et prendre la direction du pont.

– Nous sommes fichus ! marmonna Machiavel, les dents serrées.

La flèche avait disparu de sa cuisse, mais sa jambe était toujours engourdie.

– Pardon ? fit Dee. Nous ? Tout cela est entièrement de ta faute, Niccolò ! Du moins, c'est ce que dira mon rapport. Je n'ai pas besoin de t'expliquer ce qu'il se passera ensuite !

Machiavel se releva et s'appuya contre le mur pour soulager sa jambe blessée :

– Mon rapport offrira une version différente.

– Personne ne te croira, riposta Dee, sûr de lui. Tout

le monde sait que tu es le maître des mensonges. Allez, adieu !

Alors que le Magicien s'éloignait déjà, Machiavel plongea la main dans sa poche et en sortit un petit magnétophone numérique :

– Le problème, c'est que j'ai enregistré notre conversation...

Il pianota sur l'appareil :

– Voix activée. Ce jouet a mémorisé chacune de tes paroles !

Dee s'arrêta d'un bloc. Il se tourna lentement vers l'Italien et regarda l'appareil :

– Chaque parole ?

– La moindre ! Alors, quant à celui que les Aînés vont croire...

Dee fixa l'Italien un quart de seconde avant de secouer la tête :

– Que veux-tu ?

Machiavel fit un signe de tête en direction des décombres en contrebas. Son sourire était terrifiant :

– Regarde ce dont les jumeaux sont capables... Et ils sont à peine éveillés, et très peu entraînés.

– Que suggères-tu ?

– Entre nous, toi et moi avons accès à des ressources extraordinaires. Si nous travaillions ensemble au lieu de nous affronter, nous pourrions trouver les jumeaux, les capturer et les entraîner.

– Les entraîner !

Les yeux de Machiavel se mirent à luire.

– Ce sont les jumeaux de la légende ! Les deux qui

ne sont qu'un et celui qui est tout. Une fois qu'ils auront maîtrisé les magies élémentaires, il sera impossible de les arrêter.

Un sourire féroce passa sur ses lèvres :

– Celui qui les contrôlera régnera sur le monde !

– Tu crois que l'Alchimiste le sait ? s'enquit Dee.

Machiavel eut un rire amer.

– Bien entendu ! Pourquoi crois-tu qu'il les entraîne ?

LUNDI 4 Juin

CHAPITRE CINQUANTE-CINQ

A 12 h 13 précises, l'Eurostar sortit de la gare du Nord et commença son voyage de deux heures vingt en direction de la gare internationale de Saint-Pancras à Londres.

Nicolas était assis en face de Sophie et Josh en première classe. Saint-Germain avait payé les billets avec une carte de crédit indétectable et leur avait fourni des passeports français munis de photos de personnes qui ne ressemblaient absolument pas aux jumeaux. Celle de Nicolas représentait un jeune homme à l'abondante chevelure noire.

« Tu n'as qu'à dire que tu as pris un bon coup de vieux ces dernières années », avait plaisanté le comte.

Jeanne d'Arc, qui avait passé la matinée dans les magasins, leur avait offert à chacun un sac à dos rempli de vêtements et d'accessoires de toilette. Quand il ouvrit le sien, Josh découvrit le petit ordinateur portable dont Saint-Germain lui avait fait cadeau la veille. Était-ce seulement la veille ? Cela lui paraissait si loin...

Nicolas étala le journal sur la petite table tandis que le train quittait la gare. Il sortit une paire de lunettes de vue bon marché qu'il avait achetée dans une pharmacie. Il souleva *Le Monde* pour que les jumeaux voient la première page. La une comportait une photo des dégâts provoqués par Nidhogg.

Nicolas lut l'article qui l'accompagnait.

– Il est écrit qu'une partie des catacombes s'est effondrée, dit-il.

Il tourna la page. La moitié gauche était occupée par une image des amoncellements de pierre sur le parvis de la cathédrale.

– « Des experts prétendent que la chute et la désintégration de quelques-unes des plus célèbres gargouilles et chimères de Notre-Dame de Paris ont été provoquées par les pluies acides qui ont sapé les structures. Les deux événements ne sont pas liés », lut-il avant de refermer le journal.

– Vous aviez raison, soupira Sophie.

L'épuisement se lisait sur son visage, bien qu'elle ait dormi au moins dix heures.

– Dee et Machiavel sont parvenus à étouffer l'affaire.

Elle regarda par la fenêtre tandis que le train se frayait un chemin au milieu d'un labyrinthe de voies ferrées :

– Hier, un monstre a traversé Paris, des gargouilles sont descendues d'un monument national... et pourtant, les journaux ne relatent rien d'extraordinaire. Bref, il ne s'est rien passé !

– Il s'est bien passé quelque chose, objecta Flamel. Tu as appris la magie du Feu, les pouvoirs de Josh ont été éveillés. Hier, vous avez également découvert à quel point vous étiez puissants quand vous unissiez vos efforts.

– Et Scathach est morte, intervint Josh, amer.

Le regard surpris de Flamel contraria l'adolescent. Il se tourna vers sa sœur, puis fixa Nicolas.

– Scatty ! s'écria-t-il. Vous vous souvenez d'elle ? Elle s'est noyée dans la Seine.

– Noyée ? répéta Flamel avec un sourire.

Les nouvelles rides au coin de ses yeux et sur son front se creusèrent :

– C'est un vampire, Josh. Elle n'a pas besoin de respirer. Je parie qu'elle était en colère, car elle déteste être mouillée. Pauvre Dagon ! Il a dû passer un sale quart d'heure...

Il s'enfonça confortablement dans son fauteuil et ferma les yeux :

– Nous devons faire une courte halte dans la banlieue de Londres, puis nous utiliserons un nexus pour rentrer à San Francisco et rejoindre Pernelle.

– Pourquoi on va en Angleterre ? demanda Josh.

– Nous allons voir le plus vieil homme immortel du monde, répondit l'Alchimiste. Je compte le persuader de vous enseigner la magie de l'Eau.

– Comment s'appelle-t-il ? demanda Josh, qui ouvrait déjà son ordinateur portable.

– Le roi Gilgamesh.

FIN DU LIVRE II

NOTE DE L'AUTEUR
LES CATACOMBES DE PARIS

Les catacombes de Paris que Sophie et Josh explorent existent vraiment, ainsi que l'extraordinaire système d'égouts qui comportent, comme le remarque Machiavel, la plaque de chaque rue. Alors que Paris accueille des millions de visiteurs par an, peu savent qu'un vaste réseau de tunnels court sous la capitale.

Officiellement, ils se nomment les carrières de Paris. Officieusement, on les appelle les catacombes ; c'est une des merveilles de cette ville. Ce que les jumeaux voient dans les galeries – les murs d'ossements, les arrangements spectaculaires de crânes – est accessible au public. Cela date du XVIIIe siècle, quand les cadavres et les ossements du cimetière des Innocents, plus que saturé, ont été exhumés, puis transportés dans les tunnels et les grottes de calcaire. Des centaines de corps provenant d'autres cimetières ont suivi, et on estime aujourd'hui que cette étrange nécropole en contient sept millions au bas mot. Nul ne sait qui a créé ces mises en scène insolites – peut-être un ouvrier qui souhaitait ériger un monument à la mémoire des morts dépossédés de pierre tombale. Les murs en ossements humains incrustés de crânes disposés de façon étonnante sont lugubres à souhait ; certains sont éclairés pour plus de théâtralité.

Les Romains ont probablement été les premiers à extraire le calcaire du sol pour construire ce qui allait devenir Lutèce, leur *oppidum* bâti sur l'île de la Cité. À l'emplacement de l'actuelle cathédrale Notre-Dame, il y avait un monument dédié au dieu romain Jupiter. Après le Xe siècle, les carrières de calcaire ont subi une exploitation intensive : avec ce matériau, on a construit les murs de la ville, Notre-Dame et le palais du Louvre. Les galeries ont longtemps servi de réserve aux contrebandiers et d'abri aux nombreux sans-logis. Plus récemment, pendant la Seconde Guerre mondiale, l'armée allemande et la Résistance française avaient établi leurs bases dans les tunnels. De nos jours, des galeries d'art illégales, et même un cinéma, ont été découverts dans les profondeurs par les « cataflics », l'unité de police qui patrouille dans les souterrains.

L'entrée de l'Ossuaire municipal de Paris se trouve en face de la station de métro Denfert-Rochereau. Seule une petite section des carrières est ouverte au public, car les tunnels sont traîtres, étroits, sujets aux inondations et parsemés de puits.

La cachette idéale pour un Dieu Endormi, non ?

Découvrez un extrait du livre III :

L'ENSORCELEUSE

Les secrets de l'immortel
NICOLAS FLAMEL

Je suis fatigué, si fatigué...

Et je vieillis à toute allure. Mes articulations sont raides, ma vue n'est plus aussi perçante, et j'entends de moins en moins bien. Ces cinq derniers jours, j'ai été contraint d'utiliser mes pouvoirs, ce qui a accéléré le processus de vieillissement. J'estime avoir pris au moins dix ans, peut-être plus, depuis jeudi dernier. Si je veux vivre, je dois récupérer le Livre d'Abraham et ne plus me servir de mes pouvoirs.

Or Dee possède le Codex, et je sais que je serai de nouveau obligé de solliciter mon aura faiblissante.

Nous entrons dans Londres. Je crains cette ville plus que tout, car elle se trouve au cœur des pouvoirs du Magicien. La capitale anglaise a attiré des Aînés des quatre coins du globe – il y en a plus ici que n'importe où au monde. Les Aînés et ceux de la Génération Suivante se déplacent en toute liberté, sans être remarqués, dans les rues londoniennes. À ma connaissance, au moins une douzaine de royaumes des Ombres sont éparpillés dans les îles Britanniques. La dernière fois que Pernelle et moi sommes venus dans cette cité, en septembre 1666, le Magicien a failli l'anéantir par le feu en essayant de nous capturer. Nous n'y sommes jamais revenus.

Il faut savoir qu'un grand nombre de lignes de force se croisent au-dessus de ces terres celtes, et je prie pour que les pouvoirs éveillés des jumeaux nous permettent de les utiliser pour rejoindre San Francisco, et ma Pernelle.

À Londres vit le roi Gilgamesh, le plus vieil homme immortel au monde. Son savoir est incommensurable. Il paraît qu'autrefois il était le gardien du Codex ; il aurait même connu le mythique Abraham, qui est à l'origine du Livre. Gilgamesh connaît également les magies élémentaires, bien qu'étrangement il ne possède pas la capacité de les utiliser. Le roi n'a pas d'aura. Je me suis souvent demandé ce qu'il pouvait ressentir : savoir des choses incroyables, avoir accès à la sagesse des anciens... et être dans l'incapacité de s'en servir.

J'ai dit à Sophie et Josh que Gilgamesh leur inculquerait la magie de l'Eau et trouverait une ligne de force qui nous ramènerait à la maison. Ils ignorent que je joue à quitte ou double : si le roi refuse, nous serons piégés au cœur du royaume de Dee, sans possibilité de nous évader.

Lundi 4 Juin

Ils ignorent également que Gilgamesh n'est pas tout à fait sain d'esprit.

Extrait du Journal de Nicolas Flamel, alchimiste
Rédigé en ce lundi 4 juin,
à Londres, le repaire de mes ennemis

LUNDI 4 Juin

CHAPITRE PREMIER

– Je crois que je les vois.

Le jeune homme en parka verte posté au pied de l'immense horloge circulaire de la gare de Saint-Pancras éloigna son portable de son oreille et vérifia l'image sur l'écran. Le magicien anglais lui avait envoyé une photo floue aux couleurs délavées ; elle semblait avoir été prise par une caméra de surveillance. Elle montrait un homme âgé aux cheveux courts et gris, accompagné de deux adolescents blonds, qui montaient à bord d'un train.

Hissé sur la pointe des pieds, le jeune homme balaya le hall du regard, à la recherche du trio qu'il avait entraperçu. Il ne le voyait plus au milieu de la foule grouillante. Il savait cependant qu'ils n'iraient pas loin : une de ses sœurs surveillait l'étage inférieur, et une autre l'entrée depuis la rue.

Les narines pincées du jeune homme s'ouvrirent quand il décida de repérer les innombrables odeurs de la gare pour localiser le vieil homme et les ados. Il identifia et tria parmi les miasmes d'un trop grand nombre d'humani : la myriade de parfums et de déodorants, les gels et les dentifrices, l'odeur grasse de la nourriture frite des restaurants alentour, le riche arôme du café et la forte odeur métallique et graisseuse des moteurs et des wagons. Il ferma les yeux et renversa la tête. Les odeurs qu'il recherchait étaient plus vieilles, plus sauvages, plus brutes...

Là ! Il les avait !

Un vague soupçon de menthe, d'orange et de vanille, une trace olfactive infime n'échappa pas à ses narines.

À l'abri derrière de petites lunettes de soleil rectangulaires, ses yeux bleu sombre écarquillés, il suivit les imperceptibles filets parfumés à travers la vaste gare.

Le vieil homme aux cheveux gris vêtu d'un jean noir et d'une veste en cuir vieilli se dirigeait à grandes enjambées vers la salle des pas perdus. Il était suivi par deux adolescents qui se ressemblaient assez pour être frère et sœur. Le garçon était plus grand, et tous deux portaient un sac à dos.

Le jeune homme prit une photo avec son portable et l'envoya au Dr John Dee. Même s'il ne ressentait que du mépris pour le Magicien, il ne voyait pas l'utilité de s'en faire un ennemi. Parmi les agents des Aînés, Dee était sans conteste le plus dangereux.

Il rabattit la capuche de sa parka sur la tête et se détourna quand le trio arriva à son niveau. Il contacta sa sœur qui attendait en bas.

– Ce sont bien Flamel et les jumeaux, murmura-t-il dans une langue gaélique. Ils se dirigent vers toi. Nous les cueillerons dans Euston Road.

Le guetteur emboîta le pas à l'Alchimiste et aux jeunes Américains. Il se déplaçait avec aisance parmi la foule de ce début d'après-midi, tel un adolescent banal, anonyme dans son jean trop grand, ses baskets usées et sa parka XXL, la tête et le visage cachés par une capuche, les yeux invisibles derrière des lunettes de soleil.

Malgré son apparence, le jeune homme n'avait pourtant rien d'humain. Ses sœurs et lui étaient arrivés dans ce pays quand il était encore relié au continent européen, et pendant des générations on les avait vénérés comme des dieux. Il détestait être commandé par Dee, qui après tout n'était qu'un humani. Mais le magicien anglais lui avait promis une récompense alléchante : Nicolas Flamel, le légendaire Alchimiste. Les instructions de Dee étaient claires – ils s'emparaient de Flamel s'ils le souhaitaient, mais ils ne touchaient pas à un cheveu des jumeaux. Les lèvres fines du garçon s'étirèrent en un sourire gourmand : ses sœurs kidnapperaient les jumeaux pendant qu'il aurait l'honneur de tuer Flamel. Une langue noir de charbon humecta ses lèvres sèches et craquelées. Ils festoieraient pendant des semaines. Et, bien entendu, ils garderaient les meilleurs morceaux pour Mère.

Nicolas Flamel ralentit afin que Josh et Sophie le rattrapent. Un sourire contraint aux lèvres, il désigna la statue en bronze de neuf mètres de haut représentant un couple enlacé sous une horloge.

– Elle se nomme *Le Rendez-vous*, lança-t-il avant d'ajouter dans un murmure : Nous sommes suivis.

D'une poigne de fer, il attrapa Josh par le bras :

– N'envisage même pas de te retourner.

– Qui ? demanda Sophie.

– Quoi ? fit Josh en même temps.

Il avait la nausée. Ses sens nouvellement éveillés étaient assaillis par les odeurs et les bruits de la gare. La lumière était si vive qu'il rêvait d'une paire de lunettes de soleil pour se protéger les yeux.

– « Quoi ? » est une meilleure question, commenta Nicolas sur un ton lugubre.

Il montra l'horloge du doigt, comme s'ils en discutaient :

– Je ne suis pas certain... Quelque chose de très ancien. Je l'ai détecté à l'instant où nous sommes descendus du train.

– Détecté ? demanda Josh.

– J'ai ressenti un picotement, comme une démangeaison. Mon aura a réagi à celui... à ce qui est là. Quand vous contrôlerez un peu mieux la vôtre, vous aussi serez capables de percevoir ce genre de chose.

La tête renversée, comme si elle admirait la verrière du plafond, Sophie se tourna lentement. La foule tourbillonnait autour d'eux. La plupart des voyageurs étaient des Londoniens, même si les touristes ne manquaient pas. Certains se faisaient photographier devant *Le Rendez-vous*. Personne ne paraissait leur prêter une attention particulière.

– On fait quoi ? s'enquit Josh. Je peux stimuler les pouvoirs de Sophie.

– Non..., chuchota Flamel. Tu ne dois utiliser tes pouvoirs qu'en dernier recours. Dès que tu activeras ton aura, le moindre Aîné, membre de la Génération Suivante et immortel dans un rayon de quinze kilomètres, sera averti de ta présence. Et, ici, neuf immortels sur dix sont alliés aux Ténébreux. Par ailleurs, dans ce pays tu pourrais réveiller d'autres créatures qu'il serait préférable de laisser dormir.

– Mais vous avez dit que nous étions suivis, protesta Sophie. Cela signifie que Dee est au courant de notre présence à Londres.

Flamel poussa les jumeaux vers la gauche de la statue, en direction de la sortie.

– Je suppose qu'il a posté des guetteurs dans chaque port, aéroport et gare d'Europe. Dès que l'un de vous activera son aura, il aura la confirmation que nous sommes ici.

– Que fera-t-il ? demanda Josh, qui se tourna vers Nicolas.

La lumière crue soulignait les nouvelles rides apparues sur le front de l'Alchimiste et autour de ses yeux.

Flamel haussa les épaules :

– Il est aux abois, et les hommes aux abois sont capables du pire. Il a eu un aperçu de vos pouvoirs, et il a pu vérifier que vous étiez les jumeaux de la légende. Il n'a pas le choix : il doit vous capturer.

REMERCIEMENTS

Cette liste n'est pas exhaustive. En tout cas, *Le Magicien* n'aurait pas existé sans le soutien de nombreuses personnes...

Ainsi, je remercie Krista Marino, Beverly Horowitz, Jocelyn Lange et Christine Labov de Delacorte Press, pour leur aide, leur patience, leur persévérance...

Barry Krost de BKM et Frank Weimann du Literary Group, pour leur soutien infaillible et leurs conseils...

Ma reconnaissance va également à :

Libby Lavella, qui a offert une voix à Pernelle...

Sarah Baczewski, qui fait les meilleures remarques...

Jeromy Robert, qui a créé l'image...

Michael Carroll, qui l'a lu le premier et le dernier...

Et, finalement, merci à :

Claudette, Brooks, Robin, Mitch, Chris, Elaine, David, Judith, Trista, Cappy, Andrea, Ron et, bien entendu, Ahmet, pour tout le reste !

Hum... Je sais que j'ai oublié quelqu'un...

Cet ouvrage a été composé par
PCA – 44400 REZÉ

Cet ouvrage a été imprimé
en France par

CPI
BRODARD & TAUPIN

La Flèche (Sarthe), le 14-09-2012

N° d'impression : 70111

Dépôt légal : janvier 2012
Suite du premier tirage : septembre 2012

FSC
www.fsc.org
MIXTE
Papier issu de
sources responsables
FSC® C003309

Pocket Jeunesse, une marque d'Univers Poche,
est un éditeur qui s'engage pour
la préservation de son environnement
et qui utilise du papier fabriqué à partir
de bois provenant de forêts gérées
de manière responsable.

PKJ• www.pocketjeunesse.fr
POCKET JEUNESSE

12, avenue d'Italie – 75627 PARIS Cedex 13